Decebal și Traian

Cartea a doua din seria „Războaiele Romei cu Dacia"
100-102 d.Hr.

Peter Jaksa, Ph.D.

Traducerea în limba română: Dani Bárdos

Editura Attention Publishing

CHICAGO, ILLINOIS, STATELE UNITE ALE AMERICII

Peter Jaksa/Editura Attention Publishing
30 North Michigan Avenue, Suite 908
Chicago, IL 60602, Statele Unite ale Americii

Nota editorului: Aceasta este o lucrare de ficţiune. Numele, personajele, locurile şi incidentele sunt un produs al imaginaţiei autorului. Locurile şi numele publice sunt uneori folosite cu scopul de a crea atmosferă. Orice asemănare cu oameni reali, vii sau morţi, sau cu afaceri, companii, evenimente, instituţii sau locuri este complet întâmplătoare.

Decebal şi Traian / Peter Jaksa. -- Ediţia 1
ISBN 979-8-9901920-0-3

Pentru Griffin și Reid

Libertatea este o bogăție de o valoare inestimabilă.

— MARCUS TULLIUS CICERO

Conținut

Capitolul 1

Flori de primăvară

Sarmizegetusa, Dacia, luna martie, anul 100 d.Hr.

Prințesa Adila conducea un mic grup de copii prin pădure. Copiii au plecat de dimineață ca să culeagă flori de primăvară pentru sărbătoarea dedicată zilei de naștere a Reginei. Pe măsură ce zăpezile se topeau încet, narcisele, zambilele și lalele de toate culorile înfloreau pe pământul necultivat, în zonele ierboase de sub zidurile orașului, aflate la mică distanță în josul muntelui.

Mama ei, Regina Andrada, își va sărbători mâine ziua de naștere. Planul Adilei era să o surprindă plăcut pe regină și să o încânte cu buchete bogate de flori din fiecare tip de floare. Aștepta sărbătoarea festivă ce va fi organizată în oraș și, nerăbdătoare, deja își imagina privirea de pe chipul mamei sale, atunci când copiii îi vor înmâna buchetele culese.

De obicei, copiii se plimbau adesea în aceste păduri sub supravegherea unui gardian al palatului, dar asta nu se întâmpla în acea zi. Adila se simțea în completă siguranță conducându-i pe copiii mai mici în această misiune secretă. Animalele periculoase din zonă, cum ar fi mistreții, au fost vânate cu mult timp în urmă. Nimeni nu mai văzuse un urs în aceste păduri de multă vreme. Uneori mai apărea câte un lup, dar lupii păstrau distanța față de oameni, cu excepția cazului în care mureau de foame, dar primăvara nu existau lupi înfometați. Nu, Adila nu-şi făcea griji pentru fiarele sălbatice. Dar, din păcate, nici nu s-a gândit la iazigii sarmaţi.

La cei cincisprezece ani pe care îi avea, Adila era cea mai mare în grupul copiilor, ceea ce o făcea lider de grup. Era o fată vocală şi sociabilă, ce arăta deja calităţi naturale de conducere chiar şi printre tinerii cu câţiva ani mai în vârstă decât ea. În această zi însorită, pentru a căra înapoi coşurile din răchită îndesate cu flori, Adila ceru ajutorul Anei, verişoara sa mai mică, şi al prietenei lor Lia. Fratele mai mic al Adilei, Dorin, în vârstă de zece ani, se alătură şi el grupului. Ca întotdeauna, era însoţit de câinele său, Toma.

- Haide, deja ai destule flori!, îi spuse Dorin surorii sale, după o jumătate de oră de cules flori.

Se plictisea şi îi era foame. Toma gonea în urmărirea unei veveriţe sau a unui alt mic animal.

- Aproape am terminat, răspunse Adila, tăind tulpinile unor lalele roşii cu un mic cuţit ascuţit, pe care apoi le aşeză în coşul de flori al Anei.

- Ajută-mă cu astea, iar mai apoi putem merge!

- Dorin nu culege flori, nu e o treabă de bărbaţi, spuse Lia, necăjindu-l în joacă.

Ea şi Dorin s-au născut la doar o zi distanţă unul faţă de celălalt şi au crescut considerându-se reciproc frate şi soră. Lia era fiica a doi refugiaţi creştini care au evadat din Roma pentru a scăpa de persecuţiile Împăratului Domiţian. Ana, nepoata Regelui Decebal, era cu un an mai mică şi totodată era cea mai bună prietenă a Liei.

Dorin ignora tachinările, cu care deja era obişnuit. Privea în jur după câinele său, dar nu l-a putut vedea sau auzi. Apoi şuieră puternic pentru a atrage atenţia animalului.

- Toma! Haide, băiete!

- Cred că e suficient!, se plânse Ana, Adilei. Coşul devine greu!

Ana era o fată subţirică, cu păr şaten deschis şi ochii căprui de chihlimbar.

- Bine, este în regulă, am înțeles!, răspunse Adila voioasă, privind spre cele trei coșuri îndesate cu flori și a dat aprobator din cap.

- Da, cred că avem destule flori!

Lia se uită în jur.

- Unde a plecat Dorin?

- Oriunde s-a dus Toma, ca de obicei, răspunse Adila, luând coșul.

- Să mergem acasă! Ne va urma și el.

Drumul înapoi spre oraș era spre deal. Fetele urcau încet, făcându-și cărare printre copaci și tufișuri dese. Nici nu plecaseră bine că Ana se opri, cu o privire uimită pe față. Celelalte două fete s-au oprit împreună cu ea.

- Ce s-a întâmplat?, întrebă Adila, mai mult curioasă decât îngrijorată.

- Am auzit ceva, șopti Ana. Expresia ei trăda neliniștea, iar inima îi bătea cu putere.

- Nu-ți fie frică, nu sunt urși pe aici, spuse Adila zâmbind. Haide, urmează-mă!

Adila porni din nou la deal spre oraș, croindu-și drum prin desișul tufișurilor. Fetele mai mici o urmau pe cărare. Cu teama în suflet, Ana privi înapoi încă o dată.

- Ceva chiar ne urmărește, Adila!

- Probabil că e Dorin. Nu vă mai imaginați...

Vocea Adilei a fost brusc întreruptă atunci când un bărbat, ieșit din desișul din spatele ei, i-a pus peste gură o mână aspră pentru a o face să tacă. Cu cealaltă mână i-a pus un cuțit la gât.

- Ebem, nu!, se auzi din tufișuri un avertisment șoptit cu voce joasă, dar avertismentul a venit prea târziu pentru a putea opri atacul.

Altcineva scăpă un blestem furios, iar mai apoi alți trei bărbați au ieșit și le-au înconjurat pe fete. Erau tineri războinici. Nu erau daci.

Bărbatul pe nume Ebem o ținea strâns pe Adila, iar ea încremeni în strânsoarea lui. Atacatorul nu se uita la ea, atenția lui fiind îndreptată spre Lia și Ana.

- Sssst! Nu scoate-ţi niciun sunet!

Lia era şi ea înmărmurită precum o statuie. Ana îşi scăpă coşul de flori, lovindu-se de mâna ce o prinse cu putere de braţul stâng, ridicând-o sus pentru a o ţine pe loc. Aceşti oameni ciudaţi erau înarmaţi cu săbii şi cuţite. Nu era nicio cale de scăpare.

Ebem făcu un pas înapoi. Adila reveni cu picioarele pe pământ, smuncindu-şi cu disperare capul pentru un ţipăt puternic şi foarte pătrunzător. Ana întoarse capul într-o parte şi muşcă cu înverşunare degetul mare al bărbatului ce o ţinea de braţ. Omul răspunse cu un urlet de durere, eliberând-o din strânsoare. O zbughi printre copaci, alergând tumultos la vale.

- Dorine! Dorine! Ajutor!

Bărbatul muşcat de degetul mare alerga furibund în spatele Anei. Acum era mânios şi se apropia cu repeziciune de ea. Nici măcar nu observa-se blana camuflată ce zbura spre el prin aer, până când colţii animalului nu i s-au înfipt în grumaz, doborându-l la pământ. Toma era o rasă de ciobănesc mioritic, un câine mare şi foarte puternic, construit exact ca un lup.

În cădere, războinicul se izbi cu capul de un buştean căzut la pământ, ameţind pentru moment din cauza loviturii. Se lupta cu furie să ţină câinele departe de gât, dar a fost grav muşcat de mâini şi braţe. Încerca să se rostogolească, dar Toma sări înapoi peste el.

Dorin alerga disperat către ei, cu faţa înroşită şi cuprins de panică.

- Adila, du-te să o ajuţi pe Adila!, striga Ana plângând şi arătând înapoi spre direcţia din care venise.

Dorin alerga înspre ea, urcând spre munte.

Ceea ce a găsit la locul iniţial al atacului avea să fie o surpriză totală. Doi dintre războinicii inamici erau morţi la pământ, unul având o săgeată înfiptă în mijlocul spatelui, iar celălalt având gâtul tăiat de o sabie. Tarbus, un înalt şi puternic războinic dac, îl doborâse deja la pământ pe atacatorul Adilei, având piciorul înfipt ferm pe pieptul bărbatului. Ebem avea o tăietură adâncă pe partea stângă a feţei, care îi sângera pe obraz şi gât. Adila era în apropiere, ţinând în mână micul cuțit de flori pe care îl folosise pentru apărare. Într-o strânsă îmbrățișare, Lia o ținea pe Adila. Ana alerga să li se alăture.

- Dorin, ești bine?, întrebă o voce din apropiere.

Întorcându-se, Dorin îl văzu pe Cotiso, fratele său vitreg adult, ținând în mână o sabie pătată cu roșu. El și Tarbus vânau în apropiere, atunci când au auzit țipătul Adilei.

- Da, sunt bine, dar mai e unul acolo jos!, spuse Dorin, arătând înspre vale. Toma l-a atacat!

A luat-o la fugă înapoi spre locul descris, Cotiso urmându-l. L-au găsit pe Toma stând în picioare și încă mârâind deasupra cadavrului soldatului inamic. Traheea bărbatului era sfâșiată și o baltă de sânge se scurse în jurul capului său. A fost mușcat cu sălbăticie și mutilat rapid, neavând șansa de a-și scoate sabia.

Dorin exclamă cu putere și se lăsă-n jos să mângâie fericit gâtul câinelui.

- Bun băiat, Toma! Câine bun!

- Se pare că ți-ai dresat bine câinele, spuse cu un zâmbet larg Cotiso.

- Toma știe ce să facă. Nu are nevoie de multe antrenamente.

Dorin privi în jos spre mort.

- Cine sunt acești oameni?

- Seamănă cu iazigi, spuse Cotiso sculpând spre pământ. Ce fac ei aici, atât de aproape de Sarmizegetusa, nu știu. Cel mai probabil spionau întâlnirile aliaților noștri cu tata, presupun.

Tatăl lor, Regele Decebal, organiza în această perioadă o întrunire cu aliații Daciei. Trimișii delegați să participe încă se adunau în oraș.

- Ana mi-a spus că au atacat-o pe Adila, mărturisi Dorin supărat.

- Așa au făcut. Pentru o scurtă perioadă de timp, Adila s-a luptat cu unul dintre ei, dar a fost foarte norocoasă că eram în apropiere.

Cotiso se încruntă cu gândul la tragedia care ar fi putut fi.

- Să mergem, frate! Trebuie să ne ducem prizonierul în fața Regelui.

Reîntorcându-se la grup, l-au găsit pe Tarbus zâmbind, iar pe prizonierul iazig plin de vânătăi pe față și ținându-se de o parte.

- Ce bine că v-ați întors!, spuse Tarbus. M-am săturat să-l bat pe acest ticălos!

S-a aplecat și l-a prins pe prizonier de cămașă.

- Mișcă! Să mergem, nemernic mârșav! Regele Decebal va dori să-ți spună câteva cuvinte despre faptul că i-ai atacat fiica.

Cu toți l-au flancat pe nefericitul ostatec capturat, pornind în sus, pe panta muntelui, pe drumul ce ducea spre poarta orașului, târând prizonierul atunci când acesta încetinea din cauza durerii pricinuite de coastele rupte. Ana, Lia și Adila urmau cortegiul deținutului, fiecare fată ducând un coș cu flori de primăvară. Dorin și Toma păzeau coloana în spate, păstrând o privire ascuțită pentru orice eventualitate neașteptată.

Regele Decebal era îngândurat. Tocmai se întâlnise cu un trimis din tribul marcomanilor, iar omul aduse vești proaste. Șeful Attalu, conducătorul marcomanilor, fusese înlocuit de unul dintre rivalii săi. Acest nou șef era mai înclinat să evite conflictul cu Roma decât să se alieze cu Dacia împotriva Romei. Marcomanii erau înrudiți cu suebii, fiind unul dintre cele mai puternice triburi germanice. Din punct de vedere politic și militar, vestea primită era un regres semnificativ pentru Dacia.

Reprezentanți ai sarmaților, bastarnilor, celților și sciților încă soseau la Sarmizegetusa pentru întâlnirea de consfătuire. Fiind cea mai bogată națiune și cea mai puternică putere militară din regiune, Dacia era epicentrul rezistenței de luptă împotriva Romei. Mulți dintre vecinii Daciei erau îngrijorați de expansiunea militară a Romei, iar acesta era un temei solid de consfătuire. Roma avea un apetit pentru jaf și luarea de sclavi, dar și o foame de ocupare a unor noi pământuri.

Împăratul Traian construise multe noi colonii romane în Moesia și Pannonia, dar și de-a lungul Râului Ister, pe care romanii îl numeau Danubius. Legionarilor romani li se promiteau terenuri generoase atunci când se vor pensiona. Deoarece în Italia nu mai existau pământuri pe care aceștia să se stabilească la retragerea din serviciul militar, trebuiau construite noi colonii în teritoriile recent cucerite. Însuși Traian provenea dintr-o familie care locuia într-o astfel de colonie în Spania, fondată de soldați veterani și pensionari ai armatei. Împăratul era generos cu soldații săi, câștigând astfel loialitatea și afecțiunea legiunilor sale.

În ultimul deceniu, Regele Decebal acționase pentru a construi alianțe politice și militare cu vecinii Daciei. Unii nu erau în favoarea colaborării cu Dacia, cum ar fi triburile iazigilor care trăiau la vest de Dacia. Iazigii erau vechi dușmani ai Daciei, care adesea se aliau cu armatele romane. Regele Decebal îi ținea sub control prin încheierea de tratate cu toți vecinii iazigilor, astfel încât aceștia s-au trezit înconjurați de aliați daci.

Acum, așezat pe tronul său, Decebal privea neliniștit cum fiul său, Cotiso, împreună cu prietenul său Tarbus, aduceau înaintea lui un prizonier iazig. Lângă tronul regelui se afla bătrânul și foarte înțeleptul Vezina, Mare Preot al lui Zamolxis și sfetnic de seamă al regelui dac. Lângă Vezina stătea fratele mai mic al Regelui Decebal, Diegis, tatăl Anei.

Prizonierul se apropia șchiopătând. Fața-i era însângerată de tăieturi și învinețită de pe urma tratamentului dur pe care-l primise. Cei trei bărbați s-au oprit la distanță de tron.

- Îngenunchează în fața Regelui!, ordonă Cotiso.

Atunci când Ebem a ezitat, Tarbus l-a împins puternic pe umăr, iar prizonierul a căzut în genunchi.

- Cine ești tu? Și, mai ales, ce faci aici pe pământ dacic?, întrebă Regele Decebal cu o voce tăioasă.

Ebem știa că este un om condamnat și era resemnat cu soarta sa. Cu toate acestea, el era hotărât să-și păstreze mândria și onoarea în fața celor care l-au capturat. Spre uimirea sa, s-a trezit față în față cu Regele Decebal și cu Marele Preot Vezina, două nume universal cunoscute de toți iazigii, dar și antipatice. Regele părea să aibă în jur de patruzeci de ani, avea păr negru ce încărunţea pe la tâmple, dar care încă era în formă, fiind construit ca un războinic. Vezina era un bărbat înalt şi subţirel, cu o barbă lungă şi albă care îi curgea peste piept. Nimeni nu ştia câţi ani avea Vezina.

Tarbus îl pocni pe Ebem peste ceafă.

- Răspunde grabnic atunci când Regele îţi pune o întrebare!

Prizonierul şi-a dres glasul înainte de a vorbi. Îşi simţea grumazul foarte uscat.

- Eu... sunt Ebem din tribul iazigilor. Sunt aici într-o misiune de cercetare.

- Vrei să spui într-o misiune de spionare!, îl corectă Vezina.

- O misiune de cercetare, a repetat Ebem.

- Şi ce cercetezi tu, Ebem?, întrebă Decebal.

- Misiunea noastră este să observăm oraşul. Pentru a vedea cine soseşte şi cine pleacă.

- Cu alte cuvinte, să-i spionezi pe aliaţii Daciei şi să vezi cu cine se întâlneşte cu Regele Decebal. Vorbeşte-ne clar, omule!, spuse Vezina.

Ebem ridică din umeri.

- Nu contează cum o numim!

- Cum ai reuşit să călătoreşti de pe pământurile tale natale până la zidurile oraşului meu fără să fi prins?, întrebă Decebal.

De fapt, acest lucru îl irita cel mai mult, nu misiunea de spionaj. Se aştepta ca iazigii să spioneze.

- Pe cai rapizi şi prin călătorii nocturne. Asta ne-a adus aproape de oraş, iar mai apoi am mers pe jos restul drumului. Dacia este o ţară mare, cu spaţii mari deschise, unde puţini oameni trăiesc, după cum ştiţi, Domnule!

- Şi, se pare că, nici pe departe, cavaleria care patrulează în jurul Sarmizegetusei nu a fost suficientă, completă Decebal. Va trebui să rezolvăm asta! Ne faci o favoare clarificându-ne problema, iazigule!

Generalul Diegis, tatăl Anei, luă cuvântul.

- De ce le-ai atacat pe fete? Fiica mea era printre ele. Făcea asta parte din misiunea ta?

Prizonierul și-a coborât ochii.

- Nu, a fost o greșeală.

- O greșeală fatală!, spuse Diegis printre dinții strânși.

- Cum ai putut fi atât de prost?, întrebă Vezina, de-a dreptul curios.

Ebem știa că merită disprețul. A ridicat din umeri.

- Am acționat fără să mă gândesc.

Decebal îi aruncă o privire drastică.

- Fata cea mai mare este fiica mea!

- Implor milă!, cerși prizonierul, înclinându-se în jos. Știu că trebuie să mă omori, Rege Decebal, dar dă-mi moartea unui războinic!

Decebal clătină din cap.

- Ați atacat copii. Copii! Acesta este un act de lașitate și meriți moartea unui laș.

Se întoarse spre gărzile palatului care stăteau în apropiere.

- Luați-l! Dați-l femeilor!

Fiecare femeie din Dacia capabilă să mânuiască o armă trebuia să se antreneze și să lupte alături de bărbați. Ele aveau aceeași responsabilitate în a-și proteja copiii, familiile și căminele. Multe dintre ele s-au antrenat ca arcași. Altele au învățat să lupte cu sulița. Foarte puține erau suficient de puternice pentru a lupta cu războinicii bărbați mânuind o sabie. Uciderea era cel mai bine învățată din experiență, așa că uneori participau la execuțiile inamicilor capturați.

Ebem, atacatorul copiilor, a fost dus pe un câmp deschis, acoperit cu iarbă. Femeile au fost rugate să se ofere voluntare pentru a fi plutonul de execuție. Vreo zece au făcut un pas în față, erau tinere femei aflate în primele etape ale formării lor.

Prizonierul a fost dus în mijlocul grupului, forțat să îngenuncheze din nou și lăsat acolo. Avea mâinile legate în fața lui, fiind neputincios să riposteze. Asta nu era o bătălie, aici avea loc o execuție. Rușinea lui era atât de mare încât nu putea să privească altceva decât pământul, fără să întâlnească privirile călăilor săi. Pentru un războinic iazig, această moarte era un înjositoare.

Femeile nu erau înarmate cu sulițe sau săbii. Fiecare dintre ele avea un băț lung, de lungimea unei sulițe, cu un capăt ascuțit. Acestea erau bețele utilizate în mod obișnuit pentru antrenamentul cu sulițele.

Una dintre femei a început ritualul pășind înainte și înfigându-și bățul ascuțit în coapsa prizonierului. Ebem nu a scos niciun sunet, de altfel, nici când următoarea femeie l-a înjunghiat în lateral și nici pentru cea care a urmat după aceea. A căzut într-o parte, a suferit și a sângerat în tăcere și, în cele din urmă, a murit.

- Trimiterea cercetașilor chiar lângă zidurile Sarmizegetusei a fost o impertinență, declară Regele Decebal în ședința de consiliu pe care o conducea. Ne vom răzbuna pe iazigi și vom pedepsi acest comportament.

- Voi pregăti o incursiune, Măria Ta, și mă voi asigura că este făcută!, spuse Generalul Sinna.

Sinna era conducătorul cavaleriei dacice. Cele mai multe raiduri de dimensiuni mici erau executate prin atacuri de cavalerie. Acestea provocau mici pagube și unele victime, trimițând un mesaj inamicului. Un atac pe scară largă ar implica și un atac al infanteriei.

- Bine, astăzi, ocupă-te și de asta!, răspunse Decebal. Acum să ne ocupăm de problemele mai mari.

În afară de Regele Decebal și a Generalului Sinna, alți șapte bărbați erau în jurul mesei mari din Sala Tronului. Vezina era cel mai apropiat sfetnic al lui Decebal. Generalul Drilgisa era responsabil de infanterie, dar și cel mai bun și cel mai letal războinic pe care-l avea Dacia. Diegis, fratele cu cinci ani mai mic al Regelui, era, de asemenea, general de infanterie. Buri era un războinic puternic și feroce, gardă de corp și prieten de încredere al lui Decebal.

Printre aliații invitați se afla Prințul Davi al sarmaților roxolani, cel mai apropiat aliat al Daciei. Acesta era înrudit cu familia regală prin căsătoria sa cu Tanidela, sora mai mică a lui Decebal. Șeful Ailen, conducătorul celților, era un tânăr războinic chipeș, ce purta o barbă îngrijită. Șeful Fynn, un om voinic și sociabil, conducea tribul bastarnilor.

Șeful Fynn se întoarse spre Vezina, adresându-i-se.

- Cum evoluează evenimentele la Roma, Vezina? Știu că ești mai bine informat decât majoritatea senatorilor Romei.

Vezina acceptă complimentul înclinând capul.

- Într-adevăr, ar trebui să fiu mai bine informat. Plătesc mai bine pentru informații decât oricare alți zece senatori la un loc.

- Și toți acești banii sunt bine cheltuiți!, completă chicotind Diegis.

- Pentru a răspunde întrebării tale, Șefule, reluă Vezina, Împăratul Traian se comportă așa cum îi este caracterul. Traian face pregătiri pentru o campanie militară foarte mare.

- A început pregătirile încă de anul trecut, atunci când a trecut prin Banat și Moesia, chiar înainte de a merge la Roma ca nou Cezar, a spus Davi, roxolanul. Vizitele făcute atunci i-au adus loialitatea legiunilor din acele provincii. De asemenea, Traian le-a întărit forturile și a îmbunătățit infrastructura de transport, atât cea pe uscat, cât și cea pe apă.

- Chiar acum aduce mai multe legiuni în acele forturi aflate de-a lungul Isterului, a spus Regele, întorcându-se spre Vezina. Oare opt sunt acum, în total?

- Da, Măria Ta! Opt legiuni sunt până acum.

- În curând vor fi chiar nouă legiuni, dacă adăugați trupele care vin spre est din Germania, a spus Șeful Ailen al celților. Romanii deplasează armată pe drumuri, dar și pe ape. Artileria este adusă pe cale fluvială.

- Este o manevră inteligentă, spuse Diegis. Bărcile se mișcă mult mai repede decât boii care trag artileria pe roți.

- Nemernicii se pregătesc pentru o invazie la scară largă!, a spus Generalul Drilgisa, fost sclav la Roma, în copilărie, și care a nutrit toată viața o ură pentru toate lucrurile romane. Tettius Julianus a atacat Dacia cu nouă legiuni. Acum, Traian adună o armată mai mare decât cea strânsă de Julianus?

- Da, exact asta face!, a răspuns pasiv Regele Decebal. Tot ceea ce vedem acum, indică acest lucru.

- Într-adevăr, Măria Ta!, a fost de acord Vezina. După toate relatările, Împăratul Traian pune la cale o forță de invazie mai mare decât orice a văzut Roma vreodată.

- Asta chiar e ceva de văzut!, completă Șeful Fynn.

- Nu e doar de văzut, Șef Fynn!, spuse Regele. Va trebui, de asemenea, să luptăm împotriva ei și să o eliminăm.

- Bineînțeles! Din această cauză, dragi prieteni, trebuie să rămânem cu toții împreună, a spus Fynn. Rege Decebal, ai cea mai puternică armată dintre toți aliații noștri, dar nu ai putea spera să poți să-i învingi pe romani de unul singur.

Maxilarul lui Diegis se încleștă.

- Întrebă-i pe Cornelius Fuscus și pe Tettius Julianus despre asta, Șefule!

Fynn zâmbi.

- Nu te insult, prietene. Spun doar că Împăratul Traian va veni cu o armată mult mai numeroasă. Nu ar trebui să comparăm această forță cu armatele lui Fuscus sau Julianus.

- Nu e cu supărare, Fynn, răspunse Diegis. Și da, ai dreptate!

- De asemenea, după cum bine știți, continuă Fynn, Traian este un general mult superior lui Cornelius Fuscus și lui Julianus. Întrebați-i pe chatti sau pe marcomani despre asta.

Toți cei prezenți știau ce voia să spună. Împăratul Traian și-a câștigat reputația militară prin înfrângerea acelor puternice triburi germanice în timpul războaielor sale din Germania și Pannonia.

- Ai dreptate, Fynn!, a fost de acord Decebal. Dacia ar putea să-i țină departe pe romani pentru o vreme. Am putea provoca pierderi grele armatelor lor. Dar, după cum spui, ar fi dificil să-i învingem. Pur și simplu numerele nu sunt de partea noastră.

Privi spre feţele aliaţilor săi aflaţi în jurul mesei.

- Acesta este motivul pentru care astăzi ne-am adunat cu toţii aici.

Prinţul Davi dădu din cap.

- Rămânem împreună! Luptăm împreună! Suntem o provocare pentru Roma, împreună!

- Suntem cu toţii de acord asupra acestui lucru, spuse Vezina. La fel şi Traian. De altfel, care crezi că ar fi motivul pentru care organizează o armată atât de masivă pentru invazie?

- Pentru că se teme de noi!, spuse Drilgisa. El ne vede ca pe o ameninţare la adresa autorităţii Romei.

- Şi nu greşeşte!, confirmă Decebal. Suntem o ameninţare la adresa autorităţii Romei. Împăratul Domiţian s-a temut de ameninţare şi ne-a plătit să păstrăm pacea. Împăratul Traian pare hotărât să înlăture ameninţarea. Asta îl face periculos pentru securitatea noastră, mult mai periculos decât Domiţian.

- Roma este întotdeauna periculoasă pentru securitatea noastră, Rege Decebal!, completă Şeful Ailen. Acest lucru a fost, de asemenea, valabil pentru generaţia tatălui meu, generaţia tatălui său, dar şi pentru generaţiile dinaintea lor. Imperiul Romei se extinde mereu. Nu se micşorează niciodată. Singura noastră alegere este să determinăm când şi cum să luptăm împotriva lor.

- Foarte bine spus, tinere!, a fost de acord Vezina. Şi, uneori, alegerile pe care le facem, ne sunt impuse. Acel moment va veni în curând, cred.

În acea seară, după servirea cinei, Regele Decebal şi Regina Andrada s-au retras în dormitoarele regale. Acele ore liniştite de seară erau, de obicei, singurele momente în care se puteau relaxa şi vorbi unul cu celălalt. Decebal avea încredere şi preţuia înţelepciunea şi bunul ei simţ. Andrada împărtăşea aceeaşi încredere în el.

- Astăzi a fost o zi foarte agitată, a început Andrada conversaţia, relaxându-şi capul pe o pernă mare şi moale.

Părul ei lung şi negru s-a răsfirat încadrându-i chipul frumos.

-       Mă bucur că s-a terminat.

-       Da, a fost o zi tumultoasă, a fost şi el de acord. Cum este Adila? Nu am avut încă timp să vorbesc cu ea.

-       Este bine. Este puternică, spuse Regina. Un pic afectată. Ştii că s-a luptat cu atacatorul ei folosind un cuţitaş pentru flori?

-       Un cuţitaş pentru flori?

-       Da! Şi-a folosit micul cuţit de tăiat tulpini pentru a-i tăia faţa iazigului. Slavă zeilor că foarte aproape de ea a fost Cotiso şi i-a ucis pe iazigi.

Decebal dădu din cap.

-       Sunt sigur că Zamolxis veghea astăzi asupra copiilor noştri! I-a trimis pe Cotiso şi Tarbus să-i salveze.

Andrada a zâmbit, dar a rămas tăcută. Nu era la fel de încrezătoare precum soţul ei în zei care erau întotdeauna atât de atenţi sau de sări-tori.

-       Iazigi s-au întâlnit cu justa dreptate!, spuse Decebal. Adila a participat la execuţie?

-       Nu, nu a dorit să ia parte la asta. Era supărată pe atacator, dar oare poţi ghici de ce?

-       Pentru că a atacat-o, evident!

-       Nu, spuse Regina cu un zâmbet amuzat. Era supărată pentru că bărbatul ce o atacase i-a stricat surpriza pentru mine.

-       Ce surpriză?, întrebă el, nedumerit.

-       Motivul pentru care Adila a mers în pădure, luând şi fetele cu ea, a fost să culeagă flori şi să mă surprindă mâine în timpul sărbătoririi zilei mele de naştere. Acum surpriza ei e distrusă.

Aflarea acestei relatări l-a făcut pe Decebal să zâmbească.

-       Are natura ta sentimentală, draga mea soţie. Totuşi, i-ar prinde bine ceva înţelepciune. A fost o eroare să meargă în pădure fără gărzi care să le însoţească.

- Din fericire, folosind lama cuţitaşului şi-a dezvăluit natura ta războinică, iubite soţ, l-a tachinat regina. Dar da, ai dreptate, a fost o prostie. Şi-a învăţat lecţia.

- Totuşi, mâine încă mai poate să îţi ofere florile. Poate îţi vei arăta şi tu surprinderea?

- Nu, nu este nevoie să mă prefac pentru absolut nimic. A fost o idee minunată şi deja i-am spus asta. Cadoul meu este că fetele s-au întors nevătămate. Dorin, de asemenea. A jucat rolul salvatorului, împreună cu câinele său.

- Da. Voi vorbi şi eu cu el şi îi voi spune că a acţionat condus de curaj.

Regina se întoarse să-şi privească soţul în ochi, fără a mai fi într-o dispoziţie tachinatoare.

- Copiii noştri trebuie să fie curajoşi, altfel nu vor putea supravieţui!

- Sunt curajoşi! Şi vor continua să fie aşa, orice s-ar întâmpla!

- Apropo, ştii de ce iubesc eu florile de primăvară?, întrebă Andrada.

Întrebarea l-a luat prin surprindere.

- Nu. De ce?

- Pentru că sunt frumoase. Dar şi pentru că sunt fragile şi nu trăiesc foarte mult.

O umbră de tristeţe i-a traversat faţa.

- Nu vreau ca ai noştri copii să fie ca florile de primăvară.

Decebal întinse mâna pentru a-i mângâia uşor obrazul.

- Te îngrijorezi prea mult, draga mea. Copiii Daciei nu sunt flori de primăvară!

Buzele i s-au lărgit într-un zâmbet.

- Vor înflori vara şi vor avea sezonul lor încununat de soare. Asta îţi pot jura, pe sufletul meu!

- Ne va ataca Traian?, întrebă brusc Regina, arătând astfel cea mai mare îngrijorare din sufletul ei.

- Da!, răspunsă Decebal fără pauză.

- Crezi că se va întâmpla anul acesta?

- Nu putem şti când va fi, draga mea. Niciun spion de-a lui Vezina, încă, nu ne poate spune când va invada. Acest împărat este un planificator, mi se tot spune asta, dar duce totul la extrem.

Regele a ridicat din umeri.

- Va ataca atunci când se va simţi pregătit. Şi, de asemenea, trebuie să fim pregătiţi.

- Traian nu este singurul planificator, spuse Regina. Vom fi pregătiţi!

Celebrarea celei de-a treizeci şi opta aniversări a Reginei Andrada includea o sărbătoare publică, la mijlocul zilei un festival de cântece şi dansuri, dar şi primirea câtorva buchete foarte mari de flori de primăvară care au încântat-o cu adevărat pe Regină. După vizionarea spectacolelor de muzică şi dansuri, ea şi-a petrecut următoarele două ore salutându-i pe cei care au venit să-şi prezinte urările. Mamele şi-au adus pruncii să-şi vadă regina şi să-i cânte un cântecel de ziua ei.

Regina era iubită de cei mai mulţi pentru caracterul ei amabil şi spiritul său generos. Andrada conducea o clinică medicală gratuită care se afla în apropierea Palatului Regal. Lucra direct cu oamenii, ca vindecător şi doctor în medicina pe bază de plante. Principala ei asistentă la clinică era Zelma, refugiată creştină şi mama Liei. Cu unsprezece ani mai devreme, în urma unei vizite de stat la Roma, Diegis a salvat-o pe Zelma şi pe soţul ei de la întemniţarea şi execuţia la care creştinii erau osândiţi de Împăratul Domiţian.

Cele două fiice ale Andradei, Adila şi Zia, au însoţit-o pe mama lor, şi au participat la ceremonia de întâmpinare a oaspeţilor. Amândouă aveau părul negru, lung şi strălucitor, ca al mamei lor, şi, de asemenea, ochii mari albaştri moşteniţi tot de la mamă. Zia era cu doi ani mai mare, fiind cea mai tăcută şi cea mai grijulie dintre cele două surori.

Adila i-a dat surorii ei un mic ghiont de avertizare.

- Ah, uite, vine Tarbus!

Zia privea deja în direcția băiatului, ceea ce a făcut-o pe sora ei să zâmbească cu subînțeles. Ochii Ziei deveneau întotdeauna mai strălucitori atunci când Tarbus era prin preajmă. Cei trei copii au crescut ca prieteni, dar Zia era acum suficient de mare pentru a se gândi la bărbați tineri și la căsătorie.

- Bună ziua, Tarbus!, l-a întâmpinat Andrada cu un zâmbet cald. Îți mulțumesc că ai salvat fetele. Cavalersimul pare să se moștenească în familia ta!

Tarbus a salutat-o cu o mică plecăciune și a acceptat complimentul cu grație. El era fiul lui Buri, străjerul personal și prietenul Regelui Decebal. Buri i-a protejat viața lui Decebal timp de mulți ani și a luptat alături de el în nenumărate bătălii.

- La mulți ani, Regina mea!, spuse Tarbus. Vă doresc multă sănătate și multă fericire în anul care urmează!

Ochii i s-au îndreptat apoi spre cele două prințese.

- Bună ziua, Adila! Bună ziua, Zia!

- Vreau să-ți mulțumesc și eu!, spuse Adila. Ne-ai salvat viețile.

- Viața mea, ca întotdeauna, este în slujba ta, Prințesă Adila, spuse Tarbus cu umilință.

Vorbea cu Adila, dar ochii îi alergau spre Zia. Zia părea a se simți intimidată.

- Zia îți este, de asemenea, recunoscătoare!, completă Adila cu dezinvoltură. Poate că o vei însoți la o plimbare și îți va spune ea însăși lucrul acesta?

Zia se înroși în timp ce îi aruncă surorii ei o privire confuză.

- Dar, pot vorbi eu pentru mine, mulțumesc!

- Bineînțeles că poți, confirmă și Regina, dar poate că o plimbare ar fi o pauză frumoasă de la a mă însoți în salutarea celor care îmi aduc urări? Sunt sigur că Tarbus ar fi fericit să te însoțească.

- Așa este, Regina mea!, se arătă Tarbus fericit, întorcându-se zâmbind către Zia.

- Aș fi onorat, Prințesa mea!

Zia l-a prins uşor de braţ şi la invitat să o conducă spre aleea ce ducea în parc.

-	Să mergem atunci, înainte de a începe să ni se ţină prelegeri despre ce zi frumoasă este aceasta pentru o plimbare!

Tarbus privi înapoi peste umăr.

-	Rămâneţi cu bine!

-	Se îndrăgostesc din ce în ce mai mult unul de celălalt, spuse Andrada cu blândeţe. Oare când a început să se întâmple asta?

Adila oftă.

-	De aproape un an, mamă. Zia se ascunde bine, dar faţă de mine nu are secrete.

-	Of, înţeleg!, spuse Andrada cu nostalgie. Am fost preocupată cu alte probleme şi nu am observat asta.

-	Prea ocupată să nu observi ce?, întrebă Regele Decebal, care tocmai se alăturase.

S-a aşezat lângă Regină. Buri era cu el şi a rămas în picioare lângă Rege.

-	Că fiica noastră cea mare s-ar putea gândi să-şi întemeieze în curând propria familie.

-	Ei bine, draga mea, este destul de mare, spuse Decebal. Multe femei tinere de vârsta ei sunt deja mămici.

-	Da, ştiu asta, răspunse Regina cu răbdare. Pur şi simplu, încă nu sunt pregătită să o pierd.

-	Nu o vei pierde, Regina mea!, interveni Buri. Fetele nu-şi abandonează niciodată mamele, chiar şi atunci când au proprii lor copii. Băieţii, pe de altă parte...

A făcut o pauză, ridicând din umeri.

-	Feciorii sunt diferiţi.

Andrada privi în sus spre micul uriaş în haine de mare om. Chiar dacă pe câmpul de luptă provoca cu adevărat teroare, atunci când nu se războia, marele luptător chiar era o persoană drăguţă. Cea mai plăcută activitate din viaţa lui Buri era să aibă grijă de livezile sale de meri şi peri. Prefera să însufleţească lucruri, nu să le omoare.

- Tarbus vă va rămâne întotdeauna loial, spuse Andrada.

- Aveți dreptate, Majestatea voastră, spuse Buri pe un ton agreabil. Oricum ar fi, feciorul meu este un războinic și nu se grăbește să se căsătorească. Sunt sigur că Prințesa Zia va găsi un bărbat bun, de viță nobilă, care să o facă fericită.

Andrada aruncă o privire rapidă fiicei sale. Adila zâmbi, apoi se uită repede în altă parte.

- Buri, Drilgisa crede că Tarbus este deja pregătit pentru unele îndatoriri ca ofiter aspirant!, a comunicat Regele. Are o minte ascuțită și o judecată bună. Este curajos și cinstit, reușind să câștige respectul bărbaților.

Opinia regelui i-a captat toată atenția lui Buri.

- Mă bucur să aud asta. Generalul Drilgisa este un bun evaluator de oameni.

- Da, este, și sunt de acord cu el. Îl cunosc pe Tarbus de când era mic. Acum este suficient de matur pentru a conduce o companie de infanterie.

Buri rânji.

- Da, Domnule!. Ar trebui să-l înștiintez?

- Nu, lasă-l pe Drilgisa să-i spună. Tarbus va răspunde în fața Generalului și cel mai bine este ca promovările să-i vină de la ofițerul său superior.

Buri dădu din cap.

- Desigur, Măria ta! Aveți dreptate!

- Mândria ta are o fundație solidă, Buri!, spuse Andrada. Tarbus va servi bine Dacia. Chiar avem nevoie de mai mulți ca el.

- Da, mi-aș dori să avem mai mulți ca el, încuviință Regele Decebal. Mult mai mulți!

> Capitolul 2

Conducătorul cel bun

Roma, luna aprilie, anul 100 d.Hr.

F amilia Împăratului Marcus Traian era o familie ce includea trei generații diferite de femei. De când s-au mutat la Roma, cu toți au trăit amiabil împreună în Palatul Imperial. Împărăteasa Pompeia Plotina a împărțit în mod egal responsabilitățile de administrare a gospodăriei cu sora mai mare a lui Traian, Marciana. Amândouă erau foarte inteligente, echilibrate și responsabile, înțelegându-se bine, fără gelozie sau dezacorduri. Ele au dat tonul pentru restul casei și asta făcea familia fericită.

Singura fiică a Marcianei, Salonia Matidia, s-a mutat cu familia Traian după moartea celui de-al doilea soț. Cele două fiice pe care le avea, au venit cu ea. Asta se întâmplase acum aproape cincisprezece ani. Ea era singura nepoată a lui Traian, iar Împăratul, care nu avea copii, o trata ca pe o fiică.

Cele două fiice ale Saloniei erau deja adolescente. Din fragedă pruncie, fetele au fost crescute ca parte a familiei Traian. Vibia Sabina avea șaisprezece ani. Sora ei vitregă, Mindia Matidia, era cu un an mai mare. Fiecare fată moștenise aspectul elegant și natura blândă a mamei lor.

De-a lungul anilor, Traian și-a petrecut o mare parte din timp alături de armată. A fost plecat cu lunile și uneori chiar ani la rând, mai întâi a fost în Spania și mai târziu în campaniile din Germania și Pannonia. Pompeia și Marciana au administrat vasta avere a familiei, care includea mari ferme lucrate de un număr foarte însemnat de sclavi, diverse fabrici, dar și alte afaceri. Amândouă aveau propriile averi, dincolo de proprietățile și averea lui Traian. Ambele au fost susținătoare înflăcărate ale lui Traian, sprijinindu-i avansarea în cariera lui militară prin influența lor financiară și politică.

Atunci când stătea acasă, Traian era mândru și se bucura de momentele petrecute alături de familia sa. El și Plotina aveau caractere și temperamente asemănătoare. Aveau un caracter mândru, dar arătau și modestie, neavând un aer de divinitate. Plotina era un bun strateg politic și mulți o creditau pe ea pentru capacitatea împăratului de a câștiga susținerea tuturor grupurilor. Traian era perceput de către public ca bun conducător, un Caesar ce apăra moștenirea valorilor tradiționale romane. Plotina era o importantă parte din spatele acestei imagini politice.

Împăratul se alătură soției sale pentru micul dejun. Aceasta era așezată pe o canapea, având în fața ei o masă joasă pentru servit mâncarea. De cealaltă parte a mesei se afla o altă canapea ocupată de Salonia, Vibia și Mindia care serveau micul dejun alături de Împărăteasă. În mod obișnuit, la Roma, canapelele pentru servitul mesei erau ocupate de trei persoane.

- Bună dimineața, dragele mele!, le-a salutat binevoitor Traian pe doamne, așezându-se lângă Plotina.
- Bună dimineața, dragul meu!, a răspuns Împărăteasa. Servește-te cu ceva înainte să fugi. Lictorii te așteaptă afară, dar lasă-i să mai aștepte puțin.

S-a întins înapoi pe canapea, sorbind dintr-o ceașcă cu ceai cald aromatizat cu lămâie și miere.

- În această dimineață arăți că ești deja pregătit pentru o ședință a Senatului, unchiule!, spuse Salonia cu dezinvoltură.

Traian purta o togă înălbită până la un alb foarte strălucitor, aranjată perfect pentru a evidenția corpul său înalt și atletic. În acea dimineață Senatul Romei aștepta să-l audă pe Caesar vorbind despre anumite chestiuni importante de stat.

- Așa este, confirmă Traian. Munca Cezarului cu Senatul este nesfârșită. Dar de ce toată lumea s-a trezit atât de devreme?
- În această dimineață avem lecții de călărie, Preamărite Unchi!, răspunse Vibia.

În cadru familial, acasă în Palatul Regal, titlurile formale, cum ar fi Caesar, nu era folosite.

- Aș vrea să te pot însoți la aceste lecții de călărie, spuse șoptind ușor Traian. Desigur că asta ar fi cu mult mai interesant decât să-i ascult toată ziua pe senatori ținând discursuri lungi și plictisitoare, ce crezi?
- Mi-ar plăcea să văd o ședință a Senatului, spuse Mindia.
- Oprește-te, draga mea!, o certă mama cu blândețe. Știi foarte bine că femeile nu au voie în Camerele Senatului. Este un loc exclusiv al bărbaților.
- Este adevărat, confirmă și Împărăteasa. Dar ceea ce vei putea face într-o zi, Mindia, este să mergi în fața ușii Senatului și de acolo să asculți discursurile din interior.
- Dar lucrul acesta funcționează doar în zilele toride, când ușile sunt deschise pentru a avea aer proaspăt în interior, spuse Traian.

Se întoarse spre strănepoata lui, a cărei față trăda o privire dezamăgită.

- Mindia, după lecția de călărie roagă-l pe Cotta să te aducă la Senat. Voi ordona ca ușile să fie ținute deschise pentru tine, indiferent dacă vom avea o zi călduroasă sau răcoroasă.
- Uau, mulțumesc!, spuse Mindia luminoasă.

Adesea asculta poveștile dintre bunica ei, Marciana, și mătușa ei, Pompeia, discutând despre politică, devenind chiar curioasă să vadă în realitate ședințele Senatului.

- Sunteți binevenite!, spuse Împăratul. Vibia, ai vrea să vii și tu?

Fata își dădu ochii peste cap.

- Nu, mulțumesc! Discursurile din Senat nu sunt pentru mine. Voi citi câteva poezii în schimb.

Terminaseră micul dejun, iar Salonia s-a ridicat să plece.

- Haideți, dragele mele! Nu trebuie să întârziați la lecțiile voastre!

Fetele s-au ridicat, luându-și rămas bun și urmându-și mama afară. Obediența și politețea erau prețuite, dar și cerute, în familia lui Traianus.

- Ce fete istețe!, spuse Traian după plecarea acestora. Se pare că Mindia este interesată de politică, crezi că te copiază pe tine?

Plotina râse.

- Cel mai probabil aș crede că se ia după bunica ei.

- Ah! În ceea ce o privește pe Vibia, ea este la fel de pasionată de poezie, așa cum a fost întotdeauna. Iar asta, draga mea, chiar pare să fie influența ta.

Pompeia iubea cultura greacă, în special poezia și filosofia.

- În această privință ai dreptate, iubite soț! Ah, mi-am amintit că, Marciana și cu mine vrem să discutăm cu tine ceva, în legătură cu Vibia.

- Bineînțeles!

- Dar până atunci, ce mesaj ai astăzi pentru Senat?

Traian se lăsă mai în spate pe canapea.

- Promisiunile obișnuite. Câțiva dintre ei încă se tem că mă voi transforma în Domițian.

Împărăteasa îi luă în derâdere.

- Ce prostie. Tu nu ești Domițian!

Traian se aplecă și o sărută pe obraz.

- Iar tu, draga mea, nu ești Domiția Longina!

Răspunsul era menit a fi un compliment. Fosta Împărăteasă Domiția rămase cunoscută ca o flamboaiantă iubitoare de lux și privilegii speciale, fiind exact opusul imaginii modeste a Plotinei.

- Nici nu mi-aș dori să fiu!, spuse Plotina. Deși am auzit că biata femeie se bucură foarte mult de noul ei rol public de văduvă îndurerată a Împăratului Domițian. Ce trist!

Traian ridică din umeri.

- Domiţia a fost întotdeauna iubită de oameni. Acum, asta este tot ce i-a mai rămas. Nu pot fi invidios pe fericirea ei.
- De altfel, nici eu, Marcus. Femeia a suferit destul sub apăsarea soţului ei nebun şi al degetului său mare.

Plotina se opri pentru moment, pierdută în gânduri.

- Aud mai multe zvonuri că ar fi fost complice la conspiraţia de asasinare a acelui soţ nebun. Crezi că ar putea fi adevărat?
- Of! Asta-i o întrebare complicată, răspunse Traian. Conspiraţia împotriva lui Domiţian a fost amplă şi i-a inclus pe unii dintre cei mai puternici oameni din Roma. Spre sfârşitul domniei sale, Domiţian a înnebunit şi bănuia că toată lumea complotează împotriva lui. Oamenii trăiau cu frică pentru viaţa lor. Depăşindu-şi teama pentru viaţa lor, unii au luat măsuri.
- Unul dintre acei oameni fiind însăşi Împărăteasa Domiţia?
- Se prea poate. S-ar putea ca niciodată să nu aflăm asta cu certitudine, draga mea. Toţi cei care au fost asociaţi cu ea sunt acum morţi. Slujitorul ei, Stephanus, omul care a iniţiat atacul asupra lui Domiţian, a fost ucis chiar atunci de servitorii Împăratului. Parthenius şi Prefectul pretorian Petronius Secundus au fost executaţi ulterior de susţinătorii lui Domiţian.
- Morţii nu pot spune poveşti!, filozofă Pompeia. Deci, conspiratorii au fost oameni angajaţi să-l slujească personal pe Domiţian, de asemenea, Garda Pretoriană, foarte probabil membri ai Senatului Romei şi, probabil, Împărăteasa Domiţia însăşi.
- Nimeni nu îndrăzneşte să-i acuze pe membrii Senatului. Poate că e mai bine aşa!, spuse Traian. Împăratul Nerva a muncit din greu pentru a repara răul făcut Senatului de domnia terorii lui Domiţian. Chiar şi acum încă mai sunt daune de reparat. Încă trebuie să-i conving pe unii dintre foştii duşmani ai lui Domiţian să nu se răzbune pe foştii săi susţinători.
- Ce bătaie de cap încurcată!, exclamă Pompeia.

- Este, într-adevăr!, confirmă Traian. Din acest motiv este mai bine să nu ne preocupăm de zvonuri ce apar cu privire la Domiția Longina sau la oricine altcineva. Cu cât aceste zvonuri dispar mai repede, cu atât mai bine.

- Înțeleg asta și sunt de acord, răspunse Pompeia. Dar spune-mi te rog, încă mai există plângeri în Senat? Ce mai vor de la tine?

- Întotdeauna vor mai mult. Nu se vor opri niciodată.

- Ai promis să nu ucizi senatori și ți-ai ținut promisiunea, a spus Împărăteasa cu un zâmbet ironic. Ți-ai ținut mâinile departe de banii și proprietățile lor. Îi tratezi cu demnitate. Deci, ce altceva mai vor?

- Vor exista întotdeauna unii care doresc să redea Senatului Romei puterea pe care a avut-o atunci când Roma era republică.

- Mai multă prostie!

- Da, prostie, într-adevăr!, răspunse Traian cu vădit dispreț. Iulius Caesar ne-a arătat calea, iar după el a făcut-o Divinul Augustus. Un Caesar trebuie să conducă Imperiul, nu doar colecția pestriță de nobili.

- Un Cezar bun trebuie să conducă, Marcus!, confirmă și Împărăteasa. Un Cezar puternic, dar nu un tiran. Domițian era arogant și sever. Împăratul Nerva era binevoitor, dar nu avea o mână puternică. Tu nu ești niciunul dintre cel doi.

- Sunt cuvinte înțelepte, ca întotdeauna, draga mea!, spuse Traian zâmbind. Ar trebui să te rog să vorbești cu criticii mei și să-i convingi că drumul nostru este cel corect.

- Mda! Criticii tăi sunt ca muștele care zboară în jurul unui armăsar.

O voce pe jumătate încă adormită ce a intrat în cameră le-a atras atenția.

- Ce zboară? Ce armăsar?

- Senatul zboară, surioară, răspunse Traian în timp ce Marciana li se alătură.

Sora mai mare părea obosită și cu ochii somnoroși.

- Nişte gândaci, toţi!, proclamă Marciana. Te irită, dar în realitate nu-ţi pot face niciun rău cu adevărat.

Era o femeie cu puternice opinii politice.

- Nu ai dormit bine, Marciana?, întrebă Plotina.

- Nu prea am dormit, răspunse aceasta.

Marciana era o femeie de cincizeci şi unu de ani, cu înălţime şi constituţie medie, care deja începea să-şi arate vârsta. Părul îi încărunţea şi avea probleme cu somnul.

- Ei bine, trebuie să plec şi vă las şi pe voi două să mai vorbiţi!, spuse Traian, ridicându-se de la masă. Senatul Romei este în aşteptare.

- Stai, înainte să pleci, spuse Plotina, atrăgându-i vizual atenţia şi Marcianei. Vrem să discutăm problema Vibiei.

Traian se opri pentru moment.

- Ce-i cu Vibia?

- Are aproape şaisprezece ani, spuse Marciana. O tânără nobilă de vârsta ei trebuia să se gândească deja la căsătorie.

Traian trebuia să accepte asta. Bărbaţii romani de viţă nobilă se căsătoreau pe la douăzeci şi ceva de ani. Femeile romane de viţă nobilă se căsătoreau cu aproximativ zece ani mai devreme.

- Înţeleg, spuse Traian. Şi crezi că ar trebui să se căsătorească acum?

- Da!, răspunse Plotina. De asemenea, de aceeaşi părere cu mine este şi mama ei.

- Şi la cine v-aţi gândit că ar putea fi un soţ potrivit?

Împărăteasa i-a zâmbit luminos.

- Hadrianus.

- Hadrian?

Alegerea l-a luat prin surprindere pe Traian.

Publius Aelius Hadrianus, omul pe care toată lumea îl numea Hadrian, a fost, de asemenea, crescut ca parte a familiei Traianus. Tatăl lui Hadrian, care era vărul lui Traian, murise pe când băiatul avea doar zece ani. Traian a fost desemnat să fie unul dintre tutorii băiatului. Hadrian i s-a alăturat şi a fost crescut în casa lui Traianus.

Din moment ce Traian era plecat cu armata în cea mai mare parte a timpului, ar fi mai corect să spunem că băiatul a fost crescut de Pompeia Plotina şi de femeile din familie. Hadrian împărtăşea interesul puternic al Pompeei pentru cultura greacă, inclusiv pentru poezie, artă şi filozofie. Spre nemulţumirea lui Traian, unii oameni îl numeau pe tânăr "*micul grec.*" Această etichetare venită de la un alt bărbat roman, nu era deloc un compliment. Cu toate acestea, părea clar că toate femeile adulte care locuiau în casă îl adorau pe Hadrian.

Motivul surprinderii lui Traian era simplu. La Roma, căsătoriile nobiliare erau aranjate din motive financiare şi politice. Căsătoria Vibiei cu Hadrian l-ar aduce pe tânăr în familia restrânsă al lui Traianus, ceea ce i-ar ridica considerabil statutul. Aceasta devenea o binefacere extraordinară pentru Hadrian.

Pe de altă parte, Traian nu vedea avantaje evidente pentru Vibia. Singurul lucru pe care Hadrian l-ar avea în favoarea sa era că toate femeile mature din familia Traian aveau o părere bună despre el. Traian nu ştia ce simţea Vibia în legătură cu mariajul, dar asta nu era o preocupare în luarea deciziei. Adulţii responsabili pentru ea luau toate deciziile, ultimul cuvânt aparţinându-i lui Traian.

-   Frate? Are Vibia binecuvântarea ta să se căsătorească cu Hadrian?, l-a întrebat sora lui nerăbdătoare.

-   Ei bine, din moment ce sunteţi toate de acord, se pare că sunt în minoritate, răspunse Traian în glumă.

În calitate lui de cap al familiei, el trebuia să ia această decizie, dar, ca întotdeauna, ţinea cont de dorinţele soţiei şi ale surorii sale.

-   Da, Vibia are binecuvântarea mea!

-   Minunat!, spuse Pompeia.

Marciana părea şi ea încântată.

Traian a ieşit grăbit afară pentru a se alătura celor doisprezece lictori care urmau să-l escorteze la Palatul Senatului. Mintea nu-i era la Şedinţa Senatului, ci mai degrabă la problemele de familie. La cei

douăzeci și patru de ani pe care-i avea, prin căsătoria sa cu Vibia Sa-
bina, Hadrian era pe cale să devină foarte apropiat cu Împăratul Traian.
Aceasta avea să modeleze viitorul ambilor bărbați, deși nu era foarte
clar cum va arăta acel viitor.

Gaius Plinius Secundus era una dintre vocile ce se făceau auzite în Se-
natul Romei, un politician care la admirat pe marele Cicero, stilizându-
și imaginea publică drept succesor al acestuia. Ulterior, el avea să de-
vină cunoscut sub numele de Pliniu cel Tânăr, pentru a-l distinge de
faimosul său unchi, Pliniu cel Bătrân, care a fost ucis în erupția Vezuvi-
ului. În această zi, Pliniu, un politician binecuvântat cu talent oratoric
înnăscut, s-a adresat Senatului pentru a-l preamări pe Caesar și pentru
a-i lăuda familia.

Împăratul Traian privea, odihnindu-se confortabil pe tronul său așe-
zat în fața adunării. La ordinele Cezarului, ușile Senatului au fost ținute
deschise pentru a permite circulația aerului și, de asemenea, pentru a
satisface curiozitatea unei nepoate care dorea să asculte discursurile.

- Unii bărbați se simt jenați de alegerile pe care le fac soțiile lor
  - a spus Pliniu cu sinceritate deplină - și pe bună dreptate! Ele
  aduc rușine și mâhnire bărbaților cu rădăcini nobile și cu nobil
  caracter. Marele nostru Caesar, pe de altă parte, și-a instruit
  bine femeile.

Acesta era un mare compliment pentru capacitatea unui bărbat ro-
man de a-și conduce căminul familial. Traian era mulțumit. El a
continuat să asculte cu răbdare.

- Împărăteasa Pompeia Plotina este chiar modelul virtuții tradi-
  ționale romane. Toate femeile din Roma o admiră și doresc să-
  i copieze modelul. Este o femeie modestă, la fel ca Cezarul.
  Merge pe jos printre concetățenii ei din Roma, la fel ca Cezarul.
  Ea nu caută o glorie mai mare decât ascultarea și devotamen-
  tul față de soțul ei, așa cum fac toate femeile virtuoase din
  Roma. Ea este pură din punct de vedere moral.

Pliniu nu a spus-o direct, dar, totuşi, era clar pentru toată lumea că laudele sale la adresa actualei împărătese, Pompeia, pictau un contrast puternic cu împărăteasa anterioară, Domiţia. În acest sens, Pliniu a evidenţiat, de asemenea, un contrast între caracterul şi familia actualului împărat, Traian, şi fostul împărat, Domiţian. Majoritatea senatorilor urau chiar şi amintirea lui Domiţian şi a domniei sale distructive.

Pliniu şi-a continuat cu pasiune actul oratoric.

- Să o lăudăm şi pe Ulpia Marciana, sora cinstită a nobilului Caesar. Comportamentul ei este, de asemenea, fără reproş. Este o femeie smerită, onestă şi sinceră. Are o inimă bună, o dispoziţie blândă şi împarte fără gelozie sau ranchiună casa cu Împărăteasa Pompeia. Trebuie să punem această armonie familială pe seama mâinii călăuzitoare, înţelepte şi ferme a nobilului nostru Caesar. Aşa cum îşi conduce familia, aşa conduce şi Roma!

Pliniu a făcut o scurtă pauză pentru a lăsa mesajul său să fie încorporat. Se apropia de final şi dorea să încheie într-o notă şi mai puternică. Fiecare bărbat roman de sorginte nobilă a fost instruit în oratorie încă de când era copil, pentru a folosi aceste abilităţi tocmai în momente ca acestea.

- Hercule, după cum ştim cu toţii, a fost trimis pe Pământ pentru a aduce dreptate şi virtute omenirii. Nobilul Caesar, cu trupul şi puterea lui Hercule, a fost trimis la noi din Spania pentru acelaşi scop divin!

Pliniu ridică tonul cu o voce clară şi răspicată.

- Gloriosul Jupiter aduce înţelepciune şi dreptate în activităţile bărbaţilor. Cu toate acestea, Jupiter se odihneşte astăzi. Şi se odihneşte pentru că acele sarcini divine de împărţire a înţelepciunii şi dreptăţii au fost date nobilului Caesar. Să-i mulţumim Cezarului şi să-l lăudăm pe Caesar pentru devotamentul său nemărginit de a face lucrarea zeilor aici pe Pământ!

Senatorii aplaudau, strigându-şi aprobarea. Pliniu a făcut o plecăciune în direcţia împăratului, apoi şi-a reocupat locul printre ceilalţi senatori. Traian a mers spre centrul podiumului. După o perioadă cu aplauze, Împăratul a ridicat mâna pentru a solicita tăcere.

- Părinți ai națiunii! Cu toții ar trebui să acționăm pentru a promova virtutea, înțelepciunea și dreptatea!

Traian vorbea cu o voce puternică și clară. El nu era un orator la fel de cizelat precum Pliniu, dar compensa prin autoritatea pe care o avea.

- Arătați respect în fața zeilor îmbrățișând virtutea și respingând viciul. Fiți corecți, fiți drepți și nu veți avea dușmani. Răsplătiți-vă prietenii, dar lucrați împreună cu cei care vă sunt adversari și faceți acest lucru în beneficiul oamenilor din Roma. Asta am făcut și asta voi face. Doresc să-i numesc în funcții doar pe cei mai buni, fie că-mi sunt aliați sau adversari. Asta trebuie să facă un conducător bun.

Discursul a câștigat mai multe aplauze puternice din partea adunării. Într-adevăr, Împăratul și-a ținut promisiunile de a-i trata corect pe senatori și de a-i răsplăti pe cei care meritau ranguri înalte.

- Căutați armonia și pacea, dar fiți întotdeauna pregătiți pentru război, continuă Traian. Pentru asta, Roma trebuie să abordeze lupul de la frontiera noastră nordică. Unii din nord devin prea mândri, prea aroganți și prea îndrăzneți. Ei sunt cei care îi mituiesc pe aliații noștri pentru a forma alianțe cu ei. Ei sunt cei care îi mituiesc pe inginerii noștri, pe meșteșugarii noștri calificați și chiar pe soldații noștri pentru a li se alătura. Acesta este un ultraj împotriva demnității și onoarei Romei. Vă spun acum că acest afront se va încheia!

Toți senatorii aplaudau frenetic. Era clar pentru toată lumea prezentă despre ce lup vorbea Împăratul. Dacia și Regele Decebal au fost un ghimpe în coasta Romei în ultimii cincisprezece ani. Ei au respins două invazii eșuate în Dacia și au provocat pierderi grele armatelor romane. Ei l-au ucis pe guvernatorul roman al Moesiei, au ucis un general roman în luptă, distrugându-i legiunea și au capturat stindardele Vulturului de la legiunile romane învinse.

Împăratul Domiţian a semnat un tratat de pace cu Regele Decebal, tratat care favoriza cu prisosinţă Daciei. Domiţian i-a plătit lui Decebal sume mari de bani în fiecare an, pentru a menţine pacea. Timp de peste un deceniu, tratatul ruşinos semnat de Domiţian a fost primit de nobilimea romană ca o umilinţă şi o pată pe onoarea Romei.

- Suntem favorizaţi de Jupiter şi de toţi zeii, a continuat Traian, dar, în fiecare an, Roma plăteşte comori unui rege barbar, mândru şi arogant. Puterea şi mândria barbarului creşte şi nu se mai opreşte. Iar aceasta este o indignare, o duhoare ajunsă în nările zeilor. Vă spun acum, Roma va purta război împotriva acestei mândrii şi aroganţe!

Uralele puternice au izbucnit şi senatorii s-au ridicat în picioare. Traian tocmai ce promise că va intra în război cu Dacia. Aceasta era vestea pe care mulţi o aşteptau să o audă de foarte mulţi ani. Împăratul Traian era Cezarul care, în cele din urmă, să-i arate lui Decebal unde îi era locul. El avea să restabilească mândria ştirbită a Romei. Acest Caesar făcea cu adevărat lucrarea zeilor!

Traian stătea drept în mijlocul podiumului, puternic şi senin, acceptând manifestarea entuziasmantă a supuşilor săi, acceptând ordinea domniei sale. De partea lui avea armata, poporul şi Senatul. El era Stăpânul Romei, ceea ce îl făcea Stăpânul Lumii.

Spre după-amiază, Împăratul a plecat din Palatul Senatului pentru a-l vizita pe cel mai apropiat prieten al său, Licinius Sura. La fel ca Traian, şi el era din Spania. Avea cu zece ani mai mulţi decât Împăratul, fiindu-i prieten şi mentor de o viaţă, încă de când Traian era tânăr. De-a lungul anilor, Licinius Sura a fost un personaj emblematic în ascensiunea lui Traian la putere. Printre prietenii pe care i-a influenţat a fost şi Senatorul Nerva, cel care ulterior avea să devină Împăratul Nerva. Mai târziu, chiar Împăratul Nerva avea să-l adopte pe Traian ca fiu al său, ceea ce i-a deschis calea de a deveni următorul Caesar.

Lui Traian îi plăcea să-şi surprindă prietenul cu vizite neanunţate. Îşi lăsa întotdeauna gărzile afară, astfel încât să poată vorbi nestingherit cu prietenul său de încredere. Niciodată nu s-a temut pentru siguranța sa în Casa lui Sura.

Licinius Sura se întreținea deja cu un oaspete, un alt bărbat cu origini spaniole. Marcus Valerius Martialis, mai cunoscut sub numele de Marțial, fost poet de curte pentru Împăratul Domițian și Împăratul Nerva. Cărțile sale de epigrame erau citite de un număr mare de oameni aparținând claselor educate din Roma, deoarece erau adesea scandaloase și întotdeauna distractive. Marțial muncea pentru patronii bogați, slujindu-i pe măsură, prin laude pe cei aflați în grațiile sale și arzându-i poetic pe cei căzuți în dizgrație. Era foarte încântat să-și ofere loialitatea și talentul noului Caesar.

- Ah, Soarele lui Traian a răsărit!, plângea liric bardul atunci când Traian a intrat în cameră.

Nu avea deloc simțul modestiei și se mândrea cu talentul său de lingușire.

- Priviți, voi muritorii, spre strălucirea lui Caesar!

- Nu am nevoie de lingușire, Marcus!, i-a spus Traian cu un zâmbet relaxat. Astăzi, în Camera Senatului, Gaius Plinius m-a comparat cu Hercule și Jupiter! Am fost măgulit suficient pentru ziua de astăzi.

Lăsând la o parte cuvintele de modestie, zâmbetul de pe chipul lui Traian arăta că era mulțumit. Sub acoperământul omului de rând al împăratului, în interior ardea o mândrie feroce. Colegii săi hispanici, Sura și Marțial, i-au înțeles dorința de a arăta arogantei nobilimii romane că el, un așa-numit om nou din provincii, era un om mai bun decât ei. Aceeași mândrie îi conducea și pe ei.

Sura a umplut un pocal de argint cu vin pentru Traian, reumplându-și și propriul pocal.

- Lingușirea lui Marcus pare atât de sinceră încât mulți oameni o iau drept adevăr. Un poet de veacuri, venit la Roma din Spania!

- Roma laudă și citează din cărticelele mele de epigrame. Roma mă iubește!, spuse Marțial zâmbind. Sinceritatea este o armă ascuțită și puternică, Licinius.
- Spiritul tău este o armă ascuțită și puternică, Marcus, spuse Împăratul.

Traian nu era un iubitor de poezie și se mândrea cu acest fapt, dar era ușor să-ți placă Marțial.

- Îți mulțumesc pentru acest compliment măreț, Caesar!
- Poezia ta a provocat mai multe scandaluri la Roma decât o sută de bârfe adunate, îl tachină Sura. Ție chiar nu ți-e rușine?
- Deloc!, spuse Marțial cu seriozitate. Absolut deloc, Licinius! Poeziile mele sunt obraznice, dar viața mea este pură.
- Poezia ta i-a născut dușmani lui Domițian, continuă Sura. I-ai cântat laudele, să zic așa, cu prea multă îndrăzneală?
- Nu este corect, Sura!, răspunse Marțial. Domițian nu avea nevoie de ajutorul meu pentru a-și face dușmani.

Pe Traian îl pufni râsul.

- Acesta este adevărul. Pur și simplu scrie ce vrei, atunci când vrei. Fii tu însuți, Marcus! Nimic mai mult.
- Am descoperit acum, la bătrânețe, că acesta este unul dintre secretele pentru a trăi o viață fericită, răspunse Marțial - poetul ce se apropia de șaizeci de ani. Și vorbind despre vârstă, trebuie să vă las domnilor buni și să mă retrag pentru această zi.

Traian l-a prins de umăr.

- Odihnește-te bine, prietene! Poezia poate să aștepte o altă zi.

Marțial a înclinat capul în semn de rămas bun în fața ambilor bărbați și a fost escortat afară de un servitor. Deși mintea lui era la fel de ascuțită ca întotdeauna, simțea vinul din ce în ce mai mult, pe măsură ce anii treceau. Atât Sura, cât și Traian erau băutori înrăiți, iar Marțial a încetat de mult să mai încerce să țină pasul cu ei.

Sura se întoarse spre Traian.

- Cărui fapt datorez onoarea acestei vizite?

- De când am nevoie de un motiv pentru a-mi vizita un prieten?

- Nu ai nevoie, Marcus Ulpius. Deci, spune-mi, cum a fost întâlnirea ta cu Senatul? Am fost prea ocupat cu afacerile ca să particip.

- Mă venerează!, chicoti Traian. Ca pe zei, Licinius. Pliniu a ținut un discurs în care le-a spus că eu fac munca lui Jupiter pe Pământ!

- Acel om are gura aurită și va ajunge departe, spuse Sura. Ceea ce este important să reții, Caesar, este că nu a fost o lingușire goală. Senatul și poporul Romei te văd ca pe un bun conducător.

- Sunt văzut așa deoarece chiar sunt bun conducător, spuse Traian.

Sura aprobă prin înclinarea capului.

- Tu chiar ești așa, Marcus. De-a lungul anilor am purtat conversații pe această temă. Acum, pentru că ești Cezar, aduci aceste conversații la viață, nu doar prin idei, ci și prin acțiuni.

Traian și-a turnat mai mult vin. A mai luat o înghițitură, savurând gustul. Era un vin excelent. Împăratul iubea și colecționa cele mai bune vinuri din toată Italia, dar și din locurile mai îndepărtate.

Traian ridică o sprânceană.

- Tiburtine?

- Da, tiburtine. Colecție proaspăt primită dintr-un an excelent. Dacă vrei, îți voi trimite câteva la palat.

- Da, vreau!, spuse Traian, oprindu-se brusc din vorbire. Știi ce mă surprinde, Licinius?

- Ce te surprinde?

- Că nu este atât de dificil să fii un bun conducător bun, așa cum mă temeam odată.

Asta l-a luat prin surprindere pe Sura.

- Cum adică?

- Le spun senatorilor că nu-i voi ucide, că nu-i voi exila, că nu le voi fura averea, iar ei mă laudă pentru asta. Dar vezi tu, nici nu am vrut să-i ucid sau să-i jefuiesc, în primul rând. Nu este un lucru atât de dificil să-i tratezi cu respect şi să oferi o justiţie corectă.

- Da, înţeleg. Aceste lucruri sunt naturale pentru tine, deoarece vin din caracterul tău. Dar gândeşte-te, Marcus - Sura se opri să-l privească în ochi - de ce Domiţian nu a făcut aceste lucruri? Sau Nero?

- Presupun că îmi vei spune că nu era în caracterul lor?

- Întocmai. Bărbaţii cu caracter puternic sunt rari. Prin asta mă refer la caracterul adevărat, la caracterul cinstit, nu cel de faţadă. Şi tocmai de aceea conducătorii buni sunt rari.

Împăratul se opri să-şi soarbă vinul. Sura era un prieten în care putea avea încredere deplină şi adesea îşi spunea gândurile pentru a-i asculta părerea.

- În curând trebuie să iau o decizie cu privire la caracterul unui om.

- Serios? Caracterul cui?

- Al lui Luca Quietus.

- Aha!, exclamă Sura, surprins încă o dată.

Lusius Quietus era un fost general al cavaleriei maure, cu un impresionant palmares de victorii militare dar, de asemenea, cu reputaţia pătată. Senatul roman la îndepărtat de la comandă din cauza masacrelor sale, inutile şi sălbatice, asupra populaţiilor civile din teritoriile cucerite.

- Te gândeşti să-l numeşti sub comanda ta, Marcus?

- Da, mă gândesc! Vreau să-i reabilitez cariera militară. Şi l-aş vrea la comanda cavaleriei pentru invazia din Dacia.

- Senatorii nu vor fi mulţumiţi. Ei îl privesc pe acest om ca fiind ceva mai mult decât un sălbatic şi un criminal.

Traian flutură dispreţuitor din mână.

- Nu vreau nobili bogaţi sau politicieni care să comande în luptă, Licinius. Am nevoie de ucigaşi.

- Înțeleg asta, dar caracterul lui Lusius Quietus nu se va schimba niciodată, Marcus. Dacă îi reabilitezi cariera și îi redai comanda, se va reflecta asta prost asupra caracterului tău?

Împăratul ridică din umeri.

- Asta nu contează. Trebuie să fac ceea ce ar trebui să facă un conducător bun.

- Și ce ar trebui să facă un conducător bun în acest caz?

Traian răspunse fără ezitare.

- Să se asigure că Roma reușește în invazia Daciei!

Sura clătină din cap.

- Atunci, vai de femeile, copiii și bătrânii Daciei, tremurând de frică în paturile lor!

Capitolul 3

Nori de furtună

Sarmisegetuza, luna martie, anul 101 d.Hr

Culegerea și interpretarea informațiilor era principala îndatorire a Marelui Preot din Zamolxis. Pe lângă supravegherea instruirii preoților și îndeplinirea ritualurilor religioase din timpul marilor sărbători dacice, Marele Preot era cel mai apropiat și cel mai de încredere sfătuitor al regelui dac. Vezina a fost pe rând sfetnicul principal al Regelui Scorilo, apoi al Regelui Duras și acum al Regelui Decebal. Scorilo fusese tatăl lui Decebal, iar Duras a fost unchiul său.

Marele preot aduna informații dintr-un număr mare de surse. El mituia informatori din multe capitale străine, inclusiv de la Roma. Negustorii și alți călători care treceau prin Dacia știau că o audiență la Marele Preot ar fi profitabilă pentru ei dacă aveau informații bune de împărtășit. Chiar și zvonurile, atunci când erau puse cap la cap și interpretate în mod corespunzător de Vezina, puteau oferi informații și perspective valoroase. Vezina nu se baza pe superstiții sau pe citirea frunzelor de ceai, ci se baza pe informații pentru a înțelege ce se întâmplă în prezent și pentru a prezice ce s-ar putea întâmpla în viitor.

Cea mai frecventă sursă de informații pentru Vezina și Decebal venea de la mica armată de cercetași daci de cavalerie. Acești călăreți erau ochii și urechile Regelui în tot Regatul Daciei și de-a lungul granițelor Daciei. Adesea ei se aventurau dincolo de granițele Daciei, pe teritoriul vecinilor. În mod deosebit, ei și-au propus să traverseze constant Râul Ister, intrând în provinciile romane din vecinătate. Misiunile lor erau exploratorii, nu ostile. Regele Decebal avea nevoie să știe ce se întâmplă în regatul său, dar și de-a lungul granițelor sale.

Experimentatul veteran Tsiru era comandantul cercetașilor de cavalerie. Acum, odată cu înaintarea în vârstă nu mai era la fel de nerăbdător să plece în misiuni de cercetare, ceea ce presupunea să stea în șa săptămâni în șir. Din acest motiv, el se baza din ce în ce mai mult pe Dadas, tânărul său ajutor. Dadas avea aceeași construcție fizică ca Tsiru, scund și subțire, dar era cu cincisprezece ani mai tânăr.

Tsiru și Dadas prezentau un raport în fața Consiliului Superior al Regelui Decebal, așezați în jurul unei mese din Sala Tronului. În afară de Vezina, Consiliul includea Regele, Regina Andrada, Generalii de infanterie Diegis și Drilgisa și pe Generalul cavaleriei, Sinna.

- Preamărite Rege, Slăvită Regină, Sfinția Voastră!, s-a adresat Consiliului, Tsiru. Dadas tocmai s-a întors dintr-o misiune în Moesia și Banat. Avem rapoarte de cercetare despre principalele forturi romane și tabere militare.

Vezina a înclinat din cap pentru a-i saluta pe ambii cercetași.

- În ultimii doi ani, Traian și-a consolidat armatele de-a lungul Râului Ister. Aveți informații că ar sosi mai multe trupe?

- Da, Sfinția Voastră!, răspunse Dadas. Mai mulți legionari sosesc din sud și, de asemenea, din provinciile estice sosește un număr egal de infanteriști pentru susținere. Trupele romane sunt dotate cu echipamente complete de artilerie și cavalerie. Trupele auxiliare de susținere sunt înarmate după tradiția neamurilor din care fac parte.

- Câte legiuni sunt campate dincolo de Ister?, întrebă Decebal.

- Nouă legiuni complete, Domnule!, răspunse Tsiru. Cinci legiuni sunt campate în Moesia și patru legiuni sunt în Pannonia, inclusiv cele care au mărșăluit din Germania. Asta înseamnă cincizeci de mii de luptători. De asemenea, estimăm treizeci de mii de trupe de susținere, o babilonie de infanterie și cavalerie.

Galii, iazigii și cavaleria germană alcătuiesc cea mai mare parte a oștirii lor de susținere.

Diegis se încruntă.

- Cu optzeci de mii de soldați, deja ne depășesc numeric cu doi la unu.

- Roma ne va depăși întotdeauna numeric, Diegis!, răspunse Regele. Traian adună legiuni din Macedonia și Germania. Dacă dorește, el poate aduce trupe din Spania și din Siria. Noi nu avem această opțiune.

Tsiru și-a dres vocea.

- Dadas are ceva să vă arate, poate veți considera că este util.

Vezina ridică din sprâncene.

- Ce este?

Dadas se îndreptă spre locul unde stătea Vezina, băgă mâna într-un buzunar al vestei din blană de oaie și scoase un săculeț din piele. Din săculeț, pe masa din fața Marelui Preot, se rostogoliră trei monede de argint.

- Sfinția Voastră, acestea monede care se distribuie legiunilor din Moesia și Banat sunt nou bătute. Monedele sunt un cadou suplimentar din partea Împăratului Traian pentru legionarii săi.

Vezina luă una dintre monede și privi cu atenție aversul și reversul acesteia. Pe fața monedei se profila fața puternică a unui zeu roman cu păr buclat, capul fiindu-i înconjurat de o coroană din frunze de laur. Pe spatele monedei se afla un templu roman și o inscripție.

- *Marte Ultor*, citi Vezina, rostogolind una dintre monede spre Decebal.

Regele prinse moneda și o examină îndeaproape, admirându-i detaliile fine. A fost concepută și lucrată frumos, la fel ca toate monedele bătute la Roma.

- Împăratul trimite un mesaj?, îl întrebă Regele cu un zâmbet ironic pe Vezina.

- Aș crede că da, Domnule!, răspunse Vezina. Acesta este un mesaj pentru trupe. Scopul monedei este de a inspira trupele.

- Cine este *Marte Ultor*?, întrebă curioasă Regina Andrada.

- Este Marte Răzbunătorul, clarifică Vezina. Marte, zeul războiu-
lui, ia forma lui Marte Ultor, atunci când armatele romane
caută răzbunare pentru greşelile care le-au fost făcute. El este
zeul roman care restaurează onoarea şi mândria pierdută.

- Şi împotriva cui, întrebă Andrada, se va răzbuna Marte Ultor?

Decebal îi zâmbi cu jumătate de gură.

- Împotriva cui? Împotriva celor care au făcut cel mai mare rău
mândriei şi prestigiului Romei, desigur.

- Împotriva noastră, Slăvită Regină!, a fost de acord şi Generalul
Drilgisa. Bine! Lăsaţi-i pe ticăloşi să vină, ştiam că o vor face
mai devreme sau mai târziu.

Vezina dădu solemn din cap.

- Într-adevăr, Drilgisa! Dar Traian va veni cu o armată foarte
mare şi bine echipată. Nu aş fi prea dornic să intru în conflict
cu el.

- Nu contează dacă eu sunt sau nu sunt dornic!, răspunse Dril-
gisa. Roma va invada la fel. Şi trebuie să-i înfrângem, la fel.

- Drilgisa are dreptate, spuse Decebal. Aceasta nu este o luptă
pe care o alegem, dar este o luptă pe care trebuie să o câştigăm!
Făcu o pauză cât bătaia unei inimi.

- Este o luptă pe care o vom câştiga, indiferent de zeul roman
căruia Traian îi va bate monede de argint.

Diegis luă cuvântul.

- Nu cu Marte Ultor trebuie să luptăm, ci cu cele nouă legiuni
care şi-au aşezat tabăra peste Ister.

- Ah!, spuse Vezina. Cred că va trebui să învingem ambele, legiu-
nile lor şi zeul lor. Marte Ultor este un simbol puternic pentru
ei.

- Un simbol pentru ce?, întrebă Diegis.

- Marte Ultor de pe aceste monede, explică Vezina, nu este al-
tceva decât un simbol pentru Împăratul Traian, însuşi.

Decebal rostogoli moneda înapoi, aceasta oprindu-și rotirea în fața lui Vezina.

- Acum se compară cu un zeu, nu-i așa? Cam mult gunoi pentru un împărat ce-i simplu muritor.

Drilgisa începu să râdă.

- Nu există împărați umili! Toți pretind că sunt zei. Unii dintre ei chiar cred că este adevărat. Acest gând îi înnebunește, cum s-a întâmplat cu Nero și Domițian.
- Împăratul Nerva a fost un om umil, spuse Vezina. Dar nu i-a fost de folos cu nimic, atunci când a fost numit Cezar.

Decebal flutură cu disprețuire din mână.

- Vorbim doar vorbe, Traian este foarte ambițios, desigur. Iar noi, oameni buni, stăm în calea ambițiilor sale.
- Nu suntem singuri!, spuse Vezina.
- Nu, nu suntem singuri!, spuse Decebal uitându-se spre generalul cavaleriei. Sinna, trimite astăzi mesageri către toți aliații! Spune-le să fie pregătiți în cel mai scurt timp! Primăvara bate la ușă, iar asta înseamnă că e sezon de marș pentru armatele romane.
- Da, Domnule! Mă ocup de asta, imediat!
- Așadar - întrebă Regina Andrada - într-un final, Împăratul Traian se simte pregătit să poarte un război împotriva noastră?

Decebal încuviință din cap.

- Cred că da. A planificat acest război și trebuie să fi făcut pregătiri constante de peste un an.
- Of, mă obișnuisem cu pacea, răspunse ea. Dar pacea nu durează niciodată.
- Nu, Regina mea, pacea nu durează, a spus Vezina. Nu în această lume.

Cotiso dedica constant câte două ore în fiecare zi pentru practicarea tirului cu arcul. În unele zile ajungea și la trei ore, patru ore sau chiar mai mult. Exersa tragerile cu arcul din picioare sau călare, pe orice fel de vreme. După ani de practică, săgețile sale își găseau ținta de nouă ori din zece. La o sută de pași distanță putea lovi o țintă de mărimea unui om. La douăzeci de pași depărtare, lovea în ținte de mărimea unei palme de om, un spațiu suficient îngust pentru a găsi un loc neprotejat de armură. Călare pe cal, el putea să se apropie în cincisprezece pași, să lovească obrazul sau un gât neprotejat, iar apoi să se îndepărteze rapid.

În adolescența sa, Cotiso fusese înalt pentru vârsta lui, dar și foarte slab. Trestie subțire îl alinta tatăl său. Tirul cu arcul l-a făcut puternic din punct de vedere fizic, cu pieptul mare, umerii și brațe vânjoase. Nu avea abilitățile de sabie pentru a fi un spadasin remarcabil, dar asta nu conta. Era suficient de letal doar cu un arc.

Cotiso era în picioare, lovind săgeată după săgeată în mijlocul unei ținte făcute din paie la cincizeci de pași distanță, atunci când sora lui, Adila, s-a apropiat de el. Erau frați vitregi după tată, Regele Decebal. Mama lui Cotiso a fost Tyra, prima soție a lui Decebal. Tocmai se gândea la ea, atunci când Adila i-a întrerupt gândurile.

Cotiso se gândea adesea la mama sa în timpul orelor, aparent nesfârșite, de practică a tirului cu arcul. Tyra murise pe când băiatul avea doar șase ani. Pierderea ei i-a provocat suferință timp de mulți ani. Acum, douăzeci de ani mai târziu, își amintea de ea într-un mod mai pozitiv. A fost o femeie cu corp subțire, foarte drăguță și foarte amabilă. El era un băiat serios, iar ea încerca mereu să-l facă să râdă. Pe lângă corpul ei tras printr-un inel, Cotiso i-a moștenit și părul șaten deschis. Ochii căprui închis erau ca ai tatălui său.

Adila, fiica lui Decebal și a Andradei, s-a născut pe când Cotiso avea deja unsprezece ani. Băiatul a crescut fiind foarte protector cu surorile sale mai mici și, din cauza diferenței de vârstă, le-a tratat mai mereu ca un părinte. Atunci când a salvat-o pe Adila de cercetașii iazigi, s-a simțit aproape ca un părinte protector. După acea întâmplare, el chiar a certat-o pentru că a fost neglijentă și s-a pus singură în pericol.

-       Salut, frate!, l-a salutat Adila, care avea un arc de vânătoare și o tolbă de săgeți prinsă peste umărul ei.

- Bună ziua, surioară!, i-a răspuns el zâmbind, privind spre arcul din mâna ei. Ai de gând să pleci la vânătoare cu ăsta?

Adila avea o atitudine serioasă. Îi indică dintr-o înclinare a capului ținta plină de săgeți, ce arăta ca un porc spinos.

- Vreau să învăț cum să fac asta. Ai vrea să mă înveți?
- Bineînțeles că o voi face, dacă ești serioasă în această privință. Ești sigură că vrei să omori iazigi acum în loc de iepuri și căprioare?
- Da! Sunt sigură! Iazigi și romani sau pe oricine altcineva care încearcă să mă rănească. Și te rog să nu mă mai tratezi ca pe un copil, Cotiso!
- Îmi pare rău pentru asta, nu am vrut să sune așa! Nu ești o copilă și ar trebui să fii capabilă să te aperi.
- Bine!, spuse Adila ridicându-și arcul. Știu cum să ochesc iepuri, dar asta nu este suficient.
- Pentru început, trebuie să știi că arcul nu este suficient de bun. Dacă vrei să ucizi inamici umani, de la distanță și cu precizie, atunci ai nevoie de un arc de soldat.
- Nu am așa ceva!, a spus Adila, frustrată.

Cotiso se îndreptă spre locul unde își ținea arcul de rezervă și o tolbă suplimentară cu săgeți. Arma era un arc compus, lung de trei metri, frumos sculptat și lucrat cu atenție astfel încât să fie în același timp ușor și puternic. Tânărul i-l înmână surorii sale.

- Acesta este arcul unui soldat dac, Adila. Este făcută din lemnul unui copac din specia tisa, astfel încât să se arcuiască ușor, dar să nu se rupă. Asta îi dă putere.
- Mulțumesc!, a spus ea. Pot să-l împrumut?
- Nu, nu-l poți împrumuta! Îl primești. Vei învăța cum să ai grijă de el în mod adecvat și cum să-l utilizezi în mod corespunzător. Ia-l cu tine peste tot, învață să-l simți, astfel încât să devină parte din tine. Înțelegi?
- Da, cred că da. Utilizarea sa ar trebui să mi se pară naturală.

- Exact. Trebuie să-l simți ca o parte a brațului tău, atunci arcuirea acestuia se va simți natural. Prin exercițiu vei putea trage lin și precis, de fiecare dată, fără să te mai gândești la pașii pe care trebuie să-i urmezi. Când vei putea face asta, atunci vei fi arcaș.
- Înțeleg și voi lucra la asta, chiar dacă va dura ceva timp.
- Bine, spuse Cotiso întorcându-se spre țintă. Acum să încercăm. Lovește acolo.

Adila a scos o săgeată și a țintit. Tragerea înapoi a coardei arcului era mult mai grea decât ceea ce era ea obișnuită cu arcul de vânătoare.

- Nu aștepta prea mult, spuse Cotiso. Nu privi spre vârful săgeții, țintește direct locul pe care vrei să-l lovești și lasă săgeata să zboare.

Adila slăbi coarda arcului. Săgeata a zburat cu un zumzet în linie dreaptă spre țintă, dar a căzut mai înainte să o atingă.

- Este mai greu decât pare!, a exclamat ea. Este mult mai greu să trag cu el decât cu arcul meu de vânătoare.
- Bineînțeles că este, dar asta îți oferă autonomie și putere. Nu mai vânezi iepuri, îți amintești? Uite, privește la mine cum fac eu.

Cotiso luă o săgeată, a pus-o în arc, a tras coarda arcului înapoi până spre ureche, a tras și a privit săgeata scufundându-se în centrul țintei. Totul a fost o mișcare lină care a durat doar două bătăi de inimă.

- Pare așa de ușor pentru tine!, spuse Adila. Nici măcar nu trebuia să țintești.
- Țintește cu mintea, nu cu ochii, Adila. Uită-te direct la ceea ce vrei să lovești, iar mintea ta și brațul arcului tău vor ghida săgeata exact acolo.

A făcut o pauză și i-a zâmbit.

- Desigur, această abilitate vine odată cu experiența.

Adila oftă.

- Și cam câtă experiență mi-ar trebui?

- Ei bine, având în vedere că practic zilnic trasul cu arcul, încă dinainte de a te naște tu, aș spune că multă experiență.
- Nu voi fi niciodată la fel de bună ca tine, spuse ea descurajată.

S-a întors spre ea pentru o mai bună atenție.

- Acum, ascultă-mă! Cu practica vei deveni mai puternică și mai bună. Nu trebuie să fii la fel de bună ca mine, trebuie să fi doar suficient de bună pentru a pune o săgeată într-un roman aflat la treizeci de pași. Faci asta, iar apoi, dacă romanul încă se mișcă, o iei la fugă mâncând pământul. Înțelegi?
- Da, aș putea face asta, spuse Adila cu un zâmbet.
- Bine. Începând de astăzi vei exersa cu mine timp de o oră în fiecare zi. În fiecare zi facem practică afară, cu excepția cazului în care plouă torențial, caz în care, vom exersa într-un hambar. Dacă nu sunt disponibil, atunci vei exersa fie cu Tarbus, fie cu Osan.
- Mulțumesc, frate! Vreau să fiu bună la asta. Vreau..., spuse Adila, oprindu-se, căutând cuvintele potrivite.
- Vrei ce?
- Vreau să fiu o războinică!, spuse ea cu convingere fermă. Vreau să mă pot apăra. Niciodată nu vreau să mă mai simt neajutorată.
- Vorbești precum o adevărată războinică, Adila. Acum să trecem la treabă.
- Da, învățătorule! De unde începem?

El i-a întins tolba din piele cu douăzeci de săgeți.

- Pentru început, vei trage spre țintă aceste săgeți și vei învăța cum să o faci în mod corespunzător. Îți voi oferi îndrumare atunci când voi vedea că ai nevoie. Apoi o vei face din nou. Și din nou. Și din nou. Și mâine, vom face același lucru din nou.

Zia a intrat în clinica medicală, pe jumătate mergând și pe jumătate alergând. Oamenii s-au dat la o parte din calea ei, nu pentru că era parte a familiei regale, ci pentru că privirea de pe fața ei spunea că era într-o misiune, fiind dispusă să treacă peste orice sau prin oricine îi ieșea în cale. S-a îndreptat direct spre masa lungă aflată în spate, acolo unde mama ei, Regina Andrada, și asistenta ei, Zelma, examinau mai multe vase în care se aflau medicamente pe bază de plante.

Regina era doctor în medicina pe bază de plante și insista să petreacă timp, în fiecare zi, supervizând funcționarea clinicii publice. La insistențele Regelui, în cele din urmă, ea a fost de acord să-i delege Zelmei instruirea asistenților vindecători.

Zelma era vindecătoare încă dinainte de a veni la Sarmizegetusa. După ani de pregătire, alături de Andrada și Vezina, și activitate zilnică în tratarea tuturor locuitorilor din oraș, ea acumulase foarte multe cunoștințe, fiind, de asemenea, și suficient de experimentată pentru a fi formator de alți medici.

- Mamă!, strigă Zia cu răsuflarea tăiată, atunci când se apropie de ele. Mătușa Dochia m-a trimis după tine. Spune că i-a venit sorocul.

- Ah, prea bine!, spuse Andrada. Tanidela părea cam nerăbdătoare în ultimele zile.

- Cred că ar fi bine să pleci chiar acum, spuse Zelma zâmbind. Uneori, chiar și bebelușii devin nerăbdători.

- După cum știm prea-bine amândouă! O are alături pe Dochia și pe moașă, dar voi merge și eu să fiu alături de ea.

Zelma se întoarse către prințesă, a cărei față era încă înroșită de la fuga ei din palat.

- Zia, vrei să rămâi aici și să mă ajuți cu aceste medicamente? Vom putea continua lecțiile chiar acum, dacă dorești.

- Da, mi-ar plăcea!, spuse Zia. Sau vrei să mă întorc cu tine, mamă?

- Nu, nu, rămâi și ajut-o pe Zelma!, spuse Andrada. Într-o zi vei deveni doctor, fata mea, iar lecțiile pe care le înveți acum vor salva vieți.

- Ne vedem mâine, Alteța Voastră!, salută elegant Zelma.

Zelma era o refugiată creștină din Roma care a fost salvată de la moarte sigură de Diegis. În ultimii doisprezece ani, nu numai că a devenit asistenta principală a Andradei, dar ea a devenit și o prietenă apropiată. Copiii lor, Dorin și Lia, au fost crescuți împreună.

Andrada și-a luat rapid rămas bun și s-a îndreptat cu mers rapid spre ușă. Cele două gărzi de corp care o însoțeau întotdeauna în afara palatului s-au grăbit să o ajungă din urmă. Regina nu se temea pentru siguranța ei în mijlocul propriului popor, dar măsuri de precauție trebuiau luate împotriva dușmanilor Daciei.

Clinica medicală se afla la câțiva pași de Palatul Regal. Andrada intră în palat printr-o intrare laterală, apoi, grăbindu-se, a cotit pe un hol ce ducea direct spre camerele Tanidelei, în zona apartamentelor regale.

Tanidela era sora mai mică a Regelui. Oamenii o numeau „frumosul trandafir cu spini", un compliment pentru frumusețea ei, dar și pentru caracterul ei, uneori înflăcărat. În ultimele săptămâni a fost primită ca oaspete la Sarmizegetusa, în timp ce soțul ei, Prințul Davi, îi vizita pe aliații roxolanilor.

Roxolanii erau un mare trib sarmat, aflat la est de Dacia. Era mai bine pentru ea să fie alături de sora și frații ei în Dacia, atunci când se va naște primul copil, argumentase Tanidela. Davi era foarte devotat soției sale și nu avea nevoie de multă convingere pentru a înțelege asta.

Pantofii din piele de cerb ai Andradei abia dacă scoteau un zgomot în timp ce mergea pe holurile palatului acoperite cu piatră. Ajunsă la ultimul colț, înainte de a intra în camerele Tanidelei, pe chipul reginei se născu un zâmbet. Sunetul slab al scâncetului unui copil străbătea prin ușa camerei din fața sa.

Tanidela stătea întinsă pe pat, sprijinită de o pernă mare. Părea obosită și oarecum palidă, dar privea fericită înspre copilul ce-l strângea la piept, înfășurat într-o pătură moale. Sora ei, Dochia, stătea lângă ea. Slujitorii făceau deja ordine în cameră. Moașa își făcuse bine treaba și, după încă o privire către copil și spre mamă, femeia se îndreptă spre ieșire.

- Se pare că pruncul s-a cam grăbit! spuse Andrada în timp ce le saluta pe femeile din cameră. Am plecat imediat ce mi-a spus Zia.

- Sincronizarea ta a fost bună! spuse Tanidela ostenită. Vino să ți-o prezint pe frumoasa mea fiică!

- Ah, cât este frumoasă!, spuse Regina, privind spre micuțul ghemotoc înfășat. Am auzit-o de afară, de pe hol, așa că deja știm că plămânii ei sunt sănătoși!

- A avut o naștere foarte ușoară, spuse Dochia. Copilul este sănătos. Tanidela este puțin obosită, dar în rest totul e bine!

Andrada luă un ștergar moale și curat, ștergând câțiva stropi de transpirație de pe fruntea proaspetei mămici.

- Da? Te simți bine?

- Mă simt atât cât se poate de bine, precum era de așteptat, surioară, răspunse Tanidela cu un zâmbet obosit.

- Desigur. În câteva zile va deveni mai ușor, adăugă Andrada. Iar în câteva săptămâni, atunci când Davi se va întoarce, vei fi gata să călătorești dacă dorești.

- Pentru o vreme, nu cred că mă voi grăbi să călătoresc!, spuse Tanidela zâmbind subtil.

- Poate că ar fi înțelept să amâni călătoriile pentru o vreme, răspunse Regina. Ar fi bine pentru tine, dar și mai bine pentru copil. De asemenea, Davi ar putea fi reținut aici din motive militare.

- Prea bine, atunci!, oftă Tanidela. Aș avea nevoie de odihnă.

- Când Davi se va întoarce, oare va fi dezamăgit că nu ai zămislit un nou prinț al roxolanilor?, se întrebă Dochia.

- Sigur va fi fericit!, spuse Tanidela, privind în jos spre prințesa care deja adormise. Cum să nu fie fericit?

- Ei, știi și tu cum sunt bărbații!, se tângui Dochia.

- Și cum sunt ei, surioară?, întrebă Regele Decebal pe un ton jucăuș, intrând în cameră, însoțit de Cotiso, care mergea lângă el.

- Ştii tu exact ce vreau să spun!, spuse Dochia râzând. Băieţi! Da-
ţi-ne băieţi!

- Of!? Am uitat că trebuia să mă văicăresc atunci când s-au năs-
cut fiicele mele, spuse Decebal şuşotind. Ce neglijenţă din
partea mea!

- Asta doar pentru că-l aveai deja Cotiso!, continuă argumenta-
rea sora lui cu încăpăţânare.

- Dar nu este corect!, protestă şi Andrada. Decebal a fost foarte
fericit să le vadă pe ambele noastre fiice. Evident, abia după ce
s-a întors din campaniile lui militare, vreau să spun, adăugă Re-
gina.

Cotiso s-a îndreptat spre Dochia, sărutându-i obrazul.

- Mătuşica mea, mereu m-am întrebat cum sunt bărbaţii! Ai vrea
să mă înveţi?, o tachină şi el cu un zâmbet.

- Voi doi, opriţi-vă!, se tângui şi Dochia, încercând să nu râdă.
Ştiţi că am dreptate!

Decebal s-a îndreptat spre pat, cuprinzând în palmele sale mâna
Tanidelei.

- Sunt fericit pentru tine, surioară!

- Mulţumesc, frate!, răspunse ea. Mă bucur că eşti aici! Şi Cotiso,
sunt fericită, mai ales că eşti şi tu aici. Am ceva ce aş vrea să vă
împărtăşesc.

Cotiso se apropia.

- Ce vrei să ne spui, mătuşa Tanidela?

- Am ales un nume pentru fiica mea şi, mai întâi, aş vrea ca
amândoi să-l auziţi pentru prima dată.

Decebal, Cotiso şi Dochia au intuit imediat ce voia Tanidela să
spună. Andradei i-a trebuit o bătaie de inimă în plus ca să înţeleagă, iar
asta a atras un zâmbet.

- O voi numi în memoria cumnatei mele, pe care am iubit-o şi de
care încă ne este foarte dor. Numele fiicei mele va fi Tyra.

Decebal o privi cu respect pe sora lui şi îi mulţumi cu un semn so-
lemn. Cotiso se apropie de marginea patului. Privea fermecat spre faţa

copilului care dormea, apoi a luat mâna mătuşii sale, Tanidela, şi a sărutat-o încet. Ochii lui i-au mulţumit pentru că, în mod surprinzător, în acel moment, mintea lui era goală pentru cuvinte.

Capitolul 4

Marte Ultor

Viminacium, Banat, luna aprilie, anul 101 d.Hr.

mpăratul Traian, aflat în fruntea legiunilor sale, a părăsit Roma la sfârșitul lunii martie, după topirea zăpezilor de iarnă. Ofrande erau aduse de preoți în templele Romei pentru a asigura siguranța împăratului și succesul armatei. Invazia Daciei era așteptată și anticipată de mulți ani, toți înțelegând că acesta era un moment istoric. Starea de spirit din Roma era de fericire și optimism.

Pe la sfârșitul lunii aprilie, Împăratul ajunse în Viminacium, oraș situat la est de marele centru comercial Singidunum. Această localitate aflată în apropiere de Râul Danubius era la o depărtare aproximativ egală de provinciile Moesia și Pannonia și, prin urmare, oferea un loc convenabil pentru adunarea armatei. Pentru a traversa râul, un pod de bărci era deja în construcție, urmând astfel practicile lui Cornelius Fuscus și a lui Tettius Julianus, care au construit poduri cu câțiva ani mai devreme.

Împăratul Traian avea o armată de paisprezece legiuni pregătită și dornică să înceapă această invazie a Daciei. În plus, pe lângă legionarii săi, Împăratul avea la dispoziție cincizeci de mii de trupe auxiliare de la aliații Romei, inclusiv gali, traci, iazigi, triburi celtice și germanice. Trupele sale de cavalerie erau în mare parte gali, iazigi și germani, susținuți și de cavaleria sa maură din Africa.

Nouă legiuni au campat de-a lungul frontierei nordice timp de mai mulți ani, iar celelalte trupe au mărșăluit pentru a se alătura aceastâ campanii. Împăratul avea, de asemenea, trupele Gărzii Pretoriene folosite pentru protecția sa personală. În total, aceasta era cea mai mare armată adunată vreodată în toată istoria Imperiului Roman.

Legiunile aveau dotări complete de artilerie, cavalerie, precum și vaste provizii necesare pentru o campanie de lungă durată. Armura legionară fusese modificată și îmbunătățită cu protecții suplimentare pentru a proteja soldații împotriva falxului dacic, armă care se dovedise atât de mortală în bătăliile trecute. Armura de luptă a fost modificată pe baza armurilor purtate de gladiatori în arenele romane.

Împăratul Traian pregătea scena celei mai mari campanii de invazie din toată istoria Romei. Pregătirile au fost atotcuprinzătoare, fiind pregătite cu mare atenție în ultimii trei ani. Strategia și planificarea au fost elaborate în detaliu. Toți oamenii erau la locul lor și toate armele erau pregătite. Era aproape luna mai, momentul ideal pentru a mărșălui și a iniția o campanie militară. Tot ce mai era acum de făcut era să fie executat planul.

Armata lui Traian a trecut Danubiusul peste podul de bărci. A fost un proces lent, având în vedere numărul oamenilor și cantitatea mare de provizii care trebuiau mutate de pe un mal al râului pe altul, trecând totul peste un pod îngust. Caii trebuiau să trecuți toți odată, acoperiți cu un sac deasupra capului, astfel încât să nu intre în panică și să se năpustească în râu. Artileria de luptă a fost trasă încet și cu grijă, piesele mai mici trase de catâri, iar echipamentele mai grele trase de boi. Vagoanele de aprovizionare mai mari trebuiau, de asemenea, să fie trase de boi. Boii erau animale lente, încăpățânate și greoaie, așa că totul a durat mai mult decât sperau ofițerii armatei.

Odată ce armata a ajuns pe malul dacic al râului, Împăratul a făcut sacrificiile ritualice dedicate lui Marte. Un mistreț, un berbec și un taur alb au fost sacrificați în timpul ritualurilor religioase sacre. Animalele sacrificate au fost apoi arse pe altar ca ofrandă pentru Marte. Nici un comandant al armatei romane nu ar începe o campanie militară fără a cere mai întâi binecuvântările zeilor.

După ritualurile religioase, împăratul a organizat o ședință a Consiliului său de război. Alături de el erau generalii săi cei mai de încredere, toți oameni cu abilități dovedite, pe care se putea conta pentru a duce la îndeplinire strategia lui Traian. Prefectul Gărzii Pretoriene, Tiberius Claudius Livianus, era, de asemenea, și un prieten apropiat. Gnaeus Pompeius Longinus, acum în vârstă de cincizeci de ani, era un vechi prieten și mentor. Gnaeus fusese succesorul lui Traian în Pannonia, numirea fiind o primă recompensă pentru un prieten. Generalul Laberius Maximus era Guvernatorul Moesiei. Traian se baza pe el, considerându-l a fi unul dintre primii doi comandanți ai săi.

Cel mai apropiat prieten și confident al lui Traian era Lucius Licinius Sura. Cu puțin timp în urmă fusese numit Guvernator al Germaniei Inferioare, oferindu-i astfel o oportunitate de glorie militară, înainte de a reveni în politică la Roma. Obiceiul de o viață al lui Traian de a câștiga loialitatea oamenilor prin recompensarea prietenilor săi era acum ridicat la un rang superior, mai ales că acum avea puterea și privilegiile Cezarului.

Tânărul Publius Hadrianus, numit Hadrian, era pregătit de împărat pentru a ocupa poziții de conducere mai înalte. Căsătoria de anul trecut a lui Hadrian cu strănepoata lui Traian, Vibia Sabina, i-a întărit poziția în cercul intim al Împăratului. Spre disperarea lui Traian, Hadrian părea să nu aibă pasiunea pentru conducere și cucerire militară, caracteristică ce era atât de proeminentă la ceilalți comandanți de armată.

Comandanții s-au adunat în jurul unei hărți mari întinsă pe o masă în cortul de comandă al lui Traian. Frontiera Danubiusului era desenată în detaliu. Deasupra acestuia se afla Dacia, desenată cu mai puține detalii, deoarece cercetașii romani nu fuseseră niciodată activi atât de departe spre nord.

- Domnilor, mâine mărșăluim la luptă. Mai întâi cucerim Lederata, aici, este cetatea cea mai apropiată și nu vom întâmpina nicio dificultate. Vom împinge orice forțe dacice din drumul nostru spre nord, spre Cetatea Arcidava, aflată aici. După ce cucerim Arcidava, vom mărșălui spre est, spre Tapae! - ordonă Traian, atingând ferm cu degetul pe fiecare punct de pe hartă, în timp ce explica.

Împăratul și-a mutat degetul de-a lungul Danubiusului pe o distanță cu mult mai mare de o sută de kilometri înspre sud-est.

- Generalul Lusius Quietus traversează Danubiusul aici și va mărșălui spre nord-vest în Dacia! El va face ceea ce Lusius știe să facă cel mai bine, adică să terorizeze și să controleze mediul rural. El va împinge orice forțe dacice mai spre vest, spre Tapae.

- Tapae este cheia!, declară Laberius Maximus. Așa cum a fost pentru Fuscus și pentru Julianus.

- Da, așa este, Laberius!, a fost de acord Traian. Tapae străjuiește drumul spre inima Daciei. Decebal ne va întâmpina cu luptă acolo, așa cum a făcut-o și cu Fuscus și cu Julianus.

Traian se opri pentru o pauză și fața i s-a încruntat.

- Decebal l-a măcelărit pe Fuscus și pe legiunile sale. A luptat acolo, iar apoi s-a retras dinaintea lui Julianus pentru că era depășit. Julianus a suferit pierderi grele luptând în Munții Daciei, iar invazia sa a stagnat pentru că a trebuit să se retragă pentru iarnă. Invazia noastră, domnilor, nu se va opri!

Toți generalii erau familiarizați cu istoria războaielor Romei cu Dacia sub Împăratul Domițian. Toți erau hotărâți să arate Daciei care este locul ei și să demonstreze autoritatea Romei. Cel mai pasionat și mai dedicat luptător dintre toți cei prezenți era însuși Cezar.

- Odată ce vom ajunge la Tapae, ne vom unii forțele cu armata lui Quietus care vine din est. Decebal va lupta, dar nu ne va putea opri. In legiunile noastre și în forțele auxiliare de suport avem aproape o sută cincizeci de mii de oameni. Am pus Dacia într-un mare dezavantaj.

- Avem un avantaj clar în numărul soldaților, Caesar, spuse Generalul Gnaeus Longinus. Dar să luăm în considerare și faptul că Decebal are trei lucruri în favoarea sa care îi oferă și lui un avantaj. Spun un avantaj, dar în niciun caz un avantaj decisiv.

- Dezvoltă-ți ideea mai mult, Gnaeus!, ordonă Împăratul.

Deși avea o gândire militară superioară, pe care toți o recunoșteau și o respectau, Traian asculta și chiar saluta ideile celor care serveau sub comanda lui. Era o calitate rară pentru un comandant roman și asta i-a adus o loialitate și mai mare din partea oamenilor săi.

- În primul rând, drumurile montane spre Sarmizegetusa sunt străjuite de un șir de forturi puternice și foarte bine apărate. Zidurile sunt construite din piatra, în stilul *murus dacicus*. Construcția este solidă, zidurile sunt robuste, iar artileria noastră de asediu nu va fi suficientă pentru a le doborî. Decebal și-a petrecut ultimii zece ani consolidându-și apărarea. Putem câștiga aceste forturi, dar pierderile noastre vor fi grele.

Traian aprobă din cap.

- Suntem pregătiți pentru asta! Este adevărat, Decebal și-a consolidat apărarea și ceea ce înrăutățește situația și mai mult este că a făcut acest lucru cu inginerii romani trimiși de Împăratul Domițian! Acum mituiește și cumpără ingineri oricând dorește. Se spune că rezervele sale de aur că sunt nemărginite, din păcate.
- Acesta este un motiv în plus ca să-l oprești acum, înainte de a deveni și mai puternic, Caesar!, spuse Maximus.
- Chiar așa! Continuați, domnule General Longinus!
- În al doilea rând, Decebal a redus decalajul existent în artileria de luptă. Inginerii noștri i-au instruit pe inginerii daci să construiască mai mulți scorpioni și carrobaliste și i-au învățat să le folosească mai eficient. Avem încă un mare avantaj, dar artileria dacică este acum semnificativ mai bine pregătită în comparație cu războaiele noastre purtate anterior cu ei.
- Nu mi-e frică de artileria dacică!, răspunse zeflemitor Maximus, Guvernatorul Moesiei. Îi vom copleși și mai mult!

Longinus dădu din cap.

- De acord! Dar cu toate acestea, ar trebui să ne așteptăm la pierderi mai mari în rândul artileriei decât în conflictele anterioare.
- Și în al treilea rând?, întrebă Traian.
- În al treilea rând, Caesar, este un avantaj pe care dacii îl au și care este la fel de vechi ca și Dacia însăși. Datorită închinării zeului lor, Zamolxis, și a credinței lor în nemurire, dacii nu se tem să moară. Unii dintre ei chiar îl salută și mor fericiți în luptă, pentru că, atunci când mor, se alătură imediat zeului lor, Zamolxis. Acest lucru îi face să lupte cu un devotament fanatic. În luptă, ei devin demoni.
- Am înțeles punctul tău de vedere, Gnaeus!, spuse Traian ridicând indiferent din umeri. Nu le putem schimba credințele, așa că va trebui, pur și simplu, să ucidem demonii, nu-i așa?
- Da, Marcus!, a fost de acord Longinus. Și da, avem avantajul de partea noastră. Afirm pur și simplu că ar trebui să înțelegem punctele forte ale acestui inamic și să nu le subestimăm din nou.
- Nu subestimăm Dacia!, spuse Traian pe un ton echilibrat. Tocmai de aceea ne-a luat trei ani să ne pregătim pentru acest război.

Lederata, Dacia, luna mai, anul 101 d.Hr.

Dincolo de Râul Danubius, și după un marș de o zi spre est de Viminacium, se afla orașul dacic Lederata. Acesta era mai degrabă un avanpost de frontieră decât o fortăreață bine apărată. O parte din cavaleria dacică s-a ciocnit cu trupele de avangardă ale armatei romane, apoi s-au retras călare spre nord.

Hadrian a călărit alături de Împăratul Traian, împreună cu prefectul pretorian Tiberius Livianus și Licinius Sura. Deși Hadrian nu primise încă sarcini militare importante, el era implicat în ședințele Consiliului și în discuțiile liderilor militari de vârf. Treaba lui era să asculte și, atunci când era necesar, să transmită mesajele lui Traian celorlalți comandanți. În anii următori, acest tratament avea să devină o sursă de resentimente pentru Hadrian față de tutorele său din copilărie, Traian. Atât timp cât Împăratul a fost încă în viață, Hadrian nu va scăpa niciodată pe deplin de sentimentul că era tratat ca băiatul-mesager al lui Traian.

Când Împăratul, în fruntea armatei sale, s-a apropiat de Lederata, un grup de cercetași de cavalerie romani s-au reîntors călare de sub zidurile orașului pentru a-i întâmpina. Nu se grăbeau și călăreau într-un ritm lejer.

- Ave, Caesar!, a salutat cercetașul principal.

- Raportează!, ordonă Traian. Ai întâmpinat rezistență?

- Nu, Caesar! Orașul pare pustiu.

Traian a fost ușor surprins. Nu aștepta să întâlnească importante forțe dacice atât de departe în sud, dar anticipa rezistență din partea apărătorilor orașului.

- Prea bine!, spuse Împăratul, întorcându-se spre Hadrian. Ia o cohortă de infanterie și cercetați orașul! Apoi, raportează-mi ce ați găsit!

- Imediat, Caesar!, răspunse Hadrian și a plecat.

- Nu se vor lupta cu noi?, întrebă Sura.

- Decebal nu se va lupta cu noi pe câmpie, Licinius. El vrea să ne atragă în munții și pădurile sale. Aceasta a fost întotdeauna strategia lui de luptă.

- Nu este o strategie rea, răspunse Livianus.

- Este strategia pe care și eu aș folosi-o, dacă aș fi în locul lui, căzu de acord Traian. Știe că nu ne poate egala pe teren deschis. Va trebui să ne luptăm cu el în munți.

Un ceas mai târziu, pe măsură ce se apropia seara, armata a început să-și ridice tabăra în jurul orașului. Hadrian se întorcea călare prin porțile orașului cu vestea așteptată.

- Nu este nici un dac la vedere, Caesar! De asemenea, nimic nu merită jefuit, nu au lăsat nici măcar un coş cu pui. Au luat cu ei chiar şi toate ouăle de găină.

Împăratul Traian era un militar de şcoală veche. Iubea viaţa cazonă, campaniile, marşurile, chiar şi rutina zilnică a taberei militare. Mărşăluia prin pământ alături de soldaţii săi şi mânca împreună cu ei în corturile lor mizere. Era, din punctul său de vedere, atât comandantul armatei, cât şi camaradul de arme al soldaţilor.

Traian şi două dintre gărzile personale s-au alăturat unei mese de şase soldaţi. Un bărbat mai în vârstă, un veteran experimentat cu un aer de autoritate, vorbea cu cinci bărbaţi mai tineri care aveau în jur de douăzeci de ani. Soldaţii nu au fost surprinşi atunci când Traian li s-a alăturat la masă. Acesta era un comportament obişnuit pentru comandantul lor.

- Bună ziua, camarazi mei soldaţi!, şi-a salutat Împăratul oamenii.

Un servitor i-a adus rapid o farfurie cu mâncare. Din respect pentru titlul său, farfuria a fost pregătită din timp şi încercată de degustătorul său oficial pentru a se asigura că nu conţine otravă.

Bărbatul mai în vârstă din grup a dat un semn respectuos din cap în semn de salut. Avea o cicatrice adâncă pe partea stângă a frunţii.

- Bună ziua! Ne onorează cu compania ta, Caesar!
- Este întotdeauna onoarea mea să vorbesc cu cetăţenii romani - a răspuns pe un ton plăcut Traian - şi mai ales cu legionarii. Aceşti tineri ofiţeri sunt ascultători şi învaţă bine, domnule Prefect Capito?
- Sunt ascultători, Caesar! Căci dacă nu sunt, scot biciul!, a răspuns bărbatul cu un zâmbet.

Unii dintre bărbaţi au râs la gluma lui. Îl respectau pentru cunoştinţele şi îl plăceau pe om că era un ofiţer corect.

Sextus Capito era prefectul garnizoanei. Deşi fiecare legiune era comandată de un *legat* roman, de obicei un nobil roman cu rang senatorial, responsabilitatea pentru operaţiunile militare curente reveneau prefectului garnizoanei. De obicei, acesta era un soldat experimentat şi mai în vârstă, adesea un fost centurion cu o vastă experienţă pe câmpul de luptă. Ofiţerii mai tineri ai legiunii îl considerau o voce a experienţei şi a raţiunii.

Traian cunoştea numele şi istoria fiecăruia dintre prefecţii taberei legiunilor sale, deoarece aceşti oameni experimentaţi erau indispensabili pentru buna funcţionare a armatei sale. Ajutoarele adunate în jurul lui Capito erau tribuni juniori, tineri nobili care erau acolo pentru a veghea şi a învăţa înainte de a fi avansaţi în poziţii mai înalte.

- Biciul motivează repede - a recunoscut Traian, tot cu un zâmbet pe buze - deşi prefer să motivez bărbaţii capabili răsplătindu-i cu bani şi promovări.

Împăratul începu să mănânce cu poftă. În timp ce mânca privea în jur feţele dornice ale tinerilor tribuni.

- Cum merge antrenamentul vostru, băieţi?

Unul dintre tribuni a luat cuvântul.

- Foarte bine, Caesar! În fiecare zi învăţăm despre tacticile folosite pe câmpul de luptă. Trupele auxiliare se antrenează cu noi pentru că trebuie să le coordonăm eforturile să sprijine legiunea.

- Excelent!, a răspuns Traian, oprindu-se din mâncat şi privind în jurul mesei. Spuneţi-mi, băieţi, ce face ca armata romană să fie cea mai bună armată din lume?

- Conducerea romană!, răspunse un tânăr tribun fără ezitare.

Traian dădu din cap.

- Conducerea e importantă, da! Dar conducerea singură nu poate câştiga o bătălie sau un război.

- Legiunile romane au cel mai bun echipament din lume!, declară un alt tribun. Avem cele mai bune arme, cea mai bună armură şi cea mai bună artilerie.

- Într-adevăr, Tribune, avem! Echipamentul superior este un avantaj, dar armatele mai bine echipate pierd adesea bătălii.

Traian se întoarse spre Capito.

- Care este părerea dumneavoastră, domnule Prefect?

- Antrenamentele, răspunse imediat Sextus. Pregătirea superioară oferă legiunii romane cel mai mare dintre avantajele noastre.

- Cu adevărat corect!

Traian s-a uitat în jur la tribuni.

- Ascultați fiecare cuvânt pe care vi-l spune acest om, învățați și executați! Mai presus de toate, executați-le cu supunere. Când ești față în față cu o hoardă de daci sau celți care țipă și răcnesc, ceea ce îți poate salva viețile ta, a oamenilor tăi și îți va permite să câștigi bătălia, este antrenamentul tău.

- Da, Caesar!

Primind povața chiar de la Împărat, acești oameni își vor aminti acest sfat pentru tot restul vieții lor.

- Acum vreau să vorbesc doar cu Prefectul Capito, așa că, vă rog să ne scuzați!, spuse Traian pe un ton plăcut.

Tinerii s-au mișcat cu voioșie, adunându-și lucrurile și plecând repede. Timpul lui Cezar era mai valoros decât aurul și nu trebuia irosit niciodată.

- Buni oameni?, întrebă Traian.

Sextus dădu din cap.

- Băieții sunt buni. Provin din familii nobile și sunt obișnuiți cu o viață blândă, așa că trebuie să-i învăț și cu greutățile.

- Bine! Ai mână liberă, atât cât ai nevoie, lucrurile vor deveni mai dificile și mai provocatoare pentru ei.

- Da, Caesar!

- Sextus, ai fost în campanie cu Cornelius Fuscus, spuse Traian, ajungând la subiect ce-l interesa. Ai luptat în prima bătălie de la Tapae.

- Am făcut-o, Caesar! Am condus asaltul asupra zidurilor orașului. Cu toate acestea, nu m-am alăturat Generalului Fuscus în drumul său spre nord prin trecătoarea montană unde a fost atacat de Decebal și de armata dacică.

- Este foarte bine că nu v-ați alăturat generalului, altfel nu am sta aici purtând această conversație, spuse Traian posomorât.

- Da, Caesar! Oare ar putea fi ceva despre care ai vrea să știi din perioada aceea?, întrebă Capito cu prudență.

Traian clătină din cap.

- Ceea ce s-a făcut e bun făcut și nu poate fi anulat. Învățăm din greșelile altora și ne asigurăm că nu le repetăm. Mă interesează doar bătăliile care mă așteaptă, Capito.

- Desigur, Caesar!

- Mă interesează părerea dumneavoastră despre pregătirea armatei noastre. Cum e starea de spirit a oamenilor?

- Oamenii au o stare de spirit foarte bună. Sunt dornici să înainteze și să-i atace pe daci.

Traian dădu din cap.

- Bine! Și care este părerea ta despre schimbările făcute la armură?

Capito răspunse zâmbind.

- O îmbunătățire excelentă, Caesar, și una foarte necesară! Îi va salva pe mulți dintre băieții noștri de la pierderea brațelor și picioarelor din cauza falxului dacic.

- Și eu cred la fel, Sextus. Aceste modificări sunt bazate pe armura purtată de gladiatori în arenă pentru a proteja genunchiul, antebrațul, cotul și gâtul. Dacă aceste protecții sunt eficiente pentru gladiatori, de ce nu ar fi bune și pentru legionari?

- Și totuși - clătină trist Capito din cap - nimeni nu s-a gândit la aceste schimbări înaintea ta, Caesar! Soldații din armatele generalilor Fuscus și Julianus au ajuns să se teamă să lupte împotriva blestematului falx.

- Învață din greșelile altora și mergi mai departe, Sextus! Este datoria noastră sacră în calitate de comandanți să oferim tot ce este mai bun pentru oamenii noștri. Acest lucru l-am făcut. Acum să privim înainte! Privește întotdeauna înainte!

- Da, Caesar! Decebal va descoperi că soldații romani sunt mai greu de ucis de această dată.

- Într-adevăr, vom fi mai greu de ucis! Antrenează-ți oamenii din greu, Sextus! Ne așteaptă multe bătălii grele.

Armata romană și-a continuat marșul spre nord, înspre Arcidava, urmând o vale de râu. În această chestiune aveau foarte puține opțiuni. Una dintre cerințele esențiale pentru deplasarea unei armate mari era găsirea ierbii, a arbuștilor și a altor furaje pentru animale. În plus față de numărul mare de cai de cavalerie, animalele de tracțiune trebuiau hrănite și menținute sănătoase în viață, altfel, fără ele, armata ar fi paralizată.

Majoritatea alimentelor și a proviziilor armatei erau transportate de catâri. Boii trăgeau căruțele grele de bagaje și artileria pe roți. Împăratul Traian și-a programat ca invazia să înceapă spre sfârșitul primăverii, deoarece atunci va fi suficientă iarbă și frunziș pentru a-și hrăni animalele. Din același motiv, el a urmat valea râului, pentru că acolo vegetația creștea mai abundent.

Armata se mișca încet, deoarece doar în zilele bune boii mergeau cu o viteză de 3 kilometri pe oră. Pe drumurile romane bune, pavate, o legiune putea călători poate vreo treizeci și ceva de kilometri într-o zi. Pe drumurile de pământ și pe potecile Daciei, armata parcurgea cu greu vreo cincisprezece kilometri pe zi. Uneori nu existau deloc drumuri. În unele zone împădurite, inginerii romani au fost nevoiți să ia topoarele și să-și croiască drum printr-o bucată de pădure pentru a deschide o cale de înaintare.

Legionarii mărșăluiau în coloane de șase oameni pe rând. Ziua lor începea dimineața devreme, în palida lumina de dinaintea zorilor, atunci când se strângeau corturile. Iscoade de cercetare erau trimise înainte pentru a găsi un teren potrivit pentru amplasarea taberei următoare. Ajunși la noul loc de campare, grupul de cercetași stabilea locul amplasării corturilor, unde erau zonele de pășunat, unde amplasau vagoanele de aprovizionare și tot așa mai departe. După-amiaza târziu, au sosit vagoanele de bagaje și au fost descărcate, corturile au fost instalate și focurile de gătit au fost aprinse. Animalele de lucru erau deshămate și duse la pășune. Rațiile pentru cină erau apoi distribuite oamenilor, înainte de venirea nopții, deoarece căderea nopții însemna să dormi după o zi lungă și obositoare.

Pentru armata lui Traian, fiecare zi însemna demolarea unui mic oraș dimineața devreme, mutarea lui pe drum aproximativ cincisprezece kilometri și apoi restabilirea orașului înainte de căderea nopții. Aceasta era viața armatei în timpul sezonului de campanie, zi după zi, săptămâni și luni la rând.

Peladea, Dacia, luna mai, anul 101 d.Hr.

Armata Generalului Lusius Quietus a traversat Râul Danubius pe un al doilea pod de bărci, construit mai la sud-est de armata principală a Împăratului Traian. Generalul de cavalerie avea sub comanda sa, de asemenea, douăzeci de mii de soldați de infanterie, care, în primul rând, au fost folosiți ca forță de curățare și pentru scurte asedii ale unor orașe fortificate. Principala sa forță de atac era formată din patru mii de soldați de cavalerie care apăreau de nicăieri și loveau cu furie rapidă și letală.

Peladea, o mică comunitate rurală agricolă, era pe jumătate goală. Tinerii ce aveau vârsta să lupte plecaseră deja în urmă cu câteva săptămâni pentru a se alătura unităților lor. Armata dacică își așezase tabăra în munții din vest. Soțiile și copiii luptătorilor au mers cu ei, la fel ca multe alte femei și copii din sat. În vremuri de război, cel mai sigur loc pentru ei era sus în munți.

Oamenii care rămâneau în urmă erau persoanele în vârstă care îngrijeau vitele și alte animale de fermă sau care aveau grijă de sătenii care erau mult prea bătrâni sau prea bolnavi pentru a se deplasa. Culturile fuseseră deja plantate, dar animalele nu puteau fi abandonate.

Dacă inamicul ar veni în Peladea, oamenii credeau că cel mai probabil le-ar lua proviziile de hrană. Acest lucru era acceptabil, deoarece aveau mâncare ascunsă pe dealurile din apropiere pentru a rezista până când noile culturi erau coapte şi gata pentru recoltare. Peladea nu era un fort şi nu avea nici un fel de valoare militară. Sătenii se aşteptau să nu merite deranjul unei armate invadatoare. Dar, s-au înşelat.

Cavaleria romană a atacat dimineaţa devreme dinspre vest, nord şi est, pentru a bloca rutele de scăpare. Cei câţiva oameni panicaţi care au încercat să scape spre sud au ajuns faţă în faţă cu Generalul Quietus şi corpul principal al armatei sale. Sătenii au fost ucişi chiar acolo unde stăteau, străpunşi cu suliţele şi tăiaţi cu săbiile. Bătrânii şi bolnavii au fost ucişi în paturile lor. Copiii au fost tăiaţi împreună cu părinţii lor. Câinii din sat au lătrat, au urlat şi au atacat intruşii, dar au fost ucişi cu rapiditate. Animalele de fermă au fost ucise direct în ţarcurile lor.

Această armată romană nu era o armată de cucerire militară, ci era o armată a terorii. Singura lor misiune era să ucidă, să ardă şi să distrugă totul în calea lor. Aceste tactici erau menite să sperie poporul dac şi să-i zdrobească voinţa de a rezista. După cum aveau să arate anii următori, aceste tactici barbare au eşuat şi nu au făcut decât să întărească rezistenţa poporului dac. Acest lucru, din păcate, nu poate fi o consolare pentru sătenii măcelăriţi din Peladea.

Capitolul 5

Arcidava

Cetatea Arcidava, Dacia, luna mai, anul 101 d.Hr.

R egele Decebal și-a convocat ședința consiliului de război în sala de mese a fortului Arcidava. Acest fort era situat în partea vestică a Daciei, la cel puțin o săptămână de marș la vest de Tapae. Ședința consiliului era sub presiunea urgenței, deoarece principala armată romană, condusă de însuși Împăratul Traian, mărșăluia spre acest loc.

Ca de obicei, Marele Preot Vezina, potrivit rolului său de consilier principal, avea scaunul de onoare în dreapta Regelui. Generalul Diegis reprezenta infanteria dacică la această întâlnire, în timp ce Generalul Drilgisa se afla pe teren, poziționând corpul principal al armatei în pădurea aflată la sud de fort. Generalul Sinna reprezenta cavaleria.

Dacii formau cea mai mare parte a armatei Regelui Decebal, însă aceasta era o armată de aliați. Prințul Davi al sarmaților a adus cu el cinci mii de cavaleri de elită. Șeful Fynn conducea triburile bastarnilor și era responsabil de infanteria lor. Șeful Ailen al celților a adus cu el opt mii de războinici feroce din țările lor aflate la vest de Dacia. Celții și sarmații, în special, s-au simțit amenințați de Roma, la fel ca și dacii.

Vezina le-a oferit o scurtă introducere.

- Cercetașii noștri au numărat zece legiuni plus încă patruzeci de mii de trupe suport. Acest lucru îi oferă Împăratului Traian comandă asupra a nouăzeci de mii de luptători. Cavaleria este formată din gali şi iazigi.

- Aici este principala forţă a lui Traian, adăugă Davi. Cercetaşii mei de cavalerie urmăresc o armată mai mică în est, condusă de Lusius Quietus şi cavaleria sa maură. După cum ştii, Rege Decebal, el distruge satele de acolo.
- Este cumva acelaşi Lusius Quietus pe care îl poreclesc Măcelarul din Parthia?, întrebă Fynn.
- El este, spuse Decebal sumbru. Şi pentru moment este măcelarul Daciei. Ucide civili, incendiază sate şi ferme, iar noi nu avem suficiente trupe pentru a-l urmări.
- Oare de ce îşi împarte armata Traian?, se întrebă Ailen, care era cel mai tânăr ofiţer din consiliu şi respecta cunoştinţele bătrânilor prezenţi.
- Mă pot gândi la mai multe motive, răspunse Vezina. Cel mai mult vrea să ne divizăm armata. La urma urmei, strategia romană obişnuită este de a diviza şi de a cuceri, nu-i aşa?
- Nemernicii se mai şi laudă cu asta, spuse Diegis râzând. Ba, chiar bat textul şi pe monedele lor.
- Nu ne vor diviza, răspunse Decebal. Luptăm ca o singură armată, unificată. Dacă nu o facem acum, atunci numărul lor ne va copleşi armatele.
- Traian ar putea dori, de asemenea, să ne prindă între cele două armate ale sale, adăugă Fynn. Nu vom putea permite asta.

Decebal dezaprobă şi el cu o mişcare a capului.

- Nu, nu vom permite acest lucru. Îi vom da acestei armate romane o lovitură aici şi îi vom însângera. Apoi ne retragem la Tapae. Când Quietus va veni spre vest îşi va comasa oamenii cu armata lui Traian, dar nu ne vor prinde între ei.
- Oamenii mei sunt pregătiţi, anunţă Prinţul Davi. Voi, cu oamenii din infanteria voastră, vă ve-ţi lupta cu ei în pădure, iar cavaleria mea le va ataca flancurile.

- Ştiţi cu toţii planul de luptă, concluzionă Decebal. Coordonaţi-vă şi luptaţi ca o singură armată!
- Desigur!, a fost de acord sarmatul. Oamenii mei sunt pur şi simplu nerăbdători şi dornici să lupte împotriva inamicului. S-au antrenat ani de zile pentru asta.

Generalul Sinna îi răspunse cu un zâmbet.

- Cavaleria mea simte la fel. Dar, ca de obicei, călăreţii sunt întotdeauna mai nerăbdători.
- Vei apăra fortul?, îl întrebă Fynn pe Decebal.
- Nu, Fynn, nu o vom face! O strategie mai bună este să păstrăm întreaga armată unită pentru această bătălie şi, de asemenea, pentru marşul către est după aceea.
- Traian ne depăşeşte deja numeric cu doi la unu, deci nu putem sacrifica o parte din armata noastră pentru a apăra oraşul, explică Vezina. Arcidava nu poate fi apărată împotriva acestei armate romane şi, în orice caz, fortul de acolo nu are nicio importanţă strategică pentru bătăliile care urmează.
- Să trecem la treabă atunci, spuse Diegis. Vreau să exersez cu unităţile de artilerie câteva scenarii, înainte ca romanii să ajungă aici.
- Unităţi dacice de infanterie cu echipament de artilerie, remarcă Allen zâmbind. Asta ar trebui să le ofere romanilor o surpriză, nu-i aşa?
- Romanii ştiu că avem artileria, răspunse Diegis. Surpriza lor va fi că ştim cum să o folosim, la fel de bine ca ei.
- Într-adevăr, frate!, spuse Decebal. Antrenează-ţi oamenii bine! Voi, căpetenii, pregătiţi-vă bine oamenii pentru luptă. Ne confruntăm cu un duşman foarte puternic care se aşteaptă să ne zdrobească. Să-i facem să plătească un preţ sângeros pentru aroganţa lor.

Armata romană şi-a aşezat tabăra pe marginea unei văi înguste la sud de Arcidava. Dacii şi aliaţii lor erau poziţionaţi în pădurile de dincolo de vale, iar Împăratul Traian se aștepta să dea o luptă cu ei acolo. Ca în-totdeauna, Traian dorea ca armata sa să fie organizată și complet desfășurată atunci când mărșăluia pe teritoriul inamic. Nimic din ceea ce au făcut soldații din subordinea sa nu a fost vreodată grăbit sau ne-planificat.

Traian revizuia planul de luptă împreună cu generalii săi de top. Gnaeus Longinus avea să conducă trupele auxiliare de suport, care în-totdeauna erau primele unități angajate în luptă. Nu exista nici un avantaj militar în trimiterea în prima linie a trupelor auxiliare, mai de-grabă practica această tactică doar pentru a salva viețile legionarilor romani. Legionarii erau cetățeni romani. Trupele auxiliare erau bar-bari, intrând la categoria de elemente consumabile.

Laberius Maximus urma să comande legiunile care urmau după ata-cul trupelor auxiliare, dacă mai era necesar. Traian însuși decidea strategia generală, având comanda atacului general. De asemenea, tot el conducea flancul cavaleriei, care avea de jucat un rol critic în planu-rile de atac, dar și pentru rezultatul bătăliei. Hadrian era parte a grupului, dar de cele mai multe ori privea și asculta.

- Inamicul rămâne în adăpostul pădurii, anunță Longinus. Nu ne vor ataca în câmp deschis, așa că trebuie să mergem noi la ei.

- O tactică inteligentă, răspunse Traian. Astfel, ei își ascund mă-rimea armatei și pozițiile pe care le ocupă. Oricum nu contează, dimineața intrăm peste ei și îi alungăm.

- La câți oameni să ne așteptăm, Cezar?, întrebă Maximus.

- Nu putem ști până când nu se vor arăta. Decebal adoptă o tac-tică de întârziere. Nu se va angaja într-o bătălie majoră aici.

- Dar, oare este Decebal aici?, se întrebă Hadrian.

- Vom vedea, Hadrianus!, a răspuns Împăratul. Sper să fie! După atâția ani, vreau să-l văd în sfârșit, față în față.

- Și să-i iei capul!, spuse Longinus râzând.

- Și să-i iau capul!, repetă Traian cu un zâmbet ironic.

- Ah! Apropo de întâlnirile față în față, iată pe cineva care chiar s-a întâlnit cu Decebal!, a spus Laberius Maximus, întorcându-se către un soldat roman care tocmai intrase în cort.

Noul venit era un bărbat în jur de vreo patruzeci de ani, cu înălțime medie și constituție atletică, păr negru și ochii de un gri șters. Pășea cu un pas formal și oarecum rigid, specific unui ofițer ce a slujit armata romană de-a lungul vieții.

- Bine ai venit, Titus!, l-a salutat Maximus.

- Caesar, acesta este ajutorul meu, Titus Lucullus!

Lucullus i-a prezentat lui Traian onorul militar roman, stând foarte drept și întinzându-și la maxim brațul drept.

- Ave, Caesar!

- Bine ai venit, Lucullus!, răspunse Traian. Am auzit de tine. Erai delegat în Moesia?

- Da, Caesar! Slujeam alături de Guvernatorul Moesiei. Generalul Maximus îmi oferă acum onoarea de a servi aici sub comanda lui.

- Aici avem nevoie de tine, Titus, nu în Moesia!, spuse Maximus. Îi cunoști pe daci mai bine decât oricare dintre noi.

- Sunt în slujba Cezarului și a dumneavoastră, domnule General!

- Și ai ajuns exact la timpul potrivit!, anunță Traian. Regele Decebal așteaptă de cealaltă parte a acestei văi. Poate reușești să-ți reînnoiești legătura cu el, ce zici?

- Sau crezi că îl poți convinge să se predea și să ne scutească pe toți de multe probleme?, întrebă Longinus.

Titus zâmbi la glumă.

- Un lucru pe care putem conta cu certitudine, domnilor, este că Regele Decebal niciodată nu se va preda.

- Nici nu mă aștept la asta!, răspunse Traian. Mai târziu îmi vei spune mai multe despre el. Acum, vino alături de mine pentru masa de seară, Titus!

- Desigur, Caesar, aș fi onorat! Trebuie să vă spun că am vorbit cu Regele Decebal doar în treacăt. Îl cunosc mult mai bine pe fratele său, Diegis, și pe generalul său, Drilgisa.
- Excelent, poți să-mi vorbești și despre ei. Am în plan să-mi cunosc dușmanul cât mai bine.

La liziera pădurii, în apropierea liniei romane, era o baterie de artilerie dacică formată din zece scorpioni, poziționată pentru a înfrunta inamicul. Aceste arme mortale cu răsucire mecanică erau capabile să arunce cuie de fier și să lovească ținte cu o anumită precizie până la aproape trei sute de metri distanță. Fiecare scorpion de artilerie pe roți era manevrat de opt artileriști.

Această baterie de artilerie era protejată de un grup de șaizeci de infanteriști înarmați cu sulițe și săbii, condus de un tânăr căpitan pe nume Tarbus. În spatele infanteriei se afla un grup de treizeci de arcași conduși de Cotiso, fiul Regelui Decebal. Cea mai mare amenințare pentru grupul de artilerie putea veni ca urmare a unui atac rapid de cavalerie care nu le-ar permite să se retragă în timp util. Sarcina lăncierilor de infanterie și a cetei de arcași era să respingă astfel de atacuri.

Armata romană începea să-și facă lent apariția la marginea pădurii întinsă pe partea lor de vale. Erau înșiruiți într-o linie foarte lungă și formau o masă mare de soldați, care se întindea pe vreo douăzeci sau treizeci de rânduri în adâncime. Acești oameni nu erau legionari, observă Cotiso, ei erau infanterie auxiliară de suport. Toți erau barbari, așa cum îi numeau romanii, majoritatea fiind prizonieri de război sau voluntari ai aliaților Romei.

Trupele auxiliare purtau îmbrăcăminte tradițională, orice haină ce era specifică pentru popoarele din care făceau parte. Nu erau echipați cu armuri metalice, ci purtau armuri de piele, mult inferioare sau chiar nicio armură. Ei nu erau înzestrați cu scut militar roman, greu și robust, ci aveau o varietate de scuturi de diferite forme și dimensiuni. Ei erau slab înarmați în comparație cu legiunile romane, purtând arme diferite pe care le aduceau cu ei, din triburile lor de origine.

Calitatea care le lipsea *auxiliarilor* era totuşi compensată prin numărul acestora. Adesea, ei câştigau singuri o bătălie, copleşind prin superioritatea lor numerică un inamic mai slab. Fiind cei care deschideau fiecare luptă, barbarii preluau şi pierderile, reducând astfel pierderile de vieţi omeneşti în rândul cetăţenilor romani din armată.

- Baterie, foc! a strigat căpitanul artileriei către oamenii săi.

Zece scorpioni au aruncat cuiele lor mari de fier, fiind reînarmate rapid şi eficient pentru a trage încă o dată. Cuiele zburau atât de repede încât soldaţii inamici nu le-au văzut niciodată venind. Unele cuie metalice ucideau sau răneau câte doi sau trei bărbaţi deodată. Liniile inamice au încetinit şi s-au subţiat în secţiunile vizate de artilerie.

- Rămâneţi atenţi!, a strigat Tarbus către oamenii săi, în timp ce barajul de artilerie continua, în timp ce armata romană era din ce în ce mai aproape. Aşteptaţi-vă la un atac!

- Ai dreptate, uită-te acolo!, strigă Cotiso, arătând spre o breşă în linia romană.

Trupele de infanterie s-au dat la o parte pentru a crea o deschidere. Prin breşă apăru un rând complet de cavalerie auxiliară romană, care se îndrepta direct spre poziţia unde era amplasată bateria lor de artilerie.

- Intraţi în formaţie!, a strigat Tarbus cu voce puternică ordinul. Păstraţi poziţiile! Nu-i lăsaţi să ne depăşească!

În faţa artileriei lor, infanteria dacică a format o linie dublă de apărare adâncă de doi oameni. Soldaţii din primul rând au coborât pe un genunchi şi şi-au înfipt capetele suliţelor lungi în pământ, având vârful lamelor de suliţă înclinate înainte pentru a întâlni pieptul cailor de atac. Soldaţii ştiau că nici un cal nu va ataca, aruncându-se într-un şir de vârfuri de suliţă. Bărbaţii din al doilea rând erau şi ei înarmaţi cu suliţe lungi pentru a lupta împotriva călăreţilor, dar, de asemenea, aveau şi suliţe de aruncare, mai scurte. Cotiso şi arcaşii săi s-au aliniat în spatele zidului creat de infanterie.

- Lăsaţi-i să vină în raza de acţiune!, strigă Cotiso. Când se vor apropia, ţintiţi caii!

Grupuri de infanterie dacică au ieşit din pădure, de o parte şi de alta a poziţiei de artilerie. Misiunea lor era să lupte împotriva infanteriei romane care se apropia. Misiunea de a proteja artileria şi pe artilerişti aparţinea lăncierilor lui Tarbus şi arcaşilor lui Cotiso.

- Acum!, ordonă Cotiso în timp ce a trimis o săgeată ce zbura în direcţia cavaleriei romane.

Toţi ceilalţi arcaşi au făcut la fel. Unele săgeţi au găsit ţinte, iar călăreţii şi caii s-au prăbuşit. Misiunea arcaşilor era de a pune un zid de săgeţi în calea cavaleriei care se apropia. Pe măsură ce călăreţii romani s-au apropiat intrând în raza de acţiune a suliţaşilor, suliţele acestora au completat barajul de proiectile zburătoare.

- Rămâneţi neclintiţi!, strigă Tarbus.

Cavaleria se apropia cu o viteză înspăimântătoare. Caii din faţă s-au ferit de zidul de suliţe şi au devenit ţinte uşoare pentru săgeţile care zburau spre ei. Animalele înspăimântate nechezau de durere, îndepărtându-se în galop de liniile dacice. Totuşi un călăreţ a reuşit să ajungă suficient de aproape pentru a-şi arunca lancea, lovind faţa unuia dintre lăncierii îngenunchiaţi. Cotiso i-a înfipt o săgeată în lateral, un pic mai jos de piept. Călăreţul căzu pe spate, apoi se prăbuşi lateral pe pământ.

Un alt lăncier dac căzu mort, lovit de o lance aruncată. Cu rapiditate a fost târât înapoi, în afara liniei de apărare, şi înlocuit cu lăncierul din spatele lui. Mai mulţi călăreţi s-au apropiat, aruncându-şi lăncile. Mici goluri au apărut în zidul de apărare, acolo unde au căzut lăncile.

- Închide-ţi linia!, strigă Tarbus.

Un călăreţ roman răcnii din toţi plămânii un strigăt feroce de luptă iazig şi galopă dintr-un unghi exterior spre capătul liniei de suliţe. Săgeţile i-au lovit calul din lateral, iar animalul panicat şi înfuriat a atacat orbeşte înainte. A luat o suliţă în piept şi s-a izbit de linia dacică de apărare, prăvălindu-se lateral peste trei lăncieri. Călăreţul iazig a zburat peste linia de suliţe şi s-a prăbuşit cu putere la picioarele lui Tarbus. Înainte ca omul să-şi revină în simţiri, Tarbus i-a înfipt suliţa în gât, în timp ce un jet puternic de sânge i-a acoperit cu stropi partea inferioară a picioarelor. Înjunghierea gâtului aducea o moarte rapidă şi uşoară.

Cotiso a mai tras o săgeată în pieptul unui alt călăreț care se apropia. Dar a fost brusc alarmat să audă tropot puternic de copite venind dinspre stânga lui, ceea ce l-a făcut să realizeze că un grup mare de călăreți se apropia cu rapiditate. În clipa următoare, alarma lui s-a transformat în bucurie şi emoție. Noii călăreți erau ai cavaleriei sarmate conduse de Prințul Davi, izbindu-se de cavaleria romană ca o furtună. Echipajele de artilerie dacică îi aclamau cu bucurie pe sarmați.

Călăreții sarmați şi caii lor erau acoperiți în armuri. Luptau cu lănci, săbii şi arcuri. Cavaleria auxiliară romană nu se putea compara cu ei, nici în echipament şi nici în abilitățile de luptă, fiind foarte rapid copleşită. Cei care nu au fost rapid ucişi sau răniți au fugit în galop pentru a scăpa de atacatorii lor.

Apriga luptă cu cavaleria romană a durat doar câteva minute. Căpitanul de artilerie a observat că infanteria auxiliară romană se apropia de ei, iar infanteria dacică şi cea bastarnă ieşea în întâmpinarea lor. Strategia militară cerea acum ca unitățile de artilerie să se retragă şi să lase infanteria să intre în luptă. Protejarea artileriei era mai importantă decât uciderea altor câțiva romani.

- Împacheta-ți scorpionii! Dați-i drumul!, a strigat căpitanul.

Echipajele sale erau bine antrenate şi au intrat în acțiune. Scorpionii urmau să fie înhămați de catâri şi traşi în spatele liniilor. Rolul lor în această bătălie se încheiase.

Cotiso se apropie de Tarbus, ai cărui pantaloni din lână albă, cămaşa şi chiar gâtul şi fața erau stropite cu sânge. Tarbus urma să escorteze retragerea echipajelor de artilerie în spatele liniei, în timp ce arcaşii urmau să rămână şi să sprijine infanteria în luptă.

- Bravo, Tarbus!, l-a felicit Cotiso, cu vocea plină de mândrie. Oamenii tăi au luptat bine!

Tarbus primi recunoaşterea cu un semn de înclinare a capului.

- La fel şi tu, prietene! Acum trebuie să însoțesc aceste echipaje şi să mă asigur că nu li se întâmplă niciun rău.
- Du-te, atunci, şi... Zamolxis să meargă cu tine!

Pe la amiază, bătălia de infanterie încă se purta cu înverşunare, mai ales la marginea pădurii de pe partea dacică a văii. Decebal era depăşit numeric şi nu risca să-şi angajeze întreaga armată în luptă. În acelaşi timp, infanteria şi cavaleria dacică obţineau tot ce putea câştiga în urma confruntării cu trupele auxiliare romane. Câmpul de luptă era acoperit de trupurile morţilor, de gemetele şi ţipetele răniţilor.

Împăratul Traian, aflat călare în şaua calului său, urmărea bătălia din spatele liniilor romane. Generalii săi Longinus şi Laberius Maximus i-au fost alături, împreună cu Tiberius Livianus, cel care era responsabil de Garda Pretoriană. Garda Pretoriană, garda personală a lui Cezar, înconjurase postul de comandă al Împăratului.

Traian nu era fericit, dar nici descurajat. S-a întors pentru a i se adresa lui Maximus.

- Ei bine, Laberius, astăzi am învăţat un lucru.
- Şi care este acesta, Caesar?
- Infanteria dacică este superioară *auxiliarilor* noştri, chiar şi atunci când sunt depăşiţi numeric.

Maximus mormăi un răspuns.

- Acest lucru pare adevărat, Caesar. Sunt mai bine echipaţi şi au o capacitate superioară de luptă.

Longinus şi-a adus calul mai aproape.

- Dar se pot ei opune în luptă cu legionarii noştri? Avem o modalitate de a afla.
- Nu sunt mai buni decât legiunile noastre, declară Traian. Cu toate acestea, acum urmează să aflăm, pentru că trupele noastre auxiliare sunt ucise. Laberius?!
- Da, Caesar?
- Activează-ţi trupele! Trimite două legiuni pentru a elibera *auxiliarii* şi pentru a pune capăt măcelului.
- Am înţeles, Caesar! Le vom arăta acestor barbari modul cum luptă romanii, anunţă Maximus, întorcându-şi calul pentru a pleca.

Aflat într-o parte, Titus Lucullus tuşea, curăţindu-şi gâtul. Cu surprindere a observat că a atras atenţia Împăratului.

- Ai ceva ce vrei să-mi spui, Lucullus?, întrebă calm Traian.

- Este ceva lipsit de importanţă, Caesar!, răspunse Titus, simţindu-se oarecum jenat.

- Nu, nu, spune-ne, insist!, a continuat Traian. Consider că bărbaţii sunt adesea cei mai sinceri în momentele de exprimare spontană, în ciuda a ceea ce pare.

- Declaraţia Generalului Maximus despre a arăta barbarilor cum luptă romanii. Pur şi simplu mi-a amintit de o afirmaţie similară făcută despre Decebal. Cu mult timp în urmă, Caesar.

- Ah, da? Lămureşte-ne, Titus!

- A fost cumva o declaraţie a lui Tettius Julianus?, întrebă Gnaeus Longinus, cu adevărat curios. A luptat împotriva lui Decebal, avându-te pe tine alături de el.

Lucullus clătină din cap.

- Nu este Generalul Julianus. Mă refer la Guvernatorul Sabinus.

- Într-adevăr, asta a fost cu mult timp în urmă! Istoria ta e interesantă, Lucullus!, spuse pe jumătate râzând Longinus.

Împăratul nu a fost la fel de amuzat ca Longinus.

- Acela a fost un eşec de conducere şi o încredere prostească exagerată, Titus. Dar nu ezita niciodată să fii sincer cu mine, oricare ar fi preocupările tale!

- Da, Caesar! Într-adevăr, reacţia mea nu a fost o îngrijorare, ci pur şi simplu o amintire proastă, cred.

Asta l-a făcut pe Traian să zâmbească.

- Amintirile neplăcute ne învaţă să nu uităm experienţele rele, astfel putem învăţa din ele. Nu trebuie să uităm exemplul lui Oppius Sabinus.

- Nu, Caesar!

- Devin mai înţelept pe măsură ce îmbătrânesc, Lucullus. Dar ştii tu ce contribuie atât de mult la înţelepciunea mea?

- Doar dacă îmi spui, Caesar?

- Învăţarea din greşelile altora, spuse Traian cu voce solemnă, întorcându-şi atenţia din nou spre câmpul de luptă. Şi... în niciun caz nu trebuie să le repetăm!

De cealaltă parte a văii, Decebal, călare, urmărea şi el bătălia de la marginea pădurii. Vezina, Şeful Fynn al bastarnilor şi Şeful Ailen al celţilor erau cu el.

- Traian îşi trimite legiunile în sfârşit, observă Fynn.

Acesta era momentul pe care îl aşteptau.

- Aşa este, într-adevăr!, spuse Regele. Acum ştie că v-a trebui să verse sânge de legionar, dacă plănuieşte victoria.

- O mare cantitate de sânge legionar, sper, adăugă Vezina posomorât.

- Oare ar trebui să ne chemăm trupele înapoi şi să începem marşul spre Tapae?, a întrebat Şeful Ailen.

- Nu, nu încă!, răspunse Decebal. Oferiţi-le trupelor noastre şansa de a-şi dovedi că pot face faţă legiunilor romane.

Fynn indică din cap spre micul grup de figuri călare aflat de cealaltă parte a văii, fără îndoială, postul de comandă roman.

- Poţi să-i dovedeşti şi lui?

- Îmi pasă doar de ceea ce cred trupele noastre, Şef Fynn!, răspunse Decebal. Ceea ce crede Traian nu are nicio importanţă pentru ceea ce facem sau nu facem.

- Destul de logică aprecierea ta, răspunse Fynn. Dar, cel puţin, ar trebui să ne ducem răniţii şi vagoanele de aprovizionare pe drumul spre est. Nu există niciun motiv întemeiat pentru a întârzia marşul lor.

- Desigur!, a fost de acord Decebal, întorcându-se spre un ofiţer de cavalerie dac.

- Mesaj pentru Generalul Diegis! Începeţi retragerea acum, cu prioritate pentru răniţii noştri şi pentru artilerie!

- Da, Domnule! Imediat.

Vezina ceru o clarificare.

- Arcidava este evacuată, Domnule! Să o lăsăm romanilor sau să transformăm într-o torță?
- Rămâne așa cum este!, răspunse Regele. În acest moment nu ne este de folos, nici nouă, nici romanilor. Când războiul se va termina, o vom dori înapoi!

Împăratul Traian a remarcat că retragerea armatei dacice și a aliaților ei a fost organizată și ordonată. S-au retras pe drumul ce duce în est, spre Tapae, așa cum previziona-se. Armata dacică era mai mică și mai ușoară și, prin urmare, putea călători mai repede decât armata romană. L-ar fi urmărit pe Decebal, dar, în acest moment, din punct de vedere strategic nu era necesară urmărirea sa imediată. Armata dacică nu avea un loc unde să meargă și în care armata romană să nu o poată urma. Traian va lupta în acest război în mod ordonat, în ordinea stabilită.

Pentru Împărat era îngrijorător faptul că, deși i-a alungat pe daci din Arcidava, inamicul a provocat pierderi considerabile armatei romane. Atât infanteria auxiliară, cât și cavaleria auxiliară de suport, au luat amândouă bătaie. Bătălia a fost câștigată abia atunci când Maximus a atacat cu legiunile sale, însă, chiar și atunci, dacii și aliații lor au opus o rezistență acerbă. Ei au arătat că nu se temeau de armata romană.

Romanii au găsit pustiu fortul Arcidava. Traian a remarcat zidurile groase făcute din piatră, turnurile mari de apă, dar și hambarele foarte mari care au rămas goale. Fortul a fost construit pentru a rezista unui asediu lung, deși de data aceasta Decebal a ales să nu-l apere. În fața armatei sale, Traian știa că erau zeci de alte forturi, la fel ca acesta.

> Capitolul 6

Adunarea forțelor

Sarmisegetuza, Dacia, luna iunie, anul 101 d.Hr.

Prințesa Adila s-a trezit simțindu-se închisă și sufocată, la fel ca o pasăre încarcerată într-o colivie disperată să-și întindă aripile și să poată să zboare. Așteptarea unor vești la Sarmizegetusa despre războiul cu Roma era insuportabilă. Tatăl ei, Regele, era în fruntea armatei. Fratele ei, Cotiso, era căpitanul arcașilor. Adila își continua exersarea tirului cu arcul, așa cum o învățase Cotiso, trăgând o sută de săgeți pe zi, în fiecare zi. Fata devenea din ce în ce mai puternică și mai precisă. De asemenea, devenea nerăbdătoare să ochească mai mult decât niște ținte pline cu paie.

Într-o după-amiază s-a dus să vorbească despre asta cu mama ei, Regina. Andrada nu era în camera ei, așa după cum i-a spus un servitor. Plecase să-și viziteze cumnata, Tanidela. Tanidela și micuța ei fiica locuiau în casa familiei lui Decebal, în timp ce soțul ei, Davi, lupta împotriva Romei.

Oare de ce bărbații erau atât de activi în viață, în timp ce femeile din familia regală trebuiau să rămână acasă și să-i aștepte, se întrebă Adila? Nu știa răspunsul la această întrebare. În cele din urmă, a decis că nu mai are răbdare să stea și să aștepte. Au fost femei dacice care călătoreau cu armata și care primeau roluri de sprijin, ba chiar unele dintre ele au și luptat în armată. Femeile dacice erau libere să facă propriile alegeri.

Adila a găsit-o pe Regină alături de ambele mătuşi, Dochia şi Tani-dela, vorbind încet pentru a nu o trezi pe Tyra, bebeluşul care dormea în pătuţul ei balansoar. După ce şi-a privit verişoara mai mică, fata s-a aşezat pe un scaun lângă mama ei.

- Ce s-a întâmplat?, întrebă Andrada. Arăţi ca şi cum ai avea ceva pe suflet.
- Vreau să merg la tata şi să mă alătur armatei noastre!, spuse Adila calmă.

A te exprima clar şi direct era întotdeauna cel mai bun mod de a-ţi spune punctul de vedere, spunea de fiecare dată tatăl ei. El era regele, aşa că ar trebui să ştie asta cel mai bine.

Cele trei femei au privit-o cu o surpriză totală. Era unul dintre acele rare momente când Andrada a rămas fără cuvinte.

Dochia a fost cea care a rupt tăcerea.

- Se pare că i-ai provocat mamei tale un şoc, Adila dragă, aşa că, lasă-mă pe mine să te întreb în locul ei. De ce vrei să te înrolezi în armată?
- Pentru că mă simt neajutorată aşteptând aici, mătuşă. Vreau să fiu alături de tata şi de Cotiso! Vreau să văd ce se întâmplă.

Andrada adoptă un ton răbdător cu fiica ei.

- Tatăl şi fratele tău luptă împotriva romanilor tocmai pentru ca tu să poţi aştepta aici, unde eşti în siguranţă, până când războiul se va termina.
- Nu vreau să fiu în siguranţă!, spuse Adila, apoi şi-a amintit că trebuie să-şi coboare vocea pentru că bebeluşul dormea.
- Vreau să spun, desigur, că vreau să fiu în siguranţă, mamă, dar vreau mai mult decât atât! Vreau să fiu acolo şi să mă implic, astfel încât să ştiu ce se întâmplă. Iar dacă e nevoie de mine, vreau să lupt pentru Dacia!
- Dar ai doar şaisprezece ani, spuse Regina, încercând să gă-sească un punct comun cu fiica ei încăpăţânată.

- Şi, ce!? Există băieţi, nu mai mari decât mine, care deja luptă ca soldaţi. Tata a luptat în armată când avea şaisprezece ani, ne-a spus asta.

Tanidela interveni în sprijinul Reginei.

- Unii băieţi de vârsta ta sunt suficient de mari şi de puternici pentru a lupta, dar mulţi dintre ei nu sunt. Şi fetele nu sunt! Este mult prea periculos pentru tine să te alături luptei!
- Nu m-aş lupta corp la corp, mătuşă. Cotiso m-a învăţat cum să folosesc un arc militar cu luni de zile în urmă. Am exersat în fiecare zi. Devin foarte bună la asta.

Dochia clătină încet, dezaprobator, din cap.

- Este nevoie de mulţi ani de practică pentru ca un războinic să devină arcaş, fată dragă. Câteva luni de exerciţii nu sunt suficiente.
- Te-am văzut exersând, spuse Andrada, şi ştiu că iei practica în serios. Dar ţintirea unor oameni de paie nu este acelaşi lucru cu lovirea unor soldaţi care vor să te omoare. Ştii asta?!

Faţa Adilei transmitea determinare.

- Am luat decizia de a merge! Nu mai sunt copil şi nu mai am nevoie de permisiunea nimănui.

Regina nu se mai simţea răbdătoare.

- Dar dacă nu doreşti permisiunea mea, atunci ce-mi ceri?
- Vreau doar binecuvântarea ta, mamă!

Andrada se uită la Tanidela şi Dochia.

- Oare ce voi face cu copiii ăştia ai mei?

Dochia părea tristă şi rămase tăcută. Se gândea la moartea singurului ei copil, fiul care a murit cu mulţi ani în urmă. Gândul că Adila îşi punea viaţa în pericol era dureros şi pentru ea.

Tanidela zâmbea pe jumătate.

- Mie mi se pare că poţi să-i dai, fie binecuvântarea ta, fie temerile tale rele!

Andrada oftă. Se întoarse să-şi privească fiica în ochi.

- Eu sunt Regina. Aş putea să-ţi ordon să nu te duci.

- Da, Măria Voastră, aveți această putere, spuse Adila cu un zâmbet politicos. Dar nu veți da acest ordin pentru că știți că nu ar fi un ordin corect. Ar fi un ordin foarte egoist și dat doar pentru că eu sunt fiica dumneavoastră.

Andrada căzu pe gânduri pentru o clipă. Întotdeauna s-a străduit să-și învețe copiii să fie puternici și independenți. Acum avea în față rezultatele învățăturilor ei.

- Nu-ți voi da acest ordin, Adila. Dar, îți voi cere un lucru!
- Ce-mi vei cere, mamă?
- În două zile de acum, Osan și un nou detașament de arcași pleacă spre Tapae pentru a se alătura garnizoanei orașului. Până atunci vreau să te gândești foarte atent la decizia ta, spuse Regina. Dacă după acel moment te simți la fel de sigură de decizia ta ca și acum, atunci ai binecuvântarea mea să mergi cu ei.

Osan a fost ucenicul lui Diegis și, de asemenea, este un arcaș pe cal excelent. Era cineva în care regina avea siguranță în a-i încredința viața fiicei sale.

- Mulțumesc, mamă!, spuse Adila cu recunoștință.

Încrederea și aprobarea mamei ei nu vor înceta niciodată să fie importante pentru ea.

- Ai vorbit cu sora ta despre asta?, întrebă Andrada.

Adila clătină din cap.

- Nu.
- Poate că ar trebui!, sugeră Dochia. Cred că și pentru ea va fi o surpriză la fel de mare, așa cum a fost pentru noi.
- Ai dreptate. Voi merge chiar acum să vorbesc cu ea, spuse Adila în timp ce-și luă rămas bun și a plecat.

Micuța Tyra se agita. Tanidela se îndreptă spre pătuț. Andrada zâmbi.

- Bucură-te de acest copil minunat cât mai poți, surioară! Devin din ce în ce mai complicați mai târziu.

Tanidela privi înapoi peste umăr.

- Complicații?

- Da, răspunse Regina. Cresc și încep să gândească doar pentru ei.

Armata dacică se afla la încă o zi de marș distanță de Tapae, fiind încetinită și de trecere unui râu. Râul nu era rapid și în unele locuri era suficient de mic pentru a putea fi traversat de soldații infanteriei și de cai. Totuși armata mai avea nevoie de câteva bărci mai solide pentru a traversa artileria pe roți, vagoanele de aprovizionare, dar și alte materiale care nu puteau fi lăsate să se ude. Încărcarea și descărcarea bărcilor era o muncă obositoare și lentă pe vreme caldă, chiar și cu un număr foarte mare de oameni care să muncească.

Regele Decebal a delegat sarcina de a coordona traversarea râului către fratelui său, Generalul Diegis. Acesta la rândul său a dat ordine ofițerilor din armata dacică. Șefii triburilor aliate își conduceau fiecare propriile armate. Cercetașii călăreau înainte și înapoi ducând mesaje și instrucțiuni.

Prințul Davi și gărzile sale i s-au alăturat lui Decebal și cavaleriei Gărzii Regale, care nu trecuseră încă râul. Cavaleria grea a sarmaților, ușor de identificat deoarece atât oamenii, cât și caii, erau acoperiți de armuri puternice, protejau spatele coloanei armatei și a trenului de aprovizionare. Ei vor fi printre ultimele trupe care vor traversa râul.

Decebal l-a salutat călduros pe cel mai apropiat aliat.

- Salutări, Davi! Ce vă mai spun cercetașii voștri?
- Avangarda romană se află la două zile de marș în spatele nostru. Traian nu se grăbește să ne ajungă din urmă.
- Nu, nu se grăbește, a fost de acord și Decebal. Nu are nici un sens să-și epuizeze armata într-o urmărire. În orice caz, nu ne vom lupta aici, iar Traian știe asta. A fost vreun atac din partea cavaleriei lor asupra coloanei noastre?
- Nu. În cavaleria legionară romană sunt cercetași și observatori, nu caută luptă. Unii dintre cavalerii lor galici au sechestrat pe câțiva dintre rătăciții noștri care au plecat prostește să caute hrană, dar galii nu vor să se confrunte cu oamenii mei.

- Foarte inteligenţi galii aceştia, spuse Decebal. Nici eu nu aş vrea să mă lupt cu cavaleria ta.

Sarmaţianul s-a oprit pentru a-şi şterge transpiraţia de pe frunte. Era o zi fierbinte, iar sub armura lui se simţea încă şi mai fierbinte. Privea spre o coloană de infanterie care traversa râul, ţinându-şi hainele şi armele deasupra scuturilor, scuturi pe care le ţineau deasupra capetelor. Apa ajungea până la nivelul pieptului pentru bărbaţii mai scunzi. Apa părea rece şi îmbietoare, iar Davi îi invidia.

- Mâine vom campa la Tapae!, anunţă Decebal. Generalul Drilgisa continuă să ne planifice modul de poziţionare şi să întărească paza oraşului. Primele elemente avansate ale armatei Generalului Quietus vor ajunge în curând la Tapae.
- Aşa deci, Măcelarul a terminat de ucis civili şi acum îşi va uni forţele cu armata lui Traian?

Decebal aprobă din cap.

- Da. Sunt sigur că acesta a fost planul lui Traian tot timpul. Vom lupta cu armata sa combinată la Tapae.
- E un lucru bun!, spuse Prinţul Davi zâmbind. Asta ne va scuti de osteneala de a fi nevoiţi să-l urmărim pe Quietus mai târziu.
- Într-adevăr!, a fost de acord Decebal. Acum ai grijă de oamenii tăi, Davi! Fii ariergardă pentru restul zilei de azi. Vreau ca întreaga armată să treacă râul până la căderea nopţii.
- Va fi datoria noastră!, a răspuns Davi. La noapte ne vom vedea pe celălalt mal.

Decebal privea plecarea sarmaţilor călare, în timp ce copitele cailor ridicau praf în urma lor. Probabil că aceasta era cea mai bună cavalerie din lume şi tare mult şi-ar fi dorit să aibă o armată întreagă formată din ei. Are nevoie de fiecare dintre ei în bătălia care avea să vină.

Atunci când Împăratul Traian şi-a combinat forţele cu cele ale Generalului Quietus, romanii aveau o armată de aproape o sută cincizeci de mii de luptători. Armata sa dacică şi aliaţii lor vor fi depăşiţi numeric cu doi la unu. Cu toate acestea, trebuiau să se pregătească de luptă şi, din nou, principalul câmp de luptă era la Tapae. Tapae, poarta spre Dacia. Însângeratul Tapae.

Tapae, luna iunie, anul 101 d.Hr.

Marele preot Vezina era pe metereze deasupra zidurilor din Tapae şi privea coloanele care se apropiau dinspre vest venind spre cetate. Ştia că într-o coloană este armata bastarnilor, iar în cealaltă vor fi celţii. Coloana cea mai mare, întinzându-se în depărtare cât vedeai cu ochii, era armata dacică. Armata de cavalerie a sarmaţienilor, se aştepta el, era spre final să păzească spatele unităţilor împotriva oricărei forţe inamice care îi urmărea.

Masiva poartă din Tapae era orientată spre vest. Zidurile oraşului au fost ridicate la înălţime şi construite solid din pietre de calcar şi andezit. Zidul exterior de piatră era întărit cu un zid interior de pământ şi pietriş, urmat de încă un zid interior de piatră. Zidurile nu puteau fi incendiate şi puteau rezista loviturilor lansate de berbeci, catapulte sau a altor vehicule de asediu. Meterezele construite deasupra zidurilor ofereau platforme de luptă pentru arcaşii şi lăncierii care păzeau împotriva unui atac direct asupra zidurilor.

Partea de nord a oraşului era construită pe versantul abrupt al muntelui. La nord-vest de oraş se afla trecătoarea montană, lungă de aproximativ doisprezece kilometri, care străbătea lanţul muntos şi ducea spre interiorul Daciei. Aceasta era ruta de invazie favorită de cei care încercau să atace Dacia dinspre sud. Oamenii cetăţii au distrus marea armată romană a lui Cornelius Fuscus şi au nenorocit o şi mai mare armată a lui Tettius Julianus.

Cu o zi mai devreme, Vezina a observat călăreţi apropiindu-se dinspre est. Ei nu au venit călare până la zidurile oraşului, ci fie şi-au aşezat tabăra în apropierea oraşului, fie s-au întors călare spre locul de unde au venit. Aceştia, fără îndoială, erau cavaleria de avangardă a armatei romane care jefuia estul Daciei. Vezina s-a bucurat şi a răsuflat uşurat văzând armata dacică apropiindu-se din direcţia opusă.

Drilgisa se îndrepta spre metereze pentru a se aşeza lângă preotul bătrân şi înţelept. Privirea îi era captivată de splendida mantie de un albastru strălucitor purtată de Vezina, împodobită cu fir de aur şi argint, ţinuta oficială a Marelui Preot din Zamolxis.

- Regele nostru are un mare simţ al sincronizării, spuse Generalul Drilgisa. Mai sunt două zile, Vezina, şi va trebui să schimbi roba sfântă cu armura militară pentru a lupta împotriva lui Lusius Quietus şi a armatei sale care atacă din est.

- Da, într-adevăr!, răspunse preotul. Decebal a avut întotdeauna un mare simţ al sincronizării, chiar încă dinainte de a deveni rege. Este o caracteristică ce îl face un mare general.

- Da, spre deosebire de mine, spuse Drilgisa cu un zâmbet pe buze. Eu depind doar de pura încăpăţânare şi de norocul-chior ce poate apărea.

Vezina era obişnuit cu ironia Generalului. Drilgisa a fost un luptător straşnic de viteaz care şi-a inspirat oamenii să facă eforturi supraomeneşti. Nu pierduse niciodată o bătălie.

- Îţi aminteşti de ultima bătălie când ne-am luptat cu romanii aici?, întrebă Vezina. Asta se întâmpla acum treisprezece ani. Pare amuzant, dar cu siguranţă nu pare cu aşa de mult timp în urmă.

- Bineînţeles că îmi amintesc, răspunse Drilgisa. Julianus a trecut oraşul prin sabie pentru că am refuzat să predăm cetatea, tu abia ai scăpat cu viaţă, iar mie mi-a trecut o săgeată romană prin umăr.

- Da, ce oameni am pierdut, din păcate!, spuse Vezina cu tristeţe.

Soldaţii care apărau oraşul şi populaţia civilă au fost masacraţi. Vezina a scăpat de capturare şi chiar moarte doar prefăcându-se mort şi ascunzându-se printre cadavrele proaspăt ucise.

- Acesta este un moment diferit, spuse Drilgisa pe un ton serios. Ultima dată a trebuit să părăsim oraşul pentru a-l proteja de distrugerea completă, deoarece armata noastră nu era încă complet adunată. De data aceasta avem armatele noastre pregătite la locul lor și îi avem aliați pe vecinii noștri care luptă alături de noi.

Vezina aprobă din cap.

- Toate acestea sunt adevărate, domnule General! Ne confruntăm cu o armată mult mai mare, dar ei sunt conduși de lăcomie și mândrie. Suntem o armată unită care luptă pentru libertatea și supraviețuirea noastră! Atâta timp cât rămânem împreună, putem lupta împotriva lor!

- Vom rămâne împreună! Nimănui nu-i este frică de Roma și se pot duce la Hades cu tot cu numărul lor mare!, spuse Drilgisa cu apăsare.

- Gândește-te la asta, Vezina! Cei mai tineri dintre oamenii noștri, bastarni, celți sau sarmați, nu-și amintesc de momentul în care Dacia a pierdut un război în fața Romei. Deci, de ce ar trebui să se teamă de Roma?

Vezina chicoti.

- Este și acesta un mod de a privi lucrurile, recunosc. Doar noi, lupii bătrâni, înțelegem amenințarea Romei.

Drilgisa aruncă un scuipat dincolo de marginea zidului.

- Nu văd nicio amenințare, văd doar niște romani pe care trebuie să-i ucidem. Îi ucidem pe romani și amenințarea dispare.

A rânjit din nou lovindu-l prietenește peste spate pe Vezina.

- Vezi cât de simplă este viața?

- Da, înțeleg punctul tău de vedere!, răspunse Vezina zâmbind. Acum să trecem la treabă, Drilgisa! Înainte de-ai ucide trebuie planificare și pregătire! Avem multe de pregătit și de făcut!

În tabăra romană, Împăratul Traian era prins cu planurile sale de pregătire a luptei. Întinsă deasupra unei mese din cortul său de comandă era o hartă mare, proaspăt desenată, având în centru orașul Tapae și teritoriile alăturate. Se aștepta ca să mai stea pe aici pentru o vreme, așa că taberele fortificate trebuiau așezate și construite pentru armata sa masivă. Sute de atacuri surpriză, multe dintre ele ducând la pierderi catastrofale, au învățat armatele romane să nu instaleze niciodată o tabără fără a construi și fortificații defensive pentru aceasta. Chiar și atunci când mărșăluiau doar pentru manevre, armatele împăratului ridicau fortificații în fiecare seară, pe care le dezangrenau în fiecare dimineață.

În jurul mesei, alături de Împărat, se aflau generalii săi Laberius Maximus, Gnaeus Longinus și Licinius Sura. Pe lângă amenajarea locului unde erau construite tabere, romanii trebuiau să planifice zone pentru adunarea diferitelor formațiuni de trupe sau de asamblare a armelor. De asemenea, trebuiau să planifice strategii de atac bazate pe situația din teren și de așezare a trupelor inamice. Niciunul dintre cei prezenți nu avea vreo îndoială că Regele Decebal se va poziționa aici și că va duce o bătălie defensivă. Trebuie să-l atace și să-i omoare armata.

- Gnaeus, vei poziționa infanteria auxiliară aici, aici și aici!, ordonă Traian, indicând pozițiile de pe hartă.

În calitate de comandant suprem, el era cel responsabil de strategia generală.

- Da, Caesar!, a fost de acord Longinus. Pot acoperi un front larg și încă mai am suficiente trupe în rezervă.

- Cum se simt oamenii tăi?, întrebă Împăratul.

Niciodată, nimeni nu putea fi pe deplin sigur de loialitatea și spiritul de luptă al trupelor auxiliare. Niciunul dintre luptători nu era cetățean roman și, în toate războaiele, fie au luptat sub constrângere, fie au luptat ca mercenari.

- Destul de bine, spuse Longinus. Dacă cumva întrebarea este dacă vor lupta, atunci răspunsul este da. Au luat o bătaie la Arcidava, dar acum sunt pregătiți pentru o nouă încercare contra dacilor.

Acesta era răspunsul pe care Traian dorea să-l audă.

- Bine! Le vom da această șansă, iar apoi se întoarse spre Maximus.

- Laberius, tu comanzi șase legiuni. Așezați-le în spatele trupelor auxiliare, aici, aici și aici.

- Da, Caesar!, spuse Maximus. Lăsăm trupele auxiliare să-i înmoaie, iar mai apoi legiunile mele vor tăia prin ei, ca prin brânză!

- Să vedem cum decurg luptele, Laberius. Întotdeauna să ţii cont de cel de-al doilea obiectiv.

- Desigur, Caesar!, a răspuns Maximus cu o voce fermă. Nu am uitat!

Primul obiectiv de stat major al lui Traian era, desigur, să câştige bătălia. Cel de-al doilea obiectiv era acela de a reduce la minimum pierderile din rândul legionarilor. Ei aveau datoria de a proteja viaţa cetăţenilor romani, iar toţi legionarii erau cetăţeni romani.

O santinelă a deschis intrarea cortului şi Hadrian a păşit în interior. El a dat din cap în semn de salut adresat generalilor şi l-a salutat cu onor pe Împărat.

- Ai trimis după mine, Caesar?

- Da, Hadrianus! Am o misiune pentru tine.

- Porunceşte şi mă supun, Cezar!, răspunse obedient Hadrian.

Fiind cel mai tânăr membru al statului major condus de Traian, el încă mai căuta oportunităţi de a-şi dovedi valoarea în faţa bărbaţilor mai în vârstă.

- Avem nevoie de tine să mergi şi să omori un leu cu mâinile goale, tinere Hercule!, a spus Longinus în glumă.

Îi plăcea să-l tachineze pe Hadrian cu privire la aspectul şi manierele sale greceşti. Hadrian era obişnuit cu asta şi a primit rugămintea într-o stare de spirit bună.

- Sunt patru mesageri de cavalerie ai Generalului Lusius Quietus care aşteaptă afară, l-a informat Traian pe tânăr. Te vei întoarce cu ei la armata lor, cu ordine pentru Generalul Quietus.

- Da, Caesar!

Traian i-a făcut semn să se apropie şi i-a arătat o zonă de pe hartă.

- Peste două zile, nu mai târziu, Generalul Quietus îşi va aduce întreaga armată în acest loc. Îl vei ghida într-acolo. Apoi Generalul îmi va raporta, imediat ce va ajunge!

- Da, Caesar! Ai ordine scrise pe care trebuie să le duc?

Traian clătină din cap.

- Nu. Aceste ordine vin direct de la mine și îi vor fi transmise direct de către tine, spuse Împăratul, zâmbindu-i pe jumătate. Te va găsi suficient de convingător, cred. Du-te acum, Hadrian! Nu avem timp de pierdut!

- Am plecat, Caesar!

Hadrian și-a luat rămas bun de la generali cu un semn din cap și a ieșit rapid afară pentru a-i găsi pe mesagerii cavaleriei maure.

- Un test pentru Quietus?, a întrebat Maximus.

- Da!, răspunse Longinus. Și pentru Hadrian, dacă nu mă înșel?

- Mai mult pentru Lusius decât pentru Hadrian, le-a răspuns Traian pe un ton realist. Aleargă de unul singur de mai multe săptămâni, cred că a venit timpul să-i aranjăm hamurile.

Vezina și Diegis urmăreau în depărtare manevrele armatei romane. Aveau cel mai bun avanpost de observație disponibil, meterezele aflate deasupra zidului porții de intrare în Tapae. Meterezele au fost construite înalte și late pentru a servi drept platformă de luptă pentru arcași și artileria ușoară poziționată pentru a apăra împotriva unui atac direct asupra porții.

- Armata lui Traian se mișcă ca un melc, observă Diegis. Cu toți acei oameni și animale. Oare cum îi hrănește pe toți?

- Jumătate din armata romană este formată din personal civil a căror sarcina este să sprijine luptătorii", răspunse Vezina. Și pe lighioanele lor, desigur. Armata ar fi paralizată fără animalele lor de povară.

- Acesta este un avantaj pe care îl avem în continuare, Vezina. Armata noastră seamănă din ce în ce mai mult cu armata romană, dar nu vom fi niciodată romani. Suntem mai ușori și ne mișcăm mai repede.

- Da. Fratele tău, Regele, a folosit întotdeauna bine acest avantaj. Am încrederea că acest lucru va continua.

Sunetul pașilor mulți și grei care se apropiau pe platforma de lemn i-a făcut să se întoarcă. Regele Decebal conducea un mic grup de oameni în direcția lor. Cotiso mergea alături de el, însoțiți de patru membri ai Gărzii Regale, care îi urmau.

- Mă închin, Măria Voastră!, spus Vezina. Diegis îi făcu doar un semn din cap fratelui său.

Decebal privea la armata ce se aduna în depărtare.

- Oare cât timp le va lua să se instaleze, Vezina? În estimarea ta.

- Cel mult două zile m-aș gândi, Domnule. Nu se grăbesc, dar sunt încă foarte eficienți sub comanda lui Traian.

- Sunt și eu de acord, spuse Decebal. Nu se vor grăbi să atace, dar trebuie să fim pregătiți în orice eventualitate.

- Suntem gata de acum, frate!, interveni Diegis. Drilgisa are oamenii pregătiți. La fel și Fynn, Ailen și Davi. Nu vor exista surprize.

Cotiso era cel mai tânăr dintre ei și avea ochii ca un șoim. Se uita fix la o coloană de cincizeci de arcași daci care se apropiau de poarta orașului. Privirea de pe fața lui era una de uimire.

Decebal a observat reacția fiului său.

- Ce este? Ce s-a întâmplat?

- Acesta este Osan care aduce noii arcași, a spus Diegis.

Cotiso a început să râdă.

- Așa este, dar uită-te în spatele lui Osan, unchiule! Apoi întoarse capul pentru a-l privi pe Rege, urmărindu-i reacția.

Pe măsură ce arcașii se apropiau, Decebal observă că în spatele lui Osan călărea o tânără cu părul lung și negru, îmbrăcată în uniforma simplă a unui arcaș. Privea în sus spre meterezele de deasupra porții, privindu-i pe Decebal și pe camarazii săi. Apoi și-a ridicat brațul drept gesticulând plină de entuziasm cu mână.

- Adila! Dar ce caută aici?, întrebă Regele, fără a se adresa cuiva în mod special.

Se întoarse spre Cotiso.

- Du-te și adu-ți sora! Adu-o aici! Acum!

Cotiso zâmbi subtil, grăbindu-se spre treptele care coborau de pe metereze. A coborât treptele câte două odată.

Decebal se întoarse spre fratele său.

- Ai spus că nu vor fi surprize?
- M-am referit la romani, frate. Nu pot da socoteală pentru acţiunile copiilor noştri.

A durat puţin până când Cotiso s-a întors, Adila urmându-l pe trepte, chiar în spate. Părea obosită şi prăfuită de la o călătorie aşa de lungă, dar, altfel, într-o stare de spirit bună. S-a apropiat de Rege şi, neştiind exact cum să procedeze, i-a făcut o mică plecăciune.

- Te salut, Tată!
- Sunt fericit să te văd, draga mea! Dar spune-mi, de ce eşti aici? Aduci vreo veste proastă de acasă?

Adila a fost surprinsă de întrebarea lui, negând printr-o clătinare a capului.

- Nicio veste proastă, tată! Toată lumea este bine! Am venit să mă alătur ţie şi armatei noastre.
- Ai venit să mi te alături? Mie şi armatei? Acest lucru nu este posibil!

Adila se aştepta la această reacţie.

- Regina a spus acelaşi lucru la început. Dar, apoi, mi-a dat binecuvântarea ei.

Decebal clătină din cap, nefiind sigur ce să creadă.

- Ţi-a dat binecuvântarea ei? Oare poate fi adevărat?
- Ştii că nu te-aş minţi. Tot ceea ce cer este să mi se permită să servesc Dacia, aşa cum ar face orice alt cetăţean al Daciei!

Tonul ei era serios, nu era tonul unui copil. I-a luat pe toţi prin surprindere, mai puţin pe Cotiso. El văzuse determinarea fetei atunci când a cerut pentru prima dată să se antreneze cu un arc de război.

- Aceasta este o zonă de război, Adila! Nu este un loc unde să te joci de-a soldatul.
- Dar nu mă joc de-a soldatul! Cotiso m-a învăţat să trag cu arcul unui soldat şi, pe zi ce trece, devin tot mai bună la trasul cu

arcul. Osan poate garanta pentru mine!, a spus ea, dând din cap spre războinicul care stătea în apropiere.

Decebal nu observase că Osan venise cu ei. Era un tânăr războinic, cam de aceeași vârstă cu Cotiso. Tânărul stătea retras, presimțind o explozie regală de furie îndreptată spre el.

În schimb, Decebal și-a îndreptat atenția către Cotiso.

- Ai învățat-o să fie arcaș? De ce?

Cotiso și-a menținut poziția.

- Pentru că mi-a cerut asta. Pentru că-și dorea abilități de luptă pentru a se apăra, dacă era necesar. Nu este nimic în neregulă cu asta. O admir pentru asta.
- Foarte bine!, pronunță Regele.

S-a uitat la fiica și fiul său.

- Adila, ai dreptul să te oferi voluntar pentru a servi în armată la fel ca orice alt cetățean!
- Cotiso, spuse Regele, aruncându-i fiului său o privire severă, atâta timp cât ea este aici, ea este responsabilitatea ta! Ai învățat-o abilități militare, acum vei avea grijă de ea și o vei învăța cum să rămână în viață!
- Așa voi face!, se conformă Cotiso.
- Mulțumesc, Tată!, spuse Adila cu recunoștință.

Vezina îi oferi fetei un zâmbet amabil.

- Domnișoară, într-o campanie militară nu este tatăl tău. Te vei adresa Regelui cu titulatura de Domnule sau Majestate!

Adila i-a întors zâmbetul.

- Vă mulțumesc pentru lecție, Sfinția Voastră!

S-a întors și către tatăl ei.

- Mulțumesc, Majestate!
- Fii bine venită!, răspunse Decebal.
- Și încă ceva, Adila! Atâta timp cât armata este aici, nu ai voie să ieși în afara zidurilor din Tapae. Acesta este un ordin! Ai înțeles?

Adila dădu din cap.

- Am înțeles!

- Prea bine! S-ar putea să ai unele abilităţi de tras cu arcul, dar încă nu ai abilităţile necesare pentru supravieţuire.
- Vei sta lipită de mine!, i-a spus Cotiso surorii sale, făcându-i semn să se îndrepte spre scările care duceau la nivelul solului. Haide, acum lasă-mă să-ţi arăt unde vei locui! Trebuie să fii obosită, însetată şi flămândă.
- Dar cum de-ai ghicit?, întrebă zâmbitoare Adila.

Decebal i-a privit îndepărtându-se, apoi s-a întors cu faţa spre tânărul pe nume Osan. Îl cunoştea din anii petrecuţi ca servitor al lui Diegis şi al familiei sale.

- Îţi mulţumesc că mi-ai adus în siguranţă fiica la mine!
- Sunt onorat să fac asta, Majestate!, a spus Osan cu o plecăciune. De asemenea, Domnule, aduc scrisori de la Regină şi de la surorile dumneavoastră.

A băgat mâna în tunică şi a scos un săculeţ lung din piele subţire. Înăuntru erau trei suluri de pergament. I-a înmânat pergamentele Regelui cu o altă plecăciune, iar apoi s-a retras.

- Aceasta ar trebui să fie ultima surpriză, cred!, spuse Diegis.
- Sper să ai dreptate!, răspunse Decebal. Ultima persoană pe care mă aşteptam să o văd astăzi era fata mea cea mică, călărind până la poarta oraşului, în uniformă de arcaş.
- Are spirit de luptătoare, Domnule!, interveni Vezina. Un lucru de apreciat la o persoană tânără.

Decebal aruncă o ultimă privire armatei romane aflate în depărtare, apoi s-a întors să plece.

- Voi fi foarte fericit să-i apreciez spiritul ei de luptă, Vezina, poate peste cinci sau zece ani de acum înainte! În acest moment mă tem că este mult prea tânără.
- Atunci mă voi ruga lui Zamolxis să o protejeze, Majestate!

Decebal îl bătu peste umăr în timp ce trecea.

- Roagă-te mult, Vezina! Roagă-te din toată inima!

\> Capitolul 7

A treia bătălie de la Tapae

Tapae, luna iulie, anul 101 d.Hr.

Planul de luptă dacic din acea dimineață devreme, proiectat de Regele Decebal și acceptat de toți ofițerii, era să separe infanteria în două mari grupuri de luptă. Grupul față, puțin mai mare, așezat vizavi de liniile romane, era condus de Generalul Drilgisa. Grupul avea un sprijin puternic din partea artileriei de câmp și a cavaleriei sarmate în armură. Acest grup avea cea mai mare putere și flexibilitate, putând fi poziționat în apărare, pentru a respinge un atac roman, sau în ofensivă, pentru a lansa un atac la propriu.

Al doilea grup de infanterie dacică, puțin mai mic, condus de Generalul Diegis, a fost poziționat în spatele primului grup. Misiunea lor era un pic mai defensivă, fiind plasat pentru a proteja trecătoarea montană și zidurile din Tapae. De asemenea, se puteau mișca rapid pentru a sprijini și întări primul grup de infanterie, după cum era necesar.

Infanteria triburilor bastarne, condusă de Șeful Fynn, se afla pe partea dreaptă a lui Drilgisa. La fel și cavaleria sarmată. Aceasta era partea care putea lovi cel mai tare armata romană, în cazul în care Regele ar decide să atace.

Infanteria triburilor celtice, condusă de tânărul Șef Ailen, a fost poziționată pe partea stângă a lui Drilgisa. La fel și cavaleria dacică de arcași călare, condusă de Generalul Sinna. Deși nu erau la fel de puternici ca și călăreții sarmați în armură, Sinna și călăreții săi daci erau egalii sau poate chiar mai buni decât dușmanii lor din cavaleriile iazige și galice.

Vezina și Cotiso aveau responsabilitatea de a apăra zidurile orașului Tapae. Aveau o mie de oameni care păzeau zidurile, o combinație de arcași și lăncieri dacici. Cea mai mare parte a populației civile a fost evacuată și trimisă deja în cetățile din nord. Civilii care au rămas au fost distribuiți în roluri de sprijin pentru apărătorii orașului.

Regele Decebal, însoțit de Buri și de cavaleria Gărzilor Regale, și-a plasat postul mobil de comandă între armatele lui Drilgisa și Diegis. Acest lucru îi permitea să controleze direct fluxul bătăliei, fără a fi în pericol, și să direcționeze rapid desfășurarea trupelor. De asemenea, Regele se baza pe Vezina și Cotiso pentru a fi ochii săi pe zidurile orașului și pentru a-i trimite informații despre observațiile lor prin mesageri pe cai rapizi.

În tinerețe, Regele Decebal a fost un războinic puternic și priceput care a luptat în prima linie a frontului pentru a-și conduce și inspira oamenii. Curajul în luptă și conducerea militară strălucită i-au adus respectul soldaților săi și al poporului dac. Regele era încă în formă fizică bună ca soldat, dar, cu toate acestea, zilele sale de luptă pe un câmp de război au trecut de mult. El era mai valoros ca strateg militar și lider al națiunii sale. Era pur și simplu mult prea important pentru a-și risca viața în luptă directă.

- Oare vor ataca romanii astăzi?, se întreba Buri în timp ce supravegheau terenul.

Marele războinic, care luptase alături de Decebal în atâtea bătălii, servea acum doar ca gardă de corp pentru Rege. El și-ar apăra postul de comandă cu abilitate, dar, altfel, și zilele sale pe câmpul de luptă erau terminate.

Decebal privi în sus spre meterezele de deasupra zidurilor orașului.

- Vezina asta crede și este în cea mai bună poziție pentru a observa inamicul. Încă de ieri, romanii și-au aranjat armata în poziție de luptă.

- Oamenii noştri devin nerăbdători, anunţă Buri. Vor să-i omoare pe romani!
- Tinerii sunt întotdeauna nerăbdători. Am fost şi noi ca ei, odată!

Buri mormăi.

- Întotdeauna am fost mai nerăbdător ca războiul să se termine, nu să înceapă! Sunt nerăbdător să merg acasă la ferma mea şi la familia mea!
- Asta este pentru că eşti mai raţional decât majoritatea bărbaţilor, Buri!, a spus Regele zâmbind. Acum, mai aveţi puţină răbdare! Romanii îşi formează liniile de atac.

Cu atitudine sa imperială, Împăratul Traian stătea impozant în şaua calului său, în timp ce supraveghea desfăşurarea trupelor pentru luptă. Era mai înalt decât majoritatea bărbaţilor, iar încălecarea unui impresionant cal de luptă îi oferea o vedere frontală clară asupra terenului care avea să devină în curând un sângeros câmp de luptă. Postul de comandă al lui Traian era păzit de o cohortă de gărzi pretoriene, iar accesul la Cezar era foarte strict limitat.

Licinius Sura era în postul de comandă a lui Traian, împreună cu Generalul Laberius Maximus şi ajutorul său, Titus Lucullus. Sura era acolo pentru companie, mai mult pe post de prieten decât ca sfătuitor militar. Rolul său şi valoarea sa pentru Traian erau de ordin politic şi financiar. Generalul Gnaeus Longinus se afla pe teren dirijând trupele auxiliare care urmau să pornească atacul. Laberius va comanda legiunile romane care se vor alătura atacului după ce auxiliarii vor însângera inamicul. Titus fusese chemat să primească instrucţiuni pentru o însărcinare specială.

- Lucullus, tu ai condus asediul asupra Tapae, când ai servit cu Generalul Julianus? Este corect?
- Da, Caesar!, răspunse Titus.

- Ai luat cu asalt zidurile orașului și l-ai cucerit în trei zile, ceea ce a fost destul de impresionant, spuse Traian, aruncându-i o privire acră lui Lucullus. Dar pierderile romane au fost foarte mari.
- Da, Caesar, așa a fost!, raportă Titus calm. Generalul Julianus era nerăbdător să-l atace pe Decebal și dorea ca orașul să fie cucerit în grabă.
- Vei descoperi, Lucullus, că nu fac nimic nerăbdător sau prea grăbit. Orice ar fi, nu vom asedia zidurile orașului astăzi. Totuși, cunoști apărarea orașului mai bine decât oricine altcineva dintre cei prezenți. Așa că, pentru tine am o altă însărcinare pe care o vei îndeplini astăzi.
- Da, Caesar!, răspunse Titus. Sunt la porunca ta!
- Vei primi comanda unei cohorte de cavalerie și a două cohorte de legionari!, porunci Traian, uitându-se la Maximus. Laberius va selecta trupele și le va instrui să-ți urmeze ordinele.

Maximus a dat repede din cap pentru a recunoaște primirea ordinului. Titus a fost surprins să primească o comandă atât de mare, fiind atât de nou în statul major de conducere. O cohortă de cavalerie era formată din două sute patruzeci de luptători. Două cohorte de infanterie legionară erau aproape de o mie de oameni. Aceasta era, evident, o misiune importantă.

- Pe măsură ce bătălia evoluează, cândva în această după-amiază, te vei apropia dinspre est de zidurile orașului Tapae și vei executa un atac rapid cu cavaleria ta asupra porților cetății!

Traian s-a oprit pentru a măsura reacția lui și a fost încântat să-l vadă pe om păstrându-și perfect calmul. Misiunea nu era mai presus de el.

- Am înțeles, Caesar!, raportă Titus acceptarea ordinului. Un atac surpriză pentru a captura porțile ne va scuti ulterior de necazul unui asediu. Va trimite Cezarul ordinul de atac?
- Nu, Lucullus, am încredere în tine cu această decizie! Folosește-ți judecata pentru a decide momentul în care să porniți atacul, pe baza observațiilor privitoare la apărarea orașului. Cu

binecuvântările lui Marte, veţi lua inamicul prin surprindere şi veţi captura porţile înainte ca aceştia să poată reacţiona în forţă. Infanteria va fi pe urmele cavaleriei şi va ocupa porţile până când vă voi trimite mai multe întăriri.

- Un plan excelent, Caesar!, glorifică Maximus spusele Împăratului.
- Nu te voi dezamăgi, Caesar!, răspunse şi Titus. Este un plan excelent şi îl voi executa.
- Foarte bine!, anunţă Împăratul. Laberius, pregăteşte-ţi oamenii! Şi tu, Lucullus!

Cei doi bărbaţi au salutat, apoi au plecat, dând bice cailor.

Sura i-a privit plecând, apoi a cercetat armatele desfăşurate pe câmpul de luptă.

- O zi frumoasă pentru o bătălie, Marcus!, s-a exprimat Sura cu o voce calmă şi dezinvoltă.

Era o zi senină şi însorită, soarele strălucind pe cerul de un albastru limpede. Era deja cald, în acea dimineaţă devreme, ceea ce se anunţa să devină o zi fierbinte spre după-amiază.

- Chiar aşa o fi?, întrebă Traian.

Privirea din ochii lui era aprigă ca fierul înroşit, arzând cu intensitate.

- Astăzi facem istorie, Licinius! Îndreptăm nedreptăţile făcute împotriva Romei în ultimii cincisprezece ani!
- Într-adevăr, Marcus! Aceasta este ziua pentru care ne-am pregătit, încă de când ai luat Coroana Cezarului!

Stăteau liniştiţi şi priveau cum artileria de câmp era trasă de catâri şi cai spre poziţiile de luptă. Scorpionii şi balistele urmau să înceapă bătălia cu un baraj de cuie şi săgeţi mari supradimensionate, trimise împotriva trupelor dacice grupate. În prima linie, Generalul Longinus conducea infanteria spre poziţiile de atac. Avea sub comanda sa douăzeci de mii de spadasini, lăncieri şi arcaşi, o forţă masivă de atac împotriva dacilor şi a aliaţilor lor.

Trei călăreți s-au apropiat de postul de comandă, fiindu-le permis accesul de către cei din Garda Pretoriană. Cavaleria maură atrăgea adesea atenția, deoarece marea majoritate a soldaților de pe continent nu văzuseră niciodată bărbați africani. Oraşul Roma era casă pentru o mare varietate de oameni din întreaga lume, inclusiv pentru cei veniți din Africa, dar puțini oameni din Africa călătoriseră până la frontiera Danubiusului.

Generalul Lusius Quietus s-a ridicat în şa pentru a-l saluta pe Împărat.

- Ave, Caesar!

Era un bărbat înalt, cu constituția solidă a unui soldat ce luptat de o viață pentru cavalerie. Ochii săi căprui pătrunzători şi nasul rigid îi dădeau un aspect feroce şi nemilostiv. Quietus ştia, de asemenea, că îşi datora reabilitarea carierei militare Împăratului Traian, ceea ce îl făcea, atât recunoscător, cât şi loial.

- Salutări, Lusius! Sunt oamenii tăi gata să lupte astăzi pentru Roma?

- Pentru Caesar şi pentru Roma! Acesta este motivul pentru care vin să fac o cerere Cezarului!

- Care îți e dorința, Generale?, întrebă Traian cu voce joasă.

Acest general se juca uneori cu răbdarea oamenilor, dar cel mai important era că obținea rezultate pe câmpul de luptă. Pretențiile sale exagerate, trebuia uneori să fie acceptate.

- Oamenii mei cer onoarea de a conduce atacul împotriva postului de comandă dac, Caesar!, spuse Lusius.

El a făcut o pauză pentru a-i permite lui Traian să înțeleagă ideea.

- Am cercetat poziția inamicului şi i-am văzut slăbiciunile. Trimite infanteria să atace liniile lor, Caesar, apoi permite-mi să le atac flancul stâng şi să forțez o ruptură între cele două grupuri de luptă.

S-a oprit din nou şi i-a făcut Împăratului o mică plecăciune respectuoasă, aplecându-se uşor înainte de la talie.

- Îți voi aduce capul lui Decebal, Caesar!

- Acesta este un plan îndrăzneț, Lusius!, răspunse Traian. Îndrăzneala combinată cu o bună judecată adesea întoarce soarta bătăliilor și câștigă războaie.

S-a oprit pentru o clipă înainte de a-i spune decizia, amintindu-i lui Quietus de ordinea de conducere.

- Cu toate acestea, nu vă pot satisface această cerere. Vei urma planul general de luptă!

Quietus dădu din cap.

- Înțeleg, Cezar! Este o strategie demnă de luat în considerare, cu siguranță.

- O voi lua în considerare, Lusius. Așteaptă ordinele mele înainte de a declanșa un astfel de atac. Ai înțeles?

- Da, Caesar!, răspunse Quietus.

- Acum mergi și ai grijă de oamenii tăi, Lusius! Am nevoie de cavaleria ta pentru a excela în misiunea de astăzi.

- Nu te vom dezamăgi, Caesar!

Quietus a salutat încă o dată, și-a întors calul și a plecat călare, urmat de doi dintre gardieni săi.

- Omul acesta este obișnuit să ia decizii de unul singur, a observat Sura, urmărind plecarea călăreților.

- Are o înclinație spre independență. Nu mă deranjează. Cel mai mult am nevoie de el pentru a îndeplini ordinele cu succes, iar acest lucru îl face foarte bine.

- Să-l ții strâns în frâu, Caesar!, spuse Sura, oferindu-și sfatul.

- Lasă, nu-ți mai face griji, Licinius!, răspunse Împăratul. Încă nu am întâlnit un cal sau un om pe care să nu-l pot controla.

De pe meterezele lor înalte aflate deasupra porților orașului, Vezina și Cotiso urmăreau îndeaproape desfășurarea inamică, încă de la răsăritul soarelui. Inamicul își concentra armata la sud de oraș. Romanii nu s-au grăbit niciodată, dar, totuși, s-au dovedit a fi rapizi și eficienți. Infanteria auxiliară s-a aliniat în față. Artileria și cavaleria erau poziționate pe flancuri.

- Vor lansa atacul în decurs de o oră, spuse Vezina. Cel mult două.

Cotiso întoarse capul spre stânga pentru a privi spre est. Încă era dimineața devreme și soarele nu urcase pe cer. Totuși, în curând va fi sus, iar ziua va deveni rapid foarte fierbinte.

- Nu mi-aș dori să stau mult timp pe acel câmp în fierbințeala soarelui, spuse Cotiso. Aș ataca acum.

Vezina zâmbi răbdător.

- Acesta este un punct de vedere corect. Dar, fără îndoială, Traian a luat în considerare acest lucru, dar și o sută de alte lucruri în plus.

Adila a mers să li se alăture. Părea surprinsă să-l găsească pe Cotiso cu o încruntare severă pe față. Ordinele ce i s-au dat erau să nu fie la mai mult de douăzeci de pași distanță de Cotiso, în orice moment, iar ea rătăcise pe zidurile cetății privind armata dacilor spre vest.

- Adila, trebuie să stai alături de mine, dacă vrei să rămâi pe zidul cetății. Ai înțeles?
- Da, frate!
- Aici nu sunt fratele tău, aici sunt ofițerul tău comandant! Deci, execută ordinele, căci altfel te voi trimite în camera femeilor și acolo vei rămâne!
- Da, domnule!, răspunse Adila respectuos. Nu se va mai întâmpla. Voi face cum ordonați!

Vezina îi făcu semn să se apropie. El a arătat spre câteva trupe romane aflate în depărtare.

- Vezi căruța aia de acolo, cea trasă de cei doi catâri?

Privirea fetei a urmat direcția degetului arătător ce ducea spre o căruță aflată în zare. Părea să care un fel de armă împachetată, o praștie uriașă sau un arc imens, dacă-l priveai din față. Un echipaj de șase oameni îndreptau arma spre infanteria dacică, în timp ce alți doi bărbați se îngrijeau de catâri.

- Da, o văd. Aceea este artileria romană.

- Aceea este o carrobalistă!, a explicat Vezina. Poate trage o săgeată foarte mare la o distanță de două sute cinzeci de metri.

Adila dădu din cap pentru a arăta că înțelege. Totuși, se simțea confuză și îngrozită de tot ce se întâmpla în jurul ei, dar nu voia să-și arate confuzia sau frica. În fond, era acolo unde ceruse să fie.

- Când vor începe luptele, vor trage cu ea în armata noastră, a continuat Vezina. Când vor dori, vor ținti spre noi. Când vor face asta, și e sigur că mai târziu în bătălie o vor face, vor putea ajunge să lovească cu ea zidurile înalte ale orașului și oamenii care sunt pe el.
- Acei oameni suntem noi, spuse Cotiso. O săgeată ca aceasta îți poate lua capul complet și niciodată nu o vei vedea venind.
- Înțeleg!, spuse Adila, cu glas pierdut.

Cotiso o privi în ochi.

- Acesta este un ordin, Adila! Când vom fi atacați de artilerie sau de arcași, vei coborî la nivelul pământului și vei rămâne acolo.
- Dar pot lupta împotriva arcașilor!, spuse ea plină de speranță.

Cotiso a rămas tăcut, dar i-a aruncat o privire severă și ascuțită.

- Da, Domnule!, a cedat ea. Mă voi supune ordinelor și voi coborî la nivelul solului!
- Cum îi numește tata pe soldații care nu ascultă ordinele?, a întrebat-o el. Ar trebui să-ți amintești, a spus-o de multe ori!
- Soldați morți, răspunse sumbru Adila.
- Da. Soldați morți. Dar tu nu vei fi unul dintre ei!

Vezina se întoarse spre Cotiso.

- Cred că ți-ai exprimat foarte clar punctul de vedere, iar tânăra domnișoară înțelege. Va urma ordinele tale!, spuse preotul, îndreptându-și atenția spre teren.
- Acum să ne concentrăm asupra inamicului, Cotiso!
- Da, Sfinția Voastră! Se pare că trupele din prima linie încep să avanseze.
- Și iată-i cum vin!, cuvântă Vezina.

Artileria romană de câmp a deschis prima focul. Scorpionii, balistele uşoare, au trimis o ploaie de cuie metalice în infanteria dacică. Aceste arme puteau ţinti anumite secţiuni din formaţiunilor inamice cu precizie şi cu forţă letală. Cuiele metalice ascuţite puteau penetra scuturi şi orice formă de armură. Carrobalistele trăgeau în acelaşi mod săgeţile lor mari şi cu acelaşi efect letal. Fiecare cohortă romană de cinci sute de oameni primea zece carrobaliste, prin urmare, Generalul Gnaeus Longinus a deschis focul cu peste patru sute de astfel de mecanisme mobile de atac.

- Rămâneţi neclintiţi!, strigă Drilgisa din prima linie a infanteriei dacice.

El a dat ordinul nu pentru că oamenii săi ar fi avut nevoie de instrucţiuni, ci pentru că oamenii aveau nevoie de încurajare. Aveau nevoie să-l audă pe comandantul lor. Nu exista apărare împotriva artileriei, aşa că unii oameni mureau, iar ceilalţi îndurau. Niciunul dintre ei nu ar lua în considerare opţiunea laşă de a da bir cu fugiţii.

La stânga lui Drilgisa era Tarbus, înalt, puternic şi neînduplecat în faţa inamicului. Ca majoritatea soldaţilor daci, avea scut şi coif, dar nu avea altă armură. Bărbaţii se luptau putând haine obişnuite, pantaloni largi de lână şi tunici care coborau până la genunchi. Scutul dacic era rotund, confecţionat din lemn dur de stejar şi acoperit cu o tablă de cupru. Tarbus era înarmat cu o sică, o sabie ascuţită cu vârful curbat. Oamenii din jurul lui mânuiau falxuri, săbii, suliţe şi topoare de luptă.

Trupele auxiliare romane avansau într-un ritm rapid. Germanii şi galii formau rândurile din faţă, deoarece Traian îi considera cei mai puternici şi mai înverşunaţi războinici ai săi. Oamenii erau grupaţi alături de colegii lor cu care împărţeau aceeaşi limbă, ceea ce îi făcea să lupte cu mândrie şi unitate sporită. Când artileria dacică le-a lovit rândurile, cu acelaşi efect mortal ca şi artileria romană, nu au dat semne de ezitare.

Dacii nu aveau la fel de multe maşini de artilerie ca şi romanii, dar aveau mult mai mulţi arcaşi. Când infanteria romană s-a apropiat la două sute de paşi de liniile dacice, arcaşii pedeştri daci au dezlănţuit un roi de săgeți spre ei. Când s-au apropiat pe la vreo sută cincizeci de pași, arcașii daci călare s-au alăturat pentru a arunca și mai multe săgeți devastatoare asupra infanteriei auxiliare slab protejată de armuri. Cele două linii de soldați nu se întâlniseră încă față în față, dar de ambele părți pământul era deja plin de oameni însângerați, țipând și muribunzi.

- Păstrați liniile! Omorâți-i pe ticăloși!, striga cu înverșunare, cât îl țineau plămânii, Generalul Drilgisa.

Infanteria romană a acoperit în fugă distanța ultimilor douăzeci de pași care-i mai separau, strigând în propria limbă urlete de luptă care îți înghețau sângele în vene. Un puternic războinic bărbos s-a repezit direct spre Drilgisa, cu scutul în față și sabia ridicată pentru a-l lovi. Generalul dac nu purta scut deoarece lupta cu un falx, o sabie cu vârful curbat în formă de coasă, cu lamă lungă și mâner lung, mânuită simultan cu ambele mâini.

După mulți ani de experiențe sângeroase, legionarii romani știau să se teamă și luptau cu frică împotriva falxului. Acest soldat galic nu a fost la fel de înțelept, iar acum și-a pecetluit singur soarta finală. Drilgisa nu era deloc o țintă ușoară. Avea avantajul distanței și nu permitea niciodată soldatului inamic să ajungă la distanța necesară pentru a lovi cu sabia. Iute precum o clipire, a secerat pe jos cu lama falxului, sub scutul soldatului, și a găsit un genunchi neprotejat. Falxul a trecut prin mușchi și os, retezând partea inferioară a piciorului, dintr-o singură lovitură tăioasă. Se auzi un geamăt strident de șoc și durere, iar galul căzu la pământ ca tulpina tăiată a unui fir de porumb. Viața i s-a scurs prin piciorul însângerat, chiar în timp ce bărbații din spatele lui călcau peste el.

Tarbus a întâlnit un războinic ce deschidea drumul împingând cu putere scutul înainte. Fiecare lupta să-și păstreze poziția și să-l împingă pe celălalt. Tarbus avea un avantaj de înălțime și forță, câștigând încet poziție împotriva dușmanului său. Dacii se antrenaseră necontenit în lupta corp la corp și, într-adevăr, o preferau. Cu picioarele încordate,

Tarbus și-a înclinat scutul, împingând din greu pentru a înlătura spre stânga scutul soldatului mai slab, iar apoi printr-o fandare rapidă înjunghie partea superioară a abdomenului. S-a retras la fel de repede, astfel încât sabia să nu i se blocheze în mațele soldatului. Sângele a țâșnit peste mâna cu care ținea sabia, stropindu-i gleznele picioarelor.

Un lăncier roman s-a repezit spre Tarbus azvârlindu-și arma spre gâtul expus al dacului. Tarbus și-a ridicat scutul pentru a bloca lama suliței. Lupta instinctiv și se mișca din reflex, abilități care au venit natural după ani și ani de antrenamente. După ce a respins lama suliței, a făcut un pas rapid înainte trecând tăișul sicăi peste gâtul neprotejat al lăncierului.

Un tânăr soldat dac aflat în spatele lui Tarbus s-a avântat înainte, prea dornic să ajungă la inamic. A schimbat câteva lovituri de sabie cu un roman, entuziasmat că ar putea să găsească posibilitatea unei lovituri decisive. Un lăncier roman s-a alăturat luptei, străpungându-l cu sulița în partea superioară a piciorului. Tânărul s-a clătinat spre înapoi, apoi a căzut pe o parte după ce piciorul i-a cedat.

- Mențineți linia!, a strigat Drilgisa către oamenii săi.

A pășit în față atacând cu falxul înainte, în mișcări scurte și foarte rapide, pentru a-i împinge înapoi pe cei doi romani.

- Tarbus!, a strigat el.

Tarbus știa ce intenționa Drilgisa. S-a apropiat rapid, dar, în loc să atace, a prins gulerul tunicii, târându-l înapoi în spatele liniei de apărare pe tânărul dac rănit. Îi aruncă tânărului o privire furioasă și necăjită.

- Nu rupe niciodată formația!, a țipat Tarbus la el. Generalul Drilgisa tocmai ți-a salvat viața, prostane!

Înainte ca tânărul năuc războinic să poată spune ceva ca răspuns, doi bărbați care serveau ca salvatori medicali l-au luat pe sus și l-au tras de pe linia de luptă. În spatele liniilor dacice, vindecătorii erau deja ocupați cu tratarea răniților. Dimineața era încă la început, iar ziua din față se anunța foarte lungă.

După trei ore de conflict, Regele Decebal scruta cu privirea câmpul de luptă din șaua marelui său cal de război. Soarele era acum deasupra capului și bătea fără milă în cefele miilor de soldați care se luptau să-și omoare dușmanii, înainte ca vrăjmașii lor să-i omoare pe ei. Ziua a devenit toridă, era cea mai fierbinte zi a verii de până atunci. Epuizarea și lipsa apei au devenit adversari, pe lângă faptul că romanii avansau împotriva armatei sale.

Generalul Drilgisa a urcat până la postul de comandă călare pe un cal obosit și transpirat, cu doi gardieni călărind alături de el. Unul dintre ei era Tarbus. Trupele de infanterie ale Generalului Diegis s-au repoziționat pe front pentru a-i elibera pe oamenii lui Drilgisa și pentru a le oferi odihna atât de necesară. Oamenii oboseau repede în luptă, iar oamenii obosiți erau ușor de ucis. Căldura și setea înrăutățeau oboseala.

Drilgisa și gărzile sale au descălecat obosiți.

- Luați niște apă, apoi prezentați-mi raportul vostru!, le-a spus Decebal celor trei călăreți.

Buri le-a adus o găleată de apă și ulcioare de băut. Îl privea pe fiul său, Tarbus, cu un amestec de îngrijorare și mândrie. Tarbus arăta ca un războinic înspăimântător, pătat cu sânge pe tunică și pantaloni.

- Haide, bea!, l-a îndemnat Buri, atrăgând atenția fiului său printr-o expresie plină de mândrie.
- Arăți de parcă ai avut o dimineață plină, fiule!

Tarbus a luat paharul și l-a scurs cu sete.

- Mai avem multe lupte înainte, tată! Suntem abia la început.
- Pierdem mulți oameni, Majestate!, a raportat Drilgisa. Cu toate acestea, bărbații se țin bine. Noi omorâm mai mulți dintre ei, decât reușesc ei să ne ucidă pe noi.
- Asta am văzut în Arcidava, a spus Regele. Oamenii noștri sunt mai buni decât auxiliarii lor. Cu toate acestea, Traian încă nu și-a angajat legiunile.

Drilgisa dădu din cap.

- Ceea ce urmează să facă, de asta putem fi siguri.

Aruncă o privire în sus spre soarele de deasupra.

- În următoarele patru sau cinci ore ne vom lupta în căldura după-amiezii. Crezi că își protejează legiunile până când se mai duce căldura?

- E posibil!, răspunse Decebal. Oamenii noștri vor fi deja obosiți atunci, iar legionarii lui vor fi odihniți.

- Cavalerie!, a strigat alarma unul dintre membri Gărzi Regale.

Gărzile au format un cerc strâns în jurul postului de comandă, jumătate dintre oameni călare și cealaltă jumătate pe jos. Buri a luat o suliță cu mânerul lung și s-a poziționat în apropierea Regelui. Ceilalți și-au luat scuturile și și-au scos săbiile din teacă.

O grupare de optzeci de călăreți ai cavaleriei auxiliare romane călărea furios în jurul flancului stâng dacic, ridicând un nor gros de praf între infanteriști și zidurile orașului. Erau înarmați cu lănci și strigau urlete de război pentru a înfricoșa orice inamic ieșit în calea lor. Au ocolit marginile infanteriei dacice și au atacat direct spre postul de comandă.

- Mauri!, a strigat Drilgisa.

- Formați o linie de sulițe, aici!, a ordonat Generalul către trupa de lăncieri.

Bărbații se aranjau deja în formație. Cavaleria inamică nu ar putea ajunge niciodată la rege, dar, totuși, l-ar putea ucide de la distanță.

Arcașii pedeștri daci au tras o rafală de săgeți în direcția călăreților. Unii cai și câțiva oameni au fost loviți, unii au căzut sau au fost încetiniți, dar ceilalți au atacat înainte nepăsători. În fruntea lor era un călăreț înalt, cu nasul cârn și ochi căprui fioroși, care ordona oamenilor săi să-l omoare pe Decebal.

Cei cincizeci de cavaleri ai Gărzii Regale au atacat cotropitorii. Ei și-au azvârlit lăncile înspre cavaleria maură aflată în galop extrem, apoi și-au scos săbiile. Maurii au făcut același lucru. Unii au aruncat cu lăncile înspre cavaleria dacică, dar alții și-au continuat galopul până când au ajuns în raza de atac pentru a-și arunca sulițele în oamenii din postul de comandă. Le-a luat doar câteva secunde pentru a acoperi distanța.

Un zid de scuturi s-a format în fața Regelui Decebal, iar impunătoarea figură a marelui Buri era printre scutieri. Câteva dintre lăncile aruncate au reușit să ajungă până la ei, dar au fost doborâte fără probleme. Maurii nu au putut trece dincolo de zidul de sulițe, iar acum au devenit ei însăși ținte ușoare pentru arcașii daci.

Cavaleria maură purta o armură ușoară. Caii lor nu erau protejați. Arcașii au țintit caii, iar călăreții lor au fost doborâți rapid, tăiați și uciși de spadasinii și lăncierii daci. Calul conducătorului lor a devenit de nestăpânit, iar o săgeată i s-a înfipt în partea stângă.

Decebal a făcut un pas în față pentru a-l privi mai atent pe bărbatul ce purta un scut pe brațul stâng și care ținea o sică în mâna dreaptă. Acestea erau momentele în care încă tânjea după emoția bătăliei.

- Majestate, rămâi la adăpost!, îl îndemnă Buri.

- Acesta este Quietus!, a anunțat Decebal, recunoscând atitudinea autoritară a omului și având descrieri suficiente despre josnicul general pentru a-l putea identifica.

- Bastard nenorocit, nu-i așa?, mârâi Drilgisa.

Regele Decebal întoarse privirea spre el, cu jumătate de zâmbet pe față.

- Majoritatea generalilor de top sunt așa, Drilgisa. Știi asta!

Mai multă cavalerie dacică se apropia dinspre nord. Quietus i-a văzut, a strigat un ordin oamenilor săi și au bătut în retragere luând-o la galop. Strategia sa îndrăzneață nu a izbândit, dar a meritat încercată. El avea să-i explice mai târziu Împăratului Traian că a văzut o oportunitate de atac pe lângă care nu putea trece.

Infanteria triburilor bastarne lupta pe flancul drept, alături de infanteria dacică a Generalului Diegis. Bastarnii erau un popor germanic care, de-a lungul secolelor, a migrat spre est departe de rudele lor tribale germane pentru a se stabili pe teritoriul de nord-est al Daciei. Deși vecinii lor erau acum dacii, sarmații și sciții, ei încă îl venerau pe Odin și duceau mai departe multe tradiții germane.

Șeful Fynn era îmbrăcat pentru luptă ca majoritatea oamenilor săi, cu pieptul gol și purtând pantaloni largi. Era un războinic mare, cu o barbă roșie stufoasă. Spre deosebire de verii săi germani aflați pe partea romană a câmpului de luptă, Fynn era înarmat cu un falx. Mulți dintre războinicii bastarni au aflat cu bucurie că această armă dacică cu mâner lung ce era manevrată cu două mâini era devastator de eficientă, chiar și împotriva armurii legionare romane.

Falxul le oferea lui Fynn și războinicilor săi un mare avantaj față de gladiusul roman mult mai scurt. Ar putea tăia brațe, picioare și gâturi într-o singură lovitură rapidă. Datorită lungimii sale adiționale și a lamei curbate, în mâinile unui războinic puternic, falxul avea suficientă putere de lovire pentru a despica un scut și pentru a-l mutila sau ucide pe omul aflat în spatele acestuia.

Fynn împreună cu oamenii săi au respins deja trei atacuri ale trupelor auxiliare formate din gali și spanioli. Oamenii lui erau obosiți și transpirați în căldura după-amiezii. Cu toate acestea, erau războinici mândri și neînfricați care puteau îndura orice le-ar fi ieșit în cale. Feciorii tineri umpleau cu apă ploști din piele și le aduceau pe linia frontului pentru ca soldații să bea, dar nu erau niciodată suficiente și niciodată suficientă apă.

Într-o scurtă perioadă de acalmie în lupte, Generalul Diegis și-a făcut timp să meargă de-a lungul liniei frontului cu unii dintre oamenii săi pentru a observa și încuraja pe oameni. Ca și Fynn, Diegis era și el mulțumit de succesul obținut de trupele lor combinate împotriva invadatorilor inamici. Câmpul din fața lor era plin de cadavre, atât ale atacatorilor romani, cât și ale apărătorilor daci, dar oamenii lor nu au dat înapoi.

Fynn îl întâmpină pe Diegis cu un rânjet de lup. Chipul dacului era scăldat de sudoare, iar hainele îi erau înroșite cu pete de sânge. Pe coapsa stângă avea o mică tăietură care sângera, dar nu foarte rău.

-   Bine luptat, domnule General!, l-a salutat Fynn. Traian primește de la noi mult mai mult decât a cerut.

- Și-o primește cu vârf și îndesat!, a fost de acord Diegis. Oamenii tăi se luptă bine!
- Am ucis mai ales gali și spanioli, dar și pe câțiva germani. Traian trebuie să-și trimită legionarii împotriva noastră, în curând, cred.
- Da, a fost de acord Diegis, uitându-se spre formațiunile romane aflate de cealaltă parte a câmpului. Și eu cred la fel. Fiți pregătiți pentru un atac al legiunii! Legionarii sunt echipați și luptă cu o mai mare disciplină.
- Oamenii mei știu cum să lupte împotriva romanilor, Diegis! Doar lasă-i pe ticăloși să vină!
- Vor avea șansa să lupte cât de curând. La fel și ai mei!, răspunse Diegis. Trebuie să continuăm lupta uniți precum o singură armată, Fynn! Regele Decebal va trimite cel mai probabil ordine noi pentru a schimba tactica atunci când vor ataca legiunile, așa că fiți atenți!
- Bineînțeles! E de așteptat ca Decebal să adapteze tactica, atunci când Traian va schimba tactica. Romanii ne pot depăși numeric, dar nu ne pot întrece la istețime pe noi!
- Nu, prietene, nu sunt mai isteți! Și nici nu ne vor depăși în luptă, atâta timp cât rămânem uniți!

În mijlocul după-amiezii, Împăratul Traian și Generalul Maximus au trimis patru legiuni la atac. Întotdeauna strategia romană era de a angaja mai întâi auxiliarii în luptă. Uneori erau suficient de buni pentru a câștiga bătălia pe cont propriu, deși, cu siguranță, nu puteau câștiga această bătălie. Ei au fost întotdeauna suficient de pregătiți pentru a provoca un număr mare de victime și pentru a înmuia forțele inamice. Mai apoi, legionarii urmau să copleșească și să distrugă inamicul obosit și slăbit.

Pe scară largă a fost acceptat faptul că legiunea romană era cea mai bună unitate militară din lume. Legionarii purtau armuri metalice de calitate, erau dotați cu arme superioare și aveau o pregătire mult peste cea a trupelor auxiliare. Fiecare legionar era înarmat cu un pilus, o suliță de aruncare lungă de șase picioare, care putea penetra un scut la douăzeci de pași, ucigând și omul din spatele lui. Fiecare legionar purta un *scutum*, scutul dreptunghiular mare care acoperea un om de la gât până sub genunchi. Luptând în formație compactă, în spatele zidului lor de scuturi, un legionar roman devenea un soldat greu de ucis.

Un baraj necruțător de foc al artileriei de câmp a precedat sosirea legiunilor. Artileria dacică a răspuns și ea cu propriul baraj. Unități de arcași daci s-au apropiat de linia frontului pentru a face față noului atac. Cavaleria dacică și sarmată a urcat înapoi în șa, așteptând o oportunitate de a ataca mai târziu în luptă. Cavaleria nu avea succes împotriva formațiunilor compacte de infanterie grea.

- Salvați-vă săgețile!, a strigat Diegis către unitățile de arcași care stăteau chiar în spatele liniei sale de front. Așteptați să deschidă armura de scuturi!

Legionarii se apropiau cu încetinitorul, ca într-o plimbare înceată în piețele aglomerate, fiind protejați de scuturi suprapuse din toate părțile, dar și deasupra capului. Sacrificau viteza pentru protecție. Aceasta era aranjarea în formă de *țestoasă*, mult practicată și iubită de fiecare legiune, deoarece era aproape impenetrabilă împotriva arcașilor inamici și a sulițelor aruncate. Paravanul de scuturi trebuia să se deschidă atunci când legionarii intrau în contact cu soldații inamici, pentru a le putea permite să-și folosească armele din dotare. Până atunci se simțeau la fel de protejați ca și țestoasa după care a fost numită formația.

Când au ajuns în raza de acțiune a liniilor dacice, legionarii au ieșit din formațiunea lor de *țestoasă* și au format o linie de luptă. Acum, arcașii daci, pedeștri și călare, au lansat roiuri de săgeți în direcția armatei romane. Romanii au aruncat cu sulițele și au ucis sute de daci, celți și infanteriști bastarni. Și-au scos săbiile și au atacat liniile inamice, urlând strigările lor de luptă pătrunzătoare. Adesea, liniile adversare au intrat în panică și s-au împrăștiat în fața acestui feroce atac blindat.

- Păstraţi linia!, a strigat Fynn către războinicii săi, deşi ştia că nici
  măcar unul dintre ei nu se gândea la retragere. La fel ca toţi
  germanii, bastarnii se mândreau cu faptul că erau neînfricaţi în
  luptă. Iar dacă mureau pe câmpul de luptă, chiar în acea seară
  urmau să ia cina alături de alţi eroi în Marea Sală a lui Odin.

Fynn şi oamenii săi luptau cu romanii din prima linie, folosind falxuri
şi suliţe pentru a găsi deschideri în zidul scuturilor legionare. Romanii
erau mai bine protejaţi, dar adversarii lor se puteau mişca mai rapid,
având şi arme care le ofereau un avantaj de distanţă.

Înaltul războinic cu pieptul gol de lângă Fynn învârtea un topor
mare de luptă spre scutul romanului din faţa lui. Toporul a făcut o sco-
bitură, dar scutul a absorbit lovitura şi a făcut-o inofensivă. Legionarul
şi-a ridicat gladiusul şi l-a înjunghiat în abdomen pe luptătorul ce mâ-
nuia toporul, lovitura romanului fiind dată imediat după ce omul a
făcut un pas rapid înapoi. Gladiusul era o armă scurtă de înjunghiere,
iar lovirea rapidă cu lama în sus era mişcarea preferată de ucidere a
unui legionar.

Fynn a atacat cu falxul gâtul romanului. Soldatul şi-a ridicat scutul,
blocând cu uşurinţă lovitura. Se clătina înapoi atunci când omul cu to-
porul s-a repezit pentru ai da o nouă lovitură puternică în vârful
scutului său. Romanul s-a aruncat din nou înainte cu gladiusul la atac,
iar de data aceasta celălalt om nu a fost suficient de rapid pentru a
scăpa. A înfipt sabia în burta expusă a războinicului, aducând cu ea din
pieptul bastarnului un mormăit puternic de durere şi şoc. Fynn a lovit
cu falxul şi a tăiat mâna expusă cu care manevra sabia, chiar de la în-
cheietura mâinii romanului. Legionarul s-a prăvălit pe spate, cu
sângele ţâşnind din braţul inferior peste toporul bastarnului muri-
bund.

- Omorâţi-i!, a strigat Şeful Fynn oamenilor săi, prinşi în nebunia
  frenetică a luptei. Omorâţi fiecare nenorocit, până la ultimul
  dintre ei!

Bastarnii i s-au alăturat urlându-şi propriile lor strigăte de luptă şi
au atacat linia romană. Mulţi dintre oameni au căzut, au ţipat şi au

murit, iar în foarte scurt timp pământul colbăit s-a îmbibat cu sângele muribunzilor și din trupurile morților.

Generalul Sinna conducea două sute de arcași daci spre flancul drept al infanteriei romane. Cu puțin timp mai devreme, oamenii săi măcelăriseră echipajele umane a două duzini de artilerie și escorta lăncierilor care îi păzeau. Arcașii săi au atacat călare și i-au ucis pe lăncieri, fără ca aceștia să ajungă în raza de acțiune a sulițelor lor. Echipajele de artilerie au rămas fără apărare. După lovitura fulgerătoare, cavaleria dacică a fost alungată de cavaleria romană, cu sprijinul unui pluton de arcași romani și al unei unități legionare de infanterie grea.

Acum Sinna căuta o breșă pentru a-i ataca pe legionari. Nu era chiar așa de nechibzuit pentru a ataca direct pozițiile legionare fixe sau pentru a se aștepta că le poate străpunge. Arcașii săi călare erau foarte eficienți împotriva cavaleriei, arcașilor și a unităților inamice de artilerie. Împotriva infanteriei au fost eficienți doar atunci când unitățile legionare s-au prăbușit. De asemenea, puteau provoca unele pierderi prin ciupirea formațiunilor de infanterie aflate în flancuri sau, dacă aveau noroc și puteau câștiga poziție, mai loveau și din spate.

Flancul drept roman se confrunta cu flancul stâng dacic, unde, ca de obicei, Șeful Ailen și armata sa de celți duceau o luptă crâncenă. Nici un războinic nu lupta cu mai multă pasiune și agresiune pură nesăbuită decât celții. Înainte de a-și părăsi pământurile tribale, preoții lor, care se numeau druizi, ardeau ierburi sacre și incantau cântări antice pentru a făuri vrăji de invincibilitate asupra soldaților. La fel ca dacii și bastarnii, și ei credeau cu tărie într-o viață de apoi și nu se temeau de moarte.

Șeful Ailen avea o tăietură pe scalp. Amestecul de sânge, transpirație și murdărie de pe partea stângă a feței sale arăta ca boiala de război, ceea ce îl făcea să pară și mai sălbatic decât de obicei. El invoca blesteme la adresa romanilor în timp ce se lupta cu ei mânuind o suliță lungă și grea. Legionarii aveau armuri solide, luptau ca o unitate foarte disciplinată și își împingeau încet oamenii pe câmpul de luptă.

Ailen i-a auzit pe arcașii daci, chiar înainte de a-i vedea, mai întâi auzind tropotele copitelor a sutelor de cai lovind în pământul uscat și prăfuit, iar mai apoi auzind strigătele lor stridente de luptă. Dacii atacau în valuri flancul drept roman, apropiindu-se călare până pe la vreo douăzeci de pași și trăgând cu precizie pentru a găsi fețe, gâturi și picioare expuse. Centurionii strigau comenzi precise, iar unitățile legionare le executau cu precizie pentru a face față atacurilor de cavalerie și pentru a găsi adăpost în spatele scuturilor lor.

Atacurile cavaleriei de pe flanc au oprit atacul roman. De asemenea, a oferit infanteriei celtice o cale pentru atac.

- Omorâți-i!, a strigat Șeful Ailen și s-a repezit înainte, îndreptându-și sulița spre un legionar care era acum atacat din două părți.

Vezina privea soarele aflat pe cerul vestic și aprecia că deja este mijlocul după-amiezii. Câțiva nori pluteau în derivă purtați de vânturile vestice, dar soarele încă ardea cu asprime. Era cald în vârful zidurilor, chiar și pentru el, pur și simplu doar stând și urmărind bătălia. Îi era greu să se gândească la cum erau condițiile de pe câmpul de luptă aflat mai jos, un loc unde oamenii se luptau să ucidă și să rămână în viață.

Armata dacică și aliații acesteia erau împinși încet înapoi, după ce Împăratul Traian și-a angajat în luptă legiunile în armură. Cu toate acestea, pierderile erau grele de ambele părți. Armata dacică nu avea șanse să rupă linia romană. Această bătălie nu se va încheia astăzi, a înțeles Vezina. Cel mai probabil se va opri la apus. Două mari armate au fost prinse într-o luptă pe viață și pe moarte și niciuna nu era dispusă să dea înapoi.

- Vezina!, l-a strigat Cotiso ca să-i atragă atenția.

Tânărul avea ochii ca de șoim, mai buni decât cei ai Marelui Preot.

- Artileria lor se repoziționează!

- Plănuiesc să ţintească spre noi!, spuse Adila, mai mult surprinsă, decât cu frică în voce. Aşa cum aţi spus că vor face, Sfinţenia Voastră!

Vezina aruncă o privire rapidă asupra poziţiilor artileriei romane din sud, pe flancul drept al armatei lui Traian. Mulţi dintre scorpionii şi carobalistele de atac fuseseră întoarse spre zidurile oraşului, iar echipajele lor încărcau cu atenţie cuiele şi săgeţile care urmau să fie aruncate foarte curând înspre ei.

- Dar ce vor să facă?, întrebă Cotiso, nedumerit. Nu se vede nicio infanterie trimisă împotriva zidurilor oraşului.

- Vor să ne dea ceva pentru care să ne facem griji, să-i omoare pe unii dintre apărătorii oraşului nostru, spuse Vezina. A fost prea multă linişte aici sus.

Cotiso se întoarse spre Adila.

- E timpul să mergi la nivelul solului. Vei rămâne acolo până când te voi chema din nou!

- Da, domnule!, răspunse fata, părând dezamăgită.

O rachetă de carrobalistă a lovit cu un zgomot puternic peretele, la câţiva metri sub locul în care stăteau. Zidul făcut din piatră era prea gros pentru a fi deteriorat de artileria uşoară, dar racheta a făcut praf şi a trimis ţăndări de piatră spartă spre exterior.

- Culcat!, strigă Cotiso şi se ghemui repede într-un genunchi, trăgând-o pe Adila cu el.

Vezina a făcut şi el acelaşi lucru. Cuie metalice şi săgeţi zburau acum spre apărătorii de pe ziduri. Bărbaţii s-au ghemuit sau au căzut pe burtă. În interiorul zidurilor, bărbaţii şi femeile care transportau provizii pentru armată s-au oprit din drumul lor. Cei care au fost prinşi chiar în faţa porţilor s-au întors cu repeziciune pentru a se adăposti în spatele zidurilor. Singura protecţie împotriva focului de artilerie erau zidurile de piatră ale oraşului.

- Adila, du-te!, a instruit-o Cotiso. Stai jos, cu burta la pământ şi urmează acele scări până jos! Aici nu mai poţi sta!

Fata dădu din cap rapid şi în tăcere. Un cui metalic i-a zburat pe deasupra capului, scoţând un şuierat strident, dar a zburat mult prea repede pentru ca ea să-l vadă. Toate proiectilele zburau prea rapid pentru a fi văzute. Adila s-a târât în jos pe scările de lemn construite lângă peretele interior din colţul estic al zidului. Ura să fie tratată ca un copil. Dar pe de altă parte, s-a gândit ea, este mai bine aşa decât să fie tăiată în două de o săgeată uriaşă trasă dintr-o balistă.

Adila abia atinse pământul cu picioarele, atunci când a auzit tropotul unor cai galopând. Mulţi cai, călăreţii lor erau în grabă şi se apropiau cu repeziciune. Ceva nu era în regulă. Caii se apropiau dinspre estul oraşului, iar la est de oraş nu era nici o armată, dacică sau romană. Aceşti călăreţi nu erau în locul care trebuie. Dar ce căutau ei aici?

Adila a înghiţit în sec şi a luat decizia de a-şi asuma un risc. Şi-a ridicat capul deasupra parapetului, privind rapid spre locul unde sunetul tropăitor se auzea din ce în ce mai aproape. În depărtare, dar apropiindu-se rapid, se afla un grup foarte mare de cavalerie. Chiar şi ochii ei neantrenaţi putea spune că era cavalerie romană. În spatele cavaleriei, care se deplasa într-un ritm foarte alert, se afla un grup şi mai mare de infanterie, care erau în mod clar legionari romani.

A ştiut din instinct că armata va călări în jurul zidului estic, va trece de colţul cetăţii şi va da buzna spre poarta oraşului. Poartă ce era deschisă şi care încă permitea dacilor să se întoarcă în interiorul zidurilor oraşului pentru a scăpa de focul artileriei.

- Cotiso!, a strigat Adila din toţi plămânii către fratele ei. Cavalerie! Cavalerie romană!

El s-a uitat în direcţia ei. Ea a arătat peste zid, spre est.

- Cavalerie! Cavalerie romană!

Vezina era deja în picioare şi alerga spre marginea interioară a zidului, strigând gardienilor de dedesubt.

- Închideţi porţile! Închide porţile acum! Acum!

Niciunul dintre soldaţii daci nu a ezitat nici măcar pentru o clipă să asculte de porunca Marelui Preot. Gardienii s-au grăbit să mute porţile grele şi masive pentru a le închide. Au ignorat strigătele oamenilor rămaşi încă pe din afară. Oraşul era în pericol şi nu aveau de ales.

Cotiso putea auzi şi el acum cavaleria. S-a ridicat şi a privit cum primii călăreţi au trecut colţul şi galopau înspre poartă.

-    Nemernicii! mormăi el.

Pe parcursul unei singure bătăi de inimă, a pus o săgeată pe coarda arcului şi a tras înspre primul cavaler care se apropia. Cavaleria romană nu purta armuri metalice, aşa cum purtau infanteriştii, iar, de aproape, o săgeată bine plasată trecea adesea prin armura lor de piele. Săgeata lui Cotiso a nimerit umărul drept, neprotejat, iar călăreţul a urlat de durere, scăpând lancea pe care o purta în mână.

Şi alţi arcaşi aflaţi pe zid i s-au alăturat lui Cotiso pentru a trage în călăreţii romani. Acum erau angrenaţi într-o luptă şi nu-şi mai puteau face griji cu privire la focul artileriei romane. Oraşul era atacat. Câţiva bărbaţi au fost loviţi de cuie şi săgeţi, unul dintre ei a fost doborât de pe perete, prăbuşindu-se spre pământ. Oamenii căzuţi erau ignoraţi. Inamicul trebuia respins.

Călăreţul roman aflat în frunte a văzut porţile oraşului închizându-se, rămânând doar un mic spaţiu între porţi. A făcut un efort îndrăzneţ de a-şi conduce calul direct în acea breşă, dar animalul îngrozit s-a oprit brusc. Romanul a strigat un blestem. A fost redus la tăcere de săgeţi care i-au străpuns pieptul şi gâtul. Omul s-a prăbuşit la pământ, iar calul său speriat a luat-o la galop.

Mai multă cavalerie a apărut în jurul porţii, dar au înţeles repede că era prea târziu. Porţile grele erau închise, închise şi zăvorâte din interior. Nu aveau nici un mijloc de a ataca poarta sau pe oamenii aflaţi deasupra zidurilor. Infanteria care venea din spate nu avea scări sau alte echipamente de asediu pentru a se căţăra peste ziduri. Misiunea lor eşuase.

Stând deasupra zidului, chiar deasupra porţii, Vezina a observat că un anumit călăreţ din spatele grupului se uita intens la el. Ceva legat de constituţia şi postura bărbatului i-a părut familiar. Amintirile l-au năpădit privind această figură romană călare, în faţa porţilor din

Tapae, atunci când oraşul era sub asediu, cu mulţi ani în urmă. S-a uitat înapoi spre figură, ridicându-şi braţul drept în semn de salut.

Titus Lucullus a fost uimit să-l vadă pe Vezina recunoscându-l în mulţimea de călăreţi. El şi-a îndemnat calul să se mişte pentru a nu reprezenta o ţintă uşoară pentru arcaşii daci care continuau să tragă în oamenii săi.

- Retragerea!, a strigat Titus.

Şi-a luat rămas bun de la silueta înaltă şi subţire aflată pe zidul oraşului, apoi şi-a întors calul şi a plecat în galop îndreptându-se spre sud. Ne vom întâlni din nou, bătrâne, a vrut să spună, dar nu era timp şi nu avea nici o modalitate de a o spune acum.

- Îl cunoşti pe acel ofiţer roman?, l-a întrebat-o Cotiso pe Vezina în timp ce priveau cavaleria îndepărtându-se.

Infanteria romană a mărşăluit grăbit după cavalerie. Până şi artileria romană a încetat să mai tragă asupra apărătorilor de pe ziduri şi a fost redirecţionată din nou spre armata dacică. Toate acestea au făcut parte dintr-o misiune, dar misiunea a eşuat.

- Da!, a răspuns Vezina. L-am cunoscut cu mult timp în urmă, când erai doar un băieţel. A cunoscut o variantă mai bună de a mea, atunci când a devastat oraşul Tapae.

Cotiso se opri pentru o clipă.

- El este Titus Lucullus?
- Da, răspunse Vezina, privindu-l cu surprindere. Cum de cunoşti numele lui?
- Unchiul Diegis mi-a spus poveşti despre el. Despre vizita sa la Roma şi discuţiile sale cu Lucullus în timpul războiului cu Generalul Julianus.
- Ca să vezi!, chicoti Vezina. Se pare că Titus are o reputaţie destul de bună.

Adila se apropia pentru a li se alătura. Avea arcul legat pe spate şi o privire de mieluşică pe faţă.

- Îmi pare rău că nu am fost de prea mare ajutor!, spuse ea, privind când la Cotiso, când la Vezina, pentru a le surprinde reacțiile.
- Ce vrei să spui?, întrebă Cotiso.
- Am tras șase săgeți asupra romanilor. Fiecare dintre ele și-a ratat ținta.

Cotiso părea că își va pierde din nou cumpătul.

- Dar de ce trăgeai în romani? Ți-am spus să cobori la nivelul solului și să rămâi acolo!
- Orașul era atacat!, spuse Adila. Trebuia să fac ceva!

Înainte de a mai spune ceva Cotiso, Vezina a ridicat o mână pentru a-l opri.

- Ajunge cu cearta pentru astăzi, vă rog!

Cotiso se calmă.

- Da, Sfinția Voastră!

Vezina se întoarse spre Adila.

- Binecuvântările lui Zamolxis să fie asupra ta, draga mea copilă curajoasă! Dacă nu ar fi fost vigilența și avertismentul tău, am fi putut lupta cu toții pentru viețile noastre, chiar acum.

Adila se înroși.

- Ar fi trebuit să fac mai mult.

Vezina clătină din cap.

- Nu. Ai făcut mai mult decât orice om aflat pe acest zid, astăzi. Ai salvat porțile orașului!

Împăratul Traian privea norii negri la orizont, nemulțumit de situație. Era târziu în după-amiază. Căldura se domoli considerabil, iar acum norii de furtună se mișcau cu rapiditate pe cer. Aveau aspectul unei furtuni de vară care se dezvolta rapid.

- Îi împingem înapoi, Marcus!, a observat Licinius, privind peste câmpul de luptă. Vei avea parte de victoria ta!
- Da, dar cu costuri mari, a răspuns Traian, privind încruntat spre vest încă o dată. Și după cum arată acei nori de furtună, victoria

mea nu va veni astăzi. Dacă venirea nopții nu oprește mai întâi bătălia, atunci furtuna o va face.

Sura ridică din umeri cu trufie.

- Deci, atunci vei avea victoria ta mâine. Ce diferență mai poate face o zi?

- La nivel practic, niciunul, a spus Împăratul acru. Dar vezi tu, Licinius, nu vreau să-l înving pe Decebal, pur și simplu. Vreau să-l zdrobesc pe Decebal! Victoria noastră trebuie să fie copleșitoare!

- Desigur, Caesar!, a fost de acord Sura, tonul său devenind sumbru. Ai dreptate ca de obicei.

Generalii Maximus și Longinus s-au apropiat de postul de comandă, călărind unul lângă celălalt. Gărzile lor au rămas în urma lor. S-au retras în spatele lui Traian și a lui Sura.

- Învingem inamicul, Caesar, dar se apropie căderea nopții!, a spus Maximus. La fel și această furtună blestemată care este pe cale să ne lovească.

- Care sunt gândurile tale?, i-a întrebat Traian pe Maximus și Longinus.

Împăratul avea mintea deschisă pentru a asculta opiniile oamenilor săi, o calitate care i-a adus loialitatea puternică și chiar afecțiunea ofițerilor săi.

- Chemați oamenii în corturile lor și dați-le o masă înainte ca furtuna să lovească, s-a destăinuit Longinus. Putem relua bătălia mâine!

- Tu ce părere ai, Laberius?

- Sunt de acord cu Gnaeus, Caesar! Bărbații au luptat din greu, dar cred că a fost suficientă luptă pentru această zi!

- Înțeleg, răspunse Împăratul, întorcându-se spre Sura. Și cum rămâne cu această furtună? Oare va fi o problemă cu ea mâine, ce crezi?

- Știi și tu cum e cu aceste furtuni de vară, Caesar, a răspuns Sura cu dezinvoltură. Durează o jumătate de zi, cel mult o zi întreagă. Mă aștept ca acesta să treacă pe lângă noi înainte de a răsări soarele mâine.

- Foarte bine, domnilor, suntem cu toți de acord atunci, a spus Traian. Retrageți-vă trupele înapoi în tabără! Construiți fortificații de-a lungul întregului perimetru, ca de obicei. Nu vreau atacuri surpriză. Ne adăpostim peste noapte și reluăm lupta dimineață.

Goarnele din corpul de semnalizare roman au anunțat sfârșitul luptelor pentru trupele romane. Cu recunoștință bărbații au lăsat jos armele și s-au retras încet, fiecare unitate intactă și rămânând întotdeauna în formația potrivită pe care situația o cerea.

Soldații daci și aliații lor erau la fel de bucuroși pentru această pauză de luptă. Și-au dus răniții în corturile medicale, iar apoi s-au retras spre corturile lor. Bărbații erau epuizați de lupte și căldură, nedorindu-și nimic mai mult decât o masă și câteva ore de somn.

Șefii și generalii armatelor aliate s-au adunat pentru a discuta în cortul de comandă al Regelui Decebal, cort aflat pe câmpul de luptă. Fiecare armată a pierdut mulți oameni, însă bătălia a decurs așa cum se puteau aștepta. Toți au înțeles că superioritatea numerică a romanilor va avea un impact. Nimeni nu era dispus să renunțe la luptă.

- Romanii au învățat câteva lecții despre lupta împotriva unui om înarmat cu un falx, i-a spus Drilgisa Regelui Decebal. Mulți legionari poartă acum armuri de gladiatori pentru a-și proteja antebrațele și genunchii, asta ca să nu mai vorbim de gât.

- Da, aceasta este una dintre inovațiile Împăratului Traian pentru acest război, a explicat Decebal. Ceea ce funcționează pentru gladiatorii din arenă, funcționează la fel de bine și pentru legionarii săi aflați pe câmpul de luptă.

- Oamenii mei au ucis astăzi destui dintre ticăloșii legionari, a spus Fynn cu un mârâit. Mi-aș dori doar să avem mai multe falxuri, Decebal!

Regele dădu din cap în semn de acceptare.

- Vom face mai multe falxuri. Îți vom furniza tot ceea ce ai nevoie, Fynn!

Șeful Ailen al celților i-a făcut un semn din cap lui Sinna.

- Sprijinul cavaleriei a fost remarcabil astăzi, domnule General Sinna. Oare mâine vei reuși să faci același lucru mai mult?

- Desigur, prietene!, a răspuns Sinna. Prințul Davi va urmări cavaleria maură pe tot câmpul de luptă, iar noi vom elimina artileria și infanteria. Este acesta un plan corect, Davi?

- Pentru mine sună bine asta, a spus Davi. Maurii se reped spre noi și își aruncă lăncile, apoi se întorc și pleacă. Singurul lor avantaj este viteza față de caii noștri în armură.

Picături mari de ploaie începeau să cadă din norii întunecați și grei. Toți știau că va urma o ploaie torențială. Tunete rostogolite bubuiau în depărtare. Buri ofta cu greu la auzul acestora.

- Vouă, dacilor, așa-i că nu vă plac tunetele și fulgerele?, întrebă Ailen.

- Nouă nu ne plac zeii aflați într-o dispoziție proastă, răspunse Decebal. Iar asta înseamnă furtuna pentru noi.

- Odin iubește o furtună bună!, a spus Fynn. Tunete și fulgere, ele sunt muzică pentru noi.

- Și ce spun zeii tăi celți?, întrebă Drilgisa.

Ailen rânji.

- Ne închinăm la peste două sute de zei, Drilgisa. Unii iubesc furtuna, alții nu. Numai druizii noștri pot interpreta semnele pe care ni le trimit zeii.

Ploaia a devenit brusc o aversă torențială și toți bărbații au fost udați cu rapiditate.

- Pentru oamenii voștri!, proclamă Decebal. Ne vom întâlni din nou aici la prima rază de lumină. Astăzi i-am dat lui Traian o luptă grea. Vom face același lucru mâine!

Davi, Fynn și Ailen s-au îndreptat spre taberele lor. Regele Decebal și ofițerii daci s-au îndreptat spre orașul Tapae. Toți erau bucuroși să iasă din ploaie.

Capitolul 8

Semn de la Zamolxis

Tapas, iulie 101 d.Hr.

Niciunul dintre bărbații și femeile din Tapae aflați în sala de mese a Regelui Decebal nu se putea bucura pe deplin de cină. Mâncarea era bună și masa îmbelșugată cu pâine, brânzeturi, prune, pere coapte, dar și alte fructe. Apetitul lor era însă amorțit de sunetele furtunii care se dezlănțuia afară. Norii negri și vremea furtunoasă erau un semn al furiei lui Zalmoxis. Care era nemulțumirea exactă a lui Zalmoxis nu putea fi cunoscută de ei. Religia și credințele lor le spuneau pur și simplu că zeul lor era supărat.

Adila stătea la masă alături de tatăl său și fratele ei, Cotiso. Astăzi a fost primul ei contact cu violența războiului. Aflase cum este să-și pună viața în pericol. Văzuse oameni uciși și ascultase țipetele răniților și a muribunzilor. Avea multe lucruri la care să se gândească.

- Adila!, pronunță Regele pentru a-i atrage atenția. Cotiso mi-a spus că ai fost foarte curajoasă astăzi pe zidul orașului.

A luat o bucată de pâine, constatând că nu prea avea poftă de mâncare.

- Am încercat. Nu am omorât niciun roman. Cotiso a ucis doi, cred.

Decebal clătină din cap, îngăduitor.

- Datoria ta aici nu este să ucizi romani!
- Dar care este datoria mea?
- Să stai departe de necazuri!, a răspuns Cotiso cu un zâmbet.

- Ai fost curioasă să vezi cum arată războiul, a spus Regele. Foarte bine, dar din moment ce ești aici, datoria ta este să privești și să înveți. Și uneori, dacă e cazul, să dai un mic ajutor, dacă poți.

Fata înclină respectuos din cap.

- Da, Tată! Am vrut doar să mă fac utilă în loc să stau zi de zi în jurul palatului.

Vezina îi zâmbi mândru.

- Deja ai ajutat. Abia de am avut timp să închidem porțile și asta datorită avertismentului tău.

Un trăsnet foarte puternic făcu să vibreze pereții încăperii. Asta a înecat și toată discuția.

Decebal își plimbă privirea între Vezina și Cotiso.

- Cine se ocupă de străjeri în această seară?

- Eu mă ocup, domnule!, răspunse Cotiso. Bărbații bombăneau din cauza ploii abundente, dar își vor face datoria.

- Ține-i cu tălpile pe pământ, Cotiso!, l-a sfătuit Vezina. Pot crede că romanii nu vor ataca pe o astfel de vreme, așa că ar putea deveni neglijenți. Dar problemele vin atunci când te aștepți mai puțin.

- Da, Sfinția Voastră!, răspunse Cotiso. Îmi voi face rondul imediat ce termin cina. Mă voi asigura că nimeni nu adoarme.

Drilgisa îi zâmbi sumbru.

- Dacă găsești vreun străjer dormind, aruncă-l peste zid!

Cotiso îi privi pe Rege și ridică o sprânceană.

- Așa să faci!, răspunse Decebal pe un ton serios. Generalul Drilgisa are dreptate. Un străjer adormit pune în pericol pe toată lumea. Direct peste zid, cu capul înainte și nu te gândi de două ori înainte de a face asta!

- Da, Domnule!, răspunse Cotiso, împingând farfuria în timp ce se ridica în picioare. Voi merge chiar acum să-mi fac rondul!

- Așa să faci!, spuse Decebal, apoi dormi și tu puțin! Vei fi din nou străjer pe zid la datorie, înainte de răsăritul soarelui!

- Da, Majestate! Ne vedem dimineața.
- Pot să te însoțesc? își întrebă Adila fratele, părând plină de speranță.

Era neliniștită și voia să meargă.

- Poți, dar plouă cu găleata și te vei uda până la piele, răspunse. Și, în afară de asta, nu ai mâncat nimic.
- Nu prea mi-e foame!, anunță ea și s-a ridicat pentru a i se alătura. Vreau să-i văd pe străjeri făcându-și datoria. Într-o zi s-ar putea să fiu unul dintre ei.

Decebal se încruntă.

- Răbdare, Adila! S-ar putea ca într-o bună zi să ajungi să fii un războinic, dar nu astăzi și nu în acest război.
- Da, Majestate!, a răspuns Adila, imitându-și fratele, dar cu zâmbetul pe buze.

Sub cerul înnorat, noaptea era complet întunecată. Nu era lună și nici stele care să strălucească, reflectând lumină printre norii grei. Întunericul era întrerupt doar pentru scurtele momente când fulgerele străbăteau cerul și luminau pământul de dedesubt. Fulgere luminau în depărtare, urmate de tunete puternice. Uneori luceau mai de aproape, urmate de tunete și mai zgomotoase.

Cotiso și Adila au verificat detașamentul de pază de la porțile orașului. Niciun străjer nu dormea, dar gardienii făceau tot posibilul să-și găsească cât de puțin adăpost puteau. Pe timpul nopții nu a fost nicio mișcare a oamenilor sau a animalelor, în oraș sau înafara acestuia, astfel încât porțile erau ținute închise și zăvorâte.

Cotiso urca pe scările de lemn care duceau la meterezele din vârful zidurilor orașului. Adila îl urma îndeaproape. Ploaia era mult prea mare pentru a permite aprinderea torțelor, așa că se mișcau încet și cu grijă în întuneric, caldarâmul și pereții din jurul lor fiind luminate doar de scurta sclipire a fulgerelor.

În partea de sus a zidului s-au oprit să se orienteze.

- Nu-i așa că te bucuri că ai venit cu mine?, întrebă Cotiso râzând.

Ambii erau complet uzi, iar aerul nopții era surprinzător de rece.

- Mă bucur, cum să nu!, se plânse ea. Un pic de ploaie și puțin întuneric nu mă sperie. Dacă strājerii pot face asta, atunci pot și eu!

- Bine, dar ai grijă pe unde mergi! Și fii atentă pe ce calci!

Primul post de santinelă era chiar lângă scările ce ajungea pe zid. Doi lăncieri stăteau de pază, privind peste pământul dintre zidurile orașului și armata romană aflată în depărtare. Un fulger ce a brăzdat cerul, dezvălui doar pământ gol și arid. Pe alocuri, surplusul ploii torențiale se adunase în bălți mari și curgea în pâraie.

- Dormiți, oameni buni?, îi întrebă Cotiso în glumă.

- Nu, domnule!, a răspuns unul dintre soldați.

Ei i-au recunoscut pe vizitatori ca fiind fiul și fiica regelui și au devenit instantaneu mai alerți.

- Nu mișcă nimic în front, domnule, a adăugat celălalt strājer, nici măcar o veveriță!

- Bine, băieți! Fiți atenți în continuare! Dacă romanii trimit un pluton de atac, o vor face la adăpostul întunericului. Și dacă sunt cu adevărat hotărâți, vor găsi o cale de a trece peste zid.

- Nu vă faceți griji, domnule, nimic nu va trece de noi!

- Să știți că am vânat veverițe în pădure, a spus Adila. Se pricep de minune să se ascundă, așa că fiți atenți!

Lăncieri au izbucnit în râs la gluma ei și chiar și Cotiso a trebuit să zâmbească.

- Adila, până aici mergi tu! Vei rămâne aici și dacă dorești poți să mai vorbești cu soldații aceștia. Eu voi verifica celelalte posturi și voi reveni la voi. Nu va dura foarte mult.

- Dar de ce?, întrebă ea, surprinsă și dezamăgită.

- Pentru că pavajul de piatră este umed și alunecos, iar trecerea este periculoasă pentru a merge prin întuneric. Oricum este mult prea beznă și nu ai nimic ce să vezi. Mă vei aștepta aici, acesta este un ordin!, spuse Cotiso.

- Da, domnule!, răspunse Adila.

Se obișnuise cumva cu autoritatea militară, dar și cu locul ei în ea.

Cotiso s-a îndreptat cu grijă spre următorul post de gardă, aflat cel mai probabil la vreo treizeci de pași distanță. Adila l-a zărit pentru scurt timp în scânteierea puternică a unui fulger. Privea și ea peste câmpurile deschise, împreună cu celelalte două santinele. A descoperit că nu aveau despre ce să vorbească. Bărbații erau atenți să nu spună nimic nesăbuit fiicei regelui. Stăteau și priveau în tăcere, udați până la piele de ploaia torențială.

Străfulgerarea a fost extrem de strălucitoare, dar lumina a fost atât de scurtă încât ochii Adilei aproape că nu au înregistrat-o. Simultan a fost și un zgomot puternic, asurzitor, ce a împietrit-o, și cu forță fizică, ca o lovitură, a doborât-o de pe picioare. Pentru o clipă a rămas întinsă pe pământ, prea uimită să se gândească. Unul dintre străjeri era și el, de asemenea, întins jos, pe lângă ea, mișcându-se încet ca și cum ar fi amețit.

Celălalt străjer era cumva încă în picioare, sprijinindu-se de suliță pentru a-și menține echilibrul. Privea în direcția spre care plecase Cotiso, cam pe la vreo treizeci de pași distanță, unde ardea ceva făcut din lemn.

Adila se ridică încet în picioare, simțindu-se nesigură. Părea să nu fie rănită, dar se simțea ca într-un vis. A început să pășească spre micul focul de lemne. Străjerul care era în picioare i-a întins o mână de ajutor, dar ea i-a dat mâna la o parte. Când s-a apropiat de foc, a putut desluși trei cadavre întinse pe pământ. Niciunul nu mișca.

Era indiferentă la ploaia care îi șiroia pe față și îi încețoșa vederea. În lumina slabă a focului, ea a văzut că primul trup era al unui soldat pe care nu-l mai văzuse niciodată. Fața bărbatului era marcată cu un model roșu ciudat, ce semăna cu o pânză de păianjen, dar nu era o pânză de păianjen. Ochii lui sticloși erau deschiși, lipsiți de viață, privind în gol.

Al doilea corp era a lui Cotiso, întins pe spate, cu brațele întinse în lateral. Ochii îi erau închiși și fața părea liniștită. Adila căzu în genunchi lângă el. A încercat să vadă dacă respiră, dar nu și-a putut da seama. Avea vederea încețoșată din cauza apei de ploaie. S-a aplecat din talie și și-a așezat capul pe pieptul fratelui ei, având urechea stângă apăsată pe cămașa de lână udă, undeva spre centrul pieptului lui. Încerca din greu să-i asculte bătăile inimii.

- Ascultă!, își spuse ea, cu lacrimile amestecându-i-se cu ploaia torențială. Ascultă cu atenție! Ascultă-i bătăile inimii!

Dar nu exista nici o bătaie de inimă.

Au solicitat prezența Regelui Decebal la metereze și acesta a ajuns de urgență, avându-l pe Buri în spatele lui și gărzi purtând torțe acoperite chiar în urma acestuia. Străjerii din vârful scărilor păreau îngroziți în timp ce îl călăuzeau pe rege spre locul unde lovise fulgerul. Adila stătea lângă trei cadavre, cu un gardian suficient de curajos pentru a o însoții.

În timp ce Decebal se îndrepta grabnic spre ei, Adila se întoarse, ieșindu-i în întâmpinare. Părea uluită. Decebal a luat-o în brațe și a ți-nut-o strâns pentru o clipă.

- Ești bine?
- Da, tată! Cotiso...

Adila s-a oprit și a izbucnit în suspine.

- Da, m-au anunțat!, a spus el cu blândețe. Voi avea grijă de Co-tiso. Acum vreau să intri și să mă aștepți înăuntru!
- Vino cu mine, Adila!, a spus Buri.

El a condus-o, cu răbdare și atenție pe scările umede, înapoi în sala de mese, însoțit de un gardian ce ducea o torță.

Decebal a căzut într-un genunchi lângă trupul fiului său cel mare. Fiul său curajos și nobil care a suferit și a îndurat atât de multe în viață. Care a muncit și a luptat și s-a transformat într-un războinic și un con-ducător. Regele nu putea înțelege această pierdere. Dintotdeauna acceptase posibilitatea ca fiul său să moară în luptă într-o zi, ceea ce era un risc pe care toți îl împărtășeau ca războinici. Să mori în luptă, luptând pentru libertatea poporului tău, era un lucru nobil. Dar nu aşa. Nu aşa.

Decebal simţea o întristare profundă şi vărsa lacrimi pentru fiul său. Curând, tristeţea s-a transformat în mânie, apoi mânia s-a transformat în furie. S-a ridicat în picioare şi şi-a ridicat capul spre cerul întunecat, cu ploaia grea căzându-i pe faţă. Şi-a strâns mâinile în pumni şi le-a ridicat spre cer.

- Ce vrei de la mine?!, a strigat Regele spre cerul furtunos.
- Nu te-am slujit eu suficient de bine?
- Nu m-am sacrificat eu suficient pentru tine?
- Ce vrei mai mult?
- La naiba, Doamne! La naiba!

Ploaia curgea, fulgerele luminau şi tunetele răsunau. Zamolxis tăcea.

În zori, soldaţii daci au început să părăsească Tapae. Făceau acest lucru fără a li se cere şi, în multe cazuri, chiar împotriva ordinelor directe. Mai întâi în grupuri mici, apoi în grupuri din ce în ce mai mari şi, în cele din urmă, unităţi întregi ale armatei au început marşul spre nord prin trecătoarea montană Tapae. În unele cazuri, era o nesupunere faţă de căpetenii, dar, în tot mai multe cazuri, chiar căpeteniile lor mergeau de bunăvoie cu ei. Armata dacică părăsea locul bătăliei.

Furtuna a trecut în timpul nopţii, iar soarele strălucea din nou. În curând, căldura zilei avea să usuce câmpul de luptă înnoroiat şi cărările care duceau spre nord de oraş.

Drilgisa a reacţionat cu furie. Nu şi-a scos sabia pentru că ştia bine că asta va duce la vărsarea de sânge dacic. Indiferent de cât ar fi fost de furios, el nu şi-ar ucide compatrioţii pentru că şi-au urmat credinţele religioase. Putea face doar efortul de a-i convinge, cel puţin.

- Laşilor!, a strigat el către bărbaţii care mărşăluiau. Nu vă puteţi lăsa Regele aşa! Nu puteţi fugi din faţa duşmanului nostru!

Unul dintre războinicii mai în vârstă s-a oprit pentru a-i ține piept. El servise sub comanda lui Drilgisa timp de mulți ani și a luptat alături de el în multe bătălii. Fața lui era calmă, dar hotărâtă.

- Nu suntem lași, domnule General!, a spus bărbatul. Nu mă tem de niciun dușman și nici restul acestor oameni nu se tem!

S-a oprit și a clătinat trist din cap.

- Zamolxis a trimis o furtună teribilă noaptea trecută pentru a-și arăta furia. El a luat viața fiului Regelui. Oare poate exista un semn mai clar și mai teribil?

- Trebuie să luptăm împotriva romanilor!, a insistat Drilgisa. Regele Decebal ne-a condus aici pentru această luptă. Aliații noștri sunt aici pentru a lupta alături de noi. Nu putem renunța la luptă acum!

Soldatul clătină din nou din cap, reticent în a spune ceea ce avea de spus în continuare.

- Nu putem să nu ascultăm de un semn al zeilor! Zamolxis nu dorește ca noi să ducem această bătălie. Regele Decebal însuși nu ar dori ca noi să nu ascultăm de dumnezeul nostru!

Drilgisa știa adevărul simplu că acest bătrân războinic avea dreptate. Acești soldați nu fugeau de romani. Ei se îndepărtau de ceea ce vedeau ca fiind nemulțumirea clară și teribilă a zeului lor. Zamolxis trimisese o mare furtună înainte ca bătălia să se termine. A luat viața unui prinț al Daciei. Singura modalitate pentru soldați de a interpreta acest semn era că trebuie să abandoneze lupta.

- Mergeți, atunci!, a spus Drilgisa, arătându-i omului drumul. Nu vă voi opri!

- Ne vom revedea, domnule General! Vom lupta din nou împreună!

Soldatul s-a întors și a plecat. Vagoanele de aprovizionare s-au alăturat grupurilor de oameni. Acești soldați văzuseră ultima bătălie de la Tapae.

În interiorul oraşului, după ziduri, Regele Decebal, familia sa şi cei mai apropiaţi sfetnici vegheau la căpătâiul lui Cotiso. Era întins pe o masă, cu o pătură sub corp şi un giulgiu de înmormântare aflat în apropiere, pregătit pentru a-i fi înfăşurat. Părea liniştit în moarte, era ca şi cum ar fi adormit.

Adila stătea lângă tatăl ei, cu faţa încremenită. Dorea doar să se trezească din acest vis urât, dar ştia că nu era un vis. Diegis era şi el sumbru, la fel ca şi Buri. Amândoi l-au văzut pe Cotiso crescând de când s-a născut. Prinţul Davi al roxolanilor îl cunoştea pe Cotiso de când era copil. Vezina îi oferea binecuvântările lui Zamolxis, însă ritualurile funerare aveau să vină mult mai târziu.

Regele Decebal ştia că o mare parte din armata sa pleca. Nici el şi nici altcineva nu îi putea opri. Puterea Regelui Daciei nu putea domni deasupra puterii Zeului Daciei. Într-adevăr, convingerile religioase ale Regelui îl făceau să pună la îndoială înţelepciunea de a merge împotriva unui semn venit de la Zamolxis.

Şeful Fynn al bastarnilor şi Şeful Ailen al celţilor au intrat împreună în cameră. Şi-au prezentat omagiile lui Decebal şi Adilei. Ambii aveau armate care aşteptau să lupte într-o bătălie majoră astăzi, dar, acum, aceste planuri pluteau în aer. Totuşi, problema trebuia să fie rezolvată, deoarece armata romană era campată în apropiere şi în curând se va aduna pentru luptă.

Şeful Fynn a vorbit primul şi a exprimat ceea ce gândeau cu toţii.

- Nu putem lupta împotriva romanilor dacă armatele noastre nu sunt unite!

- Nu, a spus Decebal. Nu putem!

- Oamenii mei privesc cum soldaţii voştri pleacă şi îşi pierd curajul!, a spus Ailen. Oastea dacică este forţa principală a acestei armate. Nu putem lupta singuri împotriva romanilor!

Regele dădu din cap aprobator.

- Nimeni nu se aşteaptă la asta, Şef Ailen! Niciunul dintre noi nu poate lupta singur împotriva Romei!

- Putem lupta împotriva unităților romane, a spus Prințul Davi, frustrat, dar încăierările cavaleriei nu pot învinge o armată.

Șeful Fynn se încruntă.

- Oare nu vă puteți convinge oamenii să rămână și să lupte?

Își plimba privirea între Decebal și Vezina.

- Nu putem!, spuse Decebal cu voce sobră.
- Soldații se tem de mânia zeilor, s-a oferit Vezina să explice. Este ceea ce învață din momentul în care se nasc. Într-adevăr, de asta se tem cel mai mult.
- Deci, ei cred că zeul tău, Zamolxis, le-a spus să nu lupte?, întrebă Ailen.
- Da, Ailen!, răspunse Vezina. Nimeni nu îi va convinge altfel.
- Atunci această bătălie s-a încheiat!, concluzionă Fynn.

Nimeni nu putea să-l contrazică pe Șeful bastarnilor. Romanii aveau un mare avantaj chiar și atunci când aliații erau uniți. Fără trupele dacice situația lor era fără speranță.

- Care sunt planurile voastre?, îl întrebă Ailen pe Rege.

Decebal căzu pe gânduri pentru o clipă.

- Deocamdată ne vom retrage spre nord. Nu există o alegere mai bună.
- Traian te va urma, cu siguranță, a spus Fynn.
- Fără îndoială, a fost de acord Decebal. Ne vom lupta cu el în munți. Este alegerea dacilor.

Diegis, tăcut până atunci, a luat cuvântul în cele din urmă.

- Suntem într-o poziție foarte periculoasă aici, frate. Trebuie să ne retragem spre nord, acum, în această dimineață, înainte de atacul romanilor. Ne vom reface armata și ne vom organiza în munți.
- Ai dreptate, Diegis!, a fost de acord Regele. Du-te și preia imediat comanda retragerii. Vagoanele de aprovizionare sunt deja poziționate în trecătoarea montană, dați ordin să plece!
- Chiar acum!, a răspuns Diegis, întorcându-se spre ușă.

- Îmi voi lua oamenii acasă!, a spus Fynn. Vor fi dezamăgiți, dar dacă rămânem aici vom fi măcelăriți.
- Desigur, Șef Fynn!, a spus Decebal.

Privi spre Ailen.

- Vei face la fel?
- Da, Rege Decebal!, confirmă Ailen, și el dezamăgit. Trebuie!

Decebal se uită și la Davi.

- Și tu, Prinț Davi?
- Oamenii mei vor rămâne alături de trupele voastre pentru o vreme. Cavaleriile noastre combinate vor acoperi retragerea. Împăratul Traian va fi lent în a-și ajunge din urmă infanteria, dar trebuie să-l ținem pe Generalul Quietus departe de ariergardă și de vagoanele de aprovizionare.
- Mulțumesc, Davi!

Decebal se întoarse înspre Fynn și Ailen.

- Aveți grijă de armatele voastre, atunci, dragii mei prieteni! Vom lupta din nou împreună, vă promit! Doar că nu astăzi.

Aliații și-au luat rămas bun și au plecat, lăsându-l pe Decebal cu Adila și Vezina.

- Dar Cotiso, tată?, întrebă Adila cu o voce blândă.

Regele și-a privit fiul mort lăsând durerea să-i revină.

- Îl vom lua pe Cotiso acasă! Înmormântarea lui va fi la Sarmizegetusa, în casa lui, nu aici!

S-a întors privindu-l în ochi pe Vezina.

- Mi-l vei duce acasă, Vezina? Ia cu tine o unitate de infanterie și una de cavalerie împreună cu oricâte vagoane de aprovizionare aveți nevoie. Du-te acum!
- Desigur, Majestate!, răspunse Vezina.

Decebal a cuprins-o cu brațul de după umeri pe Adila.

- Trebuie să mergi cu ei, Adila! Este timpul să mergi și tu acasă!
- Da, Tată! Voi când veți ajunge?
- La timp, fata mea! Trebuie să mă ocup mai întâi de armată. Dar te voi vedea acolo, la timp!

- Dacii pleacă!, a anunțat Hadrian când a intrat în cortul de comandă al Împăratului.

El ieșise împreună cu cavaleria ceva mai devreme pentru a cerceta pozițiile inamice.

Traian își ridică privirea din farfuria din care servea micul dejun. Licinius Sura era alături de el, împreună cu generalii Longinus, Maximus și Quietus. Trupele erau deja pe teren, dar așteptau până când ofițerii superiori își terminau masa.

- Cine pleacă și unde se duc?, întrebă Traian. Fii mai specific, Hadrianus!
- Întreaga armată se retrage, Caesar! Infanterie, artilerie, cavalerie. Toți se îndreaptă spre nord și nu pierd deloc timpul.

Acum Hadrian avea toată atenția tuturor. El a rânjit la reacțiile lor surprinse.

- Nu vor să ne luptăm astăzi.

Traian s-a uitat în jur la ofițerii săi cu o privire întrebătoare.

- Dar ce plănuiește Decebal? Aveți vreo idee?

Fiecare dintre ei clatină din cap un nu.

- Chiar este o surpriză totală și pentru mine, Caesar!, s-a oferit Maximus să continue. Lucullus îmi spunea că Decebal este imprevizibil, dar această stratagemă nu urmează nicio logică.
- Poate că vrea să ne atragă în trecătoarea montană și să se lupte cu noi acolo?, se întrebă Quietus.

Împăratul dădu din cap.

- El ar prefera să se lupte cu noi în munți, are cel mai mult sens pentru armata sa și a funcționat pentru el în trecut. Dar de ce să se retragă acum, când ieri a intrat în luptă?
- Nu are sens!, a spus Longinus din nou.
- Poate că ar trebui să-i urmărim în timp ce sunt în retragere?, a întrebat Lusius Quietus.
- Nu. Ei au un avans bun în fața infanteriei noastre, deci nu putem să-i urmărim și să-i prindem acum, a spus Traian. Vezi ce

poate face cavaleria ta, Lusius! Nimic nesăbuit, dar cercetează-i cu atenție și atacă acolo unde ești în avantaj!

- `Înțeles, Caesar!
- Adu-mi înapoi prizonieri, Lusius! Prizonierii daci sunt preferabili. Am nevoie de informații despre ceea ce pune la cale Decebal și până acum nu avem nicio informație!
- Apărătorii orașului mai apără zidurile?, îl întrebă Longinus pe Hadrian.
- Nu, domnule General! Din câte am putut vedea, zidurile sunt fără apărare. Și ei au plecat din Tapae.
- Foarte curios!, a spus Traian. Mă așteptam ca Decebal să ne forțeze să asediem orașul. Acum el face ca totul să ne fie mult prea ușor.
- Au pierdut mii de oameni ieri, a subliniat Licinius Sura. S-ar putea ca el să vrea, pur și simplu, să-și salveze forțele pe care le mai are.

Traian se încruntă.

- Am pierdut și noi mii de oameni, ieri! Pierderile sunt grele de ambele părți. S-ar putea ca Decebal să fi fost nevoit să întrerupă luptele pentru ca să-și înlocuiască pierderile, dar și noi trebuie să facem la fel!
- Cu atât mai mult este un motiv să nu ne grăbim după ei acum!, a spus Longinus.
- Sunt de acord, Gnaeus!

Generalii au tăcut. Toate planurile lor atent puse la punct au devenit dintr-o dată irelevante. Nimeni nu ar fi putut prezice că Decebal va pleca pur și simplu. Toți așteptau ca Traian să ia următoarea decizie. A făcut-o repede.

- Gnaeus, mută trupele auxiliare spre nord până ajungi la trecătoarea montană. Păziți orice întoarcere a trupelor dacice sau a aliaților lor!
- Da, Caesar!

- Laberius, mută tabăra legionarilor pe câmpul deschis din vestul oraşului. Ne vom odihni şi ne vom reface unităţile acolo până când vom fi gata să mărşăluim din nou!

Maximus dădu aprobator din cap.

- Da, Caesar!

- Hadrian? Găseşte-mi o cazare potrivită pentru mine în Tapae. Cred că vom fi aici pentru o scurtă perioadă de timp. Decebal nu va merge prea departe, iar noi vom merge după el, atunci când vom fi pregătiţi!

Capitolul 9

Victime ale războiului

Tapae, luna august, anul 101 d.Hr.

Caesar Traian l-a chemat pe Titus Lucullus în marea și confortabila sală de mese situată în Comandamentul General din Tapae. Impunătoarea clădire se află la o distanță convenabil de aproape de porțile orașului și în care, până de curând, a locuit Regele Decebal al Daciei. Era locul cel mai bun pentru Împărat de a organiza o consfătuire cu suita sa conducere.

Lucullus a intrat escortat în cameră, s-a apropiat de masa Împăratului și a salutat ceremonial în stilul roman.

- Ave, Caesar!

Traian și-a ridicat privirea de pe mesajul pe care-l scria pe un sul de corespondență. În fața lui, pe masă, era un morman cu suluri de corespondență.

- Vino, Titus, alătură-te! Servești un vin?

Deși era doar o dimineață târzie, Împăratul băuse deja câteva cupe cu vin. Traian avea o pasiune puternică atât pentru război, cât și pentru vin, după cum se vorbea. Își răsfăța zilnic pasiunea pentru vin.

- Voi bea, mulțumesc Caesar!, răspunse Titus.

El nu era un mare băutor și mai ales nu bea dimineața, dar ar fi fost o obrăznicie să refuze invitația Cezarului. Bărbaților cărora le plăcea băutura, de obicei, le plăcea să bea în compania altora.

Lucullus și-a umplut o cupă de vin dintr-o amforă de argint așezată pe capătul mesei. S-a oprit pentru a lua o înghițitură. De obicei, romanii beau vinul amestecat în părți egale cu apă, dar acest vin avea tărie și era nediluat.

- Cum pot să-ți fiu de folos, Caesar?, întrebă Titus respectuos.
- Așază-te Lucullus, ia loc!, spuse Traian făcând semn către o bancă aflată în partea opusă a mesei. Vreau să-ți vorbesc sincer, așa că hai să renunțăm la formalități. Îți place vinul?
- Vinul este excelent, Caesar!, răspunse Titus în timp ce lua loc. Nu sunt un cunoscător informat precum ești tu, desigur, dar, cu toate acestea, chiar și eu pot spune că acest vin este dintr-o recoltă excelentă.
- Mă bucur! Alege un roșu de Falernia sau un alb de Picine, dacă vrei să nu dai greș!
- Am să țin minte asta, Caesar!

Traian zâmbi. S-a oprit pentru a savura o înghițitură mare din propriul vin.

- Povestește-mi despre cetățile dacice aflate pe drumurile spre Sarmizegetusa! Ești unul dintre puținii romani care au călătorit pe acele drumuri. Ai fost dincolo de zidurile Sarmizegetusei. Ai fost oaspete la curtea dacilor. Ai vorbit cu Decebal și cu Marele său Preot.
- Am fost, așa este! Ce ar vrea Caesar să știe?
- Data trecută ai fost ca vizitator, acum te duci ca invadator, a spus Traian. Ai o gândire militară, Titus. Spune-mi ce trebuie să știu ca invadator!
- Am înțeles la ce te referi, Caesar! Drumul spre Sarmizegetusa va fi anevoios și plin de obstacole. Dacii au un lung șir de forturi, pe care le numesc *dave*. Zidurile sunt făcute din piatră, nu din lemn. *Davele* nu pot fi incendiate. Dacii își construiesc zidurile în stil *murus dacicus*, iar zidurile lor nu pot fi dărâmate de berbeci, catapulte sau alte mașini de asediu.
- Dacă nu putem trece prin ziduri, atunci vom trece peste ele, a anunțat Împăratul. Vom pierde mai mulți oameni dacă facem acest lucru, dar trebuie făcut!

- Da, Caesar! Drumurile de munte dintre dave sunt deluroase și trec prin codri și păduri dese. Este terenul perfect pentru ambuscade și raiduri fulgerătoare de atac, iar mai apoi pentru fugă. De-a lungul drumurilor trebuie să ne așteptăm la atacuri zilnice din partea dacilor. Chiar și Generalul Julianus considera acestea atacuri o problemă foarte agasantă.

- Am înțeles! Nu putem preveni aceste atacuri, dar le putem contracara.

Împăratul s-a oprit să-și umple încă o dată cupa cu vin.

- Dar, atunci când ajungem la Sarmizegetusa, cum ai ataca orașul, Titus?

Lucullus se opri pentru a-și aduna gândurile. Era o întrebare dificilă și știa că Împăratul nu va fi mulțumit de răspunsul său.

- Orașul este puternic fortificat, prea bine apărat pentru a fi atacat frontal, Caesar! Este construit în partea laterală a unui munte. Zidurile orașului au treizeci de metri înălțime și nouă metri grosime, construite cu blocuri mari de piatră. Meterezele vor fi întesate cu arcași, lăncieri și artilerie, toate vor fi bine protejate împotriva artileriei noastre. Asta este ceea ce am văzut eu în timpul vizitei mele, făcută cu mulți ani în urmă. Decebal a întărit și mai mult apărarea orașului de atunci.

- Orice oraș poate fi atacat, Lucullus! spuse Traian mustrător. Chiar și Roma a fost atacată și jefuită de barbari, o dată.

- Este adevărat, Caesar! Mi-ai cerut să-ți vorbesc sincer, așa că o voi face. Cu adevărat îți spun că cetatea sfântă dacică este mai bine apărată decât Roma sau orice alt oraș pe care l-am văzut cu ochii mei!

- Mă aștept să vorbești sincer tot timpul, Titus! De aceea te-am chemat aici. Nu am îngăduință pentru mincinoși sau proști, ori pentru cei care îmi spun ceea ce cred ei că vreau eu să aud!

- Da, Caesar! Am înțeles!

- Când vom ajunge la Sarmizegetusa vei fi alături de mine. Îți repet, orice oraș poate fi atacat cu succes! Dacă este necesar un asediu lung, atunci îi vom înfometa.

Lucullus dădu aprobator din cap.

- Cred că va fi necesar un asediu lung. Câmpurile orașului sunt ample. O mare parte din propria lor hrană este cultivată în interiorul zidurilor. Orașul are alimentare proprie cu apă, iar apa este suficientă pentru băut și, de asemenea, suficientă pentru scăldat și pentru a alimenta sistemul de canalizare aflat sub oraș. Va fi anevoios!

Traian i-a zâmbit răbdător.

- Lucrurile valoroase nu vin ușor, Titus!
- Într-adevăr, Caesar!, a recunoscut Lucullus. Când vom ajunge la Sarmizegetusa, voi fi onorat să-ți fiu alături!
- Bine! Mâine mărșăluim spre nord trecând prin pasul Tapae. Eu voi comanda cea mai mare parte a forțelor noastre, urmărindu-l pe Decebal și armata lui. Tu vei continua să-l ajuți pe Generalul Maximus! Odată trecuți de acești munți, va lua două legiuni și va ataca orașele și forturile din Banat. Nu-i vom permite lui Decebal să aducă provizii sau alți oameni pentru a-i înlocui pe cei care i-a pierdut!
- Un plan excelent, Caesar!
- Împărtășește-i lui Maximus din cunoștințele tale despre daci, Titus! Îl vreau pe Decebal învins, înainte să vină iarna. Nu vom repeta greșelile lui Tettius Julianus, iar atacul nostru din acești munți se va opri atunci când zăpezile și vremea înghețată vor veni!
- Am înțeles, Caesar! Exact acest lucru va încerca Regele Decebal să facă, să încetinească atacul nostru până la sosirea frigului aspru al iernii.
- Deja știu cum gândește omul, a spus Traian. Dar spune-mi, lăsând strategiile la o parte, ce te aștepți să facă Decebal de fapt?

Titus a răspuns fără nici o ezitare.

- Tot ceea ce nu așteptăm, Caesar!

Sarmizegetusa, luna august, anul 101 d.Hr.

Vezina și cortegiul mortuar care-l aducea înapoi pe Cotiso au fost întâmpinați de un oraș copleșit de durere. Mii de daci au murit în bătălia de la Tapae și mulți dintre ei erau din Sarmizegetusa. Vestea bătăliei a fost adusă în oraș de mesagerii cavaleriei care au ajuns mai devreme cu două zile, înaintea cortegiului funebru.

Regina Andrada și-a îmbrățișat fiica, Adila, cu ușurare. Ea a omagiat corpul neînsuflețit al fiului ei vitreg, Cotiso, cu durere. Atunci când au ajuns în oraș, ea pregătise deja planurile și aranjamentele funerare. Regele Decebal era încă departe, conducând armata dacică în războiul cu Roma, iar Regina era conducătoarea orașului.

După ce au fost întâmpinați de Regină în fața intrării Palatului, Vezina a dus corpul lui Cotiso direct la Marele Templu al lui Zamolxis. Preoții de acolo urmau să îl pregătească pentru ritualurile funerare și înmormântarea care aveau să aibă loc a doua zi. Trupul urma să fie spălat, înfășurat într-un giulgiu de înmormântare și purificat prin rugăciuni.

La revenire, Adila s-a trezit îmbrățișată de întreaga familie, care stătea și aștepta în fața ușilor palatului. Și-a îmbrățișat mama, iar mai apoi se pomeni sufocată de îmbrățișările strașnice ale mătușilor sale, Dochia și Tanidela. Ele au fost urmate de sora ei, Zia, de verișoara ei, Ana, și de fratele ei mai mic, Dorin. Era o reuniune amestecată cu bucurie și tristețe, dar ea era fericită să fie acasă.

- Am fost îngrijorată pentru tine în fiecare zi de când ai plecat!, i-a spus Zia surorii sale în timp ce se odihneau în odăile lor din apartamentele regale. Nu plănuiești să pleci din nou, nu-i așa?
- Nu știu!, a răspuns Adila cu o voce liniștită. În acest moment, sincer, nu știu ce voi face!

- Armata nu este locul potrivit pentru tine, Adila! Uită-te la ce s-a întâmplat cu fratele nostru!

Adila clătină din cap.

- Cotiso a fost ucis de un fulger! Asta s-ar fi putut întâmpla aici sau oriunde altundeva.

A simțit un fior trecând prin ea, amintindu-și faptul că i-a văzut corpul zăcând pe zidurile Tapae. Acea imagine teribilă rămase întipărită în memoria ei pentru totdeauna.

- Știi ce vreau să spun, a continuat Zia. Ar fi încă în viață, dacă ar fi rămas aici cu noi.

- Nimeni nu este în siguranță, Zia!, spuse Adila pe un ton trist. Dacă romanii nu sunt opriți, vor veni aici. Voi fi eu în siguranță atunci? Tu vei fi?

Zia nu avea un răspuns. Sora ei avea o latură dură care nu fusese acolo mai înainte.

- Cotiso a fost un adevărat războinic!, spuse Adila. Când romanii au venit să atace orașul, el a fost deasupra zidurilor și i-a ucis cu arcul. El nu se temea de moarte. Nu și-a făcut griji cu privire la siguranța lui. Îi păsa doar de ocrotirea oamenilor aflați în interiorul orașului.

- Înțeleg asta! El a încercat din totdeauna să ne protejeze, chiar de când ne-am născut!

Zia se opri pentru a-și șterge o lacrimă.

- Făcea ceea ce tata a făcut întotdeauna. Unchiul Diegis. Buri. Tarbus. Toți.

- Este ceea ce trebuie să facem noi cu toții, dacă putem!, a spus Adila.

- Unele dintre noi sunt mai potrivite pentru asta decât altele, surioară! Unii sunt războinici înnăscuți, iar alții sunt mai potriviți pentru a fi tămăduitori. Te voi lăsa pe tine să ghicești care dintre noi este care!

Asta a făcut-o pe Adila să zâmbească.

- Ești o vindecătoare înnăscută. Nu știu încă dacă voi fi vreodată o războinică, dar voi încerca!

Zia a întins mâna și a împuns-o ușor de două ori cu degetul pe Adila în centrul pieptului.

- Cotiso mi-a spus odată că a fi un mare războinic începe aici. Începe din inimă!
- Pe bune? Crezi că avea dreptate?
- Fără îndoială!, a răspuns Zia, sunt sigură că avea dreptate! Ai inima unui războinic. Trebuie doar să devii mai puternică și să câștigi mai multă experiență!
- Îți mulțumesc că mi-ai spus asta! Data viitoare, atunci când voi vedea un soldat roman, voi fi mai bine pregătită!
- Pot să-ți pun o întrebare?, spuse Zia, părând ușor neliniștită.

Adila îi zâmbi, doar pe jumătate.

- Știu care este întrebarea, dar te las să mergi mai departe, întreabă!
- L-ai văzut pe Tarbus acolo? Este bine?
- Da, l-am văzut, deși nu am avut timp să vorbim. Este bine. Luptă sub comanda Generalului Drilgisa.
- Ce bine!, spuse Zia, ușurată.
- Îmi doresc ca acest război cumplit să se termine!, a spus Adila cu tristețe, dar știa că nu se va termina prea curând și mai știa că rolul ei încă nu se terminase.

Ritualurile funerare pentru Cotiso și pentru soldații daci uciși în bătălia de la Tapae erau săvârșite de Marele Preot din Zamolxis. O mulțime foarte mare de oameni s-a adunat în fața Palatului Regal pentru a da ascultare rugăciunilor înălțate de Vezina. Oamenii erau îmbrăcați în negru funebru pentru a-și plânge fiii, frații, tații și pe tânărul Prinț.

Urmând o veche tradiție dacică, Cotiso a fost îngropat într-un mormânt simplu, fără piatră funerară sau vreun alt grup statuar. A fost înmormântat lângă ruda sa, Regele Duras. Ca și fostul rege, a fost îngropat înfășurat într-un giulgiu, așezat cu fața în sus și cu capul îndreptat spre est. Era îmbrăcat în cele mai bune haine ale sale. Arcul său de război a fost așezat lângă el.

O masă funerară publică, o *pomană*, a urmat ceremoniei de înmormântare. Ceremonialul funerar a ținut toată ziua și a durat până noaptea târziu. Dacii sărbătoreau la nunți și jeleau la înmormântări cu același respect, pentru fiecare ocazie.

În ziua următoare, dimineața devreme, Adila a mers pe câmpul deschis care era folosit pentru exersarea trasului cu arcul. Purta două tolbe din piele, fiecare umplută cu douăzeci de săgeți. Trăgea toate săgețile către o țintă aflată la treizeci de pași distanță. Apoi, recupera toate săgețile, se deplasa înapoi cu zece pași și trăgea din nou toate săgețile spre țintă. Apoi, repeta procesul. Și din nou. Și din nou. Ea nu avea să fie mulțumită până când, din cele două sute de săgeți, doar douăzeci sau mai puține își ratau ținta.

Ea descoperise că puterea îi creștea zi de zi, iar ochirea ei s-a îmbunătățit constant. Nu gândi, i-a spus Cotiso cândva, pur și simplu acționează dintr-o singură mișcare lină. Pune săgeata, trage-o înapoi, elibereaz-o. Cu aceeași mișcare lină, de fiecare dată. Permite-i arcului să devină o extensie a brațului. Nu privi vârful săgeții, pur și simplu privește ținta și lasă-ți brațul să ghideze săgeata acolo. Cu o mișcare lină.

Adila a fost surprinsă să vadă cât de mult îi liniștea gândurile trasul cu arcul, un beneficiu neașteptat. În timp ce exersa, se gândea la multe lucruri. Se gândea la trecutul ei, dar și la viitorul ei. S-a gândit la timpul petrecut în Tapae. S-a gândit de multe ori la acea noapte teribilă, în întuneric, pe meterezele de pe zidurile cetății Tapae.

Nu știa dacă Zamolxis a trimis acel fulger. Nu avea să afle niciodată răspunsul la această întrebare. Ar fi un zeu crud dacă ar lua o astfel de măsură, un zeu la care ea nu s-ar putea închina niciodată. Dar ea nu cunoștea voința zeilor. Ceea ce știa era că fulgerul l-a luat pe fratele ei și i-a schimbat viața pentru totdeauna.

Acum era o persoană diferită. Nu putea să-şi aducă fratele înapoi, dar putea să-l onoreze călcându-i pe urme. Dedicându-se acestui lucru, ea îl ţinea în viaţă, chiar dacă numai aparent. Un mod mic, dar semnificativ.

Buridava, Munţii Daciei, luna septembrie, anul 101 d.Hr.

- Câte raiduri au fost în această săptămână asupra unităţilor de geniu şi a taberelor de aprovizionare?, l-a întrebat Regele Decebal pe comandantul său de cavalerie.
- Treizeci, inclusiv marele raid al lui Davi!, a răspuns Generalul Sinna. Traian îşi conduce armata sa mărşăluind în formaţii strânse, dar noi îi lovim pe flancuri, în locurile alese de noi. Apoi dispărem înainte ca ei să ştie ce i-a lovit. Romanii nu dispun de suficientă cavalerie pentru a-şi proteja întreaga coloană.
- Bine!, aprobă Decebal. Loviţi-i cu tărie pe inginerii lor, pe constructorii de poduri şi pe constructorii de drumuri! Vrem să încetinim înaintarea lui Traian, cât de mult putem!
- Nu par să se grăbească în mod special!, a spus Diegis. Atacă un fort aici, mai ard un sat pe dincolo.
- Traian nu face nimic în grabă, Diegis! El este metodic. El îşi construieşte planul bucată cu bucată!
- Bastardul, trebuie să fie pe jumătate castor!, mormăi Drilgisa.
- Castorii pot face multe daune, dacă îi laşi!, completă Buri.
- Aici nu vorbim despre pârâuri blocate care îţi inundă livezile, Buri!, l-a mustrat Drilgisa. Dar, totuşi, acest castor special are nevoie de o sabie prin măruntaiele sale!
- Sunt de acord!, spuse Regele. Cu toate acestea, în acest moment nu avem suficiente săbii pentru a face asta. Fără aliaţii noştri, celţi şi bastarni, suntem depăşiţi numeric cu trei la unu.
- Am mai purtat războaie de apărare înainte. Şi le-am câştigat!, a spus Diegis. Putem câştiga din nou!

- Da, frate, putem câştiga din nou!, a spus Decebal. Totuşi, nu putem ucide această armată romană, este prea mare, aşa că trebuie să-i supravieţuim. Traian nu se va lupta cu noi iarna, în munţi.
- Dar cât timp îi putem încetini?, întrebă Drilgisa. Mai devreme sau mai târziu trebuie să luptăm împotriva lor.
- Până la primăvara următoare, Drilgisa. Poate până la vară. Ne vom aduna din nou aliaţii şi ne vom regrupa.
- Se pare că aveţi mult mai multă răbdare decât am eu, Domnule!, spuse Drilgisa. Dar eu nu am fost niciodată recunoscut pentru răbdarea mea.
- Generalii îşi pot permite să fie nerăbdători uneori, prietene!, a răspuns Decebal. Uneori chiar funcţionează în avantajul lor. Regii nu-şi pot permite acest lux!

Chiar în acel moment a intrat în cameră Tarbus, cu un zâmbet larg pe faţă. Motivul bunei sale dispoziţii a fost clar când l-au văzut pe Vezina intrând şi el, chiar imediat după el. Simpla prezenţă a lui Vezina lumina starea de spirit a tuturor.

- Majestate!, l-a salutat Vezina mai întâi pe rege cu o mică plecăciune.
- Bine aţi revenit, Sfinţia Voastră!, a spus Decebal. Sper că drumul parcurs nu a fost prea dificil?
- Nu mai mult decât de obicei!, a răspuns el.

În realitate, îl dureau oasele de la călătoria lungă, dar nu se plângea.

- Aduc salutările Reginei şi a copiilor dumneavoastră!
- Îţi mulţumesc, Vezina!

Acum gândurile lui Decebal erau doar pentru fiul care nu mai era.

- Dar despre înmormântarea lui Cotiso, ce-mi poţi spune, a fost aşezat în locul pentru odihna veşnică?
- Da, Majestate! Cotiso a avut funeralii potrivite pentru un prinţ. A fost iubit de toţi, iar acum este plâns de toţi.

Vezina îl iubise pe tânăr, iar tristeţea din vocea lui era autentică.

Decebal îi răspunse cu o înclinare solemnă a capului. Tocmai ce descoperise că nu mai avea voce în acel moment.

- Și Prințesa Adila?, întrebă Buri. Ea cum este?
- Profund întristată, dar este o tânără puternică!, îl asigură Vezina. Cotiso a învățat-o cum să folosească un arc de război, pentru că ea i-a cerut asta.

S-a oprit a-l privi un moment pe Decebal.

- Ea pare hotărâtă să-i stăpânească modul de utilizare!

Decebal zâmbi subtil.

- Nu mă deranjează! Are o atitudine hotărâtă, la fel ca mama ei. Și într-o zi, asta s-ar putea să-i salveze viața!
- Într-adevăr s-ar putea!, întări Diegis cele spuse de Rege. Ar trebui să ne instruim toți copiii să fie războinici!
- Și apropo de copii, mezina Ana ți-a trimis o scrisoare!, anunță Vezina. Este în tolba mea de corespondență. O aduc chiar acum!
- Mulțumesc, Vezina!

Marele preot s-a reîntors spre Rege.

- Și cum merge războiul aici, Majestate? Am adus cu mine cincizeci de arcași și două sute de infanteriști, dar sunt sigur că avem nevoie de mult mai mulți!
- Dacă ai aduce încă zece mii, din fiecare, ar fi un început bun!, răspunse Decebal. Situația este neschimbată, Vezina. Oamenii noștri sunt din nou alături de noi, dar majoritatea aliaților noștri au plecat. Doar cavaleria sarmată mai este încă cu noi.
- Noua infanterie ne va ajuta!, spuse Drilgisa, uitându-se spre Tarbus pentru a-i atrage atenția.
- Tarbus, vor fi sub comanda ta! Îi vom pregăti corespunzător, iar tu vei învăța cum să fii ofițer!
- Da, Domnule!, răspunse Tarbus. Sunt profund onorat, Domnule!
- Te vei descurca bine, Tarbus!, la încurajat Decebal. Și cred că nu puteai avea un profesor mai bun!

- Sunt de acord, Majestate!, a spus Buri, fericit pentru fiul său.
- Acum să trecem la treabă, domnilor!, a spus Decebal. Fiţi un exemplu pentru oamenii voştri! Conducem prin fapte, nu prin cuvinte!

Munţii Daciei, luna octombrie, anul 101 d.Hr.

Deasupra zidurilor cetăţii dacice, Împăratul Traian a văzut că era un rând de piroane cu capetele tăiate în formă de ţepuşe. În ţepuşe era pironite căşti de legionari. Acestea erau foarte vechi trofee de război, din bătălii purtate cu mult timp în urmă. Ultimele lupte ale Generalului Tettius Julianus în aceste părţi ale Daciei au fost în urmă cu aproximativ doisprezece sau treisprezece ani. Legionarii care şi-au pierdut capul au fost, cel mai probabil, oamenii lui.

Din punctul său de observaţie, poziţionat de pe un teren mai înalt, Traian putea vedea că cetatea era foarte bine apărată. Crenelurile zidurilor erau pline de arcaşi, lăncieri şi mai mult de o duzină de maşini de artilerie. Un rezervor foarte mare de apă putea fi văzut în fundal, împreună cu mai multe construcţii subţiri, dar înalte, care erau cel mai probabil pline de cereale şi alte alimente. Cetatea era proiectată similar cu Arcidava. Însă, spre deosebire de Arcidava, această cetate era pregătită pentru un asediu lung, iar oamenii aflaţi în interior păreau pregătiţi să lupte până la capăt.

La poalele cetăţii se afla un mic sat. Spre dezgustul lui Traian, primele trupe auxiliare ajunse la faţa locului, înfuriate de capetele romane decapitate şi pironite pe ziduri, au masacrat majoritatea sătenilor daci şi le-au incendiat casele. Aceştia erau civili, femei, copii şi bătrâni, iar măcelul a fost lipsit de sens.

Împăratul s-a întors către Generalul Gnaeus Pompeius Longinus, aflat în apropiere şi care privea cumplita scenă din şaua calului său.

- Gnaeus?

Longinus i-a dat pinteni calului pentru a veni puţin mai aproape. Împăratul era, de asemenea, însoţit de prietenul său Licinius Sura, de Prefectul Gărzii Pretoriene Tiberius Livianus şi de tânărul Hadrian.

-	Da! Caesar?, spuse Longinus.
-	Insuflaţi mai multă disciplină acestor sălbatici, auxiliarii noştri!, a cerut Traian pe un ton calm. De acum înainte nu va exista niciun măcel al populaţiei civile, doar dacă voi ordona eu acest lucru!
-	Da, Caesar!, a fost de acord Longinus. Voi avea o discuţie cu ofiţerii implicaţi! Cu toate că, pentru a fi corect, uitându-mă la acele capete romane de pe ziduri, nu mă surprinde că au fost incitaţi la violenţă.

Traian se întoarse brusc spre el.

-	Vor urma ordinele, lua-i-ar Dracu!! Nu contează dacă se simt provocaţi, luptă sub comanda unui ofiţer roman. Acel ofiţer eşti tu, Gnaeus!
-	Desigur, Caesar!, a răspuns Longinus calm.

El şi Traian erau prieteni buni de mulţi ani şi nu exista nicio animozitate între ei. Longinus ştia bine, de asemenea, că pe câmpul de luptă cuvântul lui Traian nu putea fi niciodată pus la îndoială sau pus în discuţie.

-	Mă voi asigura că ordinele tale vor fi ascultate, Marcus!
-	Atacăm acest fort?, întrebă Licinius Sura.

În ultimul timp, împăratul a devenit selectiv în atacarea anumitor ţinte, dar nu şi a altora. Atacarea cetăţilor dacice dura mai mult decât plănuiseră şi provocau mai multe victime în rândul romanilor, decât estimaseră iniţial. Bătălia de la Tapae a provocat urme adânci asupra armatei lui Traian, precum şi asupra armatei lui Decebal. Pierderile romane nu fuseseră încă înlocuite. Acestea nu puteau fi înlocuite până la primăvară, cel mai probabil.

-	Nu!, a decis Traian. Vom aloca suficiente trupe pentru a asedia cetatea, dar vom merge mai departe. Acei oameni de acolo nu pleacă nicăieri şi nu ne vor deranja. Nu merită efortul de a suferi pierderi grele şi de a ne încetini avansul!

- Sunt de acord, Caesar!, răspunse Sura.

Traian s-a întors către ceilalţi generali.

- Gnaeus? Tiberius? Care este părerea voastră?

- Sunt de acord!, a spus Longinus.

- La fel şi eu!, a răspuns Livianus.

- Şi tu Hadrian? Ce crezi?

- Sunt de acord cu decizia ta, Caesar!, spuse şi Hadrian.

- Perfect! anunţă Traian. Pentru că te las responsabil de asediu, Hadrianus!

- Am înţeles, Caesar!

Hadrian a fost de acord, dar în mod clar nu a fost mulţumit. I se părea că i se dădeau întotdeauna cele mai nesemnificative sarcini. Deşi nu putea spune acest lucru, începuse să-i displacă faptul că era băiatul ce făcea doar comisioane Împăratului.

- Pregăteşte asediul, Hadrianus! Apoi deleagă atacul unui ofiţer junior şi te vei realătura armatei principale. Nu vreau să-ţi irosesc talentele, ţinându-te blocat aici săptămâni sau luni de zile!

- Am înţeles, Caesar! Voi face cum îmi porunceşti!

Capitolul 10

Emisarii

Munții Daciei, luna noiembrie, anul 101 d.Hr.

Planificarea unei strategii dintr-o poziție defavorabilă, după cum știa și Vezina, era complet diferită comparativ cu planificarea dintr-o poziție egală sau chiar de superioritate. Odată cu pierderea celor mai importanți aliați ai săi, Dacia se afla acum într-o poziție de slăbiciune. Pentru moment, cea mai bună strategie a sa era să lupte într-un război de uzură și supraviețuire. Era o strategie care nu putea fi aplicată pentru foarte mult timp.

O a doua strategie, care se putea dovedi și mai dificil de realizat, era încheierea unui alt tratat de pace cu Roma. Aceasta nu era o opțiune cu care Regele Decebal să fie mulțumit. Împăratul Traian avea să dețină toate avantajele și ar fi îngreunat lucrurile și mai mult pentru Dacia. Cu toate acestea, merita a fi luată în considerare, iar Marele Preot a adus în discuție această idee în timpul Ședinței de Consiliu din cortul lui Decebal. Generalii Diegis și Drilgisa erau, de asemenea, acolo alături de Rege.

- Să trimitem un emisar care să vorbească cu Traian!, a sugerat Vezina. Să vedem măcar ce crede, Majestate!
- Ar fi un semn de slăbiciune!, a răspuns Decebal pe un ton echilibrat. Nu suntem învinși, iar Traian știe asta!
- Nu, nu suntem învinși, Majestate!, a fost de acord și Vezina. Dar, trimiterea unui emisar nu ar fi un semn de slăbiciune. Regii vorbesc adesea între ei, chiar și în timpul războiului.

- M-am dus să mă întâlnesc cu Generalul Julianus în timpul ulti-
mului război, a subliniat Diegis. Acest lucru a funcționat în avantajul nostru.

Decebal clătină din cap.

- Este adevărat, Diegis! Cu toate acestea, condițiile erau diferite atunci. Julianus era într-o poziție defavorabilă, iar armata lui era pe punctul de a muri de foame și de a îngheța de frig în munții noștri.
- Același lucru va fi valabil și pentru Traian foarte curând!, a argumentat Drilgisa. Acum atacă cetățile și satele dacice, dar, în două luni, armata lui se va încazarma în tabăra de iarnă.
- Cel mai probabil o vor face!, a spus Decebal. Apoi, când primăvara va reveni, își va continua invazia și ne vom lupta din nou cu el!
- Luptăm sau facem un armistițiu, supse Vezina ridicând puțin din umeri. Acestea sunt opțiunile!
- Singura alegere este să lupți cu invadatorul!, a exclamat Regele înfierbântat, trântind cu pumnul în masă. Nu vor exista discuții despre tratate de pace, atâta timp cât încă ne putem lupta!
- Așa cum doriți, Majestate!, răspunse Vezina.

Nu puteau fi purtate discuții de pace acum, cel puțin atât timp cât mândria lui Decebal era de neclintit.

Castrul roman din Munții Daciei, luna noiembrie, anul 101 d.Hr.

Două gărzi pretoriene escortau doi bărbați mânjiți de sânge, luptători în cavaleria auxiliară. Apropiindu-se de cortul de comandă al Împăratului, a devenit clar că sângele nu era al lor, ci al dușmanilor daci morți. Primul dintre soldați purta câte un cap tăiat în fiecare mână, ținând țestele de părul lung al morților. Cel de-al doilea soldat purta, de asemenea, câte un cap tăiat în fiecare mână și, de asemenea, ducea și un al treilea cap tăiat, mușcând cu dinții din părul mortului.

Cu un zâmbet amuzat, Licinius Sura îi privea apropiindu-se.

- Mai multe daruri pentru Caesar, din ceea ce observ!

Traian stătea în afara cortului, privind cum armata sa se pregătea pentru noapte. Tiberius Livianus şi Gnaeus Longinus stăteau şi ei în apropiere, împreună cu Sura. Ştiau că soldaţii aduceau cu mândrie astfel de daruri sângeroase pentru Traian şi mai ştiau că aceşti barbari nu ar trebui să fie descurajaţi în a-şi arăta mândria de a ucide.

Oamenii s-au oprit la mică distanţă în faţa lui Traian.

- Daruri pentru a-l onora pe Caesar!, a anunţat unul dintre pretorieni. Aceste capete aparţin unor agresori daci care au atacat un grup de ingineri constructori de drumuri!

Traian le-a primit cadoul dând din cap. Călăreţii auxiliari s-au închinat în faţa Cezarului, apoi au azvârlit capetele tăiate la picioarele lor.

- Bravo, soldaţi!, a spus Traian. Voi sunteţi iazigi?

- Da, Caesar!, veni răspunsul unuia dintre ei. Suntem din cavaleria iazigă. Suntem foarte bucuroşi că putem ucide daci!

- Foarte bine!, a răspuns Traian. Este o adevărată bucurie să priveşti scalpurile duşmanilor tăi morţi. Cu toate acestea, există un lucru pe care vreau să-l faceţi pentru mine!

- Dorinţa ta este poruncă pentru noi, Cezar!

- Aduceţi-mi capete vii, nu moarte!, a spus Traian. Capete care încă mai pot vorbi. Vreau prizonieri vii care să-mi poată oferi informaţii despre armata dacică. Înţelege-ţi?

- Da, Caesar, înţelegem! Nu-i vom mai ucide decât după ce vorbeşti cu ei.

Traian a început să râdă.

- Foarte bine! Sunteţi liberi!

- Asta rămâne să o vedem!, a spus Longinus zâmbind. Iazigi îi urăsc cu pasiune pe daci. Animozitatea datează de generaţii întregi!

- Asta este în favoarea noastră, Gnaeus!, proclamă Traian. Ei alcătuiesc una dintre cele mai bune cavalerii de luptă pe care le avem.

Un alt grup de patru pretorieni s-a apropiat. Escortau trei bărbați îmbrăcați în haine civile, din cele simple, purtate de țăranii daci. Au fost percheziționați și niciunul nu avea asupra lor arme.

- Dacă tot vorbim de daci, ce-i cu ăştia?, întrebă Tiberius Livianus.

- Arată cam umilitor, a observat Sura.

- Chiar ar trebui să se simtă umiliți, le distrugem pământurile, a spus Traian, ridicându-şi mâna pentru a opri înaintarea bărbaților.

- Îngenuncheați înaintea Cezarului!, le-a poruncit unul dintre pretorieni vizitatorilor înspăimântați. Au îngenuncheat, apoi au privit răbdători în sus spre ofițerii romani.

- Cine sunteți şi ce vreți?, i-a întrebat Sura.

- Locuim în satul Gura, aflat mai jos, în vale, a spus unul dintre bărbați. Venim să-i cerem Cezarului *clementia*. *Clementia* era mila lui Caesar, pe care acesta o acorda prizonierilor şi triburilor locale atunci când decidea acest lucru.

- Cine vă dă autoritatea de a negocia pentru pace?, întrebă Traian. Sunteți trimişi ai Regelui vostru, Decebal?

- Nu, Caesar, nu am vorbit cu regele nostru! Vorbim doar pentru noi şi pentru satul nostru.

Traian se încruntă.

- Atunci vă pierdeți timpul şi îmi irosiți şi mie timpul. Spuneți-i Regelui vostru că, dacă vrea pace, trebuie să se smerească şi să vorbească cu mine, față în față.

Le-a făcut semn gardienilor.

- Duceți-i pe aceşti oameni înapoi de unde au venit!

- Da, Caesar!

Gardianul le-a făcut semn vizitatorilor.

- Voi! Haideți! Mişcați-vă!

- Nu este un semn bun pentru Decebal!, a deschis Sura discuția, privindu-i pe bărbați plecând. Mai întâi aliații săi îl părăsesc, iar acum țăranii lui negociază direct cu Roma.

- Dacă este într-o poziție suficient de slăbită, ar putea capitula!, a sugerat Tiberius Livianus.

Traian se încruntă.

- Situația lui nu este încă atât de slabă! De asemenea, mândria lui nu-i va permite să capituleze atât de ușor!

- Ar merita să trimitem un emisar pentru a vorbi cu Regele dac?, întrebă Sura.

Ceva din tonul prietenului său l-a luat prin surprindere pe Traian.

- Vorbești serios, Licinius. La ce te gândești?

- M-am gândit puțin la această chestiune, a început Sura. În primul rând, nu am avea nimic de pierdut dacă vom vorbi cu dacii doar pentru a le descoperi așteptările. Dacă Decebal refuză să se predea, oricum vom acționa pentru uciderea lui. În al doilea rând, dacă Decebal capitulează, obținem victoria cu un cost foarte mic. Asta ar salva un mare număr de victime romane și nu ar slăbi armata noastră și mai mult. Și în al treilea rând — spuse Sura uitându-se zâmbind la oamenii din jurul lui — ne-ar economisi timpul și necazul de a petrece iarna în acești munți uitați chiar și de zei.

- Toate cele enumerate sunt argumente excelente!, a spus Gnaeus Longinus.

- Licinius, te vei întoarce la Roma luna viitoare orice ar fi, vei candida la alegerile pentru consul, a spus Traian cu un zâmbet ironic. Deci, cel puțin tu nu vei petrece iarna în acești munți uitați de zei.

Sura dădu aprobator din cap.

- Într-adevăr, această posibilitate am luat-o în calculele mele. Nu am niciun rol în victoriile militare de aici, în afară de a servi în Statul Major al lui Caesar. Dă-mi voie să mă întorc la Roma cu o victorie diplomatică, cel puțin!

Traian ridică o sprânceană.

- Ai vrea să fii emisarul?

- De ce nu? Emisarul trebuie să fie cineva, aflat într-o poziție înaltă, care să fie ascultat ca vorbind în numele Cezarului.
- Ar putea fi o idee valoroasă, a spus Livianus.
- Foarte bine!, a fost de acord Împăratul. Vei merge în tabăra dacică, Licinius, și vei cere predarea lui Decebal! El trebuie să se supună autorității Romei!

Se întoarse spre Livianus.

- Iar tu, Tiberius, vei lua un detașament al Gărzii Pretoriene și îl vei escorta. Vei lua destui oameni cât pentru a descuraja agresiunea, dar nu atât de mulți încât să bage frica în daci și să provoace agresivitatea. Titlul tău de Prefect pretorian va adăuga și mai multă greutate delegației.
- Bineînțeles, Caesar!, admise Livianus. Voi fi bucuros să ofer protecție. Aș fi și mai fericit să-l întâlnesc pe Decebal și să-l scuip în ochi.
- Scuipatul este potrivit diplomațiilor slabe, Tiberius. Sura va vorbi, iar treaba ta va fi să-l susții! Plecați imediat ce oamenii voștri sunt pregătiți!, a ordonat Traian. Îi vom oferi lui Decebal această unică ocazie diplomatică.
- Mulțumesc, Marcus!, a răspuns Sura. Chiar și regii barbari sunt deschiși să-și asculte rațiunea, nu-i așa?

Generalul Longinus a început să râdă.

- Ești pe cale să afli, Sura. Reîntoarce-te și anunță-ne, ce zici? Sunt nerăbdător să aflu chiar eu însumi asta.
- Toți își ascultă glasul rațiunii, a concluzionat Traian, doar dacă rațiunea servește propriilor interese. Decebal va negocia cu tine, dacă va crede că îi servește intereselor. Du-te, Licinius, și vezi ce poți face!

Sarmizegetusa, luna noiembrie, anul 101 d.Hr.

Regina Andrada insista ca familia să se adune în jurul mesei regale din sufragerie pentru masa de seară. Era singura dată din zi când erau cu toţii împreună. Din păcate, îşi spunea în sinea ei, grupul ce se reunea în jurul mesei devenea din ce în ce mai mic. Decebal mai mult era plecat în campaniile militare. Cotiso a fost îngropat lângă Sfântul Templu al lui Zamolxis, alături de Regele Duras şi de Mirela.

Tanidela şi fiica ei, Tyra, părăsiseră oraşul în urmă cu o săptămână pentru a merge la cetatea dacică de la Piatra Albă. Ele vor petrece două săptămâni acolo pentru a se întâlni cu Prinţul Davi, iar mai apoi îşi vor continua călătoria până pe pământurile sarmaţilor aflate la est de Dacia. Tanidela era fosta Prinţesă a Daciei şi, foarte probabil, va deveni în curând Regina sarmaţilor. Avea responsabilităţi de îndeplinit faţă de supuşii ei de acolo. De asemenea, ea şi Davi se deciseră deja, fiica lor era mai ferită de atacurile romane în Sarmaţia, decât dacă ar rămâne în Dacia. Împăratul Traian invadase Dacia pentru răzbunare şi pentru aur. El nu dorea să meargă atât de departe spre est pentru a ataca pământurile triburilor de sarmaţi.

În jurul mesei stătea Dochia, care împreună cu Andrada erau nucleul familiei. Cele două surori, Zia şi Adila, deveniseră şi mai apropiate după reîntoarcerea Adilei din scurta şi nefericita perioadă petrecută alături de armata dacică. Dorin, în vârstă de unsprezece ani, s-a trezit că e singurul bărbat prezent în palatul regal şi încă nu era sigur ce însemna asta pentru rolul său în familie. Verişoara lui mai mică, Ana, fiica lui Diegis, era tratată ca parte apropiată a familiei, încă de când din fragedă pruncie.

Slujitorii au adus tăvi cu pâine proaspăt coaptă şi unt proaspăt bătut. Pâinea era un aliment de bază la fiecare masă, întotdeauna era proaspăt coaptă special pentru acea masă. La această cină serveau o ciorbă deasă, bogată în legume, ce în prealabil a fost dreasă cu un strop de smântână.

- Am văzut că te-ai întors cu trei iepuri în această după-amiază, Dorin!, i-a spus Regina fiului ei.

Băiatul sorbea ciorba cu poftă, printre înghiţiturile de pâine unsă cu unt. Şi-a privit mama, ridicându-şi privirea în sus, în timp ce i se citea mândria pe faţă.

- Oh, da! L-am învățat pe Toma să păstorească iepurii de câmp.

Dochia începu să râdă cu poftă.

- Cum ar putea un câine să păstorească o turmă de iepuri?

- Este un câine ciobănesc dac, mătușă! Păstoritul vine de la sine pentru ei. Alungă iepurii de prin tufișuri și, înainte ca aceștia să se poată ascunde în ascunzișurile lor de iepure, îi conduce în direcția mea. Apoi, eu îi ochesc cu arcul meu de vânătoare.

S-a oprit și a început să le zâmbească mândru.

- Este ușor!

- Perfect!, a spus Andrada, împărtășind mândria lui simplă. Mâine vom avea tocană de iepure.

- Nu-mi place tocana de iepure!, a declarat Ana. Îmi place mai mult puiul!

Dorin se încruntă.

- Nu-l mânca atunci! Nimeni nu te forțează, să știi!

- Nu am spus că sunt forțată, nu trebuie să te enervezi, răspunse pe un ton amabil Ana. Tocmai ce am spus că nu-mi place. Are gust de iepure!

- Ei bine, mie îmi place iepurele!, interveni Adila. Continuă să-i vânezi, Dorin! Este, de asemenea, o practică utilă pentru a-ți îmbunătății abilitățile de a trage cu arcul.

- Chiar așa și este!, a confirmat băiatul. Am învățat cum să-i ochesc corect, indiferent cât de repede aleargă. Desigur, uneori își schimbă rapid direcția, iar asta face treaba mai dificilă.

- Dacă poți lovi iepurii aflați în fugă, ei bine, atunci, cu siguranță, poți să-i lovești și pe romani, a spus Zia. Nu se mișcă la fel de repede și aproape că niciodată nu își schimbă direcția.

Asta a făcut-o pe Adila să râdă.

- Da, este adevărat! Gândiți-vă la romani ca și când ar fi niște iepuri mai mari și mai lenți. Doar că iepurii ăștia poartă armură și trag înapoi în tine!

Dorin și-a întins strachina goală spre un slujitor.

- Aș putea primi încă o porție de ciorbă, vă rog?

Apoi s-a întors spre Adila.

- Dacă vreodată mă voi întâlnii cu romanii, voi avea nevoie de mai mult decât arcul meu de vânătoare.

Adila dădu aprobator din cap.

- Da, sigur vei avea nevoie de mai mult. Este timpul să ridici arcul unui soldat, ce crezi?

- Da!, a strigat el. Vrei să mă înveți? Te urmăresc exersând și pot spune că devii din ce în ce mai bună!

Adila își îndreptă privirea întrebătoare către mama ei.

- Da, cred că este o idee bună, a răspuns Andrada, fără să mai fie întrebată. Cotiso era cam de vârsta ta, Dorin, atunci când a început să exerseze cu arcul unui soldat.

Menționarea numelui lui Cotiso potoli conversația din jurul mesei. Amintirea lui era încă proaspătă în mintea lor și prea tristă în suflete.

- Mi-e dor de mătușa Tanidela!, a spus Ana în cele din urmă. Și de micuța Tyra, de asemenea.

- Ah, micuța Tyra va fi fermecătoare!, a spus Dochia. Tocmai ce a învățat să zâmbească, să râdă și să spună primele cuvinte de bebeluș.

- Oare crezi că sunt cu Prințul Davi acum?, se întrebă Zia.

- Cred că da, trebuie să fi ajuns deja la Piatra Albă, a spus Andrada. Deci, ar trebui să fie cu Prințul Davi acum, dacă mă gândesc mai bine.

- Biata mea soră, aștepta cu nerăbdare să-l vadă din nou!, a spus Dochia. Și Davi, săracul om nu și-a văzut deloc copilul de când s-a născut!

- Eh, nu este atât de sărac, spuse Ana. Este Prințul roxolanilor!

Dochia îi zâmbi răbdătoare.

- Poți fi bogat în aur, să ai pământ și cai, dar să fii sărac în dragoste.

- Ah, înțeleg!, răspunse Ana.

Regina oftă.

- E sărac doar în timp, Dochia! Timp pe care să-l petreacă alături de cei pe care îi iubește. Războiul ne face pe toți săraci în acest fel!
- Ai dreptate!, spuse Dochia, căzând pentru o secundă în visare. Te gândești la fratele meu, Regele?
- Da, asta făceam, răspunse Andrada.

S-a uitat în jurul mesei și le-a zâmbit ușor cu întristare.

- Mă gândeam la Rege. Cel mai sărac om din Dacia.
- El nu ar spune asta niciodată, mamă!, o contrazise Zia.
- Nu, niciodată!, a fost de acord și Adila, clătinând din cap.
- Nu, nu ar spune niciodată asta!, a recunoscut Regina. Nici măcar nu s-ar gândi la asta. Dar asta doar pentru că această viață de război este singura viață pe care o cunoaște.
- Urăsc războiul!, a spus Adila.

Chipul i s-a schimbat în ceva dur și neiertător.

- Și eu, fata mea!
- Crezi că vor face pace, mamă?, întrebă Zia, încercând să pară plină de speranță.

Dochia se încruntă.

- Oamenii fac pace doar atunci când sunt disperați!
- Nu știu, Zia!, a răspuns Regina. Tatăl tău va face ceea ce este mai bine pentru Dacia! Apoi, vom vedea ce se întâmplă.

Munții Daciei, luna noiembrie, anul 101 d.Hr.

Generalul Livianus conducea o escortă compusă dintr-o centurie de infanterie a Gărzii Pretoriene, aproximativ optzeci de soldați. Aceștia purtau steagurile unei delegații oficiale, în față și, de asemenea, în spatele coloanei. Sura era senator roman, așa că steagul Senatului Romei era afișat în loc vizibil. Toboșarii băteau un cântec de marș, pentru a-și anunța prezența cu mult înainte de a da peste trupele dacilor. Ei doreau să evite luarea prin surprindere sau alarmarea inamicului.

Primul semn al inamicului a fost trimiterea unei trupe de cavalerie dacică care i-a întâmpinat pe drum, blocându-le calea. Livianus a dat ordin ca pretorienii săi să se oprească. De îndată ce au făcut acest lucru, două valuri de infanterie dacică au ieșit din versantul împădurit de deasupra lor. O ceată mare de daci s-a format în fața coloanei romane, o altă ceată se ivi în spatele lor, și mai mulți soldați puteau fi văzuți printre copaci. Pretorienii au fost înconjurați cu repeziciune. Erau depășiți numeric cu patru sau cinci oameni la unu.

- Rămâneți neclintiți, dacă nu sunteți atacați!, a ordonat Livianus. Nu suntem aici ca să luptăm!

Sura a mers în fața coloanei pentru a confrunta trupele dacice.

- Eu sunt Lucius Licinius Sura! Sunt senator al Romei! Vin ca emisar de pace al Împăratului Traian, al Senatului și al poporului Romei! Cine dintre voi conduce aici?

Infanteria dacică s-a despărțit pe mijloc pentru a permite mai multor călăreți de cavalerie să ajungă în fața frontului. Conducătorul lor era un soldat mai în vârstă, avea în jur de treizeci de ani, cu aspectul distins și purtarea specifică unui ofițer de rang înalt. Își plimbă privirea dinspre Sura spre Livianus, mai mult curios decât ostil.

- Sunt Tsiru, căpitanul cercetașilor Regelui Decebal!, a spus bărbatul. Ce doriți, domnule Senator?
- Sunt aici pentru a vorbi cu Regele Decebal și cu sfătuitorii săi. Aceasta este o misiune diplomatică și o solie de pace.
- Înțeleg!, a răspuns Tsiru.

A privit spre coloana romană cu oamenii stând în formație de marș, șase bărbați pe fiecare rând.

- Vă voi escorta să întâlniți căpeteniile noastre, Senator Sura! Restul oamenilor tăi nu merg mai departe! Ei vor campa aici, la fața locului, și vor aștepta întoarcerea ta!

Livianus s-a ridicat pentru a fi lângă Sura.

- Sunt Generalul Tiberius Claudius Livianus, Prefect al Gărzii Pretoriene. Îl voi însoți pe Senatorul Sura, împreună cu zece dintre oamenii mei pentru escortă!

- Puteți să-l însoțiți pe Senatorul Sura, Generale! Dar numai dumneavoastră!, a decis Tsiru. Nu veți avea nevoie de escortă.

Livianus a deschis gura pentru a protesta, dar Sura i-a ridicat mâna pentru a-l opri.

- Acest lucru este acceptabil, Tiberius! Dacă vor să ne omoare, zece oameni nu ne vor salva.

Tsiru le-a zâmbit.

- Este adevărat, domnule Senator! Acum dă ordine oamenilor tăi, îți voi aduce cai și vom pleca la drum!

Regele Decebal află de delegația romană în timp ce se întâlnea cu Vezina și Diegis în cortul său de comandă. Tsiru i-a lăsat pe romani la o oarecare distanță în urmă, pe versantul muntelui, și a urcat mai repede la Cartierul General al lui Decebal pentru a-l informa despre misiunea romanilor.

- Foarte impresionant!, a remarcat Vezina în timp ce Tsiru și-a terminat raportul. Sura și Livianus sunt emisarii de cel mai înalt rang pe care Traian i-ar fi putut trimite, alții decât Traian însuși.
- Este menit să ne impresioneze faptul că Traian este serios!, a spus Decebal.

S-a întors din nou spre Tsiru.

- Senatorul Sura a indicat cumva termenii păcii pe care vrea să-i discute?
- Nu, Domnule! Spunea că va discuta termenii doar cu dumneavoastră.
- Oh, ho!, exclamă Vezina. Se pare că vrea să ajungă la o înțelegere!
- Sau poate că este doar o simplă aroganță!, a spus Diegis calm. Am văzut destule atunci când am fost la Roma. Cele mai multe dintre ele sunt așa, din aroganță.

Decebal se încruntă.

- Aroganța romană nu mă privește, dar sunt curios să aflu ce propuneri are Traian.

- Nimic în beneficiul nostru, a spus Vezina.

- Cu siguranță nu.

- Vrei să vorbești cu ei?, întrebă Tsiru.

- Nu, Tsiru. În vremuri de război, regii vorbesc cu regii.

Decebal se întoarse spre Diegis.

- Vei fi trimisul meu, frate!

Pe Diegis îl pufni râsul.

- Eu, din nou? Ei bine, de ce nu, presupun?

- Ești frate cu Regele!, a spus Vezina. Asta te face cel mai potrivit purtător de cuvânt. Și în plus - s-a oprit Vezina și a zâmbit - sub îndrumarea mea ai învățat să te comporți mai mult ca un diplomat și mai puțin ca un dac înfuriat.

- O, da!, spuse Diegis aplecându-se de la mijloc și oferindu-i o mică plecăciune. Cine ar putea rezista învățăturilor tale de răbdare și înțelepciune, Vezina?

- Află ce vor!, i-a spus Regele lui Diegis. Sura va dori să obțină concesii și promisiuni. Nu vei oferi de niciuna în aceste momente.

Diegis dădu din cap.

- Am înțeles! Tsiru, condu-mă!

- Nu-ți amintești de mine, a spus Sura, dar eu îmi amintesc de tine. Te-am mai văzut o dată, în timpul ceremoniei de încoronare din Grădinile Regale ale Împăratului Domițian.

- Ah! Erai printre senatorii de acolo?, întrebă Diegis.

- O mulțime de senatori, într-adevăr. Întregul Senat al Romei s-a adunat acolo pentru a-l urmări pe Diegis, fratele lui Decebal, acceptând diadema de aur de la Împăratul Domițian pentru a transforma Dacia într-un regat client al Romei.

- Îmi aduc aminte, a spus Diegis pe un ton echilibrat.

Nu era o amintire fericită, dar nu-l mai irita la fel de mult ca odinioară. Sura a observat reacția lui rece.

- Împăratul nu te-a tratat cu onoarea şi decenţa pe care le merita poziţia ta, mă tem!
- Nu contează. Împăratul vostru Domiţian nu a fost un om de onoare. Ai tăi l-au înjunghiat de zece ori, din ceea ce am auzit?

Sura a schimbat câteva grimase.

- A fost înjunghiat de şapte ori, din câte am înţeles!
- Unchiul meu, răposatul Rege Duras, obişnuia să spună că vouă, romanilor, vă place prea mult să vă asasinaţi liderii, a spus Diegis zâmbind.
- Din păcate, există un sâmbure de adevăr în asta, a recunoscut Sura. Cu toate acestea, nu asta am venit aici să discut, domnule General Diegis!
- Eram pe punctul de a spune acelaşi lucru, a intervenit Livianus, iritat de atitudinea nesatisfăcătoare a acestui dac lipsit de respect faţă de Roma. Să trecem la subiect?!
- Desigur, domnule General Livianus, spuse Diegis amabil. Deci, despre ce doriţi să discutaţi?

Sura şi-a dres gâtul.

- Împăratul Traian oferă condiţii de pace. Este benefic pentru ambele noastre naţiuni să punem capăt acestor distrugeri.
- Continuaţi!, îl invită Diegis.

Tsiru stătea lângă el, dar Diegis era în mod clar purtătorul de cuvânt al Daciei.

- Regele Decebal trebuie să devină un adevărat rege client al Romei, nu unul prefăcut!, a început Sura.
- Dacia trebuie să devină un adevărat regat client al Romei, nu o putere necinstită care merge întotdeauna pe drumul ei! De prea multe ori Dacia a fost ostilă Romei în mod deschis!

Diegis i-a privit în tăcere pentru câteva momente.

- Regele Decebal va acţiona întotdeauna pentru a proteja interesele Daciei!, a răspuns el.

- Împăratul Domițian a oferit Daciei condiții foarte mulțumitoare în ultimul nostru tratat de pace cu Roma. Oare Împăratul Traian vrea acum să schimbe acești termeni?
- Tu ce crezi?, răspunse Livianus rânjind sarcastic.

Romanului nu-i plăcea și nu avea răbdare pentru tonul insolent al dacului. Sura se întoarse spre el cu o ușoară încruntare.

- Suntem aici pentru a căuta o înțelegere, Tiberius! Nu discordie!
- Ceea ce cred - a spus Diegis, aruncându-i lui Livianus o privire dură - este că ai pierdut mulți oameni la Tapae și pierzi mult mai mulți atacând forturile noastre din munți. Ceea ce cred este că acest război este dificil pentru voi, mai dificil decât ați planificat inițial.

Diegis s-a oprit și a observat că niciunul dintre romani nu părea dornic să-l contrazică.

- Și ceea ce știu, a continuat Diegis, este că într-o lună sau două, atunci când zăpezile abundente vor cădea, armata voastră va fi izolată, înfometată și înghețată în munți.

Livianus îi aruncă o privire sfidătoare. Sura și-a păstrat calmul.

- După cum am spus, General Diegis, a continuat Sura, încetarea luptelor va aduce beneficii ambelor noastre națiuni. Nu sunteți de acord?

Diegis dădu din cap.

- Pe acest subiect putem fi de acord, domnule Senator. Haideți să punem capăt luptelor! Dar în ce condiții?
- În ce condiții, vezi bine, în termenii pe care tocmai i-am declarat! Dacia se va comporta ca un adevărat regat clientelar al Romei și va accepta autoritatea Cezarului, a Senatului și a poporului Romei.

Diegis părea neîncrezător.

- Aceste cerințe sunt prea vagi, domnule Senator. Un tratat trebuie negociat în detaliu!
- Va accepta Dacia autoritatea Romei? Vorbește clar, da sau nu!, a spus Livianus nerăbdător.

Diegis ridică din umeri.

- Depinde de termeni, așa cum am spus! Iată totuși un lucru pe care îl poți spune Împăratului tău. Dacia nu-și va sacrifica niciodată libertatea! Vom lupta până la ultimul om înainte ca acest lucru să se întâmple!
- Vorbești în numele Regelui Decebal?, îl întrebă Sura.

Diegis îi zâmbi lupește.

- Eu vorbesc în numele tuturor dacilor!
- La fel și eu!, adăugă Tsiru, tot cu un zâmbet.

Sura nu vedea niciun beneficiu pentru a continua.

- Negocierile ar putea avea loc la un moment dat în viitor! Mă tem că niciunul dintre noi nu are autoritatea de a realiza asta aici și acum!
- Sunt de acord, domnule Senator!, a spus Diegis.
- Și ce se va întâmplă între timp?, întrebă Sura.
- Asta depinde de Împăratul Traian!, a răspuns Diegis. Într-adevăr, acest lucru îmi amintește de o altă conversație pe care am avut-o cu mulți ani în urmă. Generalul Tettius Julianus își punea aceleași întrebări.
- Împăratul Traian nu este Julianus!, a spus Sura cu dispreț.
- Nu, nu este!, a fost de acord Diegis, dar situațiile sunt aceleași. Zăpada este zăpadă. Înghețul este înghet. Înfometarea este înfometare. Întreabă-l pe Împăratul tău dacă nu este de acord!

Sura a fost nevoit să râdă în sinea lui. Discuția se încheiase. El avea câteva povești de spus în Camera Senatului, dar nimic altceva nu fusese câștigat din misiunea sa.

- Foarte bine!, a răspuns Sura. Regele tău nu ne va vorbi direct?

Diegis clătină din cap.

- Nu o va face! El va vorbi doar cu Cezarul!
- Atunci poate că într-o zi vor vorbi!, spuse Sura, întorcându-se spre Livianus. Ne-am încheiat misiunea noastră aici, Tiberius!
- Pierdere de timp, a spus Livianus cu încruntare. Acum ne întoarcem la luptă, nu-i așa?

Diegis îi zâmbi rece.

-	Ne vom întâlni din nou pe câmpul de luptă, probabil.

Livianus i-a întors o privire ostilă.

Sura s-a ridicat și i-a făcut semn lui Tsiru.

-	Ar trebui să plecăm înainte de-a avea vărsare de sânge. Transmiteți salutările mele Regelui vostru, Generale Diegis!

-	Și, de asemenea, Împăratului vostru, domnule Senator! Poate vom mai vorbi altă dată. Căpitanul Tsiru vă va oferi un drum sigur înapoi la oamenii voștri.

Încă nu era pace în Dacia.

> Capitolul 11

Prințesa captivă

Piatra Albă, Dacia, noiembrie 101 d.Hr.

Așteptarea ca Davi să ajungă în Cetatea de la Piatra Alba a făcut-o pe Tanidela să-și dorească să fi stat cu sora ei și Regina Andrada la Sarmizegetusa. Cetatea era rece și trăgea curentul ori de câte ori vântul se întețea. Își ocupa timpul cu Tyra și, de asemenea, avea parte de ajutorul a doi slujitori. Lipa era o asistentă medicală de vârstă mijlocie. Ea era de mare ajutor cu îngrijirea copilului, dar nu era de folos pentru o conversație interesantă. Seba era o slujitoare mai plină de viață, dar abia împlinise cincisprezece ani și încă învăța cum să-și îndeplinească sarcinile de bază ale meseriei ei. Tanidelei îi era dor de compania adulților cu care avea anumite lucruri în comun.

Fetița ei abia de rostea câteva cuvinte, multe dintre ele învățate de la Seba, căreia îi plăcea să se joace cu copilul. Tyra se târa energic de-a bușilea și în curând urma să facă primii pași. Mama ei aștepta cu nerăbdare să o ducă în Sarmația, o țară ce avea câmpuri întinse de iarbă și flori sălbatice. Era o țară prielnică hergheliilor de cai. Era o țară larg deschisă, propice pentru a merge de-a lungul și de-a latul ei.

Davi ar fi trebuit să sosească acum aproape o săptămână, dar încă îl așteptau. El intrase într-un conflict militar cu romanii. În mod ciudat,

Tanidela nu-și făcea griji pentru siguranța lui fizică, pentru că el părea imbatabil ca războinic. Sarmații luptau în cavaleria grea. Atât călăreții, cât și caii purtau armuri unicat manufacturate în Sarmația. Nu-i făcea invincibili, dar îi făcea greu de ucis.

- Vă pot oferi mai mult lapte încălzit, doamna mea?, întrebă Seba.

Încălzise la foc mic o oală cu lapte de vacă. Ușor îndulcit cu miere, fiind o băutură numai bună pentru a alunga frigurile.

- Nu, mulțumesc, Seba!, a spus Tanidela. Dacă voi bea mai mult lapte, mă voi transforma într-o vacă.

Răspunsul aduse un zâmbet pe chipul fetei, apoi se întoarse spre femeia mai în vârstă.

- Tu mai dorești, Lipa?
- Bineînțeles!, răspunse asistenta, întinzând paharul. Nu mă deranjează, deja sunt o vacă!

Replica a stârnit râsete din partea ambelor femei.

- Lipa, ai făcut o glumă!, exclamă Tanidela.

Seba a umplut cu lapte fierbinte paharul femeii.

- Of, nu o lăsa să te păcălească! Știe să fie amuzantă, doar că uneori este timidă. Nu-i așa, Lipa?

Înainte ca Lipa să poată răspunde, toate s-au întors spre ușă, deschisă zgomotos și grăbit de Loran. Războinicul sarmat era căpitanul escortei lor de cavalerie și protectorul lor șef până la sosirea lui Davi. Loran era tensionat, cu ochii îngroziți.

- Romanii!, a anunțat bărbatul în grabă. Trebuie să plecăm imediat, Doamna mea!

Tanidela ieși instantaneu din starea ei de relaxare.

- Dar Davi! Soțul meu se așteaptă să...
- Nu avem timp, Doamnă!, protestă Loran. O armată romană mărșăluiește încoace și va ajunge aici de îndată. Dacă nu plecăm acum, vom fi capturați aici!

Tanidela a trecut la treabă.

- Eu o iau pe Tyra! Lipa, tu îi duci lucrurile! Seba, tu iei haine, doar cele pe care le poți duce singură! Acum!

Au părăsit camera într-un minut, fugind în afara casei mici. Curtea era înțesată de oameni care se perindau în toate direcțiile, nu haotic, ci într-o grabă organizată. Apărătorii cetății, care numărau vreo câteva sute, alergau spre pozițiile lor defensive de pe ziduri sau spre alte poziții de luptă din interiorul cetății.

Cei douăzeci de călăreți ai cavaleriei sarmate s-au repezit spre caii lor. Câțiva dintre ei au adus caii pentru Tanidela și suita sa. Calul ei preferat, o iapă castanie, era deja înșeuată și pregătită pentru călătorie. Unul dintre bărbați a făcut un pas înainte pentru a o ajuta să urce.

Loran blestemă foarte zgomotos, ceea ce le-a speriat pe cele trei femei și a făcut-o pe Tanidela să se oprească. Femeile s-au întors pentru a-i urmării privirea și au văzut că poarta masivă a cetății era aproape închisă. Câțiva bărbați se străduiau să pună transversal cu poarta un drug imens, întărit cu fier, suficient de puternic pentru a rezista asaltului unui berbec de atac. Nimeni nu mai putea părăsi cetatea acum.

- Ce se întâmplă?, îl întrebă Tanidela pe Loran, lăsând frica și furia să se vadă prin ochii.
- De ce nu am fost avertizați mai devreme?
- Trebuie să vă întoarceți în casă, Doamnă!, a spus el. Nu mai putem pleca acum, așa că trebuie să ne adăpostim aici.
- Da, trebuie!, acceptă ea. Tu vei veni cu mine, Căpitane, pentru că am nevoie de câteva răspunsuri!

Când au intrat înapoi în casă, Tyra plângea cu putere, necăjită de agitația adulților care se aflau în jurul ei. Doica a luat-o de la mama ei pentru a o legăna și a o mângâia.

Loran a oferit puținele informații pe care le știa.

- Romanii ne-au surprins, Doamnă. Au atacat rapid cu un număr mare de soldați ai cavaleriei. Probabil că i-au ucis pe cercetașii noștri, înainte de a putea trimite avertismente.

- Dar nu suntem mai în siguranţă în interiorul fortului decât afară pe drum?
- Da, Doamnă, deocamdată suntem mai în siguranţă!

Omul s-a oprit pentru a-şi adune gândurile.

- Deocamdată nu cunoaştem cât de mare ar putea fi această armată romană. Invadatorii atacă cetăţile dacice cu o legiune completă sau chiar cu mai multe. Asta înseamnă cinci mii de soldaţi, doamna mea, şi vor copleşi apărarea fortului.

Tanidela s-a aşezat pe un scaun, brusc obosită. Davi nu mai putea ajunge la ei acum. S-ar putea să nu-l mai vadă niciodată.

- Deci, aşteptăm, a spus ea.
- Aşteptăm, a spus Loran. Şi luptăm!

Titus Lucullus privea din şaua sa cum cele două legiuni de infanterie se îndreptau spre fortul de la Piatra Albă. Ca de fiecare dată, unităţile auxiliare erau în faţă, iar legionarii romani mărşăluiau în spatele lor. Aceştia erau poziţionaţi chiar în afara razei de acţiune a arcaşilor daci aflaţi pe ziduri. Artileria mare de asediu şi artileria mai mică de câmp aveau linii directe de foc către cetate. Bombardamentul de artilerie urma să înceapă imediat ce legiunile erau la locul lor.

- Dacă vremea ţine cu noi, Titus, vreau ca cetatea să fie ocupată în trei zile!, a ordonat Generalul Maximus, privind din şa.
- Da, domnule!, a recepţionat ordinul Lucullus. Îi depăşim numeric pe apărători cu zece la unu, poate cincisprezece la unu. Avem şi un avantaj copleşitor în artilerie. Va fi un asediu scurt.
- Iar ei au avantajul zidurilor de piatră, a spus Maximus, făcând un semn rapid spre cetate. Zidurile sunt ticsite de arcaşi şi lăncieri. Pare a fi din marmură, nu-i aşa?
- Nu, domnule General!, a spus Titus. Este granit, cred. Marmura albă ar fi mult mai albă şi, de asemenea, costul ar fi absurd pentru a construi acele ziduri de apărare.
- Of, costul!, a spus Maximus degajat.

El era cel care avea forțe mult superioare în această bătălie și nu își făcea griji cu privire la rezultatul acesteia.

- Lui Decebal nu-i pasă de costuri! Străzile din Sarmizegetusa sunt pavate cu aur, după cum se vorbește?

Titus i-a zâmbit amuzat.

- Pot să jur, pe baza experienței personale mergând pe acele străzi, că străzile de aur din Sarmizegetusa sunt un mit, domnule General!

Laberius Maximus bolborosi ceva, apoi și-a întors ochii spre zidurile dușmanului său.

- Loviți-i cu artileria imediat ce sunt pregătiți! Construiți un număr mare de scări, Titus! Vom avea nevoie de ele!
- Luăm cu asalt zidurile mâine, Generale?
- Da. Escaladăm zidurile la prima oră de lumină. Așa cum ai spus, hai să facem un asediu scurt!
- Da, domnule!, a fost de acord Lucullus.

Cățărarea pe ziduri de piatră bine apărate era întotdeauna o manevră costisitoare, dar rezultatele erau obținute rapid.

Bolovanii mari și grei, lansați de pe catapulte aflate la peste două sute de metri distanță, au început să cadă peste Piatra Albă la o oră după sosirea armatei romane. Proiectilele nu putea sparge zidurile exterioare groase și robuste ale cetății, dar sfărâmau clădirile din interior ca și când acoperișurile și pereții caselor ar fi fost jucării pentru copii. Treceau prin acoperișuri, zdrobindu-i pe cei aflați în interior. Balistele azvârleau cu pietre și cuie de fier. Echipamentele mai mici ale artileriei de câmp, scorpioni și carrobaliste, au completat atacul cu un baraj de săgeți și cuie metalice ascuțite.

Fiecare legiune avea alocat un număr de treizeci de echipamente de artilerie. Cetatea se confrunta brusc cu atacul declanșat de șaizeci de mecanisme de distrugere. Apărătorii au răspuns atacului cu opt carrobaliste aflate pe meterezele de deasupra zidurilor, dar acestea nu puteau să egaleze puterea de foc combinată a celor două legiuni romane.

- Ah!, a strigat Seba, ridicându-și ambele mâini deasupra capului pentru a se proteja de paiele și țărâna care cădeau de pe acoperișul de paie de deasupra lor.

Un proiectil a izbit cu o lovitură puternică unul dintre pereții exteriori ai casei, dar lovitura a fost suficient de intensă pentru a zgudui întreaga structură. Tanidela și Lipa și-au aplecat capul în jos pentru a împiedica resturile ce se prăbușeau să le intre în ochii, asistenta încovoindu-se peste copilă pentru a o proteja cu corpul ei. Loran era în cameră cu ei și avea să stea alături de Tanidela până când toată această nenorocire se va sfârși.

- Există vreun loc mai sigur în care să ne mutăm?, îl întrebă Tanidela.

- Nu, doamna mea!, a răspuns el. Artileria romană trage asupra noastră din toate direcțiile. Această clădire este la fel de sigură ca oricare alt loc.

- Mă rog lui Zamolxis să ne țină în siguranță!, grăi Lipa. Provenea din sânge de dac și nu și-ar fi abandonat niciodată credința în zeul dacilor.

- Așa să faci!, a fost de acord Tanidela. Roagă-te mult!

În exteriorul casei, oamenii se pregăteau pentru asaltul infanteriei care avea să vină. Au fost puse la dispoziție provizii și echipamente, inclusiv un număr foarte mare de săgeți și sulițe pentru apărătorii aflați pe ziduri. Găleți cu apă trebuiau umplute și cărate, pentru a stinge săgețile de foc și focurile ce aveau să vină.

Trei sute de arcași și patru sute de lăncieri apărau Cetatea de la Piatra Albă. Ei aveau să-și apere cetatea până la moarte. Aveau să lupte pentru Dacia și unul pentru celălalt. Fiecare războinic înțelegea, de asemenea, că în această bătălie luptau pentru ceva mai mult, ceva ce înflăcăra inimile lor și le turna oțel în coloanele vertebrale. Se luptau pentru o prințesă a Daciei. Ei luptau, în grup și fiecare în parte, pentru a o proteja pe Tanidela, sora Regelui Decebal.

Dimineața devreme, două cohorte de infanterie auxiliară s-au apropiat de cetate într-un ritm constant. Unii dintre cei o mie de soldați purtau scări lungi pentru escaladarea zidurilor. De îndată ce au intrat în raza de acțiune, apărătorii de pe ziduri au eliberat o ploaie de săgeți și sulițe asupra trupelor de atacatori. Acum începeau luptele.

Unii dintre soldații auxiliari își purtau scuturile ridicate deasupra capului, imitând structura romană de broască țestoasă de tip *testudo*. Din nefericire pentru ei, nici calitatea scuturilor, nici armurile și nici pregătirea lor nu erau nici măcar pe aproape de renumele de care se bucurau legionarii. Săgețile și sulițele dacice au găsit fețe, gâturi, picioare și brațe neprotejate. Ei nu reușeau să-i oprească pe atacatori, dar le-au subțiat semnificativ rândurile.

- Cea de a doua unitate este poziționată la locul ei și este gata să avanseze, domnule!, l-a informat Lucullus pe Generalul Maximus.
- Bine! După ce aceste unități vor fi însângerate, trimite cea de a doua unitate!
- Am înțeles, Generale!

Infanteria auxiliară conducea întotdeauna atacul și suferea cele mai grele pierderi. Odată ce-i slăbea pe apărătorii cetății, provocându-le pierderi și uzând inamicul prin epuizare, Maximus trimitea unități de legionari. În acel moment nu era însă nevoie de legionari, oricum.

Infanteria atacatoare și-a așezat scările pe ziduri și a început urcușul periculos. Doar cei mai curajoși sau cei mai proști erau dispuși să fie printre primii, pentru că era aproape sigur că vor sfârși morți sau răniți. Arcașii de pe metereze aveau o lovitură clară asupra lor, nu numai de sus, ci și din lateral. Purtau armuri din piele, nu din metal și, uneori, erau fără armură. Un arcaș dac care trage de la așa mică distanță, nu putea rata ținte atât de ușoare.

Atacatorii ce ajungeau în vârful scărilor se confruntau cu un roi de apărători furioși, înarmați cu sulițe, topoare și săbii. Sute de atacatori mureau în fiecare atac. Aproape niciunul nu a reușea să urce zidul, sus pe metereze, iar cei care au făcut-o au fost uciși rapid de sulițe sau azvârliți în gol, îndărăt peste zid.

- Suntem într-o luptă dificilă, Titus!

Generalul Maximus a făcut observația pe un ton relaxat. Participase la multe bătălii în cariera sa militară și știa bine că unele bătălii erau mai dificile decât altele.

- Într-adevăr, suntem, domnule!, a răspuns Titus. Dacii se apără cu o pasiune feroce.
- Așa sunt ei, proști curajoși!, a spus Maximus. Rezultatul va fi același. În cele din urmă, îi vom zdrobi.

Lucullus aruncă o privire spre cer, era limpede și albastru, cu excepția câtorva norișori albi. Nu era erau semne de nori negri la orizont.

- Vremea ține cu noi, domnule General! Mars Ultor ne zâmbește!
- Și bine că o face! Caesar se sacrifică lui Marte Ultor în fiecare zi, la fel ca mine. Noi suntem aleșii zeilor, Titus!
- Da, domnule! Așa cum ar trebuie să fie!, a spus Lucullus, cu confidență nesfârșită.

Maximus privi spre fortăreață, cu o încruntare pe față.

- Atacul își pierde din intensitate. Trimiteți cea de a doua unitate!
- Imediat, Generale!

Titus a chemat un mesager pentru a da noi porunci. Era important să mențină presiunea asupra apărătorilor, să-i uzeze până la epuizare. Nu dorea să le ofere odihnă sau vreun strop de speranță.

Pe la apusul soarelui, atacul roman asupra zidurilor a încetinit, apoi s-a oprit cu totul. Atacatorii s-au retras din raza de acțiune a arcașilor. Bărbații se retrăgeau în derivă spre taberele lor, în grupuri mici sau mai mari, pentru noapte. Bătălia se încheiase pe ziua de astăzi.

Limbi mari de pământ aflate sub ziduri erau pline de cadavre și îmbibate cu sânge. Soldații morți urmau să fie evacuați peste noapte cu scopul a pregăti terenul pentru atacul de a doua zi. Puținii ofițeri de rang înalt care au pierit urmau să fie înhumați individual. Ceilalți, cu sutele, urmau să fie înmormântați în gropi comune.

În interiorul Cetății Piatra Albă, majoritatea apărătorilor epuizați ai zidului coborau treptele de lemn până la nivelul solului pentru o masă și, mai târziu, câteva ore de somn. Au fost postați străjeri pentru a proteja împotriva unui improbabil atac roman de noapte. Mulți dintre apărătorii daci își oblojeau la doctori rănile minore. Cei care suferiseră răni majore erau deja morți sau urmau să fie în curând.

Loran a revenit la casa femeilor după un tur rapid al cetății. Era posomorât și solemn în același timp, dar nu era descurajat.

- Soldații noștri au luptat bine, Doamnă!, a raportat el. Romanii au atacat în valuri și i-am respins înapoi de fiecare dată. Ne vor ataca din nou mâine, așa că trebuie să facem același lucru atunci!
- Care sunt pierderile noastre?, întrebă Tanidela.
- Probabil vreo două sute, își dădu cu părerea Loran. Inamicul a pierdut aproape trei sau patru sute de oameni.
- Pierderile lor sunt mai mari decât ale noastre, constată ea.

Loran dădu din cap.

- Este adevărat. Dar, numărându-le steagurile, estimăm că sunt două legiuni întregi.
- Deci, zece mii de romani?

Loran dădu din nou din cap.

- Atunci cum îi învingem?
- Nu putem să-i învingem, doamnă, pur și simplu sunt prea mulți. Nu putem decât să supraviețuim. Iar calea de a supraviețui este de a le face pierderile lor prea grele pentru ca ei să le accepte.
- Și putem spera să renunțe?
- Da, sperăm să renunțe!

Loran se opri și îi zâmbi cu jumătate de gură.

- S-a mai întâmplat înainte, în alte bătălii la alte cetăți.
- Dacă Zamolxis va vrea, așa va fi!, a spus Tanidela.

Loran o privi, dar mai apoi se opri, nesigur dacă ar trebui să-i spună ce era în mintea lui. Tanidela a observat ezitarea lui.

- Ce este?

- Soldații noștri își iau puterea din două izvoare, a spus el.

- Da?

- Ca întotdeauna, își iau putere de la Zamolxis. Iar acum își iau putere de la dumneavoastră, Doamnă!

Asta a luat-o prin surprindere pe Tanidela.

- De la mine? Cum adică?

- Fiecare luptător din acest fort, bărbat sau femeie, simte o mândrie aprigă de a vă proteja. Sunteți o prințesă a Daciei, Doamnă!, a încheiat Loran, făcându-i o mică plecăciune.

Tanidela s-a așezat pe scaun, adunându-și gândurile.

- Căpitanul Loran are dreptate!, a spus Lipa. Simt și eu aceeași mândrie.

Tanidela îi zâmbi recunoscătoare.

- Mulțumesc, Lipa!, spuse ea.

Se ridică și se întoarse spre Loran.

- Trebuie să-i văd pe soldații noștri și să vorbesc cu ei! Mă vei escorta?

- Da, Doamnă! Sunt onorat să fac acest lucru!

- Dar nu ne părăsi!, protestă Seba, sunând ca un copil înspăimântat.

Tanidela se întoarse spre ea cu un zâmbet ferm.

- Stai aici cu Lipa și cu Tyra! Veți fi cu toții în siguranță până când mă voi întoarce.

S-a întors și l-a urmat pe Loran afară pe ușă.

Soldații daci au fost surprinși, dar foarte încântați să o vadă pe Tanidela mergând printre ei pentru a-i saluta. Toți se ridicau în picioare, atunci când ea se apropia, chiar și răniții.

- Nu! Nu te ridica pentru mine!, i-a spus ea unui bărbat cu brațul rănit, punându-i o mână pe umăr.

- Mă adresez tuturor! Îngrijiți-vă rănile și serviți-vă mâncarea! Vreau doar să vă văd. Și, să vă salut! Și, să vă mulțumesc!

În timp ce se plimba printre soldați, Tanidela le întâmpina zâmbetele de bucurie cu propriul surâs sclipitor. Majoritatea luptătorilor erau bărbați, dar erau și multe femei. Femeile se luptaseră cu sulițele, iar fețele lor erau murdărite de sudoare și praf, la fel de mult ca fețele bărbaților. Unele purtau bandaje însângerate, la fel ca bărbații.

Tanidela și-a găsit drum de-a lungul zidului interior al cetății, oprindu-se să vorbească ici și colo cu fiecare în parte sau cu grupuri mai mici. Aceștia erau oamenii ei și, pentru prima dată în viața ei, a înțeles pe deplin puternicul sentiment de mândrie pe care Loran l-a descris cu puțin timp în urmă. Ea le împărtășea mândria, pasiunea pentru viață și independența lor feroce. Aceștia erau oamenii ei, iar ea era unul dintre ei. Că a fost născută într-o familie regală a fost pur și simplu un accident de naștere.

În timp ce se plimba în jurul fortului, Tanidela auzi câțiva oameni strigându-i numele.

- Tanidela! Tanidela!

Strigătele nu veneau pentru a cere atenția, strigările erau simple îndemnuri de salut. Unele s-au transformat în aclamări încărcate de bucurie și mândrie.

- Ta-ni-de-la! Ta-ni-de-la!

S-a întors și le-a făcut semn cu mâna oamenilor care o aclamau, având inima încărcată de bucurie și mândrie. Mai mulți oameni au preluat uralele, iar vocile lor au devenit și mai puternice.

- Ta-ni-de-la! Ta-ni-de-la!

- Ce se tot strigă în cetate?, se întrebă Laberius Maximus.

Era așezat la o masă aflată în afara cortului său, terminându-și masa de seară. De la acea distanță, vocile sunau distante și înăbușite.

- Se pare că strigă numele cuiva, a ghicit Titus.

- Numele cui?

- Nu aș putea să vă spun, domnule!

Lucullus se întoarse spre tânărul aghiotant al generalului, care stătea în apropiere.

- Castor, urechile tale sunt mai ascuțite. Oare ne poți dumiri?

Tânărul se întoarse pentru a auzi mai bine vocile aflate în depărtare.

- Se pare că spun ta-ni-de-la, domnule! Acestea trebuie să fie cuvinte dacice.

- Dar ce este ta-ni-de-la?, întrebă Laberius.

Ochii lui Titus s-au mărit instantaneu în orbite. Cu urechile se strnduia să asculte mai bine.

- Lucullus, arăți ca și cum ai fi văzut o fantomă!, spuse Maximus.

Titus îl privea în ochi.

- Întrebarea nu ar trebui pusă despre ce strigă, domnule, ci despre cine strigă! Cred că ei strigă Tanidela.

- Explică-mi să pricep și eu!

- Dacă am dreptate, domnule General, ei scandează numele Tanidelei. Ea este sora Regelui Decebal.

Maximus și-a lovit cana de masă.

- Pe toți nucii lui Jupiter! Ești sigur de asta?

- Pare să aibă cel mai mare sens. Ce altă femeie cu numele Tanidela ar putea câștiga o astfel de onoare?

- S-ar putea să ai dreptate, Titus!, a recunoscut Maximus. Acest fapt face și mai important să ocupăm cetatea și, odată cu ea, să o capturăm pe această prințesă!

- Fără îndoială, Caesar ar aprecia foarte mult să-i fie oferită sora lui Decebal ca prizonieră!, a spus Lucullus.

- Caesar - a mârâit Maximus - va vrea capetele noastre dacă o pierdem!

- De asemenea, ar fi și asta o posibilitate, domnule!

- Nu este o glumă, Lucullus! Te însărcinez direct să-mi cucerești această cetate, a ordonat Maximus. Capturează Piatra Albă și adu-mi-o pe sora lui Decebal! Vie și nevătămată!

- Da, domnule!, acceptă ordinul Titus. Îmi asum personal această misiune de a o scoate nevătămată de acolo. Tanidela este un recompensă ce nu poate fi măsurată!

În cea de-a treia zi a asediului, atacatorii romani au reușit să aducă câțiva oameni deasupra unei mici secțiuni a zidului. Atacatorii au fost uciși rapid și ușor, iar trupurile lor au fost azvârlite spre pământ pentru a mai rarefia numărul camarazilor atacatori adunați pe scările de mai jos. În a patra și a cincea zi de asediu, romanii au ucis mulți apărători, dar au suferit și pierderi mai grele. Numărul apărătorilor daci scăzuse la aproape jumătate din câți erau ei inițial, dar totuși continuau să lupte pe zid ca diavolii.

- De abia își mai înlocuiesc pierderile umane pe toate secțiunile zidurilor, a observat Lucullus. Sunt răsfirați în număr mic și nu mai au rezerve.
- Foarte bine, Titus!, a spus Maximus. Sunt pe punctul de a ceda, așa că hai să le rupem rândurile. În această dimineață vom ataca cu două cohorte de legionari, iar mai apoi cu încă două în cel de-al doilea val!
- Sunt de acord, domnule General! Astăzi vor ceda!
- Le-ai transmis oamenilor ordinele pe care le au?
- Da, domnule! Am dat ordin ca nicio femeie să nu fie ucisă sau abuzată, atunci când bărbații pătrund în interiorul zidurilor!
- Foarte bine! De îndată ce porțile vor fi deschise, Titus, ia o unitate de legionari și intră tu, personal, în cetate!

Un baraj puternic de foc de artilerie roman a deschis atacul de dimineață. Legionarii se apropiau încet. Ei au mărșăluit în pătrate compacte, în formație defensivă *testudo*, organizare ce era ideală pentru a te apropia de inamic într-un atac de asediu. Aveau echipamentul potrivit și, de asemenea, disciplina necesară pentru a forma un zid de scuturi, suprapuse unul peste celălalt, care să-i protejeze de atacurile cu săgeți și sulițe ce cădeau deasupra capului și din toate părțile.

Ceva mai târziu în aceeași dimineață, apărătorii daci și-au dat seama că pierd bătălia. Trupele romane atacau cu forță în prea multe locuri pentru ca dacii să le poată apăra. Legionarii s-au cățărat peste ziduri, croindu-și drum spre porți, ca unități disciplinate. Dacii de pe terenul de luptă nu erau echipați sau suficient de bine instruiți pentru a lupta direct împotriva infanteriei grele romane.

Odată ce paznicii porții au fost uciși și porțile au fost deschise, bătălia s-a terminat. Ultimii daci rămași pe ziduri s-au retras într-un colț al cetății pentru a-și unii forțele și a lupta mai departe. Foarte puțini aveau să fie luați prizonieri.

- Rămâneți în interiorul casei, Doamnă, până când vor sosi romanii!, a spus Loran.

Era resemnat cu soarta sa, dar era hotărât să facă tot ceea ce putea pentru a proteja femeile.

- Rămâne-ți aici pe loc! În afara casei veți găsi doar haos și moarte.
- Am înțeles!, a spus Tanidela. Nu ne mai poți proteja. Du-te și salvează-te!

Loran îi aruncă o privire aprigă.

- Când vor sosi romanii, nu vă luptați cu ei, vă vor ucide! Spuneți-le, cu putere și clar, că faceți parte din Familia Regală a Daciei. Mă înțelegeți?

Loran întoarse capul spre ușă, deoarece sunetele luptelor de afară se apropiau. Oamenii lui încă stăteau de pază în fața intrării.

- Da, știu ce să fac!, a răspuns Tanidela. Acum du-te! Și mulțumesc Loran pentru tot ce ai făcut pentru noi!
- Adio, Doamna mea!, a spus Loran.

A făcut o plecăciune în fața tuturor celor trei femei, apoi s-a întors repede și a ieșit pe ușă.

Tanidela a luat-o pe Tyra în brațe și le-a îndrumat pe celelalte două femei în partea îndepărtată a camerei, cât mai departe posibil de ușă.

Tyra dormea. Lipa a rămas surprinzător de calmă. Seba părea speriată, cu tremur în mâini. Glasuri romane se auzeau cu putere în afara casei.

- Fii curajoasă, Seba!, i-a spus Tanidela. Vei fi bine!

Ușa s-a deschis, lovită cu piciorul de un soldat roman. Bebelușul Tyra s-a trezit și a început să plângă zgomotos. Un legionar veteran grizonat a intrat în cameră cu un gladius pătat de sânge în mâna dreaptă. El era urmat îndeaproape de un soldat mai tânăr.

- Ca să vezi, ce avem aici?, a întrebat soldatul mai în vârstă printre strigătelor puternice ale bebelușului. Tânărul a pășit lângă el, cu sabia în poziție de atac. Ambii bărbați se uitau cu atenție la Tanidela, care era împodobită cu bijuterii pe ambele brațe și în jurul gâtului.

- Sunt o Prințesă a Daciei!, le-a spus ea cu voce tare. Doresc să vorbesc cu ofițerul vostru superior!

Tanidela le-a vorbit în limba dacă. Cu toate acestea, limba dacă și limba latina erau surprinzător de asemănătoare, iar diplomații și comercianții comunicau adesea foarte bine, chiar și fără interpreți. Ea spera că soldații vor înțelege cuvintele cheie importante.

- Ce a spus?, întrebă tânărul soldat.

- Ceva despre ofițerul nostru superior, a răspuns soldatul veteran cu o încruntare.

A făcut doi pași înainte, folosindu-și sabia pentru a arăta spre brățările de aur ale Tanidelei.

- Nu te voi răni. Îmi dai o parte din aurul tău. Înțelegi? Aur?

A mai făcut un pas înainte și a fixat din nou cu vârful gladiusului spre podoabe.

Lipa s-a mișcat repede și pe neașteptate și a pășit în fața lui Tanidela, protejând-o.

- Lipa, nu!, spuse Tanidela calm, dar puternic. Lasă-mă să vorbesc cu ei!

În brațele ei, Tyra plângea și mai tare.

- Acest porc nu te va atinge!, a spus Lipa.

Tânărul soldat a râs.

- Cred că te-a numit porc, Marcus!

Marcus se îndreptă amenințător spre ele, ținând gladiusul spre înainte.

- Dă-te la o parte, scroafă ce ești, sau te voi face să grohăi ca porcul la tăiere!

- Stop! Oprește-te!

Vocea puternică și feroce ce s-a auzit din ușă i-a făcut pe toți să înghețe la locul lor.

Titus Lucullus a năvălit în cameră, cu alți patru legionari, aflați chiar în spate. A pășit în fața lui Marcus și a tovarășului său și s-a întors furios împotriva lor.

- Atinge-le pe aceste femei și Caesar te va jupui de viu!

- Da, domnule! Îmi pare rău, domnule!, spuse Marcus, împleticindu-și cuvintele în gură.

- De voi doi mă voi ocupa mai târziu. Acum, ieșiți! Afară!

Titus i-a privit năpustindu-se afară, apoi s-a liniștit repede. Când s-a întors cu fața spre femei avea calmul unui diplomat. Lipa se dădu la o parte. Tyra, surprinsă de strigăte și simțind-o pe mama ei relaxându-se, s-a oprit din plâns.

- Dumneavoastră sunteți doamna Tanidela?, întrebă Titus.

- Da, eu sunt. Vă mulțumim pentru ajutor! Dumneavoastră cine sunteți?

- Eu sunt Titus Lucullus. Am vorbit cu fratele dumneavoastră Diegis de multe ori. Din păcate - a adăugat Titus zâmbind - nu am avut aceeași onoare de a-l cunoaște și pe celălalt frate al dumneavoastră, Decebal.

Tanidela îi zâmbi înapoi.

- Poate că într-o zi o vei face, în vremuri mai bune. Da, Titus, am auzit de numele tău. Diegis mi-a vorbit lucruri bune despre tine.

- Și eu am o părere bună despre el. Acum, doamnă Tanidela, voi fi fericit să vă fac un serviciu. Veniți cu mine, vă rog?

- La ce serviciu te referi? Am devenit prizoniera ta? Sau oaspete?

- Oaspete, Doamnă! Dar nu oaspetele meu, nu sunt într-o poziție atât de înaltă. Pentru moment sunteți oaspetele Generalului Laberius Maximus. Când vom ajunge în tabăra lui Cezar, veți fi oaspetele lui Traian Caesar.
- Am înțeles!, a spus Tanidela. Acest copil este fiica mea, Tyra. Aceste femei sunt slujitoarele mele și se află sub protecția mea. Cer să li se acorde aceleași amabilități de oaspeți.
- Bineînțeles, Doamnă Tanidela!, a fost de acord Titus. Familia și slujitorii apropiați dumneavoastră vor avea aceeași protecție. Acum trebuie să plecăm, Generalul Maximus este nerăbdător să vă vadă!
- Și restul oamenilor din cetate?, întrebă Tanidela, dar știa că era o întrebare ridicolă chiar și atunci când o punea.

Titus ridică din umeri.

- Dacă se predau, ar putea trăi. Mi s-a spus însă că războinicii daci se predau foarte rar.
- Nu, nu se predau!, confirmă Tanidela. Ei preferă ca sufletele lor să trăiască o viață de nemurire în Împărăția lui Zamolxis, decât să trăiască pe acest pământ într-o viață de sclavie.
- Acestea sunt tainele războiului, Doamnă!

Tanidela a constatat că nu mai era nimic de spus. A strâns lucrurile fiicei sale și alături de slujitoare s-au pregătit pentru ceea ce știa că va fi o călătorie lungă.

Două zile mai târziu, armata Generalului Laberius Maximus s-a îndepărtat în marș de Piatra Albă. Ei au suferit pierderi grele într-o bătălie foarte complicată, dar au distrus și cetatea și soldații din garnizoana sa. La fel de important, au capturat un prizonier regal care era sora Regelui Decebal al Daciei. Împăratul Traian avea să-i decidă soarta, pentru că doar el îi cunoștea cel mai bine valoarea.

Peste două mii de oameni au murit în asediul Cetății Piatra Albă. Majoritatea erau trupe auxiliare romane și legionari, însă întreaga garnizoană dacică s-a jertfit și ea. Romanii își îngropau morții în morminte comune mari. Niciunul dintre legionari nu a fost lăsat să-i îngroape pe daci. Trupurile lor au fost lăsate pentru fiarele câmpului și pentru corbii cerului, pentru că așa a fost soarta războiului.

Șase zile mai târziu, Prințul Davi din tribul sarmaților roxolani a ajuns însoțit de trei sute de cavaleri dintr-o campanie în vest care a durat mult mai mult decât a fost planificată. El a găsit Cetatea de la Piatra Albă într-o stare jalnică și garnizoana dacică distrusă. Dacă ar fi ajuns mai devreme, trupele sale nu ar fi făcut nicio diferență împotriva celor două legiuni ale Generalului Maximus.

După ce au căutat ore întregi printre cadavre, Davi a decis, în cele din urmă, că soția și copilul său nu se aflau printre leșuri. Habar n-avea care a fost soarta lor sau unde s-ar putea afla.

Din fericire, câteva dintre răspunsuri le-a aflat câteva ore mai târziu, când vechii aliați au venit călare pentru a-i întâmpina. Spre marea surpriză a lui Davi, conducătorul lor era Loran, căpitanul fostei escorte de cavalerie a Tanidelei. După căderea Cetății de la Piatra Albă și după ce porțile sale au fost deschise de romani, Loran și oamenii săi călare au făcut o șarjă de luptă disperată pentru a trece prin porțile deschise. Doar șase din cei douăzeci de călăreți au supraviețuit.

Loran era sigur că Tanidela, fiica ei Tyra și cele două slujitoare au fost capturate de Generalul Maximus. Curgându-i în vene sângele regalității dacice era posibil să fie tratată mai bine. Aceasta era cea mai bună veste la care Davi ar fi putut spera. Poate că se putea alia cu Regele Decebal pentru a negocia cu romanii. Poate. Cel puțin erau în viață, iar, acolo unde e viață, este speranță!

> Capitolul 12

Gambitul lui Decebal

Sarmizegetusa, luna noiembrie, anul 101 d.Hr.

Vestea despre atacul săvârșit la Piatra Albă și capturarea Tanidelei a fost adusă Curții Regale a Daciei de către Prințul Davi. Vestea primită i-a provocat mâhnire și întristare profundă Regelui Decebal și Reginei Andrada. Ei s-au întâlnit cu membrii Consiliul Regal în Sala Tronului pentru a primi ultimele rapoarte ale cercetașilor daci care urmăreau armata romană a Generalului Maximus.

Generalii Diegis, Drilgisa și Sinna conduceau trupele dacice spre munți. Reușeau să-i țină pe romani la distanță, dar mai atacau și poziții romane izolate. Vezina, ca întotdeauna, era la dreapta lui Decebal. Tsiru adunase și puse cap la cap informațiile primite de la toți cercetașii.

- Maximus mărșăluiește într-un ritm bun spre est, a raportat Tsiru. Credem că se va întâlni în Banat cu principala armată a Împăratului Traian.
- Putem fi siguri de asta!, a adăugat Vezina. A terminat cu atacurile asupra cetăților dacice din Banat. De asemenea, asediul de la Piatra Albă le-a provocat romanilor foarte multe pierderi.
- Peste o mie de victime după cum estimează Loran, a completat Davi, întorcându-și privirea spre Regele Decebal. Apărătorii

orașului au opus o rezistență acerbă pentru ai oferi protecție Tanidelei.

Decebal dădu din cap cu tristețe.

-   A văzut-o cineva pe Tanidela plecând cu Maximus, Tsirule?

-   Nu, Majestate! Cercetașii noștri nu s-au putut apropia atât de mult. Totuși, ea ar putea să se fi alăturat statului major de comandă al Generalului, fiind ținută sub strictă supraveghere.

-   Dar oare va fi tratată bine?, întrebă îngrijorată Regina Andrada, după ce în ultimii douăzeci de ani, ea și Tanidela au fost ca niște surori.

-   Da, Traian se va asigura că va fi așa!, a răspuns Decebal. Ea este cea mai importantă prizonieră pe care o are.

Davi privea spre Vezina și Decebal.

-   Oare ar putea exista vreo cale de a negocia pentru libertatea ei?

Vezina clătină cu întristare din cap.

-   Nu avem pe nimeni care să poată fi dat la schimb pentru ea și pe care Traian să fie dispus să-l accepte!, a spus Decebal. Cu excepția mea!

-   Sau a mea!, adăugă Andrada.

-   Nu pleci nicăieri!, a spus Decebal, afirmând ceea ce era evident. Regina Daciei nu va fi niciodată trimisă în captivitate.

-   M-aș da pe mine la schimb și aș face-o bucuros!, declară Davi.

Decebal aprobă intenția cu solemnitate, printr-o mică aplecare a capului.

-   Știu că ai face asta, frate! Cu toate acestea, lupta lui Traian este cu mine și cu Dacia. Nu este cu tine și cu roxolanii, chiar dacă sunteți aliați ai Daciei.

Davi se așeză pe scaun, complet frustrat. Știa că Decebal avea dreptate. Pentru prima dată în viața lui se simțea neputincios.

-   Deci, ce facem?, întrebă Andrada.

- Continuăm să luptăm, Regina mea!, răspunse Vezina. Împăratul Traian a descoperit că suntem o nucă greu de spart și iarna bate la ușă.
- Ne va ataca iarna?, a întrebat Regina.
- Nu, nu o va face!, răspunse Decebal. Nu-și va asuma riscul de a-și păstra armata în munții noștri și a o separa în timpul iernii.
- Sunt de acord, Majestate!, a adăugat Vezina. Va ajunge și el la aceeași concluzie ca Generalul Julianus. O armată romană prinsă în Munții Daciei, în toiul iernii, va pieri!
- Nu vreau să aștept până la primăvară!, exclamă Davi. Vreau să merg după romanii care au luat-o pe Tanidela și pe fiica mea!
- Nu vom sta aici până la primăvară!, anunță Regele cu o voce puternică.
- Care este planul dumneavoastră, Majestate?, întrebă Vezina.
- Îi atacăm pe ticăloși!

Castrul roman de pe valea muntelui dacic, luna noiembrie, anul 101 d.Hr.

Generalul Laberius Maximus era cel mai de încredere sfătuitor militar al împăratului. Se cunoșteau de mulți ani și împreună au căzut de acord asupra strategiei militare. Cel mai important pentru Traian era că Generalul Maximus avea istoric în obținerea rezultatelor. Însuși Caesar Traian avea o istorie bine-cunoscută de victorii militare și cerea generalilor săi același lucru.

Cu trupele însângerate, Generalul Maximus se realătură armatei împăratului, dar simțindu-se încă victorios după campania avută împotriva cetăților dacice. Armata romană slăbea sistematic apărarea fortificată a Daciei, reducând numărul trupelor dacice aflate la dispoziția Regelui Decebal. Cezarul deja îl depășise numeric pe Decebal și continua să vlăguiască puterea militară a regelui dac.

Soarele apusului proiecta umbre lungi asupra grupului de ofițeri cu care Traian se întâlneau în fața cortului său militar. Vinul deja se scurgea liber. Licinius Sura şi Hadrian îl însoţeau pe împărat, revizuind o hartă mare deschisă pe masă. Corpul principal al armatei urma să se deplaseze spre sud în următoarele două săptămâni, ceea ce necesita multă planificare şi coordonarea oamenilor, animalelor şi a echipamentului.

-   Aici va ajunge acum!, a anunţat Sura cu un zâmbet pe faţă, arătând mai sus pe hartă.

Era clar pentru toţi cei de faţă la cine se referea. Maximus era eroul momentului.

În grupul eroului se afla Titus Lucullus, dar şi trei femei dacice escortate de patru gardieni. Femeia subţirică şi încă îmbrăcată elegant, care mergea în faţa altor două, legăna un copil la sân. Mergea tăcută dar cu o puternică atitudine de demnitate, era imaginea unei femei obişnuită să fie tratată cu deferenţă.

-   Bine ai revenit, Laberius!, l-a salutat Împăratul pe generalul său. Vă felicit pentru victoriile repurtate!

Maximus răspunse cu o mică plecăciune.

-   Totul pentru marea glorie a Romei, Caesar! Sunt fericit să mă întorc în Consiliul Cezarului!

-   Aduci oaspeţi, Generale?, întrebă Traian indicând din cap către femei.

Lucullus a condus-o uşor pe Tanidela înainte.

-   Caesar, ţi-o prezint pe doamna Tanidela, Prinţesa Daciei şi sora Regelui Decebal!

-   Bine aţi venit, doamnă!, a întâmpinat-o Traian cu un zâmbet politicos. Am aşteptat sosirea voastră pentru a vorbi cu dumneavoastră!

Tanidela i-a răspuns salutului cu un zâmbet politicos.

-   Aş fi onorată să pot vorbi cu tine, Caesar!

-   Copila este fiica ta? Cum o cheamă?

-   Numele ei este Tyra, Caesar! Înseamnă a curge...

-   Ca un râu, a completat Traian zâmbind.

-   Vorbeşti limba noastră, Caesar?

Traian clătină din cap.

- Limbile noastre sunt destul de asemănătoare. Înțeleg mult din limba dacică și doar rareori am nevoie de ajutorul unui interpret.

Tanidela dădu din cap.

- La fel cum și eu pot înțelege multe cuvinte în limba latină, Caesar.

- Trebuie să vorbim deschis, a spus Traian. Ai dori să-ți încredințezi copilul slujitoarei tale și să mi te alături în cortul meu?

Lipa făcu o jumătate de pas înainte, arătând neliniștea ce o cuprinse. Tanidela se întoarse spre ea și o fixă din privire.

- Este în regulă, Lipa. Caesar și cu mine vom avea o discuție. Vei rămâne aici și o vei ține pe Tyra până mă voi întoarce!

- Da, doamna mea!, a răspuns femeia mai în vârstă, apoi și-a întins mâinile pentru a lua copilul în brațe.

- Maximus, Sura, Hadrian, mă veți însoți în cortul meu!, a spus Traian. Lucullus, tu o vei escorta pe Doamna Tanidela pentru a ni se alătura.

- Da, Caesar!, a răspuns Titus. Pe aici, doamnă, vă rog!

Astfel, Tanidela, sora mai mică a Regelui Decebal al Daciei, s-a alăturat înaltului comandament militar roman, intrând în cortul regal pentru a fi interogată de Împăratul Traian al Romei.

Trei ore mai târziu, Traian avea o reprezentare mai clară a familiei regale dacice, a comandamentului militar și a nobilimii lor. Era politicos și amabil și nu avea nevoie să recurgă la amenințări sau constrângeri coercitive. La rândul ei, Tanidela nu avea nevoie să fie constrânsă. Nu avea cunoștințe privind organizarea militară care să pună în pericol forțele dacice, dacă ar fi fost vreodată posibil să cadă în mâinile romanilor. Ea a vorbit liber despre familia ei, inclusiv despre fratele ei, Regele. Împăratul ținea în mâinile sale atât viața ei, cât și a copilului ei. Nu avea niciun motiv să mintă și nici nu avea dorința de a face acest lucru.

Traian scurse şi ultima picătură din cea de-a patra cupă de vin, sorbit dintr-un pocal de argint, gravat cu rafinament pe exteriorul său. Setea lui de vin a fost stinsă şi, cel puţin pentru moment, la fel a fost potolită şi curiozitatea lui. Întrevederea se apropia de final.

Tanidela stătea liniştită pe un scaun, faţă-în-faţă cu Împăratul, sorbind apă rece din pocalul ei de argint. Nu bea vin. Cu sute de ani în urmă, Zamolxis îi învăţase pe daci că vinul amorţeşte simţurile oamenilor, aşa că dacii îl beau cu moderaţie şi doar la ocazii speciale. Ea privea politicos şi răbdător cum Traian, Sura şi tânărul Hadrian sorbeau pahar după pahar, ca nişte călători însetaţi după o lungă călătorie de o zi. Maximus şi Titus Lucullus au băut mai puţin.

- Ce îl va putea convinge pe fratele tău să se supună Romei şi să facă pace?, întrebă Traian, ajungând la punctul său final.

Tanidela şi-a luat un moment de răgaz pentru a-şi compune răspunsul la această întrebare crucială, despre care ştia că este principalul scop al acestui interviu.

- Dacă întrebi, Caesar, ce l-ar face pe Decebal să se predea?, spuse ea clătinând încet din cap. Răspunsul este, nimeni şi nimic. El nu va preda niciodată Dacia!

Împăratul s-a oprit pentru a-şi turna mai mult vin.

- El a semnat un tratat de pace cu Roma înainte, după cum ştiţi. Asta se întâmpla cu Împăratul Domiţian, i-a amintit el.

Licinius Sura pufni într-un râs batjocoritor.

- A semnat un tratat care era în favoarea lui! Şi *Domiţianus* cel prost a fost de acord cu asta, ceea ce a provocat Romei mulţi ani de durere.

Traian a fost deranjat de această izbucnire nediplomatică, dar i-a zâmbit răbdător prietenului său.

- Sunt conştient de asta, Licinius! Motivul pentru care suntem aici, la urma urmei, este pentru a corecta greşeala lui Domiţian.

Această declaraţie a luat-o prin surprindere pe Tanidela.

- Nu eşti aici să cucereşti Dacia, Caesar?

- Sunt aici pentru a aduce glorie Romei, Doamnă Tanidela! Dacă asta îmi cere să cuceresc Dacia, atunci voi cuceri Dacia. Dacă fratele tău, Regele, mi se supune și face pace dreaptă cu Roma, atunci poate că nu va fi necesar să cuceresc Dacia.
- Înțeleg, a răspuns Tanidela. Ceea ce consideră Caesar o pace dreaptă, Regele Decebal ar putea să considere a fi capitularea. Răspunsul meu este neschimbat, Caesar.
- Oare nu este nimeni care să poată vorbi în acest sens cu fratele tău?, întrebă Maximus.
- Fratele tău Diegis, poate?, a sugerat sprijinitor Titus.

Tanidela îi zâmbi doar pe jumătate.

- Cei doi sunt precum două boabe de mazăre într-o păstaie. Diegis este la fel de mândru și de încăpățânat ca și fratele său.

Traian și-a pus pocalul gol pe masă și s-a ridicat. Discuția se încheiase.

- Vă mulțumesc pentru onestitate și bunăvoință, Doamnă Tanidela! Reputația dumneavoastră vi-o ia înainte, precum un frumos trandafir cu spini. Bănuiesc că partea cu spinii este exagerată?
- Este o reputație naivă, Caesar, dar oamenilor pare să le placă.

Traian dădu din cap.

- Acum trebuie să am grijă de armata mea. Iar tu trebuie să-ți începi călătoria.

Tanidela a fost uimită.

- Călătorie, Caesar? Nu mai sunt oaspetele tău?
- Ba da, tu ești oaspetele meu de onoare și așa vei rămâne. Dar nu - s-a oprit și a gesticulat spre exterior - nu în aceste tabere brutale ale armatei.
- Unde voi călători, Caesar?

Traian i-a zâmbit binevoitor.

- Tu și copila ta veți călători, ca oaspeți ai mei, la Roma.

Tanidela a lăsat șocul anunțului său să se atenueze. Nu avea să-l mai revadă niciodată pe Davi, sau familia ei, sau Dacia. Trecând peste propria dezamăgire, trebuia să se ocupe de lucruri mai practice.

- Dar cum rămâne cu slujitorii mei? Lipa este o asistentă medicală excelentă, iar Seba devine o slujnică foarte competentă.

Traian a început să râdă.

- Când eram afară, asistenta ta mi-ar fi luat gâtul dacă ar fi avut un cuțit la îndemână. Nu, îți voi da o nouă dădacă și o nouă servitoare. Ei vor fi slujitori romani, loiali mie, în primul rând. Cu siguranță înțelegi și de ce?

Tanidela încuviință din cap.

- Și ce se întâmplă cu Seba și Lipa?

Împăratul ridică din umeri.

- Sunt prizoniere ale Generalului Maximus, ceea ce le face proprietatea lui. El va face cu ele ceea ce vrea.

Tanidela se uită la Maximus, dar generalul se îndepărtase deja. Titus Lucullus s-a dovedit a fi mai cooperant.

- Vor fi vândute ca sclave, Doamnă Tanidela. Aceasta este soarta femeilor care devin prizoniere de război.

El observă privirea ei îngrijorată și i-a spus mai în șoaptă.

- Le voi plasa într-o familie bună din Moesia. Ai cuvântul meu!

Hadrian, care fusese foarte tăcut, a decis să se alăture discuției. Fiind cel mai tânăr membru din suita lui Traian, rolul său era să asculte, să învețe și să facă anumite comisioane, după cum era necesar. Era pe punctul de a primi o altă misiune, dar una foarte importantă.

- Doamnă Tanidela!, a început discuția Hadrian cu un zâmbet luminos și fermecător. Vă voi însoți în călătoria dumneavoastră la Roma. Sunt numit Chestor Imperial al lui Caesar, mesagerul său, ca să spunem așa, pentru a informa Senatul Romei despre campania militară purtată de Caesar.

- Înțeleg!, spuse Tanidela.

Lumea ei se schimba mult prea repede, iar mintea ei trebuia să analizeze foarte rapid.

- Hadrianus este un excelent tovarăș de călătorie!, spuse Titus. Nu-ți va lipsi poezia și filosofia greacă, avându-l pe el alături!

Hadrian a ales să ignore tachinarea.

- Acel domn mai în vârstă și distins de acolo, după cum ați aflat deja, este Licinius Sura. Va călători și el alături de noi. Odată ajuns acasă, va candida la alegerile pentru funcția de Consul al Romei.

- Și câștigă, fără îndoială!, a completat cu rapiditate Titus.

- Și va câștiga, fără îndoială!, a fost de acord Hadrian.

Candidatul ales de Traian pentru funcția de Consul al Romei avea garanția că va câștiga alegerile.

- Ar trebui să mergem acum, Doamnă!, i-a spus Lucullus. Veți pleca dimineață. Ar trebui să faceți pregătirile de călătorie, pentru dumneavoastră și fiica dumneavoastră.

- Da, ai dreptate!, i-a spus Tanidela și s-a ridicat grăbită.

Nu era timp pentru alte discuții, trebuia să înceapă pregătirile.

- Pe dimineață, atunci!, a spus Hadrian cu o plecăciune galantă.

- Pe dimineață!, a răspuns Tanidela, îndreptându-și o ultimă privire spre împărat.

Traian a întrerupt conversația cu Sura, aplecându-și capul în semn de rămas bun.

Tanidela l-a urmat pe Titus Lucullus ieșind în aerul răcoros al serii. Viața ei tocmai ce se întoarse cu susul în jos. „*Decebal!, Decebal!,*" se gândi ea în sinea ei. „*Ce ne face nouă tuturor mândria și încăpățânarea ta?*"

Râul Ister (Danubius), Moesia, luna ianuarie, anul 102 d.Hr.

Gheața care acoperea Râul Ister era suficient de groasă pentru a susține greutatea soldaților daci și bastarni care mărșăluiau peste ea. Era suficient de solidă pentru a susține greutatea cavalerilor sarmați care își conduceau caii peste gheață. Era suficient de robustă pentru a susține carele de aprovizionare trase de catâri și cai. Da, gheața era suficient de groasă în multe locuri pentru a susține îmbulzeala oamenilor și animalelor care se deplasau peste ea. Cu toate acestea, în unele locuri, locuri înșelătoare, nu a fost așa.

Armatele de daci, bastarni și sarmați traversau râul înghețat de la nord la sud, din Dacia în Moesia. Regele Decebal ducea un război împotriva forturilor și așezărilor romane aflate acolo.

Împăratul Traian și-a poziționat armata la câteva sute de kilometri spre vest, de-a lungul Râului Danubius, în sudul Daciei. Cezar aștepta acolo sosirea altor legiuni care să înlocuiască trupele pierdute la Tapae și în luptele din Munții Daciei. El planificase să se adăpostească în tabăra de acolo și să reziste zăpezii și frigului de peste iarnă. Decebal avea de gând să-i strice planurile lui Cezar.

- Cineva ar trebui să construiască un pod peste acest râu!, a spus Șeful Fynn, aflat în șaua calului său, însoțindu-i pe Decebal și Davi, în timp ce urmăreau trecerea armatei de pe malul nordic al râului.

- Nimeni nu poate construi un pod atât de lung!, exclamă Davi.

Istrul era un râu lat și puternic care curgea dinspre vest, din Germania, până în Sciția, în est.

- Nimeni nu a încercat, probabil!, a continuat șeful bastarnilor. Gândiți-vă la asta! Am putea traversa Istrul în toate anotimpurile, atât vara, cât și iarna.

Decebal ridică din umeri.

- Dacii traversează Istrul iarna de multe generații. La fel și bastarnii, Fynn!

- Într-adevăr, așa este! Totuși, am putea beneficia de ...

Un zgomot puternic de crăpătură în râu le-a acaparat instantaneu toată atenția. Era sunetul sfâșietor al spargerii gheții, urmat de țipetele oamenilor și răcnetele animalelor în timp ce se scufundau în apa înghețată. Unul dintre carele de aprovizionare căzuse sub drumul de gheață, luând cu el mai mulți bărbați din apropiere. Râul curgea cu repeziciune, iar cei care cădeau erau repede înghițiți de apele învolburate ce curgeau pe sub gheață, fără a mai fi văzuți vreodată. Nu era nimic de făcut decât să ocoleşti larg acel petic subţire de gheaţă şi să te rogi pentru a evita nimerirea unui alt punct înşelător de gheaţă subţire.

Şeful Fynn a blestemat ghinionul pe nerăsuflate.

- Bieţii diavoli! După cum spuneam, ar fi un beneficiu să nu pierdem oameni şi cai într-o traversare iernatică pe gheaţă în-şelătoare.

Decebal a bătut gâtul calului, calmându-şi animalul speriat de răc-netele tumultoase ale animalelor care tocmai pieriseră.

- Nu mă pot contrazice cu tine, Fynn! Dacă-mi poţi găsi un astfel de maistru constructor de poduri, trimite-l la mine şi îl voi aco-peri cu aur!

Davi a dat pinteni calului, îndemnându-l să înainteze spre malul râ-ului îngheţat.

- Ar trebui să traversăm acum şi să blestemăm această gheaţă subţire. Sunt romani de cealaltă parte care abia aşteaptă să fie ucişi.

Au descălecat din şa, conducându-şi caii încet şi cu grijă, păstrând o distanţă bună între ei. Carele de aprovizionare erau cele mai expuse riscului, dar existau locuri cu gheaţă subţire în care chiar şi un cal se putea dovedi a fi prea greu. Era un risc pe care trebuiau să şi-l asume pentru că invadau provincia romană Moesia, încă odată.

Castrul roman, sudul Daciei, ianuarie 102 d.Hr.

Împăratul Traian era încântat să vadă cele două noi legiuni romane so-sind în castrul său de iarnă de lângă Danubius. Armata sa se întărea cu Legiunea I Flavia Minerva şi Legiunea XI Claudia, ambele fiind plasate sub comanda personală a lui Traian. Noile legiuni urmau să înlocuiască trupele pierdute în bătălia de la Tapae din vara precedentă.

Traian trebuia să-şi redeseneze noile planuri pentru invazia Daciei. Inamicul era mai puternic şi mai hotărât decât credea iniţial. Oricum nu conta. Avantajele sale constau în oameni și resurse, iar timpul era și el de partea lui.

Cu Licinius Sura plecat înapoi la Roma, cel mai apropiat prieten al lui Traian din comandamentul său de conducere era Generalul Gnaeus Longinus. Acesta era un vechi prieten și un fost mentor al tânărului Traian. Cu Sura plecat, el era, de asemenea, noul partener de băut al Împăratului.

- Vestea este că Licinius a fost ales noul Consul al Romei. O zi fericită pentru el!, a spus Longinus pe un ton amical.

Traian și-a ridicat pocalul de vin într-un toast.

- Pentru sănătatea și fericirea continuă a lui Licinius! Banii îi sunt mai mult decât suficienți, dar funcția de consul este numai bună pentru mândria lui!

- Of, mândria lui!, chicoti Longinus. Sura are aroganță, ce nevoie mai are și de mândrie?

- Nepoliticos, Gnaeus!, exclamă Traian. Fiecare om care și-a câștigat valoarea are mândrie. Asta ne conduce spre excelență. Aroganța, pe de altă parte, este hrana proștilor. Nu ești arogant, Marcus, și cu siguranță nu ești nici prost.

- Nici Sura nu este prost! El va conduce bine Senatul pentru mine în timp ce noi suntem în campanie.

Agitația din afara cortului le-a atras atenția. Tânărul ajutor al lui Traian a intrat în grabă.

- Un mesager din Moesia, Caesar! Pare grăbit.

- Păi? Trimite-l atunci, nu lăsa niciodată știrile să aștepte!

O clipă mai târziu, un căpitan de cavalerie intră obosit în cort. A luat poziția de drepți, salutându-l oficial pe Împărat, cu brațul drept complet întins în fața lui.

- Ave, Caesar!

- Noutăți din Moesia?, întrebă Traian. Vorbește omule! Arăți de parcă nu ai dormit de zile întregi.

- Armata dacică atacă taberele noastre din Moesia, Caesar. Ne-au luat prin surprindere și ne-au copleșit apărarea.

- Armata dacică?, întrebă Traian în timp ce îşi lăsa vinul jos. Eşti sigur că sunt daci?
- Da, Caesar! Cincisprezece mii de oameni, estimăm. Infanteria dacică, alături de cavaleria sarmată şi infanteria bastarnă. Iau cu asalt forturile noastre şi îi ucid pe toţi cei dinăuntru.
- Îi conduce Decebal?, întrebă Longinus.
- Cred că da, Generale! Dar nu pot spune asta cu certitudine.

Scrâşnind din dinţi Traian lăsă să se vadă o jumătate de zâmbet.

- Pare a fi ceva ce ar face Decebal. În timp ce stăm aici, el atacă poziţiile noastre cele mai slabe. Omul este plin de surprize, nu-i aşa?
- Evident că da!, a fost de acord Longinus. Ne forţează mâna, Caesar! Nu-l putem lăsa să se dezlănţuie în timp ce noi aşteptăm aici.

Traian s-a ridicat în picioare, acum alert pe deplin şi hotărât.

- Mâine la prima rază de lumină plec spre Moesia cu cinci legiuni! Vei rămâne aici cu restul armatei, Gnaeus, şi vei apăra Banatul! Decebal ar putea avea mai multe surprize pentru noi.
- Desigur, Caesar! Deşi, dacă şi-a dus armata spre est, bătălia principală se va da acolo.
- Rămâi în alertă aici, Gnaeus! Voi duce lupta cu Decebal, iar el îşi va dori să fi rămas la Sarmizegetusa!
- Da, Caesar!, a spus Longinus.

Ştia că Împăratul Traian avea acum o misiune, iar asta îl făcea o forţă teribilă. Decebal făcuse ceva de neiertat. L-a făcut pe Traian să se simtă depăşit, iar asta îi rănea în profunzime mândria lui Cezar.

Sarmizegetusa, luna ianuarie, anul 102 d.Hr.

Regina Andrada conducea oamenii din Sarmizegetusa mai mult sau mai puţin ca un părinte îndulgent. Oamenii trăiau vieţi responsabile şi simple şi nu aveau nevoie de multă coordonare. Viaţa lor de zi cu zi era concentrată pe viaţa de familie. Cu bărbaţii daci servind în armata

Regelui Decebal, viața de familie era mai mult matriarhală. Andrada avea încredere că femeile din oraș sunt vrednice și se vor folosi o judecată bună în conducerea vieții familiilor lor.

Marele Preot Vezina nu mai mergea în campaniile militare. Rămase în oraș pentru a supraveghea instruirea preoților lui Zamolxis și, de asemenea, ca sfătuitor al Andradei. Regina îl știa pe Vezina de o viață. Învăța-se să aibă încredere deplină în judecata lui, deoarece chiar Regele Decebal avea încredere în el.

În această zi, Marele Preot o asista pe regină în planificarea unei misiuni diplomatice pentru o delegație dacică. Tsiru, fostul șef al cercetașilor, numit acum Consilier al Reginei, li s-a alăturat. Cu ei mai erau Dochia, sora lui Decebal și Prințesă a Daciei. Cei patru s-au întâlnit în jurul unei mese din Sala Tronului. Cu Decebal și Diegis luptând în Moesia, ei erau cei mai înalți oficiali din Sarmizegetusa.

Sosise un emisar al Reginei Orica din Tribul Sakae al sciților. Ambasadorul fusese trimis să înceapă discuțiile pentru un tratat cu Dacia, despre care știau cu toții că ar putea fi de interes vital pentru Dacia. Dacia urma să trimită acum un emisar regal pentru discuții cu regina. Sciții, aflați la est de Sarmația, erau un popor mare, cu multe triburi. Puteau fi un aliat puternic în războiul împotriva Romei.

- Ce știm despre Regină?, întrebă Andrada. Și pe cine ar trebui să trimitem ca ambasador pentru a trata cu ea?
- Este un conducător feroce, a răspuns Vezina cu emfază.

Andrada îi zâmbi ironic.

- Îmi imaginez că așa ar și trebui să fie pentru a putea domnii ca femeie peste îmblânzitorii de cai.
- Da, așa este!, a fost de acord Marele Preot. Ea o venerează pe Hestia, Zeița Pământului. Se folosește de abur pentru a elibera vaporii din cânepă, ceea ce îi oferă viziuni despre trecut și viitor. Dacă profeții ei greșesc, îi arde în focul rugului.
- Profeții ei nu ajung la o vârstă prea înaintată, bănuiesc?, spuse Dochia râzând.

- Nu ajung la vârsta mea, cu siguranță! răspunse Vezina. Aș fi renunțat la fumat cu mulți ani în urmă.

- Ar fi fost mare păcat, Preasfinția Voastră!, a spus Tsiru.

- Mă repet, Vezina!, spuse Andrada. Pe cine ar trebui să trimitem ca emisar al Regelui?

El i-a răspuns cu un zâmbet ușor.

- Am vorbit deja cu ea.

- Cu ea?

Vezina se întoarse spre Dochia.

- Mai ești dispusă să faci o lungă călătorie, doamna mea?

- Cu siguranță sunt!, a răspuns Dochia, uitându-se apoi la Andrada. La ordinul Reginei, desigur!

Regina rămase uimită. Dochia nu părăsise Sarmizegetusa de foarte mulți ani. Păstrase doliu îndelungat din cauza morții fiului ei cel mic.

- Vrei tu să faci asta, Dochia? Iartă-mă, nu mă opun, doar sunt surprinsă!

Dochia dădu solemn din cap.

- Sunt o prințesă a Daciei. Este timpul să-mi fac datoria ca membru al familiei regale.

- Prințesa Dochia este cel mai bun ambasador posibil pentru a se întâlni cu Regina Orica, a continuat explicația Vezina. Este sora regelui. Este înțeleaptă și are temperamentul calm al unui diplomat capabil. Și ar putea să vorbească cu regina scită ca de la femeie la femeie.

- Înțeleg. Toate motivele sunt întemeiate!, spuse Andrada. Mă întreb acum, dacă vei fi în siguranță acolo?

- Cine mai este în siguranță în aceste zile, surioară? Trebuie să purtăm acest război așa cum poate fiecare. Aceasta este calea mea!

- Foarte bine, atunci ai binecuvântarea mea!, a spus regina, întorcându-se spre Tsiru. O vei escorta pe Dochia până în Sciția și înapoi. Luați cavaleria de care ne putem lipsi!

- Am înţeles, Majestate! a fost de acord Tsiru, oprindu-se o clipă pentru gândire. Voi lua patruzeci de cavaleri în escortă. Nu ne vom aventura departe spre sud şi trebuie să evităm patrulele romane.
- Pare a fi un plan bun, agreă Vezina. Veţi ajunge în Sciţia până la mijlocul lunii martie şi vă veţi întâlni cu regina lor. Să vă întoarceţi până în aprilie!
- Oare când veţi putea pleca?, se întrebă Andrada.
- Mâine!, răspunse Dochia ferm. Nu este timp de pierdut. Dacia are nevoie de aliaţi, iar sciţii îşi vor face aliaţi formidabili.
- Da, mâine!, confirmă şi Tsiru.

S-a ridicat şi i-a făcut reginei o mică plecăciune.

- Acum voi merge să fac pregătirile.
- Da, Tsiru, du-te!, a spus Andrada.

Pe când se îndepărta, ea l-a strigat.

- Protejeaz-o straşnic, Tsirule! Am pierdut o prinţesă aflată în custodia romană, nu mai putem pierde încă una!

El a privit înapoi zâmbind şi i-a făcut cu mâna.

Andrada se întoarse spre Dochia şi Vezina.

- Acum să discutăm termenii unui tratat. De ce avem nevoie? Ce vrea Sciţia?

> Capitolul 13

Dochia

Roma, luna februarie, anul 102 d.Hr.

S enatul Romei a fost convocat pentru o întâlnire de Lucius Licinius Sura, co-consul proaspăt ales și recunoscut de către toți ca purtător de cuvânt al Împăratului Traian. Sura acționa sub autoritatea desemnată a lui Traian, iar sarcina lui era să comunice dorințele lui Caesar la Roma.

Primul punct pe ordinea de zi a Senatului era să asculte raportul lui Publius Aelius Hadrianus, cunoscut de toată lumea cu numele de Hadrian. Tânărul era Chestorul regal al lui Traian. Înalt și cu o constituție puternică, pe cap având păr creț și bogat, care prin simpla lui apariție avea o prezență fizică impunătoare. Nu avea autoritatea sau greutatea lui Sura, fiind prea tânăr pentru asta, dar totuși era un înalt reprezentant oficial al lui Caesar și doar asta era suficient pentru ai aduce respectul.

Hadrian era, de asemenea, prin căsătoria încheiată, parte din familia lui Traian. Mulți se așteptau ca într-o zi să fie numit moștenitorul lui Traian și să-l urmeze ca următor Caesar. Era omul care trebuia luat în serios de oamenii bogați și puternici din Roma.

După ce a fost introdus de Sura, Hadrian a preluat comanda asupra centrului camerei pentru a se adresa distinsei adunări. L-a văzut pe Traian făcând acest lucru de multe ori înainte. El cunoștea stilul și forma corectă. Îi plăcea foarte mult să stea așa cum stătea Cezar și să vorbească în numele Cezarului.

- Campania din Dacia merge bine!, a anunțat Hadrian cu o voce clară și puternică. Armatele noastre conduse de Caesar au câștigat o mare victorie în bătălia de la Tapae. I-am împins pe daci și pe aliații lor barbari înapoi spre Munții Daciei. Am distrus multe dintre cetățile dacice din estul și vestul Daciei. Decebal este foarte slăbit, iar armata lui slăbește și ea pe zi ce trece.

Un senator s-a ridicat în picioare pentru a formula o întrebare.

- Ce ne puteți raporta despre luptele din Moesia?

- Au fost câteva atacuri împotriva forturilor noastre, a răspuns Hadrian. Nu știm, încă, cât de extinse au fost. Cezarul va trimite întăriri dacă va fi necesar. Campania majoră va fi în primăvară, când Caesar va mărșălui spre Sarmizegetusa.

Un alt senator s-a ridicat în picioare.

- Având în vedere mărimea și puterea armatei lui Cezar, mulți dintre noi se așteptau deja ca Decebal să fie zdrobit până acum. De ce avem această întârziere?

- Nu există nicio întârziere!, a răspuns Hadrian cu voce autoritară. Nu înțelegeți problemele militare. Luptăm cu o armată dacică care în trecut nu numai că s-a luptat de la egal la egal, dar a și învins armatele romane, timp de aproape douăzeci de ani. Ei sunt conduși de un rege războinic care, în trecut, a învins fiecare general roman care a fost trimis să-l îngenuncheze. Orice om cu educație militară știe că niciodată nu era de așteptat ca aceasta să fie o campanie rapidă sau ușoară.

Senatorul s-a reașezat, copleșit de huiduielile dezaprobatoare și disprețuitoare din partea multora dintre aliații lui Traian care stăteau în jurul lui.

- Părinți ai națiunii, vă spun asta chiar acum, a continuat Hadrian. Decebal este un conducător puternic și un comandant militar viclean. El a fost un ghimpe în laba leului roman pentru mult prea mult timp. Acum, în sfârşit, şi-a întâlnit superiorul în persoana Cezarului.

Hadrian a făcut o pauză pentru a permite senatorilor să aplaude şi să-şi exprime sprijinul. Întotdeauna era surprins să vadă că sprijinul nu era aproape niciodată unanim. Caesar era salvatorul Romei şi totuşi nu erau mulţumiţi? De ce această reţinere, chiar aşa?

- Aşa cum v-am spus, părinţi ai naţiunii, Caesar va relua şi mai hotărât campania militară în primăvară. El va mărşălui spre cetatea sfântă a dacilor şi îl va îngenunchea pe Decebal. Mă voi întoarce în Dacia înainte de venirea primăverii şi îl voi ajuta pe Caesar în bătăliile care vor urma. Dar, înainte de a mă întoarce - Hadrian s-a oprit şi s-a rotit pentru a-l indica pe Sura, voi rămâne la Roma peste iarnă pentru a-i ajuta pe consulii Lucius Licinius Sura şi Julius Ursus Servianus în implementarea numeroaselor legi pe care însuşi Caesar ne-a instruit să le implementăm.

Sura îi mulţumi pentru menţionare numelui său printr-o aplecare a capului. Hadrian s-a oprit încă o dată şi a privit în sus spre senatori, care i-au acceptat acum mesajul fără a mai face disidenţă. Cei care totuşi încă se mai plângeau printre ei erau foarte puţini şi aveau influenţă şi mai puţină. Prea bine. Acesta era Senatul lui Traian, iar senatorii urmau să facă ceea ce li se cerea de către reprezentanţii lui Traian.

Munţii din estul Daciei, luna februarie, anul 102 d.Hr.

Dochia şi escorta de cavalerie care o însoţea şi-au făcut cu greu cale pe drumurile înguste de munte. Vremea de la sfârşitul lunii februarie era încă rece. Troienele de zăpadă acopereau încă diferite părţi ale drumurilor. Ramurile copacilor erau aplecate sub greutatea zăpezii şi a gheţii. Munţii Daciei aveau peisaje frumoase de iarnă, dar erau şi un pericol mortal pentru cei care nu erau bine echipaţi pentru a le face faţă.

Tsiru călărea în fruntea coloanei de cavaleri. Ca şef al cercetaşilor, călătorise pe aceste drumuri de multe ori de-a lungul anilor. El planificase programul astfel încât să parcurgă o distanţă cât mai mare în timpul zilei, apoi, înainte de căderea nopţii, să ajungă la una dintre cetăţile dacice. Cetăţile ofereau adăpost şi căldură, hrană şi provizii. De asemenea, ofereau şi siguranţă împotriva patrulelor neaşteptate ale cavaleriei romane.

- Cât mai este până la următoarea aşezare, Tsiru?, întrebă Dochia, îndemnându-şi calul să meargă înainte pentru a fi alături de el. Lumina soarelui din ce în ce mai redusă creştea întunericul, seara se apropia.
- Nu e departe, doamna mea!, răspunse el. Vom ajunge acolo în jumătate de oră.
- Bine! Caii sunt istoviţi, trebuie să fie adăpaţi şi hrăniţi!

Comentariul ei l-a făcut pe Tsiru să zâmbească. Dochia era recunoscută ca o femeie realistă, cu o inimă de aur. Era membră a nobilimii dacice, dar primul ei gând s-a îndreptat spre bunăstarea cailor lor.

- Vom poposi în cetate timp de două zile şi le vom da cailor odihna necesară!, a spus Tsiru. Ne mai aşteaptă încă două săptămâni de mers călare. Primăvara este aproape aici şi atunci călătoria va deveni mai uşoară.
- Foarte bine, două zile sunt binevenite. Aş putea folosi aceste zile de odihnă la fel de bine ca şi caii.

Vocea Dochiei suna obosită şi rece. Îi plăcea să meargă ocazional la plimbare pe calul ei preferat, dar mersul zilnic în şa aducea oboseală oricărui călăreţ.

- Căldura hainelor vă este suficientă, doamna mea?, întrebă politicos Tsiru.
- Căldura este suficientă, a răspuns ea. Dar, cred că unele dintre degetele de la picioare încep să amorţească!
- Ah! Acesta este un neajuns minor. O pereche suplimentară de şosete ar trebui să remedieze această problemă.
- Dacă ai avea amabilitatea să-mi împrumuţi o pereche de şosete de soldat – spuse Dochia - pot remedia problema.
- Bineînţeles, doamna mea!

Zidurile cetății au început să se vadă la scurt timp după discuție. Aceasta nu era o cetate mare, adăpostind probabil vreo două sute de apărători. Ca mai toate cetățile dacice și aceasta avea ziduri din piatră și porți grele din lemn întărite cu fier. Metereze de lemn erau construite deasupra zidurilor pentru a permite arcașilor și lăncierilor să lupte împotriva atacatorilor. Invazia romană a Împăratului Traian stagnase în parte pentru că a fost nevoie de timp pentru a ataca și copleși aceste cetăți bine apărate care păzeau drumurile montane spre Sarmizegetusa.

Tsiru s-a oprit în fața porților închise și s-a uitat în sus spre străjerii aflați pe ziduri. Porțile vor rămâne închise până când vizitatorii vor fi identificați în mod corespunzător.

- Eu sunt Tsiru!, a strigat el către paznicii porții. Cu mine este Doamna Dochia! Deschide porțile!

Căpitanul străjerilor a pășit înainte spre marginea meterezelor de piatră.

- Îți recunosc vocea groasă, oriunde, Tsirule. Intrați înăuntru și haideți să o întâmpinăm pe Doamna Dochia așa cum se cuvine!

Porțile duble grele se deschideau încet chiar în timp ce vorbea. Erau grele și masive și necesitau echipe de oameni pricepuți pentru a deschide eficient zăvoarele.

Cetatea era aglomerată. Pe lângă cei două sute de soldați, adăpostea și alte două sute de civili, soțiile și copiii soldaților. Atunci când se așteptau lupte, civilii erau mutați în tabere și sate aflate adânc în pustietatea munților. Cu toate acestea, nu existau lupte în timpul lunilor de iarnă, așa că civilii s-au adăpostit în cetate pentru a fi alături de soții și tații lor.

Sosirea vizitatorului regal stârnise o mare agitație. Toată lumea, cu excepția santinelelor de pe ziduri, au ieșit pentru a-i saluta, formându-se o mare mulțime de oameni în fața sălii principale de mese. Regele Decebal vizitase cetatea de mai multe ori în timpul călătoriilor sale pe la cetățile dacice, dar niciunul dintre localnici nu o văzuse vreodată pe sora sa, Dochia.

Comandantul cetății era un veteran încărunțit al armatei, trecut de patruzeci de ani. Acesta îi aștepta pe Dochia și Tsiru în fața cantinei soldaților, aceasta fiind și cea mai mare sală din cetate.

- Bine ai sosit, Doamnă Dochia!, a spus bărbatul și i-a făcut o plecăciune. Suntem onorați să fim gazdele voastre în timpul șederii dumneavoastră aici!
- Mulțumesc!, a răspuns Dochia.

S-a întors spre mulțime și a început să vorbească cu o voce mai puternică.

- Vă mulțumesc, tuturor! Astăzi sunt la distanță de casa mea și călătoresc departe de familia mea. Dar vreau să știți cu toții că, în inima mea, cu toții sunteți parte din familia mea! Vă mulțumesc pentru primire, familia mea dacică!

Mulțimea chiuia și aplauda. Copiii erau în față pentru a vedea mai bine. Dochia i-a întâmpinat cu zâmbete calde. Și-ar fi dorit să aibă niște mici cadouri pe care să le ofere fiecăruia, dar, din păcate, nu existau astfel de obiecte printre proviziile pe care le duceau cu ei.

- Doriți să intrați în sala de mese, Doamna mea?, a sugerat comandantul. Am fi onorați să vă avem alături de noi.
- În acest moment cel mai bine m-ai onora cu un bol fierbinte de ciorbă, i-a spus Dochia zâmbind.
- Imediat, Doamna mea! Poftiți, pe aici, vă rog!

Ea l-a urmat înăuntru, Tsiru mergând alături de ea. Escortele lor de cavalerie erau încă ocupate să-și îngrijească bidivii la grajduri. În viața cavalerilor, grija purtată cailor lor era întotdeauna înaintea grijii purtate călăreților.

Provincia romană Moesia, luna februarie, anul 102 d.Hr.

Folosind artileria de câmp, armata dacică a atacat castrul roman o jumătate de zi. Apoi au luat cu asalt zidurile folosind scări și un berbec pentru a lovi în poarta fortului. La fel ca majoritatea forturilor din Moesia, și acest fort era apărat de infanteria auxiliară romană. Ei primeau suportul unei centurii de legionari ce numără aproximativ optzeci de oameni pentru a asigura nucleul de luptă al unităților staționate acolo. Centurionul însărcinat cu apărarea fortului și-a coordonat oamenii de pe ziduri, ducând o luptă disperată. Armata dacică nu lua prizonieri. Această bătălie, știau cu toții, era o luptă pentru supraviețuirea lor.

Regele Decebal a avut trei obiective principale în această campanie. El a vrut să-l pedepsească pe Împăratul Traian pentru agresiunea sa. Urmărea să distrugă forturile și taberele romane din Moesia și să-l slăbească militar pe Traian. Și, poate cel mai important, a vrut să atragă armata lui Traian departe de sudul Daciei. Până acum, în această campanie, toate cele trei obiective au fost îndeplinite.

- Sinna, vei trimite arcașii călare în spatele primului val de infanterie, i-a ordonat Decebal în timpul consiliului militar de dinaintea asaltului de dimineață asupra zidurilor.

Diegis, Buri și Drilgisa erau, de asemenea, acolo, împreună cu generalul de cavalerie. Tarbus stătea lângă Generalul Drilgisa.

- Concentrați-vă pe eliminarea apărătorilor de pe porți, pentru a ne proteja berbecul! Și Sinna - a continuat Decebal - fără eroisme excesive ca săptămâna trecută.

Sinna ridică din umeri.

- Da, Domnule!

- Aceasta nu este o sugestie, acesta este un ordin!, a poruncit Regele. Vei sta departe de arcașii lor! Am nevoie să comanzi cavaleria noastră, nu să pui săgeți în apărătorii romani și să riști să devii tu însuți o victimă.

- Am înțeles, Majestate!, a răspuns Sinna respectuos. Mă voi comporta conform rangului unui comandant de trupe!

- Adică - spuse Drilgisa cu un zâmbet - nu vei mai face nimic la fel de prostesc?

Sinna începu să râdă.

- Da, și asta!

Decebal privi în jur la oamenii care așteptau ordinele sale.

- O armată puternică are nevoie de o conducere puternică. Voi
  sunteți acea conducere! Țineți cont de acest lucru și nu vă ris-
  cați viața prostește!

Nimeni nu a dezaprobat. Scurta tăcere a fost întreruptă de Tarbus
care și-a dres gâtul înainte de a vorbi.

- Cer să conduc asaltul asupra zidurilor în această dimineață!, a
  spus el, îndreptându-și privirea înspre rege.

Această cerere a luat pe toată lumea prin surprindere. Buri, tatăl
său, îl privea cu neliniște.

- De ce îți dorești asta?, întrebă Decebal.

- Deoarece cred că este datoria mea!, a spus Tarbus pe un ton
  serios. Pentru că toți sunteți mari conducători, dar înainte de a
  deveni conducători ați fost mai întâi mari războinici. Mi s-a spus
  că atunci când v-ați războit în luptă, ați luptat întotdeauna în
  prima linie, Majestate. Împreună cu tatăl meu. Ați condus din
  frunte!

- Da, așa am făcut!, a fost de acord regele. Dar erau alte vremuri,
  Tarbus.

Tarbus clătină din cap.

- Iertați-mă, Majestate, dar trebuie să nu fiu de acord. Datoria
  unui soldat nu se schimbă odată cu vremurile. Nu erați rege
  atunci, dar erați general atunci când ați luptat în linia întâi. La
  fel și dumneavoastră, domnule General Diegis, și dumneavoas-
  tră, domnule General Drilgisa. Și tu, tată.

Decebal răspunse cu un zâmbet entuziasmului tânărului.

- Această decizie va fi luată de comandantul tău, Tarbus! Poate
  că ar trebui să-l întrebi pe Generalul Drilgisa!

Drilgisa aruncă o privire rapidă spre Buri, iar apoi se întoarse spre
Tarbus.

- Ai aprobarea mea! Inima ta are dreptate, Tarbus. Du-te și
  omoară-i pe romani și ajută-ne să cucerim această fortăreață!

Buri dădu aprobator din cap.

- Ai şi binecuvântarea mea, fiule! Ţine-ţi scutul sus şi ochii larg deschişi!
- Mulţumesc!, a spus Tarbus recunoscător. Nu vă voi dezamăgi!
- Acum că totul s-a rezolvat, a spus Diegis, uitându-se în jur, putem merge să ocupăm acest fort nenorocit?

Un avantaj tactic pentru armata dacică era în numărul foarte mare de arcaşi. Comparând arcaşii lor pedeştri şi arcaşii călare, aproape jumătate din armată era formată din arcaşi pedeştri. Aceşti arcaşii puteau ucide cu eficienţă la vreo două sute de paşi. Arcaşii de pe cai, care foloseau un arc mai mic şi mai uşor, erau eficienţi până la o sută de paşi. La o distanţă de cincizeci de paşi, ambele tipuri de arme erau mortal de precise, nu numai în câmp deschis, ci şi atunci când atacau apărătorii aflaţi deasupra zidurilor oraşului.

Când şi-au concentrat focul asupra anumitor secţiuni ale zidurilor, arcaşii trimiteau un roi nimicitor de săgeţi care fie i-au ucis apărătorii, fie i-au ţinut fixaţi în spatele apărătorilor lor. Acest lucru uşura atacul soldaţilor care conduceau berbecul să spargă porţile şi îi proteja pe cei care foloseau scări pentru a escalada zidurile fortului. Arcaşii romani de pe ziduri pur şi simplu nu puteau egala puterea de foc a arcaşilor daci aflaţi în atac.

Tarbus conducea valul infanteriei spre zid, purtându-şi scutul ridicat deasupra capului pentru a se proteja împotriva săgeţilor, suliţelor şi lăncilor. Unii dintre bărbaţi purtau scuturi pe braţele stângi, iar cu braţele drepte ajutau la transportarea unor scări lungi care ajungeau până în vârful zidurilor.

Soldatul ce păşea lângă Tarbus ducând capătul din faţă al unei scări s-a oprit atunci când a ajuns la zid, aşezând capătul scării cu fermitate pe pământ. Oamenii din spate au ridicat scara astfel încât aceasta să stea lângă zid în poziţie verticală. Un soldat a sărit pe scară şi a început să o urce, repede, treaptă cu treaptă. Un altul l-a urmat chiar în spatele lui.

Tarbus a urcat al treilea, deplasându-se cât de repede putea, dar încetinit de omul care să căţăra în faţa lui. O suliţă aruncată zbură pe lângă casca lui şi a lovit un infanterist aflat la nivelul pământului. Primul om de pe scară era aproape în vârf. Un urlet de durere se auzi atunci când gâtul omului a fost străpuns de vârful unei suliţe. Pentru o clipă bărbatul a zburat cu braţele deschise, apoi a căzut lateral de pe scară şi s-a prăbuşit spre pământ. Două săgeţi dacice l-au doborât pe lăncierul roman din vârful zidului.

Omul din faţa lui Tarbus ajunse în vârful zidului. Deodată a văzut doar cerul albastru deasupra lui, ceea ce l-a umplut de un puternic şi neaşteptat val de bucurie. S-a urcat pe marginea zidului, apoi a păşit într-o parte pentru a face loc omului care urca în spatele lui şi s-a aplecat jos în timp ce îşi scotea sica din teacă. În interiorul fortului, la nivelul solului erau arcaşi care trăgeau în dacii de pe zid, dar nu erau mulţi. Tarbus se întoarse cu faţa spre un lăncier care se apropia de el. A parat lovitura suliţei cu sica, apoi a făcut un pas rapid înainte, izbindu-şi scutul rotund de faţa bărbatului. Lăncierul se clătină spre înapoi cu un pas, ameţit. Aruncând o lovitură rapidă cu sica, Tarbus, iute ca o viperă, a tăiat cu precizie gâtul soldatului. Sângele ţâşni cu putere peste amândoi.

Tarbus continua să lupte. Mai mulţi soldaţi daci erau deja deasupra zidurilor, alungând din ce în ce mai mulţi apărători şi înlesnind urcarea scărilor pentru dacii care îi urmau. Romanii erau depăşiţi numeric şi copleşiţi. Tarbus auzi strigăte din direcţia porţilor. A privit în jos şi îi văzu pe apărătorii romani retrăgându-se în grabă, formând o linie defensivă.

Berbecul dacilor reuşise să doboare poarta principală de intrare în fort. Infanteria dacică năvălea prin poarta spartă. Aveau să fie urmaţi imediat de sarmaţii din cavaleria grea şi de arcaşii daci. La fel ca şi în atacurile dacice precedente asupra forturilor romane, bătălia avea să se încheie cu un masacru.

Regele Decebal ştia că Împăratul Traian a mutat o mare parte a armatei sale în Moesia. El a restabilit ordinea în unele părţi ale provinciei şi a pus localnicii să lucreze la reconstruirea castrelor romane distruse. Cu toate acestea, el încă nu reuşi să ajungă din urmă armata dacică dezlănţuită. Decebal plănuia să rămână în mişcare, să distrugă şi să slăbească resursele militare ale lui Traian. O confruntare directă avea să vină mai târziu, dar pentru moment planul său funcţiona bine.

Munţii din estul Daciei, prima săptămână a lunii martie din anul 102 d.Hr.

În după-amiaza târzie a ultimei lor zile în cetatea de munte, Dochia şi grupul care o însoţea şi-au adunat ultimele provizii de care aveau nevoie pentru următoarea săptămână ce avea să fie petrecută pe drum. Pâinea, brânzeturile, fructele şi legumele uscate erau alimentele de bază în această călătorie. Catârii aveau desagile încărcate cu fân şi nutreţ necesar pentru a hrăni caii.

Era prima săptămână din martie şi ziua era foarte luminoasă, însorită şi neobişnuit de caldă pentru sezonul în care se aflau. Copiii care se jucau afară nu erau nevoiţi să poarte hainele de iarnă. Multe dintre femei şi copiii mai mari au ieşit în pădurile din jurul cetăţii pentru a aduna lemne de foc. Unii au plecat să caute ciuperci, plante de iarnă şi flori. Se simţea o atmosferă destinsă şi festivă, deoarece reprezentanţii familiei regale nu vor pleca până în dimineaţa zilei următoare.

- Ce zi frumoasă!, îi spuse Dochia lui Tsiru.

Purta pelerina ei de primăvară, de culoare albastru deschis, un cadou de la Regina Andrada, care o făcea întotdeauna să se simtă veselă.

- Păcat că aproape s-a terminat.

- Această perioadă a anului aduce uneori vreme bună, Majestatea voastră!, a spus Tsiru.

- Sper să dureze încă două săptămâni!, a spus ea cu nostalgie. Nu-i aşa că ar fi minunat?

- Ar fi o binecuvântare de la Zamolxis, a spus Tsiru zâmbind.

Dochia privea curtea ce ducea spre sala de mese.

- Oamenii pregătesc o petrecere mare pentru această seară. Sunt atât de amabili. Este în onoarea dumneavoastră, Doamna mea! Este masa de rămas bun.
- Mi-aș dori să am o modalitate de a le răsplăti ospitalitatea!

Zgomotele din afara zidurilor le întrerupse conversația.

- Oare ce-i cu toată agitația asta?

Oamenii alergau în cetate prin porțile deschise. Au lăsat să le scape tot ce purtau în mâini și păreau alarmați.

- Închideți porțile! Închideți porțile!, a strigat străjerul porții, foarte tare și, de asemenea, alarmat.

Acum, multe tropăieli de copite puteau fi auzite în depărtare, apropiindu-se. Paznicii porții se grăbeau să împingă porțile grele, într-un proces greu și lent de închidere.

- Suntem atacați!, a spus Tsiru. Mergem în sala de mese, Doamna mea! Numaidecât!

Dochia l-a urmat, mergând grabnic. Bărbații se repezeau spre porți și urcau scările pentru a se alătura străjerilor aflați deja pe ziduri. Cetatea a fost luat prin surprindere și oamenii erau complet nepregătiți. Au făcut o greșeală despre care știau că nu trebuie făcută niciodată. Au lăsat garda jos.

Chiar înainte de a intra în sala de mese, Tsiru și Dochia s-au oprit pentru a privi înapoi spre porți încă o dată, atenția lor fiind atrasă de sunetele strigătelor și a luptelor ce se purtau. Porțile erau doar parțial închise. Prin deschizătura porților, cavaleria inamică se grăbea să pătrundă și să atace gărzile porții. Era o luptă inegală, iar paznicii de lângă poartă au fost copleșiți și uciși.

Războinicii daci aflați sus pe ziduri au atacat invadatorii cu arcuri și sulițe. Rezistența era prea târzie și mulți călăreți galopau deja în cetate. Erau cavalerie auxiliară romană.

- Înăuntru, Dochia! Repede!, spuse Tsiru și a prins-o ferm de braț, trăgând-o în sala de mese, închizând apoi ușa în urma lor.

Sala era deja plină cu un număr mare de copii și femei, care pregăteau mâncarea. Cu toții au oprit munca și acum stăteau tăcuți, confuzi și speriați.

Dochia se întoarse spre Tsiru.

- Putem să ne luptăm cu ei?

Tsiru clătină din cap.

- Nu știu! Oamenii noștri sunt împrăștiați peste tot în cetate, în grajduri sau împachetând provizii. Romanii sunt deja în interiorul zidurilor și nu știm câți sunt.

Dochia a simțit frustrarea și resemnarea din vocea lui.

- Ce ar trebui să facem, atunci?

- Trebuie să fugi, Dochia! Eu voi rămâne în aici și le vom ține piept cât de mult se poate.

- Să fug? Să fug unde?

Pentru prima dată în viața ei, Dochia se simția pierdută și neajutorată.

- Fugi în pădure și ascunde-te! Trebuie să existe o ieșire de siguranță pe aici, a spus Tsiru calm, dar rapid.

Și-a îndreptat privirea spre grupul de femei aflat în apropiere și a vorbit cu o voce puternică.

- Unde este ușa de scăpare? Un tunel de ieșire? Fiecare cetate dacică are unul!

O femeie strașnică de vârstă mijlocie a intervenit și a preluat inițiativa.

- Eu sunt Mira. Doamna mea, trebuie să veniți cu mine imediat! Există o cale de evacuare aflată în spatele acestei săli. Ne scoate în pădurea de sus de pe munte.

Tsiru i-a atras atenția Dochiei.

- Are dreptate! Trebuie să mergi cu ea și trebuie să faci asta grabnic! Romanii ar putea intra pe cealaltă ușă în orice moment începând de acum.

Dochia aprobă cu repeziciune din cap.

- Am înțeles. Vei știi să ne găsești?

- Atunci când voi putea, sigur vă voi găsi!, a promis el. Acum trebuie să vă protejez scăparea. Plecați, acum!

Dochia s-a întors spre femeile îngrozite aflate în jurul ei și a preluat comanda, învingându-și propria frică pentru că trebuia să conducă.

- Voi toate, veniți cu noi!, a ordonat ea. Acum!
- Vom merge spre zidul din spate!, le-a instruit Mira. Vom merge afară pe ușa de evacuare, dragele mele, repede!

O tânără slăbuță cu părul negru care ținea în brațe un bebeluș căuta cu vehemență în jur după un coș pentru a împacheta lucrurile copilului ei. Mira a luat-o de braț și a condus-o spre ușă.

- Trebuie să plecăm repede!, a spus femeia mai în vârstă cu o voce calmă, dar fermă.
- Mâncarea bebelușului meu! Hainele lui!, a exclamat femeia, uitându-se panicată în jur.

Dochia clătină tristă din cap.

- Romanii vor fi aici înainte ca tu să poți merge să-i găsești lucrurile. Vei fi ucisă sau capturată, la fel se va întâmpla și cu copilul tău.

Tânăra s-a lăsat condusă spre ușa de evacuare, cu lacrimi curgându-i pe obraji. Toate celelalte femei și copii au făcut la fel, urmând exemplul Mirei. A rămâne acolo ar însemna să fii violată, ucisă sau vândută în sclavie.

Înainte de a păși dincolo de ușa de evacuare, Dochia s-a întors pentru ultima dată pentru a-l privi pe Tsiru. Stătea tăcut lângă ușă, privindu-le cum pleacă. Și-a ridicat brațul stâng și i-a făcut un semn de rămas bun. Cu mâna dreaptă și-a scos sabia și s-a întors cu fața spre cealaltă ușă. Dochia le-a urmat pe femei și pe copiii acestora, ieșind în pădure.

Nu exista nici un drum sau potecă care să meargă dinspre cetate spre inima muntelui. Pădurea era virgină. Pinii erau din belșug, amestecați cu mesteceni, ulmi și stejari. Coroanele veșnic verzi ale unor copaci ofereau ceva vegetație și puțină acoperire față de cetatea aflată mai jos. Ceilalți copaci stăteau maiestuoși, cu ramurile goale și frunzele de anul trecut descompunându-se în jurul lor în covorul pădurii.

Mira a venit să meargă alături de Dochia. Ea era soția comandantului cetății, ceea ce o făcea să fie o persoană respectată. Ea era, de asemenea, un conducător înnăscut, iar celelalte femei îi respectau sfaturile.

- Unde mergem?, a întrebat-o Dochia. Se pare că știi bine aceste locuri.
- Așa este, Doamna mea!, a răspuns ea. Am crescut în acești munți și am trăit aici toată viața.
- Fără formalități aici, te rog!, a cerut Dochia. Poți să-mi spui Dochia. Suntem toate implicate în asta, surioară. Iar tu ești cea care trebuie să ne conducă acum, nu eu.
- Așa este, surioară. Și îți mulțumesc că ești foarte amabilă!, a răspuns Mira.
- Deci, Mira, încotro mergem?
- Ne vom îndrepta spre est. Undeva pe partea cealaltă a acestui munte este un mic sat. Acolo vom găsi adăpost și hrană.
- Foarte bine!, a fost de acord Dochia, simțindu-se ușurată. Cât timp ne va lua să ajungem acolo?
- O zi, aș crede, spuse Mira privind în jurul ei. Dar cu acest grup cu copiii mici, poate fi chiar o zi și jumătate. Suntem mai mult de o sută și o treime dintre noi sunt copii.

Dochia încuviință din cap.

- Cei mici obosesc, trebuie să se oprească și să se odihnească.
- Da, obosesc repede. De asemenea, le va fi și foame, dar nu prea este nimic de mâncat în aceste păduri, cu excepția rădăcinilor și a nucilor. Nimeni nu va muri de foame în două zile, așa că nu trebuie să ne facem griji pentru asta.
- Nu sunt îngrijorată de lipsa hranei, dar nu avem haine groase, răspunse Dochia, purtând pelerina ei de culoare albastră ca cerul și privind în jos la papucii ei din piele de cerb. Uită-te la mine,

port haine de primăvară. Copiii se jucau afară, fără haine groase.

- Ne-am bucurat de o zi primăvăratică timpurie, a fost de acord Mira. Să ne rugăm ca vremea să rămână blândă!

Dochia privi cerul, care se întuneca tot mai mult peste vârfurile copacilor. Noaptea avea să vină în curând.

- Da, Mira, să ne rugăm ca să se întâmple asta!

Când ușa s-a deschis, Tsiru și-a ridicat sabia, fiind pregătit pentru luptă. Totuși, cei patru oameni care au intrat nu erau romani, ci erau patru dintre soldații săi de cavalerie. Toți aveau săbii însângerate, iar unul dintre ei șchiopăta cu un picior rănit.

- Mă bucur să vă văd!, exclamă Tsiru. Unde-s ceilalți?

Unul dintre soldați clătină din cap.

- Noi suntem toți cei care am mai rămas. Cetatea este pierdută. Infanteria romană mărșăluiește înăuntru chiar acum.

Tsiru a făcut o grimasă, iar mai apoi chipul i s-a încruntat.

- Deci luptăm aici și murim aici, fraților!

- Doamna Dochia?, a întrebat unul dintre bărbați.

- A scăpat în pădure împreună cu mai multe femei și copii. Vom duce o luptă de ariergardă și le vom da timp să se îndepărteze. Repede, blocați accesul cu câteva dintre mesele de lângă ușă! Să nu le facem lucrurile prea ușoare ticăloșilor romani!

Nu a durat mult până când soldații romani de afară au încercat ușa. Când au văzut că aceasta era blocată, nu le-a luat mult timp să spargă ușa și să forțeze baricada fragilă.

Lupta din sala de mese a durat doar câteva minute, deoarece dacii au fost copleșiți numeric. Infanteria romană de la ușă nu era formată din soldați auxiliari, ci din legionari complet înarmați și înzestrați. Tsiru s-a trezit că e ultimul aflat în picioare, luptând cu disperare pentru a ține în frâu doi legionari. O suliță aruncată i-a străpuns umărul drept, ceea ce l-a făcut să-și piardă puterea în mâna dreaptă. A gemut de durere și și-a scăpat sica, nemaiavând puterea să o mai țină în mână. Un legionar corpolent l-a lovit cu scutul şi l-a doborât. Aflat deasupra lui Tsiru şi-a ridicat gladiusul pentru a-i aplica înjunghierea finală.

- Aşteaptă!, porunci o voce. Nu-l ucide încă! Adu-mi-l aici!

Doi soldaţi l-au ridicat pe Tsiru de pe podea şi l-au târât la o masă, unde a fost aruncat pe un scaun. Un centurion roman s-a aşezat vizavi de el, de cealaltă parte a mesei.

- Arăţi de parcă ai fi ofiţer, a spus romanul. Deci, spune-mi, ce informaţii îmi poţi oferi pentru a mă face să-ţi cruţ viaţa dacică lipsită de valoare?

Umărul lui Tsiru avea dureri mistuitoare, dar şi-a păstrat chipul serios şi atitudinea calmă.

- Am foarte multe informaţii. Ce ai vrea să ştii?

- Ha, ha, ha!, începu să râdă centurionul. Uită-te la ăsta! Se crede general!

- Nu sunt general - a zâmbit Tsiru - dar se întâmplă să ştiu mai multe decât majoritatea generalilor din armata dacică!

- Chiar aşa să fie? Atunci poate ar trebui să te rog să vorbeşti direct cu însuşi Generalul Quietus, nu-i aşa?

- Da!, spuse Tsiru cu răceală. Aşa ar trebui!

- Nu te cred, dacule!, îl luă în batjocură romanul. Cred că eşti un mare mincinos!

- Găină ignorantă, proastă şi fără creier!, strigă Tsiru la el.

- Numele meu este Tsiru! Timp de douăzeci de ani am fost şef al cercetaşilor de cavalerie pentru Regele Duras şi Regele Decebal. Generalul Sinna şi Generalul Drilgisa sunt ca fraţii pentru mine. Familia Regelui Decebal este ca o familie pentru mine. Numele Vezina înseamnă ceva pentru tine?

- Da, da! Da! a răspuns centurionul, uimit. El este Marele Preot pentru voi, dacii, şi conducătorul spionilor voştri.

- Ştiu jumătate din informaţiile aflat în capul lui Vezina!, a spus Tsiru. Dar ştii de ce le ştiu?

- Nu. De ce?

- Pentru că eu i-am dat aceste informații! Acestea au fost adunate de-a lungul anilor de cercetașii mei de cavalerie, care cu toții mi-au raportat mie. Acum, dacă ai avea cel puțin la fel de mult creier precum un porumbel, ai spune că merită să-mi cruți viața fără valoare?

Centurionul rămase tăcut pentru o clipă.

- Bine, te voi lăsa să trăiești, deocamdată! Îl vom aștepta pe Generalul Quietus să sosească și el însuși te va putea interoga.

Omul s-a oprit din nou și fața i s-a întunecat.

- Dar îți promit asta, dacule! Nu te vei bucura de metodele prin care generalul pune întrebări.

După apusul soarelui, Dochia, Mira și celelalte femei care au scăpat din cetate au devenit foarte obosite și, brusc, înfrigurate. Soarele cald al după-amiezii părea acum o amintire îndepărtată, fiind înlocuit de un vânt rece care sufla dinspre nord-vest. Femeile și copiii s-au adunat în grupuri mici, înghesuindu-se unii în alții cât de bine au putut, dar tremurau cu toții.

- Oare nu avem nicio modalitate de a face un foc?, o întrebă Dochia pe Mira.

Mira clătină din cap.

- Nu, nu am luat cremene cu care să aprindem focul. Și chiar dacă am avea cremene, tot lemnul din jurul nostru este jilav și îmbibat cu apă și nu s-ar aprinde niciodată. Și dacă totuși am reuși să aprindem suficiente focuri pentru a încălzi o sută de oameni, romanii ar putea să ne vadă tocmai de la Roma.

Dochia îi zâmbi posomorâtă.

- Deci, fără foc, atunci!

- Da, surioară!, a răspuns Mira. Trebuie să îndurăm frigul toată noaptea asta. Mâine va fi mai cald.

- Poate ne-ar fi mai cald dacă am continua să mergem, a sugerat Dochia.

- Este mult prea întuneric pentru a străbate pădurea, norii sunt groși și nu există lună. Îmi pare rău că sunt vestitorul tuturor anunțurilor proaste, Dochia, dar asta este tot ceea ce pot să-ți spun!
- Rămâne pe mâine, atunci!, a spus Dochia. Vom mergem din nou la prima rază de lumină, iar asta ne va încălzi!
- Da, așteptăm ziua de mâine!

Alături de ele sosi o femeie subțire, tremurând atât de violent încât dinții îi clănțăneau necontenit. Aceasta era tânăra femeie cu un copil pe care acum îl ținea strâns lângă sânul ei. S-a așezat lângă Mira. Femeia mai în vârstă a cuprins-o cu un braț și a tras-o mai aproape.

- Mi-este atât de frig!, a spus tânăra mamă, cu voce tremurătoare. Bebelușului meu îi este foarte frig!

Dochia ar fi vrut să plângă pentru ea, dar lacrimile înghețaseră deja în interior. Nu mai conta asta, oricum nu ar fi făcut niciun bine aceste lacrimi. Și-a dat jos de pe umeri pelerina de culoare albastru-deschis.

- Aș putea ține eu copilul pentru tine, draga mea?, a întrebat ea. Îl voi înveli în pelerina mea pentru a-i ține de cald.
- Ah, mulțumesc!, a spus femeia. Da, te rog să faci asta!

Dochia a luat copilul și l-a învelit cu grijă în faldurile pelerinei ei. Copilul a îngânat ceva, dar nu a plâns. Poate că și lui îi era prea frig ca să plângă. Dochia și-a înfășurat brațele în jurul micului ghemotoc uman și l-a strâns încet la pieptul ei.

Se gândea doar la ziua de mâine. Mâine ar putea pleca, ar putea părăsi această pădure și le-ar fi cald. Mâine.

Tsiru stătea și aștepta. Noaptea căzuse și Generalul Lusius Quietus era așteptat să sosească în orice moment. În tot acest timp, el era supravegheat de gardienii săi și de un centurion, care îl priveau cu un dispreț evident. I-au bandajat umărul pentru a-i opri sângerarea, dar brațul cu care ținea sabia era încă inutilizabil. I-au adus chiar și o cană cu apă atunci când i-a rugat. Dacă se dovedea a fi că este cine spunea că este, atunci era un prizonier foarte valoros.

Un soldat a intrat în sala de mese şi s-a îndreptat spre centurion.

- Unul dintre prizonieri a vorbit sub tortură, domnule! Se pare că aici era o femeie din familia regală dacică. Numele ei este Dochia, sora lui Decebal. Escorta ei se numeşte Tsiru.

Sutaşul îi aruncă lui Tsiru o privire furioasă.

- Unde este femeia?

- De unde a-ţi scos această prostie?, întrebă Tsiru. Aici nu a fost niciun membru al familiei regale dacice.

Centurionul s-a ridicat în grabă, răsturnându-şi scaunul jos. Şi-a scos gladiusul şi s-a apropiat de Tsiru. A pus vârful sabiei pe gâtul lui Tsiru, apăsându-l contra pielii.

- Spune-mi chiar acum unde-i femeia sau pregăteşte-te să te întâlneşti cu zeul căruia i te închini, oricare ar fi el, direct în lumea morţilor lui Hades!

- Prizonierul tău te minte!, răspunse Tsiru. Nu era nici o soră a lui Decebal aici.

Sutaşul apăsă mai puternic vârful gladiusului şi scoase o picătură de sânge.

- Tu tragi de timp! M-ai dus cu vorba tot timpul acesta, ca să-i dai timp să scape, nu-i aşa? M-am săturat să ascult minciunile tale, gunoi de dac, ce eşti!

- Eşti uşor de păcălit, creier de pasăre!, spuse Tsiru în timp ce-l scuipă în faţă. Acum, omoară-mă, apoi să putrezeşti tu în iadul lui Hades!

Romanul îşi înfipse cu o ferocitate nestăvilită sabia direct în grumazul lui Tsiru. Dacul căzu spre lateral, pierind înainte de a lovi podeaua. A murit cu zâmbetul pe buze. Tsiru credea cu certitudine, aşa cum credeau toţi războinicii daci, că în prima clipa de după moarte va ajunge pentru totdeauna în raiul lui Zamolxis alături de alţi nenumăraţi daci care au murit înaintea lui.

Centurionul era furios.

- Găseşte-o pe Dochia asta! Trimite patrule să o caute!

- Domnule, nu putem trimite patrule acum. E beznă, beznă, afară!, a subliniat consilierul său. Şi, în plus, nici nu are unde să meargă.

Romanul s-a oprit pentru a-şi recăpăta calmul.

- Dimineaţă, la prima rază de lumină, vreau să fie trimise patrule în toate direcţiile care pleacă departe de fort! Găseşte-o sau te jupoi de viu!

Dimineaţa următoare se arăta a fi o zi luminoasă şi însorită. Echipele de căutare s-au răspândit dinspre cetate spre toate direcţiile, vest, nord, est şi sud. Cavaleria căuta pe drumurile de munte. Infanteria a mers pe pantele puternic împădurite ale munţilor, acolo unde cavaleria nu putea ajunge. Toţi ştiau că unui prizonier cu un statut atât de important nu i se putea permite să evadeze.

Deşi era dis-de-dimineaţa, aerul rece şi înviorător i-a trezit repede pe bărbaţi şi le-a pus iuţeală în paşi. Echipa de căutare care se îndrepta spre nord-est a găsit curând semne că un grup mare de oameni trecuse prin acea pădure. O succesiune de sunete de goarnă a adus mai mulţi căutători în zona lor.

- Împrăştiaţi-vă!, le-a poruncit ofiţerul lor. Capturăm pe toţi prizonierii pe care îi putem găsi şi nu vreau să rataţi niciunul!

Urcuşul prin vântul îngheţat era obositor. Răsuflarea expirată de bărbaţi îngheţa şi ea în aerul rece. Unul dintre legionarii din prima linie avea un sentiment straniu, deşi nu putea spune de ce.

- Ce te îngrijorează?, l-a întrebat tovarăşul său aflat în dreapta. Arăţi speriat...
- Nu ştiu! Simt prezenţa fantomelor.
- Nu există fantome, eşti tâmpit?!, i-a spus omul cu dispreţ.

Legionarii au continuat să urce mai departe. Un bărbat aflat în partea frontală a strigat brusc, era un strigăt pentru ofiţerii superiori. Un centurion s-a dus în grabă să investigheze.

- Ce este? Aţi găsit ceva?

Legionarul care lansase strigătul indica spre un loc aflat la mică distanță mai sus pe versantul împădurit al muntelui.

- Statui!, a spus el, derutat și confuz.

Ofițerul s-a apropiat. Risipite printre copaci a văzut grupuri de figuri umane, femei și copii de toate vârstele, îmbrăcați sumar, împietriți ca niște statui. Dar, nu erau statui.

Corpurile erau înghețate în diferite poziții de odihnă. Unele stăteau așezate. Altele erau întinse pe pământ. Multe aveau mâinile înconjurate în jurul celuilalt, îmbrățișându-se.

În partea din față a grupului, așezată aproape de alte două figuri feminine înghețate, era o femeie ce avea o privire cu atitudine regală. Într-o moarte tăcută, femeia încă ținea apăsat aproape de sânul său corpul unui copil, înfășurat într-o pelerină albastru-deschis. Părul ei lung și castaniu era ușor acoperit de zăpadă. Cu ochii închiși, părea că se află într-un somn adânc și liniștit.

> Capitolul 14

Nu mai avem bandaje

Moesia, prima săptămână a lunii martie, anul 102 d.Hr.

Caesar Traian umbla nerăbdător dintr-o parte în alta când doi cercetași din cavaleria auxiliară s-au apropiat de cortul său de comandă. De săptămâni întregi urmărea armata dacică prin Moesia, dar nu a reușea nicicum să o țintuiască. Decebal ataca forturile romane, ucidea trupele care erau de pază, iar apoi trecea rapid la următoarea țintă. În urma lui rămâneau doar distrugeri și pământ ars.

- Raportați!, a ordonat împăratul celor doi bărbați în timp ce aceștia se închinau în fața lui în semn de salut. Ați văzut tabăra dacilor? Unde?

- Lângă orașul Nicopole, Caesar!, a răspuns unul dintre cercetași. Am văzut infanteria și, de asemenea, cavaleria sarmată. Și multe vagoane de transport cu patru roți.

- Câți cavaleri sarmați erau?, a întrebat comandantul cavaleriei Lusius Quietus.

El și Laberius Maximus se aflau lângă o masă pe care era desfășurată o hartă mare a Moesiei.

- Nu știu, domnule General!, a răspuns cercetașul, clătinând din cap. Am văzut tabăra doar de la distanță. Era o tabără foarte mare.

- V-ați descurcat bine și veți fi răsplătiți!, le-a transmis Traian. Sunteți liberi!

Cercetașii s-au înclinat încă o dată, apoi s-au întors repede și au plecat. Traian s-a dus să li se alăture generalilor săi aflați la masa hărților.

- Nicopole se află la o zi distanță de marș spre est, a spus Maximus, apoi a aruncat o privire spre cer, unde soarele asfințea înspre vest. Noaptea vine în două ore. Nu putem mărșălui până nu apare prima lumină!
- Nu vom mărșălui cu infanteria, Laberius!, i-a spus împăratul. Mâine, când vom ajunge noi la Nicopole, dacii vor fi deja dispăruți.

Maximus ridică o sprânceană.

- Cred că ai ceva planuri diferite în minte?
- Da!, răspunse Traian, întorcându-se spre Quietus. Singura modalitate de a ajunge un inamic înainte ca acesta să plece mai departe este cu un atac de cavalerie. Poți lansa un atac de noapte, Lusius?

Quietus dădu din cap nerăbdător.

- Cu siguranță pot, Caesar! Oamenii mei pot pleca cam într-o oră. Vom călători prin întuneric și vom ajunge la tabăra lor în noaptea aceasta!
- Fă-o!, a ordonat Traian. Pregătește-ți oamenii, chiar acum!
- Imediat, Caesar!, a acceptat Quietus porunca, îndreptându-se spre cortul său de comandă pentru a transmite ordinul și ofițerilor de cavalerie.
- Un atac nocturn de cavalerie?, întrebă Maximus. Acesta este un plan îndrăzneț, Marcus! De asemenea, unul la care Decebal nu se va aștepta.
- Trebuie să-l surprindem, așa cum ne-a surprins și el pe noi. Îți mărturisesc sincer, Laberius, m-am săturat de surprizele lui!, a spus Traian. Acum trebuie să-l punem noi pe el în defensivă și să reacționeze el la acțiunile noastre! Pierdem prea mult timp, reacționând noi la el!

- Sunt întru-totul de acord! Deci, Lusius va conduce acest atac?

Traian clătină din cap.

- Nu! Voi lua cavaleria pretoriană și eu voi conduce atacul. Tu vei rămâne aici să comanzi infanteria și mâine vei mărșălui spre Nicopole pentru a ni te alătura acolo!

- Am înțeles!, confirmă Maximus. Îmi poți promite un lucru, Marcus?

- Și care ar fi acest lucru?

- Că dacă îl întâlnești pe Decebal, față în față, nu te vei lupta personal cu el!, a spus Laberius cu un zâmbet amuzat.

Asta l-a făcut pe Traian să râdă.

- Depinde de circumstanțe, Laberius! Am ucis mulți barbari în viața mea!

- Știu asta, a răspuns Maximus. Și nu pun la îndoială curajul tău, de altfel, nimeni nu are motive să se îndoiască de asta!

- Ah, ha! Îmi pui la îndoială abilitățile de luptă, poate? Deși trebuie să recunosc, le-a cam prins rugina în ultima vreme.

- Știți foarte bine ceea ce vreau spun! Caesar nu se poate angaja în lupte corp la corp, oricât de mare ar fi tentația! Este dezonorant față de poziția ta! Doar pentru asta.

- Nu-ți face griji, Maximus! Bineînțeles că înțeleg acest lucru. Chiar și Divinul Iulius a renunțat la luptă odată ce a devenit Caesar!

Traian se opri și se încruntă.

- Cu toate acestea, aș avea o mare satisfacție să tai capul acestui rege barbar!

- I-l voi tăia eu pentru tine, Caesar!, a spus Laberius. Voi face eu pentru tine ceea ce Cornelius Fuscus nu a putut face pentru Domițian!

- Ah, da, bietul General Fuscus! Se spune că Decebal l-a ucis după o singură luptă.

- Cam așa se vorbește!

- Asta a fost acum șaisprezece ani, Laberius! Nu mai suntem în epoca lui Domițian și Fuscus. Acum trebuie să mă duc să-l prind pe acest rege barbar și să-i arăt că eu nu sunt Domițian!
- Cred că știe deja asta, Marcus! Dar da, trebuie să-l prinzi și să-i arăți care este locul lui!

Prințul Davi a fost trezit de tropăitul tunător al copitelor însoțit de strigătele și sunetele bătăliei. S-a ridicat imediat din pătura care îi servea drept pat, a luat sabia și arcul, alăturându-se celorlalți bărbați care se îndreptau spre caii lor. Au fost surprinși de atacul rapid al cavaleriei și nu aveau timp să-și îmbrace armura pe corp sau să pună armura pe caii lor. Cerul nopții era foarte senin și era suficientă lumină de la lună pentru a vedea pe unde merg.

- Adunarea aici!, strigă Davi. Cu lănci și săbii!

Era prea întuneric pentru a vedea la distanță. Atacatorii erau călare, jefuind carele de provizii, ucigându-i cu lănci, sulițe și săbii pe toți cei care le ieșeau în cale. De la distanță era imposibil să deosebești aliatul de dușman, iar Davi nu voia ca oamenii lui să se omoare între ei trăgând cu arcurile.

El și-a condus calul înainte spre un călăreț care străpungea cu lancea bărbați și femei care ieșeau pe jumătate adormiți și confuzi din corturile lor. Călărețul inamic a observat apropierea lui Davi prea târziu pentru a-și mai întoarce calul să facă față atacului. Davi s-a ferit de vârful suliței care se îndrepta spre el, apoi, din apropiere, la înjunghiat pe bărbat cu sabia, chiar sub cutia toracică. Călărețul gemu de durere și și-a rămas atârnat în șaua calului său. Două femei l-au trântit imediat jos de pe cal și l-au înjunghiat și ele în mod repetat cu cuțitele.

Lăncieri bastarni s-au adunat în mici grupuri pentru a lupta împotriva cavaleriei atacatoare. Tabăra era într-un haos de nedescris, iar auxiliarii romani păreau să fie peste tot. Unele corturi erau la propriu în flăcări. Apărătorii de la sol erau copleșiți de numărul și viteza de atac a adversarilor. Bătălia se transformase rapid într-un masacru.

Călăreții sarmați ai lui Davi erau atacați din mai multe părți de cavaleria romană și luptau cu disperare pentru supraviețuire. Erau uciși, om după om. Davi văzu că aproape jumătate din oamenii săi erau deja căzuți. Cu un urlet de mânie și-a adunat încă o dată oamenii alături de el. De această dată pentru a-i conduce spre sud, înafara câmpului de luptă. A rămâne și a lupta acum echivala cu anihilarea lor totală. Trăiau pentru a lupta din nou, cu condiția de a nu-și pierde speranța.

Adamclisi, Moesia, luna martie, anul 102 d.Hr.

Corpul principal al armatei Regelui Decebal și-a așezat tabăra mai la sud-est, lângă orașul Adamclisi. Decebal a aflat chiar în dimineața următoare despre înfrângerea trupelor sale militare de la Nicopole. Cavaleria romană, numărând mii de oameni, atacase în miez de noapte, luându-i soldații prin surprindere. Pierderile infanteriei bastarne și a cavaleriei sarmațiene erau substanțiale. Mulți din infanteriști bastarni mergeau însoțiți de soțiile și copiii lor, iar carele de transport ale acestora au încetinit armata. Jumătate dintre soldați și civili au scăpat în întuneric îndreptându-se spre sud, spre armata principală a lui Decebal.

- Infanteria romană susținută de cavalerie îi va ajunge din urmă într-o zi, cel mult două!, a spus Diegis. Acum că Traian ne-a dat de urmă, va fi agresiv în stoparea deplasării noastre.
- Atunci să le oferim lupta pentru care au venit!, a spus Drilgisa. M-am cam săturat să atac pe rând câte un fort.
- Amândoi aveți dreptate!, a confirmat Decebal. Traian are o cavalerie puternică, iar acum ne v-a reduce din libertatea de mișcare. Sunt de acord și cu tine Drilgisa, trebuie să luăm poziție, aici, în Moesia, înainte de a ne întoarce în Dacia. Trebuie să-l schilodim și mai mult pe Traian, altfel ne va urmări ca pe niște iepuri alergați de câini.
- Ne vor depăși numeric cu mult!, a spus Davi.

Pulpa superioară a piciorului său stâng era înfăşurată strâns cu un bandaj însângerat de la o plagă suferită în urma unei împunsături de suliţă romană care l-a înţepat în timp ce lupta cu dârzenie cu alţi doi atacatori.

- Romanii ne depăşesc întotdeauna numeric!, a spus Regele.
- Am fost depăşiţi numeric la Tapae şi totuşi le-am ţinut piept!, a completat Drilgisa.
- Tapae este o luptă trecută!, a mârâit Diegis. Aceasta este o bătălie complet diferită. Vom provoca pierderi armatei lui Traian, iar mai apoi ne vom retrage înapoi peste Ister în munţi.
- Ai dreptate, dragul meu frate!, a spus Regele. Aceasta bătălie va fi complet diferită! La Tapae am avut cincizeci de mii de luptători, iar aici avem doar o treime dintre aceştia. Traian va avea o armată de două ori mai mare decât armata noastră, dacă nu chiar mai mult. Îl putem egala la cavalerie, dar nu şi la infanterie.
- Atunci va trebui să luptăm cu o forţă dublă!, a spus Drilgisa cu un rânjet pe chip. Acest lucru nu se va schimba niciodată în lupta noastră cu Roma!
- Pregătiţi-vă oamenii!, a ordonat Decebal, privindu-şi generalii săi. Nu vom fi luaţi prin surprindere încă o dată! Traian îşi va aduce armata aici şi noi vom fi pregătiţi pentru ei!

Împăratul Traian supraveghea din spatele liniilor poziţionarea armatei sale. Nu avea artilerie grea, dar erau suficiente carrobaliste de artilerie uşoară pentru a provoca daune trupelor dacice grupate. Artileria pe care o avea era poziţionată în faţa formaţiilor sale de infanterie, dar şi în flancurile acesteia.

Adamclisi era situat pe o câmpie întinsă, teren care favoriza legiunile romane. Cel puţin acum, armata romană avea avantaj după aproape un an de lupte în Munţii Daciei. Aici dacii nu aveau cetăţile lor cu ziduri de piatră. Legionarii nu ar mai fi prinşi în ambuscade pe drumurile înguste de munte care treceau prin păduri de foioase. În pădure, dacii puteau lansa cu iuțeală atacuri surpriză, apoi dispăreau și scăpau. Aici erau în câmp liber.

Traian avea sub comanda sa trei legiuni de infanterie romană și alte patru de infanterie auxiliară. În această bătălie, cu toții vor lupta cot la cot, fără nici un tratament preferențial arătat soldaților romani pentru a-și reduce pierderile. Nimic și nimeni nu va fi cruțat sau protejat mai în spate, deoarece împăratul știa că această bătălie va fi decisivă în zdrobirea lui Decebal și a armatei sale.

Traian privea din șaua calului său cum armata pe care o conducea se așeza în poziție de luptă pentru a face față liniilor dacice. Generalul Maximus și aghiotantul său, Titus Lucullus, priveau împreună cu el, ridicându-se în șa, astfel încât să poată vedea bine. Ambii erau veterani ai multor bătălii, bătălii critice. Fiecare cunoștea sentimentul familiar de tensiune în creștere care se năștea încet înainte oricărui conflict major între două mari armate.

- Ce strategie te aștepți să folosească Decebal, Titus?, întrebă Traian. Ai luptat împotriva lui în două campanii anterioare.

Lucullus s-a gândit doar o clipă la răspunsul său.

- Caesar la pus pe Decebal în dezavantaj în privința numărului de oameni, așa că poziția lor inițială va fi una defensivă. Decebal va profita de unitățile sale însemnate de arcași, atât pedestrași cât și călare, pentru a înăbuși atacul nostru inițial.

- Iar mai apoi?, întrebă Maximus.

- Mai apoi va reacționa și se va adapta la situații pe măsură ce acestea se dezvoltă.

Traian începu să râdă.

- Cu alte cuvinte, Titus, îmi spui că va urma exact aceeași strategie pe care am dezvolta-o noi.

- Da, Caesar!, a răspuns Lucullus. Decebal nu este un barbar ignorant, cu capul încins și, cu siguranță, nu este nici prost!

- Nu, nu este!, a fost de acord împăratul.

- Prost sau nu, îl vom zdrobi!, a declarat Maximus.

- La timpul potrivit, Laberius! La timpul potrivit şi niciodată în grabă!

În anii ce au trecut, Titus Lucullus a văzut mulţi alţi comandanţi romani care l-au subapreciat pe Decebal, spre regretul lor ulterior. Traian nu ar face niciodată acest lucru. De altfel, acest lucru explică de ce Traian nu a pierdut niciodată o bătălie majoră în lunga sa carieră militară. În războaiele trecute, aroganţa romană a fost plătită scump de Roma prin pierderi îngrozitoare, armatele romane pierzând bătălii şi războaie. Această armată romană, condusă de acest Caesar, nu era în pericol să facă acest lucru.

Postul de comandă dacic era situat în spatele unui deal mărginit de copaci care oferea o oarecare protecţie împotriva artileriei romane. Săgeţile şi cuiele aruncate de carrobalistele poziţionate în partea din faţă a liniilor romane zburau pe deasupra capului. Infanteria dacică şi bastarnă din poziţiile frontale a suferit pierderi şi a îndurat asta în tăcere. Scuturile nu ofereau protecţie împotriva artileriei, de altfel nici armura corporală pe care o purtau unii dintre bărbaţi. În afară de unii ofiţeri, puţini dintre soldaţii de infanterie purtau o armură oarecare.

Regele Decebal era înconjurat de gărzile sale regale şi de un grup de ofiţeri de rang înalt care făceau pregătiri de ultim moment. Şeful Fynn al bastarnilor şi Davi al roxolanilor i s-au alăturat. Davi încă avea piciorul rănit şi bandajat din greu pentru a nu permite rănilor să-l împiedice să lupte călare.

- Domnule General Drilgisa, ca de obicei, veţi comanda centrul!, s-a adresat Decebal grupului. Şeful Fynn va comanda flancul drept. Domnule General Diegis, dumneavoastră aveţi partea stângă! Davi vă va sprijini cu cavaleria sa. Fynn, Sinna îţi va sprijini flancul cu cavaleria dacică!
- Sună bine!, a spus Fynn. Oamenii mei sunt pregătiţi!
- La fel sunt şi ai mei!, a spus Davi. Am pierdut prea mulţi dintre fraţii noştri la Nicopole. Oamenii mei sunt nerăbdători să-i facă pe romani să plătească pentru asta!

- Mergeți la oamenii voștri acum!, le-a spus Decebal. Pregătiți-i pentru atacul care va veni foarte curând! Iar oamenii tăi nu vor trebui să aștepte mult, Davi!

Ofițerii superiori au plecat, cu excepția lui Drilgisa și Diegis. Împreună cu Buri, ei formau nucleul principal de conducere al lui Decebal.

- Traian va dori să ne copleșească și să ne distrugă!, a spus Diegis. Protejează centrul, Drilgisa! Bătălia va fi câștigată sau pierdută acolo!
- Sunt de acord!, confirmă regele. Nu există un comandant mai capabil decât ești tu, Drilgisa. Rămâneți fermi și voi trimite trupele noastre de rezervă pentru a vă întări după cum va fi necesar!
- Avem trupe de rezervă? Nimeni nu mi-a spus acest lucru!, a spus Drilgisa cu un rânjet.

Decebal i-a răspuns rânjetului cu un zâmbet.

- Domnilor, ocupați-vă pozițiile în teren! Ne așteaptă o zi lungă!

Tarbus îl aștepta pe Drilgisa chiar în mijlocul liniei dacice. Generalul i-a strâns umărul și i-a dat comenzile de ultim moment.

- Tarbus, îți vei poziționa unitatea exact în spatele oamenilor mei!, a ordonat Drilgisa. Veți întări linia acolo unde este cea mai vulnerabilă. Pot avea încredere în tine că la nevoie vei lua această decizie de unul singur?
- Da, domnule General!, a răspuns Tarbus.

Acum după mai bine de douăzeci de lupte la care participase era deja veteran și învățase repede sub îndrumarea lui Drilgisa.

- Bine! Când romanii ne vor ataca, vor dori să spargă liniile noastre în anumite puncte. Oamenii tăi vor fi foarte utili, mai ales în acele puncte de atac!
- Am înțeles, domnule!, a răspuns ferm Tarbus. Puteți conta pe mine, domnule!
- Avem înaintea noastră o armată romană mare care ne depășește numeric, așa că vor folosi tactici standard de infanterie, a

continuat Drilgisa. Unitățile legionare se vor apropia mai întâi în formația *testudo,* de broască cu carapace, pentru a se proteja împotriva arcașilor noștri. Odată ajunsă în apropiere, uneori se reordonează în formațiunea *cuneus*, formație cu vârf folosită pentru a străpunge liniile inamice.

- Înțeleg, domnule General!, a spus Tarbus dând din cap.
- Treaba noastră este să teșim acest vârf de atac și să o respingem înapoi spre grup!
- Am înțeles, domnule!
- Perfect! Acum aranjează-ți oamenii pe poziții, Tarbus! Inamicul se pregătește să avanseze!

Împăratul Traian a început atacul cu trei legiuni de infanterie. Cei cincisprezece mii de infanteriști i-au luat cu asalt pe cei nouă mii de oameni aflați în liniile dacice. Avantajul decisiv al lui Traian era că avea încă cincisprezece mii de oameni de rezervă. Destoinicul Decebal avea cel mult încă cinci mii de soldați de rezervă în armata dacică. Soldații obosesc repede în luptă, iar împăratul știa că avantajul său numeric îi va epuiza și, în cele din urmă, își va învinge inamicul.

Traian știa, de asemenea, că legionarii romani erau mai bine înarmați și mai bine pregătiți decât infanteria dacică și bastarnă pe care o înfrunta. Soldații lui purtau armuri metalice și fiecare purta un *scutum*, scutul roman dreptunghiular mare din lemn stratificat și acoperit cu piele. Scutul proteja un soldat de sub nivelul genunchilor până la nivelul ochilor. Când scuturile erau suprapuse în formația defensivă *testudo*, oamenii de sub scuturi deveneau aproape invincibili pentru arcașii inamici.

Infanteria auxiliară a lui Traian nu era nici pe departe la fel de bine înarmată și instruită precum erau legionarii, dar erau luptători înfocați aduși din Germania și Galia sau chiar din Spania și Bretania. În vipia bătăliei egalau soldații din armata dacică în dârjenie și cutezanță.

- Lăsaţi-i să se însângereze, apoi vom trimite rezervele!, a anunţat Generalul Maximus, privind lupta din şaua calului său aflat în spatele liniilor romane, împreună cu Traian şi Titus Lucullus.

- Te las responsabil cu mişcările de trupe, Laberius!, a spus Împăratul. Vreau ca dacii să fie doborâţi până spre după-amiază! Şi vreau ca Regele Decebal să fie capturat înainte de căderea nopţii!

- Am înţeles, Caesar!, a spus Maximus, aruncând o privire spre Lucullus.

- În opinia ta crezi că Decebal se va lăsa capturat, Titus? Ce zici?

- Nu ştiu, domnule General!, a răspuns Lucullus pe un ton echilibrat. Mândria lui s-ar putea să nu-i permită acest lucru.

- La naiba cu mândria lui!, a spus Împăratul cu patimă. Omul acesta va răspunde în faţa justiţiei romane!

- Aşa este, Caesar!, răspunse Titus. Decebal se va confrunta cu justiţia romană, poate chiar astăzi!

- Doar poate, Titus? Oare te îndoieşti de armata noastră sau chiar crezi că acest om este un fel de magician?

- Desigur că nu, Caesar! Nu am nicio îndoială cu privire la armata noastră! Spun, pur şi simplu, că Decebal este o pradă greu de prins.

Maximus pufni dezgustat.

- Chiar şi un porc alunecos este încolţit şi în cele din urmă prins. Îl voi prinde!

Regele Decebal, aflat mult în spatele liniilor dacice, urmărea şi el desfăşurarea bătăliei din şaua calului. Buri privea alături de el. Cavaleria Gărzii Regale înconjurase postul lor de comandă.

- Se grupează împotriva centrului nostru!, a observat Buri.

- Este aşa cum ne aşteptam, Buri!, a spus Decebal. Împăratul Traian se aşteaptă să ne despartă şi noi să nu-l putem opri.

- Un alt roman arogant, nu-i aşa?

Decebal clătină din cap.

- Nu, acest roman nu este arogant! Este foarte atent la strategia sa și încrezător în armata sa. Soldații săi au încredere în el și luptă cu toate puterile pentru el.
- Oare chiar și cei din Britania? Ei nu-l cunosc!, a spus cu scepticism Buri.
- Îi plătește bine. Și cunoști soldații la fel de bine ca mine, Buri! Ei au încredere în ceea ce le spun camarazii lor de luptă.

Urmăreau în tăcere mișcările trupelor. Cohorta romană din partea din față a liniei de atac rezista unei ploi de săgeți și răspundeau cu sulițe aruncate, apoi s-au repoziționat într-o formațiune *cuneus* cu vârf de atac. Vârful de atac s-a apropiat rapid de linia frontului dacic.

- Păstrați linia cu fermitate, Drilgisa!, a strigat Buri. Și Tarbus, fiule, să lupți bine!

- Atacăm flancul stâng al vârfului lor de atac!, comandă Tarbus oamenilor din subordine.
- Urmați-mă! Omorâți-i pe romani!, a strigat Tarbus, întorcându-se rapid în fugă spre inamicul care avansa.

Cei două sute de oameni aflați sub comanda sa l-au urmat cu strigăte de război. S-au deplasat rapid prin dreapta trupelor lui Drilgisa și-au atacat din unghi vârful formațiuni romane de atac. De cealaltă parte de *cuneus*, o altă unitate dacică a făcut același lucru. Legionarii care avansaseră în fața linie romane de atac au fost nevoiți să se oprească și să lupte împotriva infanteriei dacice atacatoare, iar înaintarea vârfului de atac a fost încetinită.

Soldații daci au fost de neclintit atunci când primii romanii au ajuns în dreptul liniei lor. Au înfruntat inamicul ridicând un perete de falxuri și sulițe. Falxul avea un mare avantaj în distanța de atac contra săbiilor legionare, iar primii soldați romani au fost sfârtecați cu rapiditate.

Drilgisa lupta cu un falx pe care-l mânuia cu ambele mâini. Adaptările făcute de Traian armurii romane, pentru a proteja mai bine gâtul soldatului și brațul cu care acesta mânuia sabia, au sporit protecția soldatului, dar nu l-au făcut invincibil împotriva temutului falx. Drilgisa roti ca pe o coasă lama curbată și ascuțită a falxului, pe sub scutul legionarului, retezând piciorului bărbatului de la jumătate, chiar de deasupra gleznei. Soldatul icni de durere, a încercat să facă un pas înapoi, dar a căzut pe o parte neavând următorul picior de sprijin. Un soldat dac a făcut un pas înainte și și-a înfipt falxul în fața bărbatului ce era acum expusă.

- Rămâneți neclintiți!, ordonă Drilgisa. Mențineți linia!

Nici unul dintre daci nu făcuse încă vreun pas înapoi, dar Drilgisa știa că acest lucru nu putea dura la nesfârșit. Formații mari de legionari amestecați cu infanterie auxiliară se apropiau încet și constant. Pe măsură ce mai mulți soldați romani s-au apropiat, aceștia i-au împins înapoi pe atacatorii daci recucerind spațiul unde se afla vârful inițial de atac. Tarbus și-a retras trupele pentru a lupta acum alături de oamenii lui Drilgisa.

- Bravo!, i-a strigat Drilgisa lui Tarbus, care acum luptă în apropierea sa. Exact așa se nimicește vârful penei de atac militar!

Tarbus rânji în replică. Partea din față a pantalonilor săi era îmbibată de sânge, dar se pare că nu era propriul sânge, deoarece încă își folosea picioarele cu rapiditate. Se apăra de atacul unui roman vânjos care încerca să-și folosească scutul pentru a-l împinge înapoi.

- Atacă-i picioarele!, strigă Drilgisa.

Romanul trebuie să-l fi auzit și să-l fi înțeles pentru că imediat a făcut un pas înapoi, chiar din fața falxul mânuit de Drilgisa. Tarbus lupta cu *sica*, sabia dacică mai scurtă. Aceasta era foarte eficientă în luptă apropiată cu soldații auxiliari romani, dar mult mai puțin eficientă împotriva legionarilor bine protejați cu armuri. Arma de care toți legionarii se temeau cel mai mult era falxul.

De durere, din cauza piciorului rănit, Davi își scrâșnea dinții, în timp ce călărea de-a lungul flancului stâng al armatei dacice. Acest flanc era sub comanda lui Diegis. Trupele de aici erau sub atacul artileriei romane, dar niciun infanterist nu se apropia încă. Romanii încercau să străpungă centrul liniei dacice și să împartă armata în două. Până acum eșuaseră.

- Davi!

Se întoarse spre vocea familiară a lui Diegis. Fratele Regelui Decebal era renumit pentru că se deplasa în sus și în jos de-a lungul liniei de soldați, verificându-i pe bărbați și încurajându-i să facă eforturi mai mari. Era iubit și respectat de oameni pentru că a luptat întotdeauna de partea lor. Decebal făcuse același lucru înainte de a fi încoronat.

- Davi, nu te mai chinui și du-te la un cort medical!, i-a spus Diegis.

- Nu încă!, a răspuns Davi. Mai am de omorât niște romani, frate!

Diegis privea spre formațiile romane care se îndreptau spre locul unde era Davi.

- Iată-i că vin acum! Nu deveni prea lacom încercând să-i ucizi pe toți, frate! Vor mai fi suficienți de mulți romani pe care să-i ucizi după ce piciorul tău se vindecă, să știi!

- Știu!

Calul lui Davi se ridică pe cele două picioare din spate, speriat, în timp ce un cui de artilerie zbură pe lângă ei la mai puțin de un braț distanță. Davi blestemă cu foc și se schimonosi la față din cauza durerii ascuțite din picior, în timp ce calul său se așeză din nou pe cele patru picioare.

- Spor la vânătoare!, strigă Diegis, apoi s-a întors cu viteză pentru a se merge înapoi în linia soldaților.

Bătălia era deplină acum.

- Anunță atacul, Maximus!, a poruncit Traian. Dacii nu vor ceda și nu vor fugi!

- Am înțeles, Caesar!, acceptă Maximus ordinul. Voi trimite o legiune sprijinită de cavalerie în jurul flancului stâng! Avem suficiente trupe pentru a-i flanca.

- Dă porunca, Laberius!

- Imediat!, spuse Maximus zorindu-şi calul spre înainte. Mă duc să-i dau de ştire lui Quietus!
- Foarte bine!, răspunse Traian. Lucullus? Tu, rămâi aici!

 Titus îl privea pe Maximus plecând.

- Poruncă, Caesar?
- Vreau ca Decebal să fie adus înaintea mea, viu!
- Desigur, Caesar! Cu ce aş mai putea să te ajut?
- Caut un mesager care să meargă la Rege, Titus! Crezi că te va asculta? Pe Laberius nu-l va asculta, cu siguranţă!

Asta îl luă prin surprindere pe Titus. Nu ştia sigur cum să răspundă.

- A refuzat să se întâlnească cu Sura!, explică Traian. Dar, pe tine, te cunoaşte, Titus!
- Poate că va dori să mă vadă, Caesar!, răspunse Lucullus. Dar nu acum, în timp ce bătălia este în cel mai înalt punct, desigur!
- Nu, nu acum!, a fost de acord Traian. Dacă nu-l vom putea ucide sau dacă nu-l capturăm astăzi, Decebal se va retrage cu ceea ce a mai rămas din armata sa. Te vei duce la el mai târziu, ca trimis al meu, şi îi vei cere să capituleze!
- Am înţeles, Caesar! Voi face cum îmi porunceşti!
- Bine! Rămâi lângă mine, Titus! Tu eşti unica mea legătură cu Decebal.

Până după prânzul zilei, pierderile de ambele părţi se tot adunau. Romanii au atacat în valuri, rezervele venind pentru a susţine trupele din prima linie atunci când acestea s-au diminuat sau au devenit prea obosite pentru a mai lupta eficient. Armata dacică şi aliaţii ei au cedat teren, dar nu s-au despărţit niciodată. Câmpul de luptă era acoperit de trupuri, sânge şi fluide corporale ale oamenilor împinşi dincolo de limitele lor de putere şi curaj. Răniţii erau târâţi în spatele liniilor, acolo unde îi aşteptau doctorii. Răniţii care rămâneau la îndemâna inamicului erau ucişi fără milă de ambele părţi.

Decebal şi-a folosit rezervele cu moderaţie şi doar atunci când erau cu adevărat esenţiale din punct de vedere tactic. Oamenii au luptat în prima linie până aproape de epuizare, apoi, pentru scurte perioade de timp, s-au retras pentru a-i lăsa pe alții să le țină locul. Un sfert din armata dacilor a fost ucisă sau era rănită, dar totuși oamenii nu au cedat. Pierderile romanilor păreau să fie la fel de grele.

Prințul Davi din cavaleria roxolană s-a apropiat cu doi dintre oamenii săi care îi asigurau escorta. Un grup mare de călăreți roxolani i-au urmat. Toți caii lor păreau epuizați. Atunci când Davi s-a ridicat, regele a putut vedea că bandajul de pe piciorul stâng era de un roșu ud. Fața lui Davi părea albă și palidă.

- Ai făcut destul, Davi!, i-a spus Decebal. Du-te la un medic acum sau vei muri pe calul acela din cauza sângelui pierdut!
- Asta voi face!, i-a răspuns el. În orice caz, trebuie să ne odihnim și caii. Îi forțăm dincolo de limitele lor!
- Cum rezistă oamenii fratelui meu de pe flanc?
- Sunt aici cu un mesaj de la Diegis pentru voi. Oamenii luptă din greu, dar nu vor mai putea susține flancul mult timp!, a răspuns Davi. Traian trimite trupe odihnite, în timp ce oamenii noștri devin tot mai obosiți!
- Am înțeles! Du-te, Davi, medicul te așteaptă! Îngrijește-ți piciorul!

Davi răspunse cu o aplecare a capului, apoi și-a întors calul și a plecat. Cei doi străjeri care-l însoțeau erau mai preocupați ca el să nu cadă de pe cal din cauza pierderii de sânge, decât să fie atacați de vreun agresor roman.

- Îi trimitem întăriri lui Diegis?, întrebă Buri. Acum că a rămas și fără sprijinul cavaleriei.

Decebal clătină din cap.

- Nu avem oamenii pe care să-i trimitem! Diegis va ști când să se retragă, dacă trebuie!

Buri s-a înălțat mai sus în șa pentru a privi peste câmpul de luptă.

- Acel moment ar putea veni mai devreme decât ne-am dori! Văd două legiuni plus cavalerie deplasându-se împotriva flancului nostru stâng.

- Îi văd şi eu, Buri!, a răspuns Regele. Romanii vor încerca să ne flancheze acolo. Diegis trebuie să rămână pe poziţie!

- Păstraţi linia!, a strigat Generalul Diegis oamenilor săi. Nemernicii ne depăşesc numeric, dar nu ne vor depăşi!

Păstrarea liniei pentru ceva mai mult timp era lucrul cel mai bun la care putea spera în acel moment. Mulţi dintre oamenii săi sângerau din cauza rănilor provocate de suliţele, săbiile şi săgeţile romane. Toţi erau aproape epuizaţi, dar conduşi de hotărârea feroce de a nu ceda în faţa duşmanului lor necruţător. Preferau să accepte moartea decât alegerea de a fi înfrânţi.

Legiunile romane de rezervă erau formate în mare parte din legionari. Erau bine protejaţi de armura lor şi au luptat ca unităţi bine instruite şi disciplinate. Un grup de legionari care înainta în spatele unui perete de scuturi interconectate era bine protejat împotriva numeroşilor arcaşi pedeştri daci poziţionaţi printre infanterişti. Atunci când s-au apropiat, fiind în raza de acţiune a sabiei, tot legionarii aveau avantajul.

Diegis se lupta cu un roman puternic, cu ochi albaştri. Omul era ascuns în spatele scutului său dreptunghiular mare, purtându-şi gladiusul său, gata, gata să atace. Legionarii erau antrenaţi pentru lupte corp la corp. Diegis lupta şi el cu sabia, sica dacică cu vârful ascuţit şi curbat, ţinându-şi scutul rotund dacic pe braţul stâng. Nici unul dintre ei nu putea trece de apărarea celuilalt.

Legionarul s-a ghemuit şi mai jos după scut, împingându-şi protecţia înainte pentru a-l dezechilibra pe Diegis. Diegis a făcut înapoi o jumătate de pas, dar a rămas în picioare. Şi-a lăsat scutul ceva mai jos pentru că, aşa cum se aştepta, gladiusul roman a venit într-o mişcare rapidă îndreptată spre partea de jos a stomacului pentru o lovitură care i-ar fi spintecat intestinele în adâncime. În timp ce scutul său bloca gladiusul, Diegis a mers un pas mai în faţă pentru a-şi îndrepta sica spre capul legionarului. Romanul s-a dat înapoi, iar lama sabiei a lovit marginea coifului cu un scârțâit metalic puternic. Legionarul era ușor amețit din cauza loviturii, dar nevătămat.

Ambii bărbați au făcut un pas înapoi pentru a se aduna. Un fluier roman aflat undeva pe linia frontului suna strident, era un semnal pentru redesfășurare. Legionarii din linia de luptă au făcut un pas înapoi și au fost înlocuiți de linia de infanterie care aștepta în spatele lor. Diegis se confrunta acum cu un soldat nou, un adversar odihnit, a cărui uniformă curată indica faptul că unitatea sa tocmai ce s-a alăturat bătăliei.

Noul legionar era mai tânăr și mai dornic de luptă. Privea spre hainele însângerate ale lui Diegis și spre sângele scurs de pe scut pe picioarele dacului, apoi l-a privit în ochi și i-a zâmbit.

- Nu te-ai săturat încă, bunicule?, îl luă el în batjocură.

Diegis nu a răspuns. Era prea ostenit să vorbească și nu avea răbdare cu proștii. Și da, avea patruzeci de ani, dar fiica lui, Ana, avea doar unsprezece ani și nu era suficient de mare pentru a-l face bunic. Și-a menținut poziția de luptă, așteptând ca tânărul nebun să facă prima mișcare.

Romanul urla fără noimă în timp ce-și poziționa scutul pentru atac, gonind către Diegis ca un taur. Se baza pe greutatea crescută a propriei armurii și a scutului său pentru a-i oferi suficientă forță în a-l doborî pe bătrânul dac obosit. Diegis se trase rapid un pas înapoi și mai spre dreapta, îndepărtându-se de mâna romanului cu care ținea sabia. S-a lăsat mai jos pe genunchi, rotind sica ca pe o coasă spre piciorul stâng al soldatului, în timp ce vârful ascuțit și curbat tăie adânc în gamba romanului. Sica trecu prin mușchi și tendoane până la os. Legionarul gemu de durere, se împiedică, apoi a căzut în genunchi. Un soldat dac și-a învârtit toporul de război și l-a lovit pe roman peste țeastă, luând aproape cu totul capul bărbatului.

Diegis s-a întors spre linia romană exact la timp pentru a-și ridica scutul să devieze sulița ce i se îndrepta spre cap. Vârful de suliță zgârie protecția de cupru a scutului ricoșând spre dreapta frunții. Diegis a făcut un pas înapoi, apoi altul. Sângele i se scurgea în ochiul drept și nu putea vedea nimic.

O pereche de mâini l-au tras în spatele liniilor dacice, îndepărtându-l.

- Este suficient, domnule! Hai să mergem în spate!

Diegis și-a folosit dosul mâinii pentru a încerca să-și șteargă sângele din ochi. Nu vedea nimic cu el.

- Mi-am pierdut ochiul?, l-a întrebat pe bărbatul care mergea lângă el, ghidându-l departe de frontul de luptă.

- Nu, domnule! Ochiul dumneavoastră încă este acolo!, a răspuns omul, strigând cu putere pentru a se face auzit în zgomotul bătăliei.

- Aveți o tăietură adâncă deasupra ochiului care sângerează puternic. Trebuie să mergeți la doctor și să vă bandajați, domnule!

Diegis mormăia ceva nedeslușit, simțindu-se dezamăgit. Rolul său în bătălie se încheiase. Nu era preocupat de rană sau de ochiul său. Era îngrijorat pentru oamenii săi aflați încă în luptă.

- Câți sunt răniți?, l-a întrebat Împăratul Traian pe chirurgul-șef aflat pe câmpul de luptă.

Împăratul făcea un tur de recunoaștere prin zona din spatele liniilor romane, însoțit de Titus Lucullus și de o unitate a Gărzii Pretoriene. Pierderile în luptă erau mari, iar Traian verifica să se asigure că răniții săi sunt îngrijiți.

Fața chirurgului lucea de la transpirație, chiar dacă temperatura era destul de scăzută. Fiecărei legiuni îi erau alocați douăzeci și patru de medici și asistenți, dar în această zi numărul lor era insuficient. Chirurgii lucraseră fără pauză încă de dimineață, iar punctul sanitar era sufocat de soldați răniți. Aceștia erau așezați de-a dreptul în câmp deschis, aranjați în rânduri lungi care se întindeau mult în depărtare.

- Peste două mii de răniți, Caesar!, a răspuns medicul-șef, ștergându-și transpirația de pe frunte cu mâneca. Mulți au fost doborâți de arcași, dar cei mai mulți și-au pierdut mâinile, brațele și picioarele în fața falxurilor.

- Am înțeles!, a spus Traian.

A privit spre oamenii care sângerau pe pământ şi s-a încruntat. Soldaţii săi erau ca nişte fii pentru el şi îndura cu greu să-i vadă suferind. Până acum pierderile din luptă era de trei mii de morţi şi cei două mii de răniţi. Mulţi dintre cei care au fost grav răniţi nu mai aveau mult de trăit. Cele mai grave răni urmau să fie fatale în următoarele două sau trei zile, iar mulţi dintre supravieţuitorii acestor zile urmau să moară şi ei din cauza infecţiilor.

Titus Lucullus a observat că un legionar întins pe pământ sângera abundent din cauza unei tăieturi la picior. Un altul avea o rană care sângera la cap. Şi totuşi nimeni nu le acorda îngrijire.

- De ce nu sunt îngrijiţi aceşti bărbaţi?, îl întrebă Titus pe chirurg.
- Pentru că nu mai avem bandaje!, a răspuns bărbatul cu o privire îndurerată pe faţă.

Traian îi aruncă o privire aspră.

- Ce ai spus?
- Nu mai avem bandaje, Caesar!, a repetat chirurgul-şef. Sunt pur şi simplu prea mulţi răniţi.

Traian privi rapid spre oamenii întinşi pe pământ şi a clătinat din cap a nemulţumire. A dus mâna la gât, şi-a desfăcut pelerina şi i-a înmânat doctorului pelerina sa roşie croită din bumbac fin.

- Uite, taie-o în fâşii şi fă din ea bandaje!, a poruncit Traian.

Apoi s-a uitat în jur la cele opt gărzi pretoriene care-l însoţeau.

- Voi, toţi, daţi-i pelerinele voastre!

Lucullus îi înmânase deja pelerina sa unuia dintre ceilalţi chirurgi, iar pretorienii l-au urmat. Medicii şi asistenţii lor au început cu nerăbdare să rupă şi să taie capele soldaţilor în fâşii înguste.

Traian se întoarse din nou către chirurgul-şef.

- Dacă ai nevoie de mai multă pânză, trimite oameni la cortul meu să ia mai multe dintre hainele mele!
- Da, Caesar!, a răspuns medicul, părând foarte surprins şi, de asemenea, profund recunoscător.
- Bine! Fii descurcăreţ, omule!

Chirurgul-șef a înclinat capul în tăcere pentru a recunoaște ordinul, apoi s-a dus să-l îngrijească pe soldatul cu rană la cap.

Împăratul a plecat, cu Lucullus alături de el și gărzile urmându-l. Chipul lui Traian era dur, iar fața-i părea sumbră.

- O altă bătălie extrem de costisitoare, Titus!, a spus Traian. Pierdem prea mulți oameni!

- Așa este, Caesar!, a fost de acord Lucullus. Poate că ar fi mai bine să-l convingem pe Regele Decebal să se predea. Vrei să mă duc și să încerc o negociere cu el?

- Fă asta!, a spus Traian. Avem cinci mii de victime. Fără îndoială, el are mult mai multe. Dacă omul are vreun raționament, știe când trebuie să renunțe!

- Nu cred că lipsa de rațiune este ceea ce îi ghidează deciziile, Caesar!, a spus Titus. Mai presus de toate, Decebal este condus de mândrie.

- Așa sunt și eu!, a mărturisit Traian. Așa sunt și eu. Dar și mândria are limitele ei!

După-amiază târziu, Regele Decebal a ordonat retragerea. Unitățile s-au mutat înapoi, încet și treptat, într-o retragere ordonată și nu ca o mulțime care fugea. Unele unități romane i-au urmărit, dar mult mai puțin agresive, pentru că toți erau însângerați și obosiți. Câmpul de luptă era acoperit de rămășițe umane și sânge. Aerul era îmbâcsit de țipetele răniților în mare agonie și care jinduiau doar la o moarte rapidă.

Arătând precum un om abia ieșit dintr-un coșmar, Șeful Fynn al bastarnilor s-a apropiat de postul de comandă al lui Decebal. Hainele, scutul și sabia lui erau mânjite cu roșu. Avea urme de sânge pe față și în păr. Părea epuizat, iar chipul său trăda tristețea. Pierduse astăzi mult prea mulți dintre oamenii săi.

Unul dintre soldații daci i-a înmânat lui Fynn un ulcior cu apă. A băut cu sete prima jumătate a acestuia, apoi și-a turnat restul de apă peste cap. Apa îi curgea de pe față, pe gât și apoi pe piept, lăsând pete roșii.

- Am trimis mulți romani în iad astăzi!, spuse Fynn, apropiindu-se de rege.

El nu se lăuda, ci pur și simplu afirma ceea ce amândoi știau că este adevărat.

Decebal îi dădu din cap.

- Oamenii tăi au luptat bine!, a spus Regele. Astăzi ai făcut tot ce se putea face!

- Și acum? Ce facem?, întrebă Fynn. Am pierdut aproape jumătate dintre oamenii mei, iar ceilalți nu pot continua lupta.

- Acum ne îndreptăm spre nord, peste Ister, să căutăm drumuri care să ne ducă acasă!, a răspuns Decebal. Am pierdut jumătate din armată, Fynn. Trebuie să salvăm cealaltă jumătate și într-o bună zi să mai luptăm o dată!

- Sunt de acord, Decebal! Bastarnii au încheiat lupta din acest sezon, cu excepția cazului în care Traian ne va urmări spre casele noastre.

- Nu, nu va face asta! Traian mă va urmări pe mine, cu siguranță. Nu-și va irosi armata împărțind-o în două pentru a veni și după tine. Asta ar fi curată nebunie din partea lui, iar omul acesta nu este prost!

Diegis se apropie, flancat de doi gardieni. De asemenea, arăta și el îngrozitor de însângerat. Avea un bandaj gros înfășurat în jurul frunții și un altul era pus în jurul umărului drept.

- Sunt fericit să te văd, frate Diegis!, a spus Decebal zâmbind. Vei fi însoțit de Gărzile mele Regale în timpul retragerii!

Diegis clătină din cap.

- Nu frate, voi mărșălui cu oamenii mei! Loialitatea mea față de ei trebuie să fie pe măsura loialității lor față de mine!

- Vorbești ca un adevărat comandant!, a spus Fynn cu un zâmbet trist. Acum trebuie să fac și eu același lucru!

- Atunci, mergeți la oamenii voștri!, le-a spus Regele Decebal. Trebuie să rămânem înaintea lui Traian și să traversăm Istrul înainte ca armata acestuia să ajungă acolo!

Astfel, armata rănită a Daciei și a aliaților ei au părăsit acel mare câmp de luptă și s-au îndreptat spre nord, spre marele fluviu Ister, cunoscut de romani sub numele de Danubius.

Capitolul 15

Stindardele pierdute

Sarmizegetusa, luna aprilie, anul 102 d.Hr.

Rapoartele despre călătoria Dochiei spre Sciţia au încetat să mai sosească în martie. Regina Andrada nu considera pe atunci că asta ar fi un motiv de îngrijorare. Dochia era pe mâini bune cu Tsiru şi călătorea cu rapiditate însoţită de o escortă de cavalerie de mărime considerabilă. Acum îngrijorarea ei creştea deoarece încă nu exista nici o veste din Sciţia despre sosirea Dochiei. Vezina trimise deja mesageri şi cercetaşi, vorbind cu negustori şi alţi călători care treceau prin Dacia venind din est.

Ceea ce-i îngrijora mai mult pe Andrada şi Vezina erau veştile din estul Daciei venite de la Regele Decebal. După o bătălie cumplită în Moesia, armata lupta din nou în Munţii Daciei. Bastarnii şi sarmaţii se întoarseră pe pământurile lor natale pentru că suferiseră pierderi groaznice în Moesia.

Decebal şi armata dacică purtau o bătălie în retragere şi reveneau încet-încet din ce în ce mai spre vest. Se întorceau acasă, la Sarmizegetusa.

- Când crezi vor sosi acasă tata şi armata?, a întrebat-o Zia pe mama ei în timpul cinei.

Ca de obicei, Zia, Adila, Dorin şi Ana se alăturau reginei pentru masa de seară. Andrada se opri între două înghiţituri de supă cu legume fierte şi sărate.

- Mai durează încă o lună. Poate două.

- Mi-aş dori să fie aici acum!, a spus Zia. Urăsc acest război!
- Şi eu îl urăsc!, a fost de acord Ana. Mi-aş dori ca tatăl meu să fie aici!, spuse fata care nu-şi mai văzuse tatăl, pe Diegis, din decembrie.

Adila se întoarse încruntată spre sora ei mai mare.

- Dar ştii tu oare ce spui, Zia? Dacă tata ar fi aici, chiar acum, ar însemna că armata noastră a fost învinsă. Romanii ar fi fost chiar imediat în spatele lor!
- Lasă-i să vină!, a spus Dorin sfidător. Dacă vin aici, îi vom ucide!
- Nu va fi atât de uşor pe cât crezi!, a replicat Adila.
- Copiii mei, nu vă certaţi!, a spus Andrada cu calm. Armata noastră încă luptă. Nu suntem învinşi. Tatăl vostru găseşte întotdeauna o modalitate de a-i ţine departe pe duşmanii noştri.
- Da, mamă!, a răspuns spus Adila.

A rupt o bucată de pâine şi-o mesteca încet, dar mintea ei era departe. Ea se gândea la tatăl ei şi la armata din munţi care lupta împotriva unei armate romane mult mai mari. Totuşi, o parte din ea era neliniştită şi şi-ar fi dorit ca el să fie din nou aici cu ei.

Vezina intră în sala de mese a reginei şi s-a apropiat de ei, păşind încet. Andrada observă privirea amărâtă de pe faţa preotului şi a început să simtă fiori reci coborându-i pe şira spinării. Putea să-şi dea seama că Marele Preot din Zamolxis avea veşti foarte proaste.

- Decebal?, a întrebat Regina, străduindu-se să-şi păstreze vocea calmă.

Vezina clătină din cap, nu, în timp ce se aşeza pe un scaun de lângă ea. Privi în jurul mesei spre fiecare dintre copii, apoi îşi îndreptă privirea spre regină.

- Am veşti foarte triste despre Dochia.
- Ce s-a întâmplat?, întrebă Andrada, dar în inima ei ştia deja răspunsul. Era cea mai mare spaimă a ei.

Toată lumea s-a oprit din mâncat şi îl fixa din priviri pe Vezina.

- Tocmai am vorbit cu un cercetaş care s-a întors din est. Dochia și escorta ei de cavalerie au poposit la o cetate în drum spre Sciția. Romanii au atacat și au învins cetatea.

S-a oprit pentru a găsi cuvintele potrivite.

- Dochia a fugit, a fugit în pădure, împreună cu un grup mare de femei și copii. Vremea s-a schimbat în timpul nopții și s-a înrăutățit. Ei nu au putut găsi adăpost.

Zia suspină profund și își puse mâna peste gură. Ochii Anei i s-au umplut de lacrimi. Dorin a rămas nemişcat, ca o stană de piatră.

- Mătuşa Dochia a murit?, întrebă Ana.
- Da, copila mea, i-a spus Vezina cu o voce blajină. A murit de frig, în pădure.
- Biata Dochia!, spuse Andrada. Şi-a dorit atât de mult să ne ajute și asta a condus-o la moarte!
- Nu frigul a răpus-o!, a spus Adila cu amărăciune. Romanii au ucis-o!

Ana a început să plângă cu suspine puternice. S-a îndreptat spre regină, care a luat-o în brațe și a strâns-o. Încă de la moartea mamei sale, atunci când Ana era doar o fragedă copilă, Dochia și Andrada au fost ca nişte mame pentru ea.

- Ce s-a întâmplat cu trupurile lor?, îl întrebă Andrada pe Vezina. Mă refer la Dochia, la femei şi la prunci.
- Au fost îngropați de localnici, după plecarea romanilor, a răspuns Vezina. Dochia a fost înmormântată în pădurea de pe munte alături de toți cei care au murit acolo.
- Fie ca odihna ei să fie în pace!, a spus Andrada. O vom vedea din nou în Regatul lui Zamolxis!
- Da, Regina mea!, a fost de acord Vezina cu o voce solemnă. O vom vedea din nou!

Munții Daciei, luna aprilie, anul 102 d.Hr.

Armata dacică se deplasa mai ușor și mai repede pe drumurile de munte decât armata romană. Dacii găseau provizii înmagazinate în depozitele din cetățile lor, în timp ce romanii trebuiau să-și transporte alimentele și proviziile în vagoane de aprovizionare. Artileria grea și mașinile de asediu ale armatei romane trebuiau trase de boi, animale de povară care se deplasau lent și greoi. Căruțele dacice erau trase de cai și catâri.

Armata Împăratului Traian trebuia să se oprească pentru a ataca fiecare cetate dacică de-a lungul itinerariului militar parcurs pe drumurile de munte. Traian avea un mare avantaj în ceea ce privește mașinile de asediu și oamenii, iar fiecare cetate capitula după luptă. Fiecare dintre aceste bătălii dura câteva zile și provoca multe victime trupelor romane.

Pe măsură ce armata Regelui Decebal se retrăgea, ei își reluau tacticile de război montan. Erau foarte pricepuți la atacuri surpriză, lovituri rapide și retrageri strategice neîntârziate. Mici unități de atac care numărau o sută până la două sute de războinici loveau vagoanele romane de aprovizionare și tracasau constant unitățile de infanterie care mărșăluiau. Arcașii daci desfășurau raiduri de tipul *atacă și fugi* de-a lungul liniilor romane. Nu se punea în discuție să fie alte bătălii mari, deoarece armata dacică era acum stoarsă de puteri, aproape de epuizare, și depășită numeric.

Regele Decebal s-a întâlnit în curtea fortului cu generalii săi de infanterie, Diegis și Drilgisa. Buri, care rareori se îndepărta prea mult de rege, li s-a alăturat la masă. Era o zi luminoasă și însorită, iar Decebal prefera să fie în aer liber, la aer curat și la soare, atunci când putea.

Un străjer de pe ziduri anunță cu voce puternică:

- Avem călăreți care se apropie! Trei romani! Poartă un steag de armistițiu!

- Poartă steagul armistițiului?, întrebă Buri. Ce crezi că vor?

- Poate Traian dorește să se predea?, se întrebă Drilgisa.
- Nu știu, Buri!, răspunse Decebal. Ți-ai dori să stai de vorbă cu ei?
- Desigur!, acceptă Buri.

Dacul ieși prin porțile cetății care erau parțial deschise și îi întâmpină pe cei trei mesageri romani. Călărețul din dreapta purta steagul armistițiului. Călărețul din mijloc era un chip cunoscut.

- Bună ziua, Titus!, l-a salutat Buri cu o voce prietenoasă. Ce aș putea face pentru tine?
- Bună ziua, Buri!, a spus Lucullus. Mă bucur să te revăd. Încă ești în formă bună pentru câmpul de luptă, din ceea ce văd. Un pic mai în vârstă decât atunci când ne-am văzut ultima oară la Roma, ehe?
- Pot spune același lucru despre tine, Titus! Deci, suntem la o întâlnire de socializare?

Lucullus zâmbi.

- Mi-aș dori să fie așa, dar nu este! Am venit să vorbesc cu Regele Decebal dacă dorește să mă primească.
- M-am gândit eu că despre asta e vorba, răspunse Buri. Poți veni cu mine, singur! Lasă-ți calul și armele în grija prietenilor tăi de aici!
- Desigur!, a fost de acord Titus.

A descălecat, apoi și-a înmânat gladiusul unuia dintre ceilalți călăreți.

- Mă veți aștepta aici! Acest om îmi este un prieten și nu sunt în pericol.
- Da, domnule!, a acceptat ordinul unul dintre omeni, încă uitându-se precaut la Buri.

Uriașul războinic cu barbă mare și stufoasă arăta exact ca barbarii feroce pe care și i-a imaginat în coșmarurile copilăriei.

Buri l-a condus pe Lucullus prin porți spre masa lui Decebal. Toți dacii așezați acolo erau familiarizați cu acest roman. Diegis, Drilgisa și Buri au fost oaspeții Împăratului Domițian la Roma, iar Lucullus a fost ghidul lor în acea vizită. Regele Decebal nu-l cunoștea la fel de bine, dar l-a văzut o dată la Sarmizegetusa, când Titus a venit ca parte a unei misiuni diplomatice romane.

- Priviți cine vine acum înaintea noastră! Un roman cinstit!, a spus Diegis.
- Bine ai venit, Titus!, a spus Drilgisa în semn de salut. Mă bucur că ne întâlnim aici și nu pe câmpul de luptă!

Lucullus i-a salutat pe Diegis și Drilgisa cu un semn din cap, apoi a făcut o mică plecăciune în fața Regelui.

- Rege Decebal, salutări de onoare! Sunt trimis de Caesar să discut termeni de pace cu tine!

Decebal era într-o dispoziție sumbră. A făcut semn spre banca aflată de cealaltă parte a mesei.

- Ești oaspetele nostru, Lucullus, așa că alătură-te nouă! Apoi vom vorbi într-o limbă prietenoasă.
- Mulțumesc! Sunt onorat să mă alătur mesei voastre!, a spus Titus, luând loc între Drilgisa și Diegis, în timp ce Buri s-a mutat să stea lângă Decebal.
- Care sunt condițiile pe care le oferă Împăratul Traian?, întrebă Decebal.

Lucullus și-a dres gâtul.

- Înainte de a vorbi despre un tratat, Rege Decebal și Generale Diegis, vreau să spun că sunt întristat să aflu despre moartea surorii voastre Dochia!

Decebal îi dădu din cap.

- Vă mulțumesc pentru cuvintele frumoase! Era o femeie foarte bună. Nu merita o astfel de moarte!
- A murit în timp ce fugea de un atac roman!, a adăugat Diegis, stăpânindu-și furia.
- Diegis, mă întristez alături de tine!, a spus Lucullus. Moartea ei nu a fost dorită și nici încurajată de Roma!

Diegis dădu la o parte cu mâna comentariul.

- Intenţiile Romei nu mai contează. Oricum nu se mai poate face nimic acum!
- Aşa este, nimic nu se mai poate face!, încuviinţă şi Decebal. Ce mesaj aduci de la Traian, Lucullus?

Titus s-a oprit timp de o respiraţie pentru a găsi o formulare potrivită. Se întoarse direct cu faţa spre rege.

- În primul rând, Caesar îţi cere să i te predai lui! În persoană!

Drilgisa începu să râdă. Diegis clătină încet din cap.

- Altceva ce mai doreşte?, întrebă Decebal.
- Caesar ordonă ca, după ce capitulezi, să juri loialitate Romei!, a continuat Titus. Vei servi ca un adevărat rege client, nu ca unul fals, aşa cum ai făcut cu Împăratul Domiţian!
- Nu voi servi niciodată ca un rege de faţadă, o marionetă, Lucullus!, a spus Decebal. Ai reputaţia că poţi gândi cu mintea limpede, aşa că ştii asta!
- Regii Daciei nu capitulează!, interveni şi Diegis.
- Înţeleg!, a răspuns Lucullus. Însă, acestea sunt condiţiile lui Caesar pentru pace!
- Fratele meu are dreptate!, continuă Decebal. Nici un rege al Daciei nu şi-a plecat vreodată genunchii în faţa vreunui conducător străin. Nici nu voi fi primul, de altfel!

Titus aruncă o privire în jurul său spre chipul fiecărui bărbat de la masă. A văzut doar o hotărâre calmă şi fermă.

- Rege Decebal, eşti cunoscut tuturor ca un om de mare onoare şi curaj! Cu toate acestea, trebuie să vă rog să acceptaţi condiţiile Cezarului. Dacă nu sunteţi de acord cu termenii, Caesar trebuie să vă urmărească şi să caute distrugerea dumneavoastră!
- Caesar va face ceea ce trebuie făcut!, a spus Decebal. În acelaşi timp şi eu voi face ceea ce trebuie făcut. Uneori alegerile sunt dificile, Lucullus!

Bărbaţii au rămas în tăcere. Negocierile se încheiaseră.

- Foarte bine!, a spus Titus pe un ton echilibrat. Îi voi transmite Cezarului mesajul tău, Rege Decebal!

Drilgisa i-a zâmbit.

- Ai vrea să-i duci Cezarului și mesajul meu?

Titus nu s-a putut abține să nu-i zâmbească înapoi.

- Nu, Drilgisa, nu o voi face! Și cel mai bine ar fi pentru noi toți ar fi dacă ți-ai păstra mesajul doar pentru tine!
- Ei bine, din moment ce am terminat cu discuțiile oficiale, dorești să servești un vin înainte de a pleca?, la invitat împăciuitor Diegis. Nu are calitatea strugurilor tăi falernieni, dar îți va potoli setea!
- Mulțumesc, accept propunerea!, a spus Titus.

Deși nu era un mare băutor de vin, știa că Diegis l-a invitat din prietenie și ar fi fost nepoliticos să îl refuze.

- Bine!, a spus Diegis făcând deja semn către un slujitor care alerga să aducă vinul.
- Și data viitoare când vom bea vin, Titus, să fie în condiții mai fericite!
- Da, prietene!, a fost de acord romanul. Mă rog să fie așa!

Valea muntoasă de lângă Costești, Dacia, luna iunie, anul 102 d.Hr.

Trecerea râului a fost greoaie pentru armata romană, la fel ca toate trecerile peste râuri. Câteva bărci trebuiau să fie aliniate una lângă alta, astfel încât cadrul pentru un pod de lemn să poată fi construit deasupra bărcilor. Scânduri late au fost bătute în cuie și prinse de cadrul din lemn pentru a oferi o podea. Balustrade de protecție trebuiau ridicate astfel încât oamenii și animalele să nu cadă peste marginile podului.

Inginerii romani erau cei mai buni din lume, dar totuși munca lor era mare consumatoare de timp. Traian privea trecând peste pod un scorpion amplasat pe o căruță trasă de catâri. Carrobalistele erau trecute mai uşor. Artileria grea de asediu, cum sunt catapultele, erau mai mari, mai grele şi mai dificil de trecut.

- Trebuie să găsim o modalitate mai uşoară de a traversa râurile!, a spus Traian. Ne încetineşte armata până la ritmul melcului.
- Ne-ar ajuta dacă am putea face boii să înoate!, a glumit Laberius Maximus.

El era călare pe un cal mare de război lângă Traian, urmărind armata mărşăluind. Împăratul supraveghea toate lucrurile, inclusiv traversarea râurilor.

Traian nu s-a amuzat.

- Răspunsul este piatra!
- Piatră, Marcus?
- Poduri de piatră, Laberius! Construieşte un pod solid de piatră şi va dăinui o sută de ani!
- Ah, acum înţeleg! Această ţară nu duce lipsă de piatră, asta este sigur, dar, din păcate, o folosesc pentru a construi cetăţi şi forturi, nu poduri!
- Vom schimba asta!, a spus împăratul. Avem nevoie de aurul şi argintul Daciei şi mai avem nevoie de cereale şi animale de la ei. Avem nevoie de un transport bun, iar acest lucru necesită drumuri şi poduri, nu forturi!
- Spune-le asta barbarilor, Marcus! Priveşte, vine un cârd de ei, chiar acum!, a spus Maximus, arătând spre malul râului.

Traian îşi întoarse capul pentru a-l privi pe Hadrian apropiindu-se în fruntea unui mic grup de oameni. Unii dintre ei erau daci, îmbrăcaţi în straie bogate de nobili. Se numeau *pileaţi* şi erau recunoscuţi după căciulile din blană de miel pe care le purtau ca simbol al statutului lor aristocratic. Aceşti oameni erau ajutoarele lui Hadrian, nu prizonierii lui.

Grupul a fost oprit de Garda Pretoriană înainte de a se apropia prea mult de Caesar. Dacii s-au închinat cu toţii în faţa împăratului. Traian nu le-a dat prea multă atenţie. Astfel de oameni nu erau importanţi pentru obiectivele sale şi doar rareori meritau timpul său.

- Caesar, acești oameni sunt prieteni ai Romei!, a anunțat Hadrian. Ei aduc cereale și animale pentru trupele noastre. Tot ei au furnizat aceste bărci pentru a construi podul nostru de bărci și au informații pe care Caesar ar putea fi încântat să le audă.
- Da?, întrebă Traian.

Unul dintre daci a făcut un pas înainte și s-a aplecat din nou.

- Ave, Caesar! Suntem recunoscători pentru această oportunitate de a fi în slujba Romei și a Cezarului.
- Nu-i ești loial regelui tău?, întrebă Traian.
- Nu-i mai sunt!, a răspuns pileatul. El ne ia averea prin impozite și ne ia oamenii să servească în armatele sale. Este un tiran care ne lasă săraci și nevoiași, Caesar!

Traian i-a zâmbit amuzat.

- Și care, de asemenea, pierde războiul!

Dacul și-a menținut tonul de bravadă.

- Da, Caesar! Un război prostesc, așa cum am încercat să-i spunem, dar Decebal este prea încăpățânat să asculte.
- Destul!, spuse Traian irascibil. Ce informații aveți pentru mine?
- Suntem aici pentru a-l îndruma pe Caesar spre comori de mare valoare, dacă Cezar ne-ar face onoarea de a accepta ajutorul nostru!
- Comorile dacice?
- Nu, Caesar!, răspunse pileatul. Comorile romane! Comorile Generalului Fuscus.

La Castrul dacic de la Costești s-a dus o luptă crâncenă timp de două zile. Arcașii și lăncieri s-au înghesuit pe meterezele cetății și au respins toate eforturile de a ataca direct zidurile. Pământul văii era moale și ierbos, iar infanteria romană care lua cu asalt zidurile cetății s-a trezit picând în gropi capcană în care erau ascunși țăruși ascuțiți din lemn. Douăzeci de mașinării de artilerie aflate deasupra zidurilor, majoritatea carrobaliste ușoare, au tras săgeți și cuie asupra atacatorilor.

Artileria romană trimitea lovituri spre dacii aflaţi pe ziduri şi a distrus clădirile din interiorul cetăţii. Artileria provocase daune serioase zidurilor cetăţii, dar nu le-a putut dărâma. Zidurile erau construite din blocuri groase de piatră la exterior, iar la mijloc erau ranforsate cu moloz şi pământ pentru a putea absorbi loviturile berbecilor şi impactul bolovanilor mari aruncaţi de catapulte. Apărătorii de pe ziduri se răreau, iar în cele din urmă aveau să fie copleşiţi de numărul mare al atacatorilor.

În dimineaţa celei de-a treia zile, imediat după ivirea zorilor, Hadrian a venit la Împăratul Traian cu veşti de bun augur. Asediul cetăţii se încheiase.

- A mai rămas cineva?, întrebă Traian uşor surprins.

- Nu am văzut niciun apărător, Marcus! Doar fum care se ridică din interiorul cetăţii. Chiar acum oamenii noştri sunt în interior şi au deschis porţile!, a raportat Hadrian.

- Căutaţi ieşiri ascunse din cetate sau tuneluri de evadare şi le veţi găsi!, a spus Titus Lucullus, aflat şi el acolo alături de Laberius Maximus. Aşa ne scapă, fugind în păduri!

- Fără îndoială, Titus!, spuse Traian. Nu au vrut să se mai sacrifice de dragul uciderii altor câţiva romani!

- Deja fug prin pădure îndreptându-se spre vest pentru a i se alătura lui Decebal!, a spus Maximus. Oricum, nu contează! Îi vom ajunge încă o dată din urmă şi îi vom nimici!

Traian se întoarse spre Hadrian.

- Formează echipe de căutare şi cercetează fortul cu atenţie, Hadrianus! Fiecare clădire, fiecare magazie, fiecare gaură în pământ. Cercetează cu mare atenţie!

- Da, Marcus! Imediat!, a răspuns Hadrian şi a plecat repede pentru a-şi îndeplini sarcina.

- Băiatul este priceput la sarcini administrative!, a spus Maximus ironic după plecarea lui Hadrian. Încrederea ta în el este mai mare, decât încrederea pe care o acorzi celor cu atribuţii militare, cred.

- Bănuieşti corect!, a răspuns împăratul. Gândirea lui Hadrian este cu precădere administrativă, nu neapărat o gândire militară.
- Toată acea pregătire în filosofie şi matematică îl ajută, nu-i aşa?
- Exact! Fiecare ajută la ceva, dar nu pentru un bun militar!, a spus Traian. În orice caz, lui Hadrian îi lipseşte entuziasmul pentru chestiunile militare. Acum să mergem să examinăm această cetate!
- Foarte bine!, a răspuns Maximus, făcându-i semn lui Lucullus. Vino alături de noi, Titus! Eşti mai familiarizat cu cetăţile dacice decât oricine altcineva de aici.
- Aşa este, domnule!, a răspuns Titus. Toate sunt construite într-o arhitectură similară, sunt foarte robuste şi eficiente! Asta pare să se potrivească caracterului dacic.

În timp ce mergeau pe pajiştea înierbată, udată de roua dimineţii, Maxim s-a întors spre Traian adresându-i-se neîngrădit.

- Hadrian este parte din familia ta. Într-o zi s-ar putea să nu mai fie de acord cu atribuţiile pe care i le dai. Adică, mă refer la rolul unui asistent administrativ. Omul are şi el mândrie!
- Laberius, mă surprinzi!, a răspuns Traian pe un ton la fel de dezinvolt. Eu îi numesc în cele mai importante posturi doar pe cei mai buni oameni, ştii asta! De aceea conduci tu infanteria mea şi nu un alt om. Nu favorizez membrii familiei!
- Desigur că nu, Caesar!, a fost de acord Maximus. Nu ţi-aş pune la îndoială judecata şi cu siguranţă nu modul în care îţi conduci familia.
- Bine! Hadrian se bucură de multe favoruri, fiind căsătorit cu fiica nepoatei mele. Am încredere că este suficient de recunoscător!

Au intrat în cetate păşind prin porţile larg deschise. Aerul era îngreunat de o ceaţă fumurie. O grămadă mare de lemne şi scânduri ardea mocnit în curte. Mormanul ce fumega includea rămăşiţele carbonizate a ceea ce fusese odată artileria dacilor. Apărătorii cetăţii s-au grăbit să plece şi nu mai incendiaseră toate încăperile cetăţii.

- Au distrus armele pe care nu le-au putut lua, a observat Maximus. Nu au vrut să ne lase artileria lor!
- Nu-mi pasă de artileria lor!, a spus Traian. Putem construi mult mai multă artilerie. Dar dacă acei pileaţi dacici ne-au minţit, îi voi jupui de vii!
- Nu te-au înşelat, Caesar!, a spus Titus Lucullus. Priveşte, iată-l pe Hadrian, se apropie chiar acum!

Nu a durat mult pentru a găsi comorile pe care Hadrian le căuta. Soldaţii daci nu le considerau comori, ci mai degrabă obiecte de curiozitate, nefăcând niciun efort pentru a le ascunde sau pentru a le distruge. Mergând în faţa oamenilor săi, mulţi dintre ei purtând steaguri şi însemne ale legiunilor romane, alături de steagurile Senatului şi ale poporului Romei, Hadrian purta cu mândrie un steag mare ce afişa emblema legionară a Gărzii Pretoriene.

Hadrian s-a oprit în faţa Împăratului, zâmbind cu gura până la urechi.

- Caesar, îmi oferă marea mândrie şi satisfacţie de-ai prezenta stindardele recuperate ale *Legiunii a-V-a Alaudae*!

Traian a luat steagul, făcut din pânză scumpă şi groasă. A mângâiat cu degetele literele brodate gros pe partea din faţă.

- Acum şaisprezece ani, Generalul Cornelius Fuscus a fost învins de Generalul Decebal şi a pierdut acest stindard, împreună cu legiunea sa!

Împăratul s-a oprit şi a inspirat adânc. Acest moment a marcat toată istoria ce a fost scrisă. Roma a trăit cu acea pierdere, cu acea umilinţă, de atunci. Acum stindardele erau recuperate şi acea ruşine putea fi în sfârşit spălată.

- Bucură-te, Caesar!, spuse Hadrian. Caesar Traian redă demnitatea şi gloria Romei!

Maximus l-a strâns pe Hadrian pe umăr.

- Foarte bine spus, Hadrian! Acum trebuie să încheiem această campanie şi să-l îngenunchem definitiv pe Decebal. Atunci Roma va fi răzbunată şi *Marte Ultor* se va bucura!

Traian i-a înmânat stindardul înapoi lui Hadrian.

- Aveţi grijă ca acest steag să fie bine protejat! Tratează-l cu reverenţă! Acesta va fi transportat alături de lucrurile mele personale cele mai preţioase. Îl voi duce înapoi la Roma şi îl voi flutura în timpul Paradei mele de Triumf!

- Aşa cum porunceşti, Caesar! Oamenii Romei se vor bucura atunci când vor vedea din nou stindardele!

- Ai găsit porţi de evacuare, Hadrian?, întrebă Maximus.

- Am găsit o poartă de scăpare într-un zid, camuflată. Fără îndoială, există mai multe! Au reuşit să scape foarte repede, noaptea!

- Nu vă pierdeţi timpul căutând porţi şi tuneluri ascunse!, a ordonat Traian – făcând un gest de înconjurare a cetăţii. Arde-ţi totul! Nu mai vreau cetăţi dacice în Dacia!

Capitolul 16

Barbari la porți

Sarmizegetusa, luna iulie, anul 102 d.Hr.

O aste după oaste, unitățile de infanterie dacică intrau în oraș prin porțile Sarmizegetusei. Întoarcerea lor a fost întâmpinată cu bucurie de familiile soldaților, însă bucuria a fost ponderată de aflarea faptului că până și o retragere strategică se simțea în multe privințe ca o înfrângere. De obicei, soldații se întorceau acasă prin aceste porți ca eroi învingători. De data aceasta se așteptau să fie nevoiți să apere această cetate masivă care era Orașul sfânt al Daciei. Acum era pentru prima dată când o armată romană ajungea la Sarmizegetusa. Ce se va întâmpla în continuare nimeni nu știa cu certitudine.

Decebal și Diegis au înaintat călare pe caii până la poarta de acces în Palatul regal. Imediat ce Diegis a descălecat, Ana a zburat la el și i-a sărit în brațe. A prins-o în brațe râzând încântat. Andrada, Zia, Adila, și Dorin îl așteptau pe Decebal la intrare. El i-a îmbrățișat pe fiecare, pe rând, mulțumit să-i găsească sănătoși și bine. Revederea a fost afectuoasă, dar simțeau că lipsește ceva. Pentru prima dată în viața sa, cele două surori ale lui Decebal nu erau acolo pentru a-l întâmpina acasă.

- Oamenii trebuie să afle despre ceea ce se va întâmpla acum!, a spus Andrada atunci când cuplul regal a putut vorbi în sfârșit în liniște. Acum totul pare foarte nesigur!

- Știu!, a răspuns Decebal. Am convocat pentru mâine o ședință generală publică de consiliu. Nobilii și preoții sunt invitați să participe şi fiecare dintre ei va fi acolo. Voi vorbi cu ei , iar ei vor duce mai departe oamenilor mesajul nostru!

- Deci – reveni întrebătoare Regina - ce se va întâmpla acum?

- Asta rămâne de văzut, draga mea! Traian se va apropia de oraş în două săptămâni. Atunci s-ar putea să avem discuţii şi să negociem. Sau s-ar putea să trebuiască să luptăm şi să apărăm oraşul!

- Va ataca oraşul?

Decebal ridică din umeri.

- Depinde de cum vor decurge tratativele. Dacă nu putem ajunge la un acord cu ei, atunci da, Traian va ataca oraşul!

Andrada clătină încet din cap, îndoielnic.

- Ce şi-ar dori Împăratul Traian, ceva care să-l convingă să nu atace?

Decebal îi zâmbi sumbru.

- Gâtul meu, poate?

- Nu glumi cu asta!

El a întins mâna şi a mângâiat-o uşor pe obraz.

- Nu-ţi face griji pentru mine! Mulţi m-au vrut mort şi, totuşi, iată-mă aici, încă!

Andrada rămase tăcută câteva clipe, pierdută în gânduri.

- Mi-e dor de Tanidela şi de Dochia! Mă doare inima când mă gândesc la pierderea lor!

- Da. Jelesc şi eu pentru Dochia! Tanidela trăieşte, din ceea ce mi s-a spus. A fost luată prizonieră la Roma, dar trăieşte, la fel şi micuţa Tyra!

- Aceasta este o veste bună!, a spus Andrada oftând. Îmi fac griji pentru copiii noştri! Şi pentru oamenii din oraş!

- Soldaţii vor lupta până la ultimul!, a spus Decebal. La fel voi face şi eu! Tu şi copiii, pe de altă parte, nu o veţi face!

- Nu vreau să fug! Nu voi fugi!

- Nimeni nu fuge, Andrada!, a spus regele pe un ton calm. Deocamdată este nevoie de răbdare și curaj. Oamenii trebuie să vadă asta de la regina lor!
- Da, știu asta! În toate aceste luni în care ați fost plecați, mesajul meu zilnic a fost unul de curaj și răbdare. Nu-mi lipsește curajul, bărbate, dar răbdarea mea este foarte șubrezită din cauza acestui război cu Roma care pare să nu se termine niciodată!
- Dă dovadă de curaj atunci, Andrada! Curajul este mult mai important decât răbdarea. O vacă pe pășune poate fi răbdătoare, dar cu ce ne ajută asta?

Andrada își dădu ochii peste cap.

- Dacă mă compari cu o vacă, te voi ucide eu însămi și îl voi salva pe Traian de un necaz!
- *„Nu glumi cu asta!," a spus ea mai devreme.* Ha! Ha! Ha!
- Nu glumesc!, a răspuns regina, apoi s-a relaxat și i-a zâmbit. Bine, glumesc! Acum să discutăm care va fi mesajul nostru la ședința consiliului de mâine.

Ședința consiliului avea loc în Sala Tronului. Regele Decebal și Regina Andrada stăteau unul lângă altul pe tronuri identice. Marele Preot Vezina stătea alături de Rege. Generalii Diegis și Drilgisa stăteau de cealaltă parte, lângă regină.

Peste o sută de nobili daci și preoți din Zamolxis stăteau în audiență. Toți erau într-o stare de tensiune ridicată. Ei așteptau să audă vești și instrucțiuni venite de la monarhii lor.

Regele Decebal a deschis întrevederea.

- Iscoadele noastre ne spun că armata Împăratului Traian mărșăluiește încet spre Sarmizegetusa. Probabil, se află la vreo zece zile distanță. Ne vom folosi de acest timp pentru a întări apărarea orașului și pentru a pregăti armata de un asediu împotriva orașului!

Un distins bărbat mai în vârstă, cu păr argintiu, și-a ridicat brațul pentru a fi ascultat. Era Sorin, bunicul Anei și socrul lui Diegis. El era respectat de toți pentru onestitatea, corectitudinea și judecata lui sănătoasă.

- Romanii vor fi atât de agresivi încât să lanseze imediat un atac? Sau vor fi dispuși să negocieze?
- Asta mă întreb și eu, Sorin!, a răspuns Decebal. Nu vom ști intențiile Împăratului Traian până la sosirea aici chiar a Împăratului Traian!

Un alt nobil a ridicat mâna pentru a fi și el ascultat. Era un bărbat de înălțime medie și constituție mai îndesată, cu păr șaten spre cărunt și ochi căprui. Sprâncenele sale stufoase îi făceau fața să pară aproape feroce.

- Da, Bicilis?, l-a invitat Regele să i-a cuvântul.
- Oare nu ar fi mai bine să ajungem cu el la un acord, decât să fim supuși unui asediu lung și distructiv?, întrebă Bicilis.

Vezina îl privi cu îngăduință.

- Totul depinde de termeni, Bicilis! Vrei să predai orașul pentru a menține pacea?
- Nu, nu aș vrea, Sfinţenia Voastră!, a spus Bicilis. Dar s-ar putea să existe unele mici condiții de capitulare pe care romanii le-ar accepta.
- Dar ce vor romanii?, a întrebat un alt nobil.

Vezina se întoarse spre Decebal.

- Domnule, dumneavoastră îi cunoașteți cel mai bine!

Decebal s-a lăsat pe spate în tronul său și s-a adresat mulțimii.

- Romanii vor multe lucruri! Ei vor răzbunare pentru războaiele câștigate de Dacia împotriva armatelor lor, pentru că aceste victorii sunt o vătămare profundă a mândriei Romei. Romanii vor aurul și argintul Daciei, pentru că știu că bogăția noastră va vindeca problemele financiare ale Romei. Și, poate, vor gâtul meu!

Mulţimea a devenit mută.

- Pe care dintre aceste lucruri l-ai ceda romanilor, nobile Bicilis?, întrebă Regina Andrada.

Nobilul încerca să improvizeze ceva, nefiind sigur cum să-i răspundă la întrebare.

- Nu gâtul Regelui, cu siguranţă, Regina mea!
- Perfect!, a spus Andrada. Pentru că viaţa regelui nu este un subiect de negociere!
- Multe asedii s-au încheiat cu despăgubiri plătite cu aur!, a spus Vezina.
- Nu şi în cazul nostru!, a spus Decebal. Împăratul Traian nu va dori pur şi simplu plata în aur, el vrea tot aurul nostru! Şi nu doar aurul din vistieria noastră, ci şi aurul din munţii noştri!

Nobilii şi preoţii murmurau nefericiţi. Plata unui preţ atât de mare ar însemna predarea Daciei romanilor.

- Ceea ce trebuie să facem pentru moment - a declarat regele cu voce fermă - este să ne pregătim pentru luptă! Sarmizegetusa poate rezista unui asediu timp de mai multe luni de zile. Zidurile noastre nu au fost niciodată străpunse! Foarte mulţi romani vor muri încercând să le treacă!
- Acesta este mesajul pentru poporul nostru, adăugă Regina. Pregătiţi-vă pentru încă o bătălie, dacă trebuie să avem această bătălie!
- Poporul nostru a plătit întotdeauna un preţ mare pentru libertatea noastră!, a adăugat Decebal. Trebuie să continuăm să facem acest lucru! Niciun preţ nu este prea scump şi niciun sacrificiu nu este prea mare pentru a ne păstra libertatea!

Nu au existat voci care să contrazică cele spuse.

Decebal şi Buri inspectau taberele armatei aflat în interiorul zidurilor oraşului şi vorbeau cu mulţi dintre soldaţii care se pregăteau de luptă. Starea lor de spirit era la cote înalte. Romanii cuceriseră cetăţile montane dacice. Dar, totuşi, a compara o cetate dacică de munte cu zidurile

Sarmizegetusei era ca și cum ai compara o pisică aflată în curtea casei cu un leu. Soldații credeau că Sarmizegetusa nu poate fi cucerită.

Vastul oraș era construit în partea laterală a unui întreg munte. O parte era apărat de o stâncă înaltă și falnică, iar cealaltă parte era protejată de un zid stâncos ce cădea brusc și care nu putea fi urcat. Restul orașului era înconjurat de ziduri înalte de zeci de metri și groase de nouă pași. Blocuri de piatră protejau secțiunile exterioare ale zidului. Crenelurile din partea de sus a zidurilor, realizate din andezit și calcar, ofereau platforme folosite de arcași, lăncieri și artilerie pentru a lupta împotriva forțelor atacatoare. Porți masive din lemn gros întărite cu fier străjuiau intrarea principală.

Un grup mare de tineri soldați de infanterie fuseseră instruiți de foști legionari, soldații romani care au dezertat din unitățile lor și care se alăturaseră dacilor în urmă cu aproape două decenii. Mulți dintre ei erau căsătoriți cu femei dacice, au crescut copii în tradiție dacică, iar acum considerau Dacia casa lor.

- Nu vă grăbiți niciodată să atacați un legionar!, a spus Cassius Danillo, instruindu-i pe apărători prin prisma experienței militare pe care a dobândit-o cu ani în urmă. Legionarul este mai bine protejat decât sunteți voi! Scutul său roman îi oferă mai multă protecție decât vă poate oferi scutul vostru dacic! Se va feri în spatele scutului său, va aștepta să vă apropiați suficient, iar apoi vă va înjunghia cu gladiusul său!

Tinerii soldați daci ascultau cu o atenție desăvârșită. Cassius Danillo era un personaj de legendă printre tinerii din Dacia. Tații și frații lor mai mari le-au povestit despre numeroasele situații în care antrenamentul primit de la Danillo i-a ajutat să-și salveze viața.

Regele Decebal și Buri s-au oprit pentru a asista la lecția pe care Cassius o știa pe de rost și pe care o repeta cu precizie, pentru că o predase de mii de ori altor mii de tineri.

- Alegeți-vă punctele în care veți ataca!, continuă Danillo. Mișcați-vă spre lateral sau poziționați-vă în spatele lor! Aceia dintre voi care luptați cu falxuri, folosiți avantajul de acoperire şi avantajul de putere pe care vi-l oferă falxul! Atacaţi acolo unde sunt cel mai puţin protejaţi, în zona membrelor şi a gâtului! Cea mai înfricoşătoare armă pentru legionarul roman este falxul dacic! Folosiţi asta în avantajul vostru!

Danillo se opri. Se întoarse spre rege şi spre Buri cu un zâmbet pe faţă.

- Ce ziceţi, au încredere în ceea ce le spun eu?

Decebal mişcă din cap.

- După expresiile de pe feţele lor, Cassius, fiecare dintre ei te crede.
- Ar fi o prostie să nu te creadă! - a spus Buri - iar mamele dacice nu cresc băieţi proşti!
- Ah! Ai perfectă dreptate, Buri! Şi iată că vine încă unul din acei băieţi acum.

Un băiat de cincisprezece ani s-a apropiat de ei. Părul, ochii şi nasul său arătau fără îndoială că era fiul lui Danillo. Băiatul nu era timid în prezenţa regelui şi i-a oferit lui Decebal o mică plecăciune.

- Majestate, acesta este fiul meu cel mare, Marcu!, a spus Danillo. Se va înrola în oaste anul viitor, după ce va creşte puţin mai înalt şi după ce mâncarea gustoasă a mamei sale îi va aduce o creştere a muşchilor.
- Sunt nerăbdător să slujesc de anul acesta, Majestate!, a spus Marcu. Dar tata îmi spune că trebuie să mai aştept.
- Ascultă-l pe tatăl tău, băiete!, i-a spus Buri pe un ton sever.
- Da, domnule!, a spus băiatul respectuos.
- Numele tău este Marcu?, a întrebat regele. Nu cumva Marcus?
- Este cu picioarele în ambele tabere, Domnule!, a spus Danillo, zâmbind pe jumătate. În Dacia îl cheamă Marcu. Dacă vreodată va merge la Roma, atunci este Marcus. Într-o zi, s-ar putea să dorească să-şi vadă bunicii, unchii, mătuşile şi verii. Nu vom fi în război cu Roma pentru totdeauna!
- Pare a fi o strategie prudentă, Cassius!, spuse Decebal uitându-se la băiat. Marcu eşti fericit aici, în Dacia?

- Da, Majestate!, a răspuns copilul pe un ton serios. Dacia este casa mea și nu vreau să fiu nicăieri altundeva!
- Bine!, a spus Decebal, bătându-l pe umăr pe băiat. Te voi primi în oastea mea anul viitor, Marcu!
- Mulțumesc, Majestate!, răspunse Marcu cu un zâmbet larg.
- Ține minte ce ți-am spus, băiete!, i-a amintit Buri. Acest om este tatăl tău și este, de asemenea, un maestru instructor de soldați. Ești foarte norocos să-l ai ca tată!
- Da, domnule!, a răspuns Marcu pe un ton serios. Îmi voi aminti!

Bătrânul Danillo i-a făcut lui Buri un semn de mulțumire. Fiul său era la vârsta la care băieții cred adesea că știu tot ce este de știut și doar ei știau ce este mai bine pentru ei.

- Continuă munca bună pe care o faci, Cassius!, a spus regele. În următoarele săptămâni și luni vom avea nevoie de fiecare soldat pe care îl putem instrui.

Aquae, la sud de Sarmizegetusa, luna iunie, anul 102 d.Hr.

Toate unitățile armatei Împăratului Traian se adunaseră în stațiunea *Aquae*, nu foarte departe de Sarmisegetusa, unde puteau ajunge într-un marș ușor. Acolo făceau planuri pentru asaltul asupra cetății sfinte dacice. Generalul Lusius Quietus și-a adus cavaleria maură retrasă din raidurile pe care le făceau în vestul Daciei. Generalul era sprijinit de cavaleria iazigă și de câteva mici unități de cavalerie romană. Generalul Laberius Maximus avea comanda generală asupra infanteriei grele, formată exclusiv din legionari romani. Generalul Gnaeus Pompeius comanda infanteria ușoară, care era alcătuită din infanteria auxiliară, care includea unități mari recrutate din Galia, Germania, Pannonia și Spania.

Împăratul Traian avea peste șaptezeci de mii de luptători pe care putea să-i trimită împotriva Sarmizegetusei. Conform celor mai bune estimări ale sale, după ce a interogat sub tortură mai mulți prizonieri daci, știa că Decebal avea mai puțin de douăzeci de mii de războinici cu care să apere orașul. Dacii prietenoși, cel mai adesea pileați bogați, au confirmat informațiile smulse de la prizonieri. Existau trupe dacice suplimentare împrăștiate în nordul și vestul Daciei, dar nu aveau cum să ajungă la Decebal în oraș.

Cezarul nu era îngrijorat de câștigarea acestei bătălii finale. Da, râvnea să-l zdrobească pe Decebal, dar dorea și limitarea pierderilor din rândul propriilor trupe. Exista un mod inteligent de a câștiga războaie și un altul nesăbuit, dar Traian a preferat întotdeauna calea inteligentă.

- Când vom ataca?, întrebă Generalul Quietus. Oamenii mei făceau o treabă bună în jafurile din raidurile noastre, până când li s-a ordonat să vină aici. Nu le place să stea cu mâinile în sân și să piardă timpul!

Traian și-a ridicat privirea de pe hartă.

- Ești mereu dornic să ataci. Răbdare, Lusius! Sarmizegetusa are ziduri de piatră înalte de peste nouă metri. Dacă te duci împotriva lor cu cavaleria ta, arcașii daci de pe ziduri îți vor transforma oamenii și caii în hrană pentru ciori!

Quietus era ușor iritat de răspunsul primit.

- Nu voi ataca zidurile, Caesar! Deschide-mi porțile și oamenii mei vor face restul!

- Ceri slujba cea mai ușoară!, spuse Gnaeus Pompeius râzând. Partea grea va fi spargerea zidurilor! Dacă pot fi sparte, totuși.

Traian s-a întors spre Titus Lucullus.

- Titus, ești singurul om de aici care a fost în interiorul orașului. Cum vezi tu lucrurile?

Lucullus și-a dres gâtul.

- Orice apărare poate fi spartă, Caesar! Totul depinde de timpul alocat și numărul victimelor.

- Sunt de acord, Lucullus! Dar explică-mi cum se aplică asta la Sarmizegetusa!

- Când am fost aici ultima dată, împreună cu Senatorul Paulus, am făcut câteva observații din punctul de vedere al unui cercetaş militar. Ştiam că într-o zi voi fi pus exact în acest tip de situaţie.

- Isteţ flăcău, spuse Maximus, continuă!

- Ar trebui să înţelegem că acesta nu este un fort, ci un oraş foarte mare! Oraşul are surse proprii de hrană şi apă. În interior au multe hambare mari în care sunt depozitate rezerve care nu se vor epuiza foarte uşor. Au livezi, cirezi de vite şi turme de oi cu suficiente păşuni pentru a le hrănii. Pot rezista unui asediu luni de zile sau poate chiar ani de zile.

- Nu voi irosi ani de zile în această campanie, a spus cu pasivitate Traian. A trecut deja un an şi este destul de mult. Vreau să mă întorc la Roma înainte de sosirea iernii!

- Desigur, Caesar!, a fost de acord Titus. Nu sugerez că vom susţinem un asediu de ani de zile, pur şi simplu spun că ar putea fi nevoie de câţiva ani de zile pentru a-i înfometa!

- Dar care sunt opţiunile unui atac militar?, întrebă Lusius Quietus. Acesta nu ar dura ani de zile!

- Nu, dar ne-ar costa un număr mare de victime, domnule General!, a continuat Titus. După cum a spus Caesar, zidurile de piatră au peste nouă metri înălţime. Ele au, de asemenea, aproape 3 metri grosime. Zidurile acestea nu pot fi sparte de artileria noastră sau de berbecii de luptă. Ele sunt construite cu turnuri care ies în afară, ceea ce permite arcaşilor şi artileriei lor să atace cu foc încrucişat oamenii noştri în timp ce încearcă să escaladeze zidurile. Pierderile noastre ar fi foarte mari!

- Cât de mari?, se întrebă Maximus.

Lucullus îşi luă un moment de răgaz să se gândească.

- Dacă Decebal are zece mii de luptători pe ziduri, pierderile noastre ar fi cincisprezece mii sau poate mai mari!

Traian dădu din cap.

- Într-un atac direct asupra unui oraş fortificat, întotdeauna atacatorii au pierderi mai mari decât apărătorii!

Gnaeus Pompeius se încruntă.

- Din păcate, cred că amândoi aveți dreptate! Nu am mai atacat niciodată o fortăreață atât de puternică.
- Putem săpa pe sub ziduri?, întrebă Maximus.

Lucullus clătină din cap.

- Solul este un munte stâncos, în majoritatea zonelor. Ar fi nevoie de luni de zile pentru a săpa în pământ, asta dacă nu ar fi imposibil!

Traian flutură disprețuitor din mână, devenind iritat de tonul pe care a luat-o discuția.

- Nu vom săpa tuneluri prin stâncă și nu vom purta un asediu care să dureze ani de zile! Am venit aici cu misiunea de a pedepsi Dacia și de a-l îngenunchea pe Decebal! Vom avea succes în misiunea noastră!
- Deci, atunci atacăm?, întrebă nerăbdător Quietus.
- Atacăm dacă este necesar, Lusius!, a răspuns Traian punând cu putere pumnul pe masă, făcând hărțile să se ridice. Facem tot ce este necesar pentru a câștiga acest război! Noi suntem Roma! Victoria este singura opțiune!

Munții Daciei, luna iulie, anul 102 d.Hr.

Tarbus nu putea înțelege limba pe care o vorbeau bărbații care mărșăluiau vorbind degajați pe poteca ce șerpuia pe sub locul său de ambuscadă. Era sigur că făceau parte din infanterie auxiliară, după cum arătau uniformele, armele purtate, părul lung și barba stufoasă. Grupul avea o mărime semnificativă. Auxiliarii era organizați în mod similar cu legiunile, deci dacă această unitate ar fi fost echivalentul unei centurii, ar trebui să fie formată din aproximativ optzeci de oameni.

Tarbus avea treizeci de arcași și patruzeci de lăncieri. Atacurile de ambuscadă se bazau oricum pe surpriză, nu pe cifre. Tarbus și oamenii săi erau ascunși în spatele arbuștilor deși care creșteau în poiana înconjurată de stejari. De partea sa avea surpriza unui atac inopinat și aștepta pur și simplu ca mai mulți inamici să iasă la vedere. Era tentat să-l întrebe pe omul din stânga sa despre limba de nerecunoscut a soldaților care mărșăluiau, dar nu a vrut să rupă tăcerea, riscând să-și dezvăluie poziția.

-       Germani!, a șoptit bărbatul ascuns în dreapta lui Tarbus.

Tarbus si-a încruntat chipul, punând un deget peste buze pentru a îndemna la tăcere. Omul a ridicat doar puțin din umeri, ușor deranjat de lipsa sa momentană de judecată. Apoi și-a concentrat din nou atenția spre germani. Inamicul era acum în raza de atac.

-       Omorâți-i!!, strigă Tarbus cu putere în timp ce se ridica cu falxul îndreptat spre inamic.

Infanteria aflată mai jos a fost lovită de o vijelie iscată de vreo șaptezeci de săgeți și sulițe. Treizeci de oameni au căzut, morți sau răniți. De la mică distanță, arcașii erau extrem de preciși și de cele mai multe ori letali. Au eliberat o nouă serie de săgeți, apoi lăncieri s-au repezit în jos, pe pantă, și au lovit auxiliarii rămași înainte ca mulți dintre germani să se poată poziționa pentru luptă. Acest inamic era total nepregătit, iar acum era foarte confuz, ceea ce i-a făcut să fie mai ușor de ucis.

Tarbus s-a repezit la vale spre un tânăr războinic înarmat cu o suliță și un mic scut rotund. Soldatul abia de l-a văzut cu coada ochiului pe Tarbus și s-a întors spre el cuprins de panică, încercând să-și ridice sulița pentru a-l contracara pe dacul năvalnic. Tarbus a doborât cu ușurință sulița folosindu-se de falx, mai lung, mai greu și manevrat cu forța a două mâini. Din întoarcere, a făcut o tăietură cu falxul spintecând gâtul germanului panicat. Omul a căzut fulgerător cu sângele țâșnind dintr-o arteră tăiată.

Un alt lăncier, cu chipul brăzdat de furie, s-a îndreptat spre Tarbus. A fost oprit de o săgeată care l-a lovit în stomac și de o alta ce i s-a așezat în piept, făcându-l să se prăbușească spre înainte ținându-se strâns de piept. Arcașii daci trăgeau de aproape și nu puteau rata. Cineva aflat în spatele coloanei germane sufla cu putere într-un fluier ce scotea zgomote stridente. Era semnalul că au fost atacați. Întăririle aveau să sosească în câteva minute.

Tarbus a văzut că patru daci fuseseră doborâți. Nu voia să piardă și alți oameni. Lovește rapid, ucide inamicul și retragere grabnică erau ordinele Generalului Drilgisa.

- Înapoi!, a strigat tare Tarbus către oamenii săi. Înapoi!

Dacii s-au retras imediat și au fugit înapoi pe versantul muntelui. Spatele unuia a fost ajuns de o săgeată trasă de un arcaș german. Omul a scos un strigăt de suferință, s-a clătinat și apoi a căzut. Ceilalți daci, în câteva secunde, au dispărut printre arbuști și copaci. Aveau să se reîntâlnească cu toții într-un loc prestabilit din pădure, aflat la o oare-care distanță, apoi se întorceau la Sarmizegetusa.

Sarmizegetusa, luna iulie, anul 102 d.Hr.

Regele mergea pe holul lung ce unea camerele regale și Sala Tronului. Era cufundat și adâncit în gânduri și nici măcar nu observase slujitoarea care venea din direcție opusă, până când, aproape că s-a izbit de ea.

- Of, iertați-mă, Majestate! - și-a cerut scuze tânăra. Ar trebui să fiu mai atentă pe unde merg!

El i-a oferit un zâmbet iertător.

- Nu vă cereți scuze, vina este a mea! Eram cu gândurile în altă parte.

- Desigur, Domnule!, a răspuns ea. Am înțeles!

Tânăra era înaltă, cu părul lung de culoare blond-căpșună. Îl privea pe Decebal ca și cum ar fi vrut să spună ceva mai multe.

- Lucrezi în bucătăria palatului, ca brutăriță. Cum te cheamă?, a întrebă Decebal.

- Salia!, răspunse ea zâmbind, încântată că regele a recunoscut-o.

- Ah, da, desigur! Salia.

- Cu siguranță nu vă aduceți aminte de mine, Majestate, dar mi-ați făcut o promisiune odată! Ei bine, nu doar mie, ci și celorlalți copii din clasa Marelui Preot Vezina. Aveam doar șase ani, dar îmi amintesc mereu ce mi-ați spus atunci.

- Ce promisiune am făcut?

- Ați promis că îi veți ține departe mereu pe romani și că ne veți ține în siguranță!

Chipul lui Decebal se posomorî. Încrederea pe care i-a acordat-o această tânără fată se simțea, în parte, ca o povară și, de asemenea, ca o obligație sacră. Aceasta era povara regilor. Era inexorabilă, inevitabilă.

- Și crezi că mi-am ținut promisiunea, Salia?

- Da, Domnule! V-ați ținut-o!, a răspuns ea pe un ton serios.

- Vrei să spui că mi-am ținut promisiunea până acum?, a întrebat regele cu un zâmbet ironic.

Întrebarea a luat-o prin surprindere pe Salia.

- Da, Majestate! V-ați ținut promisiunea până acum. Întotdeauna vă țineți promisiunile!

- Foarte bine, atunci!, a răspuns Decebal, de asemenea pe un ton serios. Voi face tot posibilul, Salia, să-mi țin promisiunea față de tine atâta timp cât voi putea!

Fata i-a făcut o plecăciune respectuoasă.

- Știu că o veți face, Majestate! Mulțumesc, Măria Ta!

Decebal s-a îndepărtat de ea, reluându-și mersul spre Sala Tronului. Avea multe lucruri la care să se cugete și gândurile lui săreau între trecut, prezent și viitor. Cât de ușor se fac promisiunile, se gândi el în sinea lui, și cât de înflăcărați le facem cu cele mai bune intenții. Și cât de dificil este uneori să le îndeplinești. Și totuși, un rege care nu-și ține promisiunile nu era deloc rege. O promisiune făcută cu mult timp în urmă unei fetițe de șase ani ar putea schimba nu numai viața ei, ci și viața unei națiuni.

- Barbarii sunt la porțile noastre!, a spus Regina Andrada. Acum trebuie să luăm decizii pentru a proteja viețile și libertatea poporului nostru!

Consiliul Regal se întrunea în Sala Tronului. Regele, Regina, Drilgisa și Diegis erau așezați în jurul unei mari mese rotunde folosite pentru ședințele consiliului. Alături de ei era Vezina, sfetnicul familiei regale. Regele i-a invitat și pe cei doi boieri Sorin și Bicilis, reprezentanți ai aristocrației dacice.

- Barbarii sunt aici, Regina mea, și nu știm încă ce vor!, a spus Vezina. Prima noastră sarcină este să aflăm. După aceea, putem decide cum facem mai bine ca oastea să dispară.
- Sunt de acord!, spuse Decebal. Dar mai întâi, înainte de a discuta despre ceea ce vor ei, să discutăm despre ceea ce vrem noi!

S-a oprit o clipă și s-a uitat în jurul mesei.

- În primul rând și cel mai important, Dacia nu renunță la independență, pentru niciun motiv din lume! Nu deschidem porțile pentru soldații Romei pentru niciun motiv! Barbarii de la porțile noastre, Regină Andrada, vor rămâne în afara porților!
- Bine!, a spus Regina. Îmi place acest plan de până acum!
- S-ar putea ca lui Traian să nu-i placă acest plan, dacă ar fi să ghicesc!, a spus Vezina.

Decebal șterse cu mâna comentariul.

- Asta nu contează! Dacă Împăratul vrea să intre în Sarmizegetusa, atunci își va omorî armata zdrobind-o de zidurile noastre!
- Sunt de acord!, spuse Diegis, lovind cu pumnul în blatul mesei.
- Și eu sunt de acord!, a spus Drilgisa. Dacă vor dori o luptă, o să fie o luptă foarte sângeroasă!
- Foarte bine!, a spus Vezina. Romanii nu vor intra în oraș!

Decebal a continuat.

- În al doilea rând, Dacia nu este de vânzare! Vom face concesii Romei pentru un acord de pace, dar nu vom plăti nicio răscumpărare scandaloasă Romei! Nu vor primi aurul și argintul din visteria noastră! Și, cu siguranță, nu vor primi aurul, argintul și toate celelalte bogății din munții noștri!

- Așa să fie!, a spus Vezina. Libertatea și bogăția Daciei nu sunt subiecte de negociere!
- Și în al treilea rând - a adăugat Regina Andrada - gâtul Regelui Decebal și capul regal aflat deasupra acestuia nu sunt elemente de negociere!
- Nu au fost niciodată, Măria ta!, a spus Vezina zâmbind.
- Asta clarifică ceea ce dorim!, a spus Regele. Acum să ne întoarcem la întrebarea ta, Vezina. Trebuie să vorbim cu Traian și să aflăm ce vrea Roma!
- Cine vor fi trimișii noștri?, întrebă Andrada.

Sorin a privit spre bărbații care stăteau în jurul mesei și a început să râdă.

- Acum înțeleg de ce eu împreună cu Bicilis am fost invitați la această consfătuire!

Bicilis își ridică sprâncenele stufoase, surprins.

- Noi?
- Nu-mi pot trimite generalii, Bicilis!, a explicat regele. Și nici pe Marele nostru Preot! Cu toate acestea, trimișii trebuie să fie cineva de rang înalt, trimiși pe care romanii îi vor trata cu respect. Dumneavoastră și domnul Sorin sunteți cele mai bune alegeri pentru a reprezenta Dacia!
- Voi fi mândru și onorat să fiu trimisul vostru, Majestate!, a anunțat Sorin.
- Și eu, Măria ta!, a fost de acord Bicilis.

Cei doi emisari ascultau cu atenție cum Regele Decebal și Marele Preot Vezina le ofereau detalii despre misiunea lor.

Capitolul 17

Prețul păcii

Aquae, Dacia, luna iulie, anul 102 d.Hr.

n apropierea izvoarelor termale din Aquae se afla o casă elegantă, care egala cu ușurință câteva dintre cele mai frumoase vile din Roma. Pardoselile erau din marmură, pereții erau bogat decorați cu artă și tapiserii, iar terenurile împrejmuitoare erau frumos amenajate cu fântâni de marmură și grădini mari. Aristocrații Daciei mergeau anual în vacanță acolo pentru beneficiile pe care izvoarele termale le aveau asupra sănătății, dar și pentru relaxare sau socializare cu alți nobili înstăriți.

Împăratul Traian a rechiziționat imediat această vilă instalându-și cartierul general acolo. După multe luni de locuit în corturi, instalate în văile montane care erau ude primăvara și prăfuite vara, el tânjea după o parte din luxul de care se bucura Caesar la Roma. Vila era extrem de confortabilă, iar pentru moment Cezarul era mulțumit și într-o dispoziție bună cu ceea ce îi oferea Dacia. Mai multe amfore cu cele mai bune vinuri au sosit acolo de la Roma, ceea ce i-a îmbunătățit și starea de spirit.

Sorin și Bicilis erau amândoi foarte familiarizați cu Aquae ca urmare a numeroaselor vacanțe avute la izvoarele termale. Cunoșteau drumurile și împrejurimile, dar era deranjant pentru amândoi să vadă zona ocupată de trupele romane. S-au prezentat ca ambasadori ai Regelui Decebal și au fost escortați de Gărzile Pretoriene pentru a se întâlni cu Împăratul.

Traian i-a primit pe nobilii daci în timp ce stătea în fața vilei pe una dintre terasele acoperite cu marmură. Era o dimineață caldă și însorită de vară, cerul era de un albastru senin pictat cu câteva linii albe, iar Caesar era într-o dispoziție fericită. Traian împărțea o parte din vinul *Caecuban,* proaspăt sosit, cu Tiberius Livianus, Prefectul Gărzii Pretoriene. Deși vinurile roșii *falerniene* erau la modă la Roma, adevărații experți somelieri, cum ar fi Sura și Traian, considerau că vinurile Caecuban erau la fel de bune.

Sorin și Bicilis s-au apropiat la zece pași, apoi s-au închinat în fața lui Caesar și l-au așteptat să vorbească. Împăratul a rămas așezat în fotoliul său acoperit cu perne, ținând în mâna dreaptă o cupa elegantă de argint umplută cu vin.

- Spuneți-mi clar ce v-a spus Regele vostru Decebal să spuneți!, le-a ordonat Traian.

Sorin a preluat conducerea și a explicat, într-un mod general și diplomatic, ce a expus Regele Decebal la ședința consiliului. Vorbea ca un om rafinat cu maniere aristocratice și, de asemenea, prin ceea ce spunea arăta asta. Lui Traian îi plăcea să se prezinte ca un om al poporului și nu era impresionat de comportamentul distins și gentil.

- Nu doresc moartea Regelui Decebal și puteți să-i transmiteți asta!, a spus Împăratul. Cu toate acestea, îi cer să accepte conducerea Romei și să slujească Roma ca un adevărat rege client. Va accepta regele tău acest lucru?

Sorin a oferit o nouă plecăciune subtilă.

- Da, Caesar!

Traian se întoarse spre Bicilis.

- Ești de acord și tu?

- Da, Caesar! Regele Decebal va accepta conducerea Romei!, a răspuns Bicilis cu o voce respectuoasă și ușor tremurătoare.

Traian se așeză mai pe spate în fotoliul acoperit de perne. Era relaxat și încrezător, era conducătorul lumii. Următoarele sale cuvinte aveau să determine soarta unei națiuni. I-a lăsat pe mesagerii daci să aștepte și să se mai frământe o vreme. Cel cu sprâncenele stufoase părea agitat.

- Îi vei spune Regelui Decebal că accept termenii lui pentru pace, dar și el trebuie să fie de acord cu termenii mei. Peste trei zile va veni aici, însoțit de familia sa, și se va prezenta înaintea Cezarului. În calitate de Rege Client al Romei, el va jura loialitate față de Caesar, față de Senat și față de poporul Romei.
- Îi voi comunica Regelui mesajul tău, Caesar!, a răspuns Sorin cu o altă plecăciune.

Bicilis s-a înclinat, de asemenea, arătând mai despovărat.

- Peste trei zile!, se repetă Traian. Caesar și Decebal vor vorbi față-în-față atunci. Regele vostru va auzi atunci termenii și cererile suplimentare ale Cezarului!
- Da, Caesar!, au răspuns la unison Sorin și Bicilis.
- Puteți pleca acum!, a transmis Împăratul.

El îi privea cum erau conduși la caii lor. Laberius Maximus și Titus Lucullus, care stăteau în apropiere, s-au dus să i se alăture lui Traian.

- Oare va veni Decebal?, se întrebă Maximus.
- Va veni!, a răspuns Traian.

Titus aprobă din cap.

- Da, sunt de acord, Caesar! Decebal este un om mândru, dar ar fi nesăbuit din partea lui să refuze condițiile tale.

Traian și-a ridicat pocalul de vin pentru ca un servitor să-l umple încă o dată.

- Prețul pentru nesăbuința lui, domnilor, dacă va avea îndrăzneala de a se comporta nechibzuit, este că vom dărâma Sarmizegetusa până când din ea nu va mai rămâne decât praf și pulbere.

Sarmizegetusa, luna iulie, anul 102 d.Hr.

- Vezina solicită ca o sută dintre oamenii noştri să meargă la Aquae!, a spus Regina Andrada. Femei şi copii, dar şi câţiva bărbaţi mai în vârstă. Ei vor reprezenta poporul Daciei!
- Bine!, a spus Regele. Să le arătăm romanilor că nu suntem barbarii sălbatici de care se tem. Sunt pregătiţi copiii noştri să meargă?
- Sunt pregătiţi!, a răspuns Andrada. Dorin vrea să-şi ia câinele cu el. Nu pleacă nicăieri fără Toma în lesă.

Decebal dezaprobă din cap.

- Nu ar fi înţelept! Dacă Toma se va simţi ameninţat dintr-un motiv oarecare şi devine agresiv, un lăncier roman îi va aduce sfârşitul.
- Nu cred că Toma va fi agresiv! Pe de altă parte - a spus regina oftând – nu-i pot face astfel de promisiuni Adilei.
- Da, ştiu! Poartă cu ea o supărare profundă încă de la Tapae!
- Moartea Dochiei i-a înrăutăţit necazul!, a spus regina. Dă vina pe romani pentru moartea Dochiei!
- Sigur că da, o cred! Dochia ar fi încă în viaţă dacă nu ar fi fost forţată să fugă prin pădure pentru a scăpa de atacul roman.
- Aşa este!, a spus Andrada. Prea mulţi au murit! Mă voi bucura când vom face pace!

Diegis a intrat în cameră însoţit de Ana. Fata avea o privire tulburată şi îngrijorarea i se citea pe faţă.

- Grupul delegaţilor este pregătit!, le-a spus Diegis. Mi-aş dori să pot veni şi eu cu voi!
- Şi eu!, i-a spus Ana tatălui ei.

Andrada s-a aplecat, sărutându-i creştetul capului.

- Veţi rămâne aici alături de tatăl vostru. Nu vă faceţi griji pentru noi, nu vom fi în pericol!
- Dar romanii!, a protestat Ana. Ei ne urăsc, aşa cum noi îi urâm pe ei! Când te vor vedea, te vor urî, simt asta!

- Ana, nu-ți mai fă atâtea griji!, a spus Diegis, oferindu-i un surâs. Nimeni nu o urăște pe mătușa ta Andrada, știi asta!

Decebal se întoarse spre fratele său.

- Pe parcursul călătoriei noastre, orașul este al tău! Drilgisa te va ajuta! Mircea îi va lua locul lui Vezina și îi va coordona pe preoți! Nu ar trebui să existe probleme!
- Of, nu mă aștept la probleme în oraș, frate!, a răspuns Diegis. Dacă vor apărea probleme, acestea se vor întâmpla în Aquae!
- Nu vor exista probleme în Aquae!, a declarat Decebal. Vom vorbi, vom face pace și asta va fi totul!
- Îmi amintesc de momentul – a continuat Diegis – când erai precaut în a merge la Roma pentru a te întâlni cu Împăratul Domițian!
- Nu este același lucru, Diegis!, a spus Decebal. Traian este un om de caracter și de onoare! Domițian era complet lipsit de aceste calități.
- E timpul să mergem!, a intervenit Regina. Femeile și copiii au fost deja urcați în căruțele pentru călătorie. Îi facem să ne aștepte!
- La revedere!, le-a spus Ana.

Era aproape înlăcrimată. Andrada se aplecă pentru a o privi în ochi.

- Cât timp suntem plecați, am o treabă importantă pe care vreau să ți-o încredințez ție, Ana!
- Ce treabă!
- Nu-l putem lua pe Toma cu noi, așa că trebuie să rămână aici! Vei avea grijă de el până ne întoarcem? Tatăl tău te va ajuta.

Fața fetei s-a luminat.

- Da, mătușa Andrada! Voi avea grijă de Toma până când Dorin se va întoarce!
- Bine! Dorin îți va mulțumii și el. Acum îmbrățișează-ți mătușa și ne vom revedea peste câteva zile!
- Călătorie ușoară!, le-a urat Diegis. Voi aștepta zilnic rapoarte de la cercetași pentru a urmări cum evoluează situația!

- Va fi o călătorie scurtă!, a răspuns Decebal. Vom reveni într-o
  săptămână. Aștept cu nerăbdare să-l văd în sfârșit pe acest Tra-
  ian, cel mai iscusit dușman pe care l-am avut!

Aquae, luna iulie, anul 102 d.Hr.

Împăratul aștepta delegația dacilor în fața vilei sale, de data aceasta cu legiunile ordonate în formație pentru a asista la ceremoniile istorice. Traian dorea să-i impresioneze pe vizitatori cu un spectacol al puterii militare deținute de Roma. El poftea, de asemenea, ca legiunile sale să fie martore la puterea și gloria Cezarului în relație cu dușmanii Romei.

Sorin și Bicilis conduceau un grup de douăzeci de nobili daci îmbrăcați în cele mai frumoase haine de sărbătoare. Îi urmau Regele Decebal și Regina Andrada, alături de care se aflau Vezina și Buri. Zia, Adila, și Dorin mergeau în spatele lor. Delegația dacică se încheia cu un grup de femei, copii și bărbați mai în vârstă, oamenii de rând ai Daciei.

Traian îi aștepta așezat pe un tron. Generalii săi erau strânși în jurul lui. Steagurile și stindardele Gărzii Pretoriene și ale Senatului Romei au fost înălțate pe stâlpi falnici în spatele lor, fluturând în vântul blând al amiezii. Așa arăta fastul și gloria Romei pe deplin etalate, având întotdeauna efectul impresionant dorit asupra celor care erau martori pentru prima dată.

Sorin și nobilii s-au oprit cu zece pași înaintea tronului lui Traian și au îngenuncheat în fața Cezarului. Cetățenii daci aflați mai în spate au îngenuncheat și ei în fața Cezarului, cu excepția copiilor de la care nu se aștepta să înțeleagă ocazia solemnă a acestei ceremonii. Regele Decebal și familia regală dacică nu au îngenuncheat, deoarece regalitatea dacică nu a îngenuncheat în fața niciunei puteri străine. Vezina și Buri stăteau lângă regele și regina lor.

- Caesar! - anunță protocolar Prefectul Tiberius Livianus cu o
  voce suficient de puternică ca legiunile să o audă - aici este Re-
  gele Decebal al Daciei, cu familia și sfetnicii săi!

Traian a lăsat deliberat, pentru efect, un moment de pauză. El era conducătorul acestei festivități și și-a luat timp în acel moment pentru a-și privi îndeaproape adversarul. Decebal, regele dac care a fost atâția ani un ghimpe atât de dureros în coasta Romei. Adversarul pe care l-a urmărit un an prin Dacia și Moesia. Acesta era un om de caracter, construit ca un războinic, dar cu purtarea regală a unui conducător înnăscut. „Nu suntem diferiți!", gândi Traian. Zeii și Zeița Sorții doar ne-au aruncat în tabere opuse.

- Bine ai venit, Rege Decebal și Regină Andrada! Care sunt cerințele tale de la Roma?

Decebal și-a întins brațele spre Traian, într-un apel la pace și la conciliere. A vorbit cu voce tare și clară.

- Dacia dorește să pună capăt războiului dintre noi! Să punem capăt acestor ostilități, Caesar! Prea mulți daci și romani au murit. Dacia dorește să formeze o alianță cu Roma și să jure loialitate Romei.

Traian s-a oprit pentru a permite repetarea cuvintelor lui Decebal, din gură în gură, pentru a fi auzite de cei aflați în spatele audienței lor foarte însemnate.

- Te angajezi să servești ca rege client al Romei și juri că vei fi loial Cezarului, Senatului și Poporului Romei?
- Da, Caesar! Îmi iau acest angajament!

Traian i s-a adresat lui Decebal cu o voce mai scăzută.

- Ai făcut odată un astfel de jurământ și Împăratului Domițian!

Decebal a răspuns, de asemenea, pe un ton coborât.

- Nu i-am făgăduit nici un jurământ Împăratului Domițian!

Împăratul nu dorea să dezbată problema. Aceasta nu era o dezbatere a Senatului. Și-a dres gâtul și a continuat.

- Rege Decebal, Roma îți acordă titlul de Rege Client al Romei! Vei fi de acord cu următoarele condiții!

Traian se opri din nou pentru o clipă. El era în atenția tuturor, iar acum Caesar își arăta autoritatea.

- În primul rând, Roma nu va mai face plăţi anuale către Dacia, conform vechiului tratat cu Împăratul Domiţian!

- Sunt de acord!, a răspuns Decebal.

Acest lucru era pe deplin aşteptat. Sumele mari de bani pe care Domiţian a fost de acord să le plătească Daciei pentru a menţine pacea erau o ruşine jenantă pentru Roma şi o pierdere din trezoreria statului.

- În al doilea rând, a continuat Traian, vei preda Romei toate teritoriile ocupate de Dacia în Moesia şi Banat! Dacia nu va mai ocupa pământuri dincolo de partea voastră a Fluviului Danubius!

- De acord!, a răspuns Decebal, care oricum nu avea suficiente trupe militare pentru a apăra acele teritorii.

- În al treilea rând, veţi preda toate armele de asediu, artileria şi alte arme de război. Nu va mai fi nevoie să purtaţi războaie din nou împotriva Romei sau împotriva vreunui aliat al Romei!

- Sunt de acord, Caesar! acceptă Decebal.

Se putea construi mai multă artilerie şi nu era momentul pentru a menţine o poziţie agresivă cu privire la acest lucru.

- În al patrulea rând, vei dărâma zidurile cetăţilor tale din Dacia. Ca aliat al Romei, nu mai trebuie să vă temeţi de niciun atac din partea armatelor Romei sau a aliaţilor ei.

Decebal aruncă o privire laterală spre Vezina. Marele preot i-a făcut un semn discret. În acest moment nu aveau de ales cu privire la această chestiune.

- Sunt de acord, Caesar!, i-a spus Decebal.

- În al cincilea rând, îi vei preda Romei pe toţi bărbaţii care au dezertat din armatele Romei şi s-au alăturat armatelor Daciei!

Andrada s-a îngrozit în sufletul ei, dar şi-a păstrat neutră expresia chipului. Sutele de dezertori romani aveau acum case şi familii în Dacia. Ea îi considera ca făcând parte din Dacia, dar în mod clar Traian avea alt punct de vedere în această privinţă. Ea a observat că Buri, care stătea lângă ea, arăta un disconfort similar.

- Sunt de acord!, a spus Decebal fără tragere de inimă.

Era o chestiune de onoare pentru Traian să împartă dreptate romană dezertorilor, iar Decebal știa ce soartă îi aștepta pe acei oameni. Și totuși, el nu mai putea alege acum să sfideze Roma în relațiile pe care aceasta le avea cu dezertorii romani. Aceasta era o chestiune de mândrie pentru Traian și nu ar fi dat înapoi.

- În al șaselea rând, a continuat Traian, Roma nu va staționa trupe în Dacia, cu o singură excepție. Roma va avea o mică garnizoană militară în interiorul zidurilor Sarmizegetusei, astfel încât să putem monitoriza cât de bine îndeplinește Dacia termenii acestui tratat!

- Sunt de acord! a spus Decebal.

Acei oameni urmau să fie observatori și nu o amenințare militară pentru Dacia.

- Foarte bine! Negocierile noastre s-au încheiat!, a declarat Traian.

Generalii săi păreau mulțumiți de condițiile de pace ale lui Cezar. Ei știau că și Senatul de la Roma va fi mulțumit.

Traian s-a ridicat de pe tron și, însoțit de prefectul Tiberius Livianus, s-a apropiat de familia regală dacică cu zâmbetul pe buze. Invadatorul juca acum rolul gazdei grațioase.

- Rege Decebal, Regină Andrada și Mare Preot Vezina sunt fericit că putem fi prieteni!, a spus Traian.

- Și eu sunt fericit, Caesar!, a răspuns Decebal. Roma și Dacia au fost dușmani teribili. Este timpul să oprim luptele!

Traian aprobă din cap.

- Ați fost un dușman aprig al Romei timp de mai mulți ani. Cu toate acestea, nu ați luptat pentru bogăție sau glorie personală, din ceea ce mi se spune. Atunci, pentru ce ați luptat?

- Dacia are suficientă bogăție, a spus Decebal, și nu tânjesc după glorie! Noi, dacii, luptăm pentru un singur lucru. Unul dintre compatrioții voștri a descris-o cel mai bine. Se numea Cicero, mi-a spus Vezina.

- Ah! Cicero a spus multe lucruri înțelepte. La care dintre acestea te gândești?
- Cred că se spune că libertatea este o bogăție de o valoare inestimabilă, a răspuns Decebal.

Traian aprobă solemn din cap.

- Așa este! Iar libertatea nu este negată și nici nu este disprețuită între prieteni!

Decebal i-a întors aprobarea. Fiecare cunoștea măsura celuilalt și se înțelegeau cel puțin în această problemă vitală.

- Sunt fericită și eu să-ți fiu prietenă, Caesar!, a spus Andrada. Îmi doresc pentru copiii mei să trăiască în pace, să crească și să aibă proprii lor copii!
- Iar aceștia trei sunt fără îndoială copiii tăi, Regină Andrada! Ambele tale fiice seamănă atât de mult cu tine, încât nu m-aș putea înșela.

Zia și Adila moșteniseră ochii mari albaștri ai mamei lor și trăsăturile generale ale feței, împreună cu părul ei negru strălucitor.

- Da, Caesar! Aceștia sunt copiii noștri, Zia, Adila și Dorin!, i-a prezentat regina cu mândrie.

Fiecare dintre ei a oferit împăratului o mică plecăciune respectuoasă. Ei știau să nu vorbească decât dacă li se vorbea mai întâi.

Traian s-a întors spre Vezina care arăta maiestos în hainele albastre împodobite cu aur și argint evidențiind statutul său de Mare Preot al lui Zamolxis.

- Am auzit multe despre dumneavoastră, Mare Preot Vezina! Ați fost o forță puternică în succesul militar al Daciei. Veți fi o forță la fel de puternică în menținerea păcii cu Roma?

Vezina a zâmbit ușor.

- Oferi prea multe credite bătrânului pe care-l ai în față, Caesar! Dar da, bineînțeles că mă voi strădui să-mi ajut regele și regina să păstreze pacea!
- Mă bucur să aud asta!, a spus Traian, deși știa foarte bine că Vezina spunea ceea ce se aștepta ca el să spună.

Doar timpul avea să spună cum vor decurge lucrurile cu acești daci. Ei erau un popor mândru și ambițios, iar astfel de oameni erau greu de orânduit sub conducerea Romei.

Traian și cuplul regal dac și-au luat rămas bun. Grupul dacic s-a întors spre caii și căruțele lor. Adulții păreau mulțumiți de ceea ce s-a întâmplat, ceea ce, subsecvent, i-a făcut pe copii să fie într-o dispoziție zglobie. Acești romani nu mai păreau atât de înfricoșători.

Pentru o scurtă perioadă de timp, pierdut în gânduri, Traian a stat și i-a privit îndepărtându-se. Una peste alta, împăratul se simțea mulțumit. Dacia a fost înfrântă. Decebal a fost umilit. El fusese salvat de alte luni cu necazuri suplimentare și, de asemenea, a cruțat viețile multor mii de soldați romani.

Împăratul s-a ridicat și s-a îndreptat spre o platformă de lemn ridicată deasupra solului, de unde urma să se adreseze legiunilor adunate și să le vorbească despre sfârșitul războiului dacic. După un război anevoios, soldații erau întotdeauna ușurați să audă că luptele s-au încheiat. Mai târziu, împăratul va aduce ofrande Zeiței Victoria. Câteva luni și mai târziu, când se va întoarce la Roma, Senatul îi v-a acordat un *Triumf*. Roma va celebra cu o mare paradă festivă pentru a marca victoria Sa asupra Daciei. Campania pe care a început-o acum un an, misiunea lui Marte Ultor, a fost în cele din urmă îndeplinită.

Sarmizegetusa, luna august, anul 102 d.Hr.

Regele Decebal și Buri se apropiau de casa lui Cassius Danillo, dar, din respect, s-au oprit să privească de la distanță cum fostul legionar roman își lua rămas bun de la soția sa și de la cei trei copii. Pruncul cel mai mic avea patru ani și nu înțelegea motivul tuturor lacrimilor. Tatăl său mai pleca uneori, dar el se întorcea mereu. Uneori aducea înapoi mici cadouri pentru copii.

Decebal și Buri l-au așteptat pe Danillo să-și ia rămas bun. În timp ce Cassius pleca, îndreptându-se spre porțile orașului, i-a observat pe cei doi bărbați care îl așteptau. El le-a întors salutul cu un semn dat din cap, cei doi alăturându-i-se din mers.

Dincolo de porțile orașului, o cohortă de soldați legionari așteptau să-i escorteze pe dezertorii romani în tabăra romană din Aquae. Cinci sute de legionari înarmați urmau să păzească aproape două sute de foști legionari, dezbrăcați până la tunici și sandale, în timpul marșului de o zi spre vila lui Traian de la izvoarele termale.

- Înțelegi ceea ce s-a întâmplat, Cassius?, întrebă Decebal.

Danillo îi zâmbi sumbru.

- Dacia trebuia să facă pace cu Roma. Da, am înțeles! Soarta micilor gândaci ca mine este o chestiune minoră în comparație cu soarta națiunilor.

- Sună aproape corect!, a fost de acord Buri. Așa, vorbind ca de la un gândac la altul, Danillo!

Expresia l-a făcut pe Cassius să zâmbească.

- M-am confruntat cu moartea de sute de ori în viața mea. Nu mi-e frică de moarte!, spuse Cassius întorcând capul să-l privească pe rege. Încă din ziua în care am părăsit Legiunea a VI-a Victrix și am venit în tabăra ta din munți, Rege Decebal, am știut că o zi ca aceasta ar putea veni oricând. Știam cum tratează Roma dezertorii și totuși am luat decizia și mi-am asumat riscul!

- Da, te înțeleg!, a spus Decebal.

- Acum, asta pare cu o viață în urmă!, a continuat Danillo. Și, într-adevăr, a fost într-o altă viață. Aici am găsit o viață nouă. Nu am regrete! Aici am găsit fericirea pe care nu aș fi găsit-o niciodată slujind într-o legiune romană!

Porțile înalte și masive ale orașului începeau să se vadă. Cei trei bărbați au devenit tăcuți în timp ce pășeau. Când au ajuns la porți, Danillo s-a oprit și s-a întors cu fața spre Decebal și Buri.

- Vreau să vă mulțumesc pentru respectul pe care mi l-ați arătat!, a spus el cu o voce fermă. Buri, ar însemna foarte mult dacă ai avea grijă de familia mea, atunci când eu nu voi mai fi! Uită-te la ei din când în când!

- Voi avea grijă de asta, prietene!, a promis Buri. Ai cuvântul meu!

- Vor fi îngrijiți, Cassius!, îl asigură și Decebal.

Danillo și-a luat rămas bun de la amândoi și s-a îndreptat spre grupul de oameni care așteptau, dezbrăcați până la tunici și sandale, păziți strașnic de legionari. Decebal și Buri au mai stat să-i privească pentru o scurtă perioadă de timp.

O umbră tăcută se mișca pe lângă ei, mergând foarte vioi, cu capul întors. Buri l-a observat cu coada ochiului și a întins o mână rapidă pentru a-l apuca pe băiat de braț.

- Hei, tu de acolo! Unde crezi că te duci?

- Dă-mi drumul!, a protestat băiatul, străduindu-se să se elibereze, dar eforturile sale nu se potriveau cu mărimea și puterea lui Buri.

Decebal l-a recunoscut pe Marcu, fiul lui Danillo.

- Lasă-mă să merg!, spuse din nou Marcu, cu ochii sclipitori.

- Marcu, oprește-te!, i-a poruncit Decebal. Nu te poți alătura tatălui tău! Nu-l poți ajuta și vei fi doar rănit!

Marcu și-a încetat zbaterile, iar Buri i-a dat drumul brațului. El nu dorea să încalce porunca regelui. Trebuia să-și facă un alt plan.

- Fiule, ascultă-mă!, a spus Buri, privindu-l în ochi. Trebuie să faci ceea ce tatăl tău ar vrea de la tine. Asta înseamnă să rămâi aici și o ajuți pe mama ta să aibă grijă de familia ta! Mă înțelegi?

- Da, domnule!, a spus Marcu, uitându-se în pământ.

- Du-te acasă!, i-a spus regele. Mama ta are nevoie de tine acolo!

- Da, Majestate!, a răspuns Marcu.

S-a întors și a plecat. Mintea lui plănuia deja în avans, gândindu-se la ceea ce se va întâmpla mai târziu spre după-amiază, după ce grupul de legionari și prizonierii lor vor fi plecat în marșul lor spre Aquae. Ar fi puțini oameni care s-ar mai înghesui în jurul porților atunci, iar Regele şi Buri nu ar mai sta acolo. Era întotdeauna un lucru mai simplu să părăseşti oraşul decât să încerci să intri în el.

Aquae, luna august, anul 102 d.Hr.

Titus Lucullus a fost surprins să fie chemat din cortul de stat major al Generalului Maximus la cartierul general al lui Traian din vilă. Nu că l-ar fi deranjat câtuşi de puţin. Faptul că mergea în vilă îi reamintea cum este la Roma, acolo spaţiile de cazare erau mult superioare oricărei tabere militare. De asemenea, era întotdeauna un lucru pozitiv să atragă atenţia împăratului. Carierele şi averile au fost făcute de cei care au câştigat favoarea Cezarului.

Traian se bucura de compania plină de entuziasm a lui Gnaeus Pompeius şi a lui Hadrian. Starea lor de spirit era relaxată, iar euforia a fost ajutată încă o dată de câteva pahare de vin bun. Vinul era o pasiune zilnică pentru Caesar.

- Lucullus! Vino să ni te alături!, l-a invitat împăratul, încântat să-l vadă. Bea nişte vin!
- Mulţumesc, Caesar!, a spus Titus. Mă onorează!
- Nu te grăbi să te simţi onorat, Titus!, spuse Traian, cu un zâmbet ironic pe buze. Încă nu ştii de ce eşti chemat aici!

Pompeius a început să râdă. Hadrian chicoti. Titus şi-a turnat un pahar de vin. Caesar îi va spune ce vrea de la el la timpul potrivit. Un timp care nu îl grăbea pe Caesar.

- Vorbim despre poduri, Lucullus!, a continuat Traian. Ce ştii despre poduri?
- Ca să fiu sincer, Caesar, nu ştiu nimic despre poduri!
- Ah! Nu contează! Hadrian ştie. Este interesat de arhitectură.

Titus i-a oferit lui Hadrian un semn admirativ.

- Arhitectura este o artă nobilă, cu siguranţă, şi una care necesită mult talent şi pregătire!

Traian flutură dispreţuitor din mână.

– Este doar una dintre multele sale preocupări greceşti. Cu toate acestea, Hadrianus are o idee măreaţă. Dacă poate fi făcută să funcţioneze, îi va uimi pe toţi oamenii. Spune-i!

Hadrian era atât de obişnuit cu tachinările lui Traian, încât nu mai reacţiona la ele. Se întoarse spre Lucullus, dornic să-şi exprime ideea.

– Cred că este posibil să se construiască un pod foarte lung din lemn şi piatră!, a explicat el, cu ochii strălucind. Un pod suficient de lung pentru a traversa Danubiusul!

– Ah, entuziasmul tinereţii!, exclamă Gnaeus Pompeius râzând binevoitor.

Titus nu-şi putut imagina asta.

– Râul Danubius este prea lat şi prea sălbatic pentru orice pod cu picioare. Un pod temporar construit peste bărci ar fi posibil, poate, dar acestea nu rezistă foarte mult!

– Crezi că ideea este imposibilă?, l-a provocat Traian.

Titus se opri.

– Nu sunt arhitect, Caesar. Nimeni nu a realizat această ispravă, dar oare cine poate spune ce este imposibil?

Hadrian rânji.

– Exact, Titus! Nu ştim până nu încercăm!

– Când ne vom întoarce la Roma, Hadrian va vorbi cu Apolodor şi va face planuri pentru un astfel de pod peste Danubius!, a spus împăratul. Aceasta este misiunea lui Hadrian!

– Îţi doresc mult noroc în misiunea ta!, i-a spus Titus lui Hadrian, simţindu-se impresionat.

Apolodor din Damasc, arhitectul lui Traian, era cel mai faimos inginer din lume. Poate că totuşi s-ar putea construi un pod peste Danubius?!

– Pe de altă parte, Lucullus, a continuat Traian, misiunea ta este foarte departe de Roma. Te numesc la comanda garnizoanei din Sarmizegetusa care veghează asupra lui Decebal!

Anunţul l-a luat complet prin surprindere pe Titus.

- Voi face cum îmi poruncești, Caesar! Dar aș putea întreba, de ce eu?
- Te poți gândi la altcineva mai bun? Tu îi cunoști cel mai bine pe daci și ei par să aibă încredere în tine!
- Înțeleg! Atunci va fi onoarea mea să comand garnizoana romană din Sarmizegetusa!, a spus Lucullus. Aș putea întreba, cât de mare va fi garnizoana?
- Nu trebuie să fie o garnizoană mare, Titus! Nu este o garnizoană de luptă. Doar suficient de mare pentru a-și face simțită prezența. O jumătate de cohortă, să spunem!
- Am înțeles, Caesar!, spuse Titus, ascunzându-și dezamăgirea.

O jumătate de cohortă era formată din aproximativ două sute cincizeci de oameni, nu era un comandament mare.

Traian părea să-i citească gândurile.

- Este o garnizoană mică, dar cu o misiune foarte importantă, Titus! Decebal este încăpățânat și independent. Trebuie să-i cunosc intențiile! Gestionează bine acest lucru pentru mine și vei fi bine răsplătit!
- Da, Caesar!, a spus Lucullus. Voi fi câinele tău de pază!

Cei două sute de dezertori din armata romană care mărșăluiau de la Sarmizegetusa la Aquae au fost tratați cu brutalitate. Soldații urau trădătorii, iar dezertorii erau considerați a fi cei mai răi trădători. Prizonierilor nu li s-a dat mâncare, iar apa primită a fost foarte puțină. Au fost bătuți cu bâte și împinși cu sulițele ca și cum ar fi fost niște animale de povară. Cei prea bolnavi sau răniți pentru a mărșălui au fost executați pe loc și lăsați să putrezească pe marginea drumului.

Când au ajuns la Aquae, prizonierii au fost înghesuiți într-un țarc pentru vite. Acolo își așteptau soarta, despre care toți știau că nu va întârzia să apară. Toți erau resemnați în așteptarea execuției, iar unii chiar salutau acest lucru. Cu cât umilința lor s-ar termina mai repede, cu atât era mai bine.

În dimineaţa următoare, Traian a adunat legiunile pe o câmpie largă, întinsă în afara oraşului Aquae. În mijlocul câmpului erau aliniate zece buturugi rezultate din tăierea unor buşteni groşi, pregătite pentru decapitarea ce urma. Câte un călău cu un topor de luptă ascuţit stătea lângă fiecare butuc. Cei două sute de prizonieri au fost aduşi pe câmp, mânaţi ca nişte vite, fiecare dintre ei cu mâinile legate la spate. Legionarii adunaţi îi batjocoreau şi râdeau de ei.

La porunca lui Caesar, primii zece prizonieri au fost duşi la butucii de tăiere. Au fost forţaţi să îngenuncheze şi să-şi aşeze gâtul deasupra buturugii. Când toţi au fost aşezaţi în locul desemnat, la comandă, au căzut zece topoare de luptă şi zece capete s-au rostogolit în ţărână, desprinse complet de corpurile lor.

Cadavrele au fost târâte rapid şi alţi zece prizonieri au fost aduşi la buturugi. Apoi încă zece. Apoi încă zece. Pământul de la locul execuţiei s-a udat şi s-a umplut de sânge, iar execuţiile au continuat. Aceasta era dreptatea lui Caesar pentru dezertori. Nici măcar un singur om prezent nu ar uita asta vreodată.

La o oarecare distanţă, între ramurile unui ulm înalt care creştea pe un deal, un băiat de cincisprezece ani privea legiunile adunate şi locurile de execuţie din mijlocul câmpului. Era prea departe pentru a recunoaşte chipurile condamnaţilor sau alte trăsături ale corpului. Tot ceea ce putea vedea clar erau doar prizonierii care erau duşi înainte spre blocurile de execuţie şi apoi decapitaţi. O dată a crezut că a văzut un prizonier care arăta şi mergea ca tatăl său, dar nu putea fi sigur.

Marcu Danillo a constatat că nu mai poate plânge. Se simţea amorţit şi îngheţat, cu excepţia unei flăcări arzătoare în coşul pieptului. Îi ura pe legionari! Îi ura pe romani! Cel mai mult îl ura pe Împăratul Traian, cel care era responsabil pentru toate. Pe măsură ce ura lui devenea tot mai fierbinte, Marcu visa la răzbunare. Într-o zi avea să se răzbune! El se rugat lui Zamolxis să facă posibil acest lucru.

Sarmizegetusa, luna septembrie, anul 102 d.Hr.

- Împăratul Traian nu se întoarce la Roma, deocamdată!, a raportat Vezina regelui și reginei. El inspectează și întărește fortificațiile de pe partea romană a Râului Ister și reconstruiește forturile pe care le-am distrus din Moesia.
- Nu are încredere în pace!, a spus Decebal.
- Nu, nu are!, a fost de acord regina. Tu ai?

Regele clătină din cap.

- Nu iau nimic de bun, atunci când soarta națiunii este în joc!
- O decizie înțeleaptă, Majestate!, a spus Vezina. Trebuie să ne reconstruim armata! Roma este cel mai mare dușman al Daciei, dar nu singurul nostru dușman!
- Da, trebuie!, a fost de acord Decebal. Și o vom face! Ne va lua doi ani să-i înlocuim pe oamenii pe care i-am pierdut la Tapae și în Moesia!
- Ar trebui, de asemenea, să trimitem mesageri tuturor aliaților noștri!, a spus Vezina. Trebuie să ne refacem alianțele!
- Oare se va termina asta vreodată?, se întrebă Andrada. Ne îndreptăm din nou spre război în curând? Trebuie să avem timp să reconstruim națiunea!

Decebal clătină din cap.

- Nu, nu ne îndreptăm spre război! Dar trebuie să fim pregătiți pentru război! Când încetăm să fim pregătiți, atunci înseamnă că națiunea noastră este distrusă!
- Rugați-vă lui Zamolxis ca ziua aceea să nu vină niciodată!, a spus Vezina.
- Oh, chiar mă rog lui Zamolxis!, a spus Andrada. Mă rog și lui Traian, mă rog și lui Decebal! Războiul și pacea nu sunt aduse doar de zei!

Capitolul 18

Dacicus

Sarmizegetusa, luna noiembrie, anul 102 d.Hr.

R oma cerea oficial Daciei să-i ofere simboluri ceremoniale pentru a-și dovedi capitularea. Simbolurile umane funcționau cel mai bine, de preferință membri ai familiei regale, dar dacă acestea nu puteau fi oferite, atunci era suficient trimiterea unor înalți nobili. Senatul Romei planifica o mare celebrare a victoriei militare a Împăratului asupra Daciei. Numeroasele ceremonii publice ce aveau să fie organizate aveau nevoie de reprezentanți ai Daciei care să se plece în fața lui Caesar și să arate acceptarea de către Dacia a autorității Romei.

- Ar prefera prezența ta, desigur, Majestate!, i-a spus Vezina lui Decebal în ședința Consiliului Regal. Te-ai înclina în fața Senatului și ai mărșălui în parada triumfală a lui Traian!

Doar imaginându-și asta pe Regina Andrada a pufnit-o râsul.

- Ar fi un spectacol destul de impunător, fără îndoială! Marele Rege Barbar, dușman și năpastă a Romei! Umilit în cele din urmă!

- Asta nu se va întâmpla niciodată!, a spus Decebal.

A privit spre ceilalți oameni care stăteau în jurul lui. Pe lângă Andrada și Vezina, la masa consiliului se mai aflau Diegis, Drilgisa, Bicilis și Sorin.

- Deci, cine vrea să meargă să vadă Roma și să mărșăluiască într-un *Triumf*?

- Mi s-ar părea interesant!, a spus Vezina. Din păcate, sunt prea bătrân pentru o astfel de călătorie. De asemenea, nu m-aş înjosi niciodată îngenunchind în faţa Senatului sau în faţa lui Traian!
- Nici nu ţi-aş permite vreodată să faci asta, Vezina! Cu toate acestea, ni se cere să trimitem reprezentanţi. Ar fi o eroare de diplomaţie să refuzăm.
- Am petrecut suficient de mult timp la Roma!, a spus Drilgisa. Nu vreau să mă întorc şi nici nu mă voi pleca în faţa vreunui roman!
- Ultima ta călătorie acolo s-a încheiat cu un roman mort, după cum îmi amintesc!, a spus Diegis râzând. Ai fost un oaspete nepoliticos!

Drilgisa ridică din umeri indiferent.

- Doar s-a făcut dreptate. Nu îmi cer scuze!
- Dar tu, Diegis?, întrebă Vezina.
- Nu eu!, se plânse Diegis. O călătorie a fost suficientă! Şi, de asemenea, exact ca Drilgisa, nu mă voi pleca în faţa niciunui roman!

Vezina se opri să cugete.

- Îl voi ruga pe Mircea să meargă pentru a-i reprezinte pe preoţii din Zamolxis. El va fi fericit să facă acest lucru. S-a bucurat de ultima călătorie şi, de fapt, încă vorbeşte despre asta!
- Mircea este o alegere bună!, aprobă Decebal. Acum avem nevoie de alţi doi sau trei oameni în afară de el.
- Presupun că asta ar cădea în sarcina noastră, din nou?, întrebă Sorin, ridicând din sprânceană.
- Ai reprezenta bine Dacia şi eşti suficient de reprezentativ pentru a împăca Senatul, a spus Regina Andrada. Şi tu, Bicilis!

Bicilis a fost mulţumit de compliment.

- Mulţumesc, Măria ta! Voi fi fericit să reprezint Dacia! Şi, asemenea mulţumesc Sanctităţii Sale Vezina, şi eu sunt curios să văd Roma!

- Foarte bine!, a spus regele. Trei reprezentanți vor fi suficienți. Veți fi politicoși și diplomatici, nimic mai mult. Nu vor mai fi discuții sau negocieri din partea Daciei!
- Da, Majestate!, a fost de acord Sorin.
- Aceasta va fi misiunea dumneavoastră diplomatică, domnilor Sorin și Bicilis!, a adăugat Andrada. Cu toate acestea, avem și o misiune personală pentru voi!
- Da, Regina mea?!
- Ni se spune că Tanidela locuiește acum la Roma, a continuat Andrada. Dacă vei putea, găsește-o și vorbește cu ea!
- Da, bineînțeles! a spus Sorin. Vom depune toate eforturile noastre pentru a o găsi pe Doamna Tanidela!
- Tanidela va fi la fel de dornică să vorbească cu voi - a spus Decebal - și s-ar putea să vă găsească ea prima. Este tratată ca oaspete la Roma, nu ca și o prizonieră. Asta auzim din sursele lui Vezina aflate la Roma!

Vezina încuviință din cap.

- Este un oaspete, dar unul sub observație! Nu știm cât de liberă va fi să vorbească cu tine.
- Înțeleg, Domnule!, i-a spus Bicilis regelui. Voi duce orice mesaj pe care îl aveți pentru ea. Și voi aduce orice mesaj pe care îl are ea pentru Dumneavoastră și Regină!

Decebal s-a adresat ambilor nobili.

- Găsiți-o pe sora mea! Vorbiți cu ea! Considerați aceasta ca fiind cea mai importantă misiune dintre cele două primite!

Roma, luna decembrie, anul 102 d.Hr.

Împărăteasa Pompeia Plotina era ușor exasperată.

- Cine organizează un *Triumf* la sfârșitul lunii decembrie? Uneori, Senatul acționează fără niciun sens! Oamenilor le va fi frig, iar mulțimile vor fi mai mici!

Traian i-a fluturat dezinvolt plângerea.

- Vina este a mea, din păcate, draga mea! Am fost prins cu treburi în nord, până acum. Senatul nu ar putea da un *Triumf* pentru Caesar, fără a-l avea pe Caesar! Nu-i așa?

- Presupun că nu!, a fost de acord Plotina. Va trebui să ne îmbrăcăm gros în hainele noastre călduroase de iarnă. Și să se organizeze o paradă mai scurtă, poate? Nu putem avea oameni care să stea acolo ore în șir.

- Nu te mai îngrijora atât!, a certat-o Traian zâmbind. Oamenii vor fi încântați de sărbătoare. Vor ieși! Și știu ei cum să se încălzească iarna.

- Oamenii deja sărbătoreau pe străzi atunci când ai ajuns înapoi la Roma, frate!, a spus Ulpia Marciana. Totuși, meriți un Triumf adecvat pentru Dacia! Este o onoare câștigată cu trudă!

- Mulțumesc, Marciana!, a răspuns împăratul. Este tradițional și trebuie să respectăm tradiția! Niciodată în istoria Romei cineva nu a refuzat un Triumf votat de Senat pentru că vremea era prea rece!

- Bine, o las baltă!, a spus Plotina. Trebuie să facem planuri pentru a stabili ce oaspeții invităm la palat după sărbătoarea publică!

- Asta, dragele mele, las în întregime la alegerea voastră!

- Nu prea mulți oaspeți, cred eu!, a spus Marciana. Nu vrem să părem ostentativi!

Traian ridică o sprânceană.

- Apropo de oaspeți, cum se simte invitata noastră din Dacia?

- E bine, frate!, răspunse Marciana. Atunci când a fost adusă aici de Hadrian, am luat-o sub aripa mea protectoare. A primit un apartament aproape de Salonia și de fete. De fapt, ea și Salonia sunt acum prietene!

- Oh, da? Este interesant!, a spus Traian.

- Sunt apropiate ca vârstă și, de asemenea, se asemănă ca temperament!, a spus Plotina. Toți o iubesc pe micuța Tyra și o tratează ca pe o micuță prințesă!

- Ar trebui să vorbesc cu ea!, a spus Traian.

- Să o chem aici, frate?

- Nu, nu, nu!, a decis împăratul. Vreau să o văd în camera ei, să văd cât de confortabil se adaptează la viața din Roma!

- Aș spune că Tanidela se adaptează foarte bine!, a spus Plotina. Pentru că familia imperială a primit-o atât de călduros, i-a determinat pe oameni să o primească la fel. O tratează ca pe o celebritate străină!

Traian începu să râdă.

- Ei bine, asta este un lucru bun! Nu poartă nici o vină pentru acțiunile fratelui ei, Decebal!

Traian a găsit-o pe Tanidela predând arta broderiei dacice Saloniei și fiicei sale, Mindia Matidia. Fire de diferite culori, ce includeau verde, galben, roșu sau maro formau modele de flori delicate pe o pânză albă ce urma a fi transformată în ie. Vibia Sabina era în împrejurime, jucându-se cu Tyra. O dădacă romană stătea mai deoparte, în cazul în care Tyra ar avea nevoie de atenție personală.

- Bună ziua, Unchiule!, l-a salutat Salonia pe Traian și s-a ridicat pentru a-l săruta pe obraz.

Vibia și Mindia s-au dus și au făcut același lucru. Tanidela s-a ridicat și aștepta respectuoasă.

- Bună ziua, dragele mele!, le-a salutat împăratul. Bună ziua, Tanidela! Ești bine, cred?

Tanidela i-a făcut o plecăciune.

- Da, Caesar! Sunt bine!

Traian privi spre copila aflată acum în brațele doicii.

- Și fiica ta?

- Tyra este, de asemenea, bine! Mulțumesc pentru bunătatea ta, Caesar! În numele meu și al fiicei mele!

- Tyra este o fetiță minunată. Vreau să o adopt!, spuse Vibia râzând.

- Serios? Dar are deja o mamă, Vibia! Poate că ar trebui să vorbești cu Hadrian să aveți unul al vostru!

Vibia se schimbă la față.

- Să nu discutăm despre asta acum! Hadrian și cu mine nu suntem în termenii cei mai cordiali.

Traian i-a aruncat Saloniei o privire întrebătoare. Aceasta clătină ușor din cap, semn să nu trebuia să dezvolte subiectul acum.

- Poate că ar trebui să mă scuzați!, a spus Tanidela, jenată. Nu ar trebui să fiu inclusă în discuțiile de familie!

- Prostii!, i-a spus Salonia. Nu avem secrete și am mai vorbit despre aceste lucruri înainte!

- Aha!, spuse Traian râzând. Poate că eu sunt cel care nu are loc în discuțiile de familie, nu-i așa?

- Nu e adevărat, Unchiule!, spuse Salonia șoptind. Vibia poate vorbi cu tine despre asta, mai târziu, dacă dorește.

- Nu vreau!, continuă Vibia, la fel de șoptit.

Traian a zâmbit și a clătinat din cap.

- Putem discuta despre asta mai târziu! Acum vreau să ne scuzați, dragele mele, ca să pot vorbi cu Doamna Tanidela?

- Desigur, Unchiule!

Salonia s-a întors și a părăsit camera, urmată de fiicele ei. Doica ce o ținea pe Tyra s-a retras în partea îndepărtată a camerei. La Roma, se obișnuia ca servitorii să nu acorde atenție discuțiilor, nedeosebindu-se de o piesă de mobilier. Bârfa putea fi pedepsită cu moartea.

- Sunteți, fără îndoială, la curent cu tratatul de pace dintre Roma și Dacia!, a spus Traian.

- Da, Caesar!, a răspuns Tanidela înclinând ușor din cap. Sunt fericită să văd că războiul s-a încheiat!

- M-am întâlnit și am vorbit cu fratele tău, Regele! El este aprig în apărarea poporului tău. Am încredere că și el este rezonabil în a-și onora acordurile?

- Poate fi rezonabil!, a răspuns Tanidela. Dar, aminteşte-ţi, te rog, Caesar, de ce simbolul Daciei este lupul! Când un lup este încolţit sau ameninţat, devine orice altceva decât rezonabil.

Traian clătină în semn de răspuns din cap.

- Acesta este un răspuns diplomatic, dar şi unul onest! Foarte bine! Te voi ruga, Tanidela, să-i comunici fratelui tău înţelepciunea de a fi raţional!

Tanidela se opri pentru a se gândi la sensul mesajului primit.

- Acesta este motivul pentru care sunt găzduită şi tratată atât de bine aici, Caesar?

- În parte, da!, a răspuns Traian. De asemenea, eşti tratată bine pentru că îmi doresc asta şi pentru că meriţi acest lucru!

Femeia i-a mai făcut o plecăciune mică.

- Mulţumesc, Caesar!

- Am auzit că tu şi Salonia aţi devenit prietene. Mă bucur să văd acest lucru! Ţi-ai mai dori şi altceva?

Tanidela aşteptă să treacă o bătaie de inimă.

- Doar libertatea mea, Caesar!

Traian o privi compătimitor.

- Sunteţi liberă să trăiţi la Roma! Aveţi libertatea de a fi romană!

- Nu sunt romană, Caesar! Sunt un premiu, un simbol al victoriei voastre asupra Daciei!

- Adevărat, eşti un simbol, Tanidela! Şi când vom mărşălui în parada Triumfului meu, oamenii te vor vedea ca pe un reprezentant al familiei voastre regale şi al Regelui Decebal. Totuşi, mi se spune că oamenii te admiră şi te tratează cu afecţiune!

- Oamenii Romei au fost buni cu mine, Caesar!

- Asta e bine! Familia mea a fost şi ea bună cu tine, iar tu le-ai întors bunătatea!

Traian îi zâmbi pe jumătate.

- Poate că este posibil ca romanii şi dacii să se înţeleagă!

- Mă rog să fie așa, Caesar!, a spus Tanidela, vorbind cu seriozitate. Războaiele dintre națiunile noastre au fost groaznice!
- Nu trebuie să mai fie războaie în viitor! Joacă un mic rol în asta, dacă poți, Doamnă Tanidela!

Ea îi răspunse cu un zâmbet amabil.

- Voi face tot ce pot, Caesar!

Senatul Romei s-a întrunit pentru a sărbători sfârșitul războiului dacic și victoriile lui Caesar. Consulul Licinius Sura a întâmpinat delegația dacică a nobililor Sorin și Bicilis, însoțiți de preotul Mircea. Li s-a spus să stea lângă ușile Camerei Senatului și să urmărească desfășurarea ședinței. Traian stătea pe tron în fața senatorilor adunați. Sura și-a ridicat brațul pentru a cere tăcere, apoi și-a început discursul.

- Părinți ai neamului! Acum doi ani, Caesar stătea în fața noastră, chiar în acest loc din Senat. Caesar ne-a promis că lupul sălbatic din nord va fi îmblânzit și împins înapoi. El ne-a promis că indignările și umilințele împotriva demnității și onoarei Romei vor fi răzbunate. El ne-a promis că Roma nu va mai plăti comori unui rege barbar lacom și prea mândru. Caesar a promis că va purta război împotriva mândriei și aroganței Daciei.

Sura se opri scurt. Fiecare senator din adunare se agăța de fiecare cuvânt al său. Ei știau ce urma să vină.

- Părinți ai neamului! Iată-l pe Caesar acum, în fața noastră, cu fiecare promisiune ținută și cu fiecare victorie obținută! Victorie asupra armatelor Daciei, care acum sunt mult diminuate! Victorie asupra trădătorilor și dezertorilor, care cu toții au întâlnit dreptatea lui Caesar, dar și toporul călăului! Victorie împotriva agresiunii Daciei, o țară care acum caută pacea în condițiile dictate de Roma! Victorie asupra aroganței lui Decebal, care este acum umilit și a promis să servească drept rege client al Romei!

Senatorii au izbucnit în strigăte și urale. Mulți s-au ridicat și au aplaudat, unii au rămas așezați în timp ce băteau cu picioarele de podea.

Sura pășea agale prin fața adunării, lăsând uralele să umple Casa Senatului și să-l învăluie. Acesta era un moment după care Roma tânjea de aproape douăzeci de ani.

- Părinți ai națiunii!, a continuat Sura. În fața noastră vin trei daci, care îl reprezintă pe Regele Decebal și neamul Daciei. Ei vin acum înaintea Cezarului, a Senatului și a Poporului Romei pentru a-și arăta supunerea față de Caesar și pentru a-și jura credință Romei!

Sorin, Bicilis și Mircea au fost îndrumați de doi lictori într-un loc aflat în fața Împăratului. S-au lăsat conduși, tăcuți și ascultători.

- Îngenuncheați înaintea Cezarului!, a poruncit Sura cu voce joasă.

Toți cei trei bărbați s-au supus și s-au așezat în genunchi.

- Închinați-vă Cezarului!

Dacii și-au întins brațele spre înainte și s-au prosternat în fața lui Traian, în timp ce frunțile lor aproape că atingeau podeaua. Ei au rămas aplecați în timp ce senatorii aclamau și aplaudau încontinuu.

- Puteți să vă ridicați!, le-a ordonat Traian.

Forțarea unei umilințe prea mari asupra lor ar fi de prost gust. Când dacii s-au ridicat în picioare, Sura li s-a adresat din nou.

- Acum întoarceți-vă spre Senatul Romei și repetați din nou același lucru!

Fața lui Sorin devenea roșie. Oare nu era suficientă o umilință? S-a întors spre senatorii adunați, împreună cu Bicilis și Mircea. Au îngenuncheat din nou. S-au prosternat din nou. Senatorii au aplaudat și au strigat din nou. Acesta era un moment de mândrie pentru toată Roma.

- Vă puteți ridica!, le-a spus Sura în cele din urmă.
- Bravo, domnilor! Ați reprezentat bine Dacia cu grația și umilința voastră!

Le-a oferit câteva momente să se întoarcă la locul lor de lângă ușă, apoi s-a întors din nou cu fața spre adunarea Senatului.

- Părinţi ai neamului! Propun ca Senatul şi poporul Romei să-l onoreze pe Caesar pentru aceste victorii asupra Daciei, acordându-i lui Caesar titlul de *Dacicus*! Dacicus, cuceritorul Daciei!
- Ridicaţi-vă acum, dacă votaţi afirmativ!

Fiecare senator din adunare s-a ridicat din nou în picioare pentru a aproba această aclamaţie. Strigătele lor de entuziasm şi bucurie umpleau Camera Senatului într-un vacarm ce le rănea urechile, dar totuşi au continuat să stea în picioare, să strige şi să aplaude.

Sura s-a întors spre Traian întinzându-şi braţele spre cer şi spre el.

- Ave, Dacicus!

Împăratul s-a ridicat de pe tron pentru a accepta aclamaţiile lor. Era mulţumit de onoarea ce i se dădea şi, de asemenea, încrezător că ceea ce obţinu-se a fost câştigat cu trudă. Cu mulţi ani în urmă, Domiţian a cerut titlul de *Dacicus*, dar Senatul l-a refuzat. Traian, pe de altă parte, a câştigat titlul. L-a câştigat pe drept.

După încheierea ceremoniilor din Camera Senatului, Sura s-a apropiat de cei trei daci. Misiunea lor diplomatică se încheiase. Ei îşi arătaseră umilinţa şi aşteptau ca asta să fie tot ceea ce li se cerea. Sura i-a surprins cu planuri suplimentare.

- Veţi fi oaspeţii mei la cina din această seară!, le-a spus el, cu un zâmbet graţios pe faţă. Voi trimite un sclav la hanul vostru să vă aducă şi să vă conducă la vila mea!
- Suntem onoraţi!, a spus Mircea. Va fi o experienţă pe care niciunul dintre noi nu o va uita, prieteni!

Sorin şi Bicilis păreau nesiguri, aşa că i-au zâmbit din complezenţă.

- Îţi promit că nu o vei uita!, completă Sura. Caesar va participa, la fel şi Împărăteasa Pompeia Plotina, la fel şi sora Cezarului, Ulpia Marciana.
- Vă onorează şi pe dumneavoastră prezenţa acestora, domnule consul Sura!, a remarcat Sorin. Cu toate acestea, există o altă persoană aflată la Roma pe care dorim să o vedem şi cu care am vrea să vorbim. Poate ne puteţi ajuta în această chestiune?

- Cine este această persoană?

Sorin parcă avea o reținere să pronunțe numele.

- Este Tanidela! Sora Regelui Decebal.

Sura a început să râdă copios.

- Atunci problema ta este rezolvată! Tanidela va participa, de
  asemenea, la cina mea în seara asta.

Sprâncenele stufoase ale lui Bicilis s-au ridicat arătând surprinde-
rea.

- Nu se va supăra Caesar dacă vorbim cu doamna Tanidela acolo?

- Deloc!, a răspuns Sura. De ce s-ar supăra? Caesar a insistat să
  fii invitat la cina mea, pentru a putea vorbi cu Tanidela.

Sorin și-a dres gâtul.

- Vom fi bucuroși să participăm la cina dumneavoastră, domnule
  Consul Sura!

- Foarte bine!, a declarat Sura. Omul meu vă v-a lua de la hanul
  în care locuiți. Nu este nevoie de vreo îmbrăcăminte formală,
  fiți voi înșivă, veniți în hainele voastre tradiționale dacice! Atât
  de rar avem la cină oaspeți daci veniți la Roma!

Trăsurile trase de cai nu erau permise pe străzile înguste și aglomerate
ale Romei, așa că omul lui Sura a adus cu el două lectici de transport
purtate de cărători pe umeri. Fiecare *lectică* putea transporta câte doi
pasageri la Casa Sura. Oaspeții daci călătoreau în confort de clasă
înaltă.

Mircea se bucura mai mult decât cei doi tovarăși ai săi. Avea o cu-
riozitate puternică și o dragoste pentru învățare. Aceasta era cea de a
doua sa vizită la Roma, prima dată făcând parte din delegația care i-a
inclus pe Diegis, Drilgisa și Buri, în urmă cu aproximativ treisprezece
ani. Mircea îi arăta câteva dintre siturile istorice lui Bicilis, așezat vizavi
de el în mijlocul de transport.

- Acela este Arcul lui Titus! Acolo se vede Templul lui Venus!

Bicilis arăta prea puțin interes. Se gândea deja la ce îi va spune Ta-
nidelei. Acest oraș vast și străin i se părea apăsător. Priveliștile,

sunetele și mirosurile Romei erau insuportabile pentru el. Îi era dor de spațiile largi deschise și de aerul curat din munții Sarmizegetusei.

Dacii au fost primiți în Casa Sura de un sclav aflat la ușă, apoi, în imensa sală de petrecere au fost conduși de un alt sclav. Canapelele unde se servea mâncarea erau aranjate în grupuri de câte trei la fiecare masă, răsfirate pe toată suprafața sălii. Mesenii erau așezați în grupuri de câte nouă la fiecare masă, având câte trei meseni pe fiecare canapea. Această aranjare permitea un amestec variat și interesant de oameni care creau conversații pline de viață, menținând și un sentiment de intimitate în grupurile mici. Cinele romane erau planificate cu mare atenție la toate detaliile.

Sorin a zărit-o prima dată pe Tanidela, așezată pe o canapea poziționată pe marginea laterală a sălii. Tanidela era așezată pe canapea între o femeie frumoasă și elegantă, cu atitudine nobiliară, și un bărbat mai în vârstă, cu părul cărunt, de înălțime și constituție medie. Sorin înclină din cap în direcția ei salutându-i pe companioni.

Tanidela părea încântată să-și revadă compatrioții daci. I-a recunoscut pe toți cei trei bărbați și s-a ridicat cu un zâmbet larg pe față să-i întâmpine cu nerăbdare, chiar în timp ce aceștia se apropiau de ea.

- Doamnă Tanidela, ne bucurăm nespus să vă revedem!, a spus Sorin.

El i-a făcut o mică plecăciune respectuoasă, iar Bicilis și Mircea au făcut la fel.

- Sunt foarte fericită să vă întâlnesc, domnilor Sorin, Bicilis și Mircea!, a răspuns Tanidela.

- Veniți alături de noi, vă rog!, i-a invitat ea, arătând spre canapeaua din fața ei.

Bătrânul le-a zâmbit cu amabilitate dacilor, apoi s-a întors spre Tanidela.

- Am fi onorați dacă a-i face introducerile, draga mea?

- Desigur, Marcus!, a fost de acord Tanidela. Acești oameni sunt domnii Sorin și Bicilis, nobili ai Daciei! Iar acesta este Mircea, Preot a lui Zamolxis!

Tanidela a așteptat schimbarea unor priviri protocolare de salut, apoi s-a întors spre femeia așezată lângă ea.

- Ea este Salonia Matidia, nepoata Împăratului Traian, iar aceasta este Marcus Valerius Martialis, numit și Marțial, poetul regal al Împăratului Traian!

Dacii au făcut fiecare o plecăciune respectuoasă Saloniei și au înclinat din cap către Marțial. Sorin a aruncat o privire în jurul sălii și a văzut că Traian nu era încă prezent. El ar fi probabil ultimul oaspete care sosește.

- Sper că vă bucurați de șederea dumneavoastră la Roma?, îi întrebă Salonia, inițiind o conversație politicoasă.
- Foarte mult, mulțumesc!, a răspuns Mircea cu sinceritate. Sunt atât de multe de văzut și atât de multe de învățat aici!
- Într-adevăr!, a fost de acord Marțial. Am trăit aici aproape toată viața și abia de cunosc doar câteva părți ale orașului!

Salonia zâmbi larg.

- Marcus cunoaște doar cele mai bune locuri din Roma, acolo unde se servesc cele mai bune mese!
- Pledez vinovat, doamna mea!, spuse Marțial râzând. Dar cine mă poate învinovăți? Mâncarea din Roma poate fi rafinată și, uneori, poate fi oribilă. Sunt invitat la cină de cele mai bune gazde și sunt fericit să împărtășesc compania gazdelor, așa cum și ei sunt fericiți să o împărtășească pe a mea!
- Ai mâncat vreodată un pește prins în Tibru?, îl întrebă Mircea cu un zâmbet amuzat.
- Ce ai zis? Ah, cred că te referi la vechea glumă despre a nu mânca niciodată un pește prins în Tibru, și-a răspuns singur Marțial. Încă se spune gluma aceasta în Dacia, Mircea? Apele râului Tibru sunt cu siguranță poluate, dar sper nu fie atât de poluate încât să provoace un scandal la nivel imperial, sper!

Mircea clătină din cap.

- Nu! Nu în Dacia! Aici am auzit gluma asta, la Roma, în casa senatorului Marcus Paullus.

Tanidela îi observă pe Sorin și Bicilis care păreau incomodați, fiind mai puțin răbdători cu discuțiile mărunte. Și ea simțea la fel. Erau multe lucruri mult mai importante de discutat decât calitatea peștelui din Tibru.

- Domnilor Bicilis și Sorin, v-ar plăcea să faceți o plimbare afară prin grădini? Aerul este încă un pic rece, dar grădinile sunt frumoase și merită văzute, chiar și iarna!
- Da, doamna mea!, a fost de acord Sorin. Este o idee minunată!

Bicilis dădu și el din cap în semn de acord.

Cei trei s-au scuzat și Tanidela i-a condus afară pe o terasă construită din marmură. Era o grădină spațioasă, decorată cu plante de iarnă, fântâni de marmură și statui frumoase. Tanidela a stabilit ritmul invitând la o plimbare relaxantă și lentă. Era un loc unde puteau vorbi în intimitate.

- Ce mesaj aduceți de la soțul și de la fratele meu?, întrebă Tanidela.
- Că nu sunteți uitată și că sunteți iubită de toți, Doamna mea!, a răspuns Sorin. Prințul Davi, Regele Decebal, Regina Andrada, Diegis și Vezina depun toate eforturile pentru a vă recâștiga libertatea!

Tanidela clătină din cap întristată.

- Traian nu-mi va permite niciodată să mă eliberez. Sunt un premiu foarte mare pentru el!
- Nu sunteți un premiu!, se scăpă vorbind Bicilis, ofensat. Sunteți o prințesă a Daciei și într-o bună zi veți fi o regină a roxolanilor!
- Traian joacă un joc politic, onorabile Bicilis! Sunt un premiu politic pentru Roma! Nu are sens să-i spunem altcumva!

S-au plimbat în tăcere pentru un scurt timp. Fântânile de marmură, deși secătuite de apă acum în timpul iernii, erau încă frumoase. Ramurile verzi ale plantelor veșnic verzi erau încă pudrate cu zăpada din noaptea precedentă.

- Sunteți tratată bine, doamna mea?, întrebă Sorin.

- Da, foarte bine! Asta m-a surprins cel mai mult!, a spus Tanidela. Aproape că fac parte din familia lui Traian, ne-au primit cu atâta căldură, atât pe mine, cât și pe Tyra. Salonia îmi este o prietenă și mă tratează ca pe o soră.

Un nor întunecat părea să treacă peste fața Tanidelei și ea a rămas în tăcere.

- Am auzit și eu despre moartea Dochiei. Nu pot suporta pierderea ei!

Bicilis aprobă din cap tăcut.

- A fost un an cu pierderi grele, doamnă! Acum trebuie să căutăm timp și să ne vindecăm!
- Da!, a spus Tanidela. Mă bucur că războiul s-a terminat. Prea mulți au murit, inclusiv Dochia și Cotiso. Dar, așa este întotdeauna, nu-i așa? Întotdeauna mor prea mulți!
- Într-adevăr!, a fost de acord Sorin. Trebuie să menținem pacea, cel puțin pentru o vreme!

Tanidela îi zâmbi pe jumătate.

- Sorin, același gând este și mesajul Împăratului Traian către Decebal!
- Și care ar fi acest mesaj, doamna mea?
- Dorința de a păstra pacea. El nu are încredere că Decebal va onora tratatul!
- Ah, da, acum înțeleg! Încrederea este fragilă, de ambele părți, a punctat Sorin.

Bicilis se încruntă.

- Istoria tratatelor este că ele sunt încălcate de fiecare dată când cuiva îi convine să le încalce!

Era agitație în sală, se auzeau voci puternice aclamând și persoane ridicându-se în semn de salut. Acest lucru îl tulbura pe Bicilis gândindu-se la uralele romane strigate în timp ce se prosterna pe podeaua Camerei Senatului.

- Împăratul Traian a sosit!, a spus Tanidela. Ar trebui să ne întoarcem înăuntru, cred!

Sorin a făcut o pauză și apoi i s-a adresat direct.

- Aveți un mesaj pe care doriți să-l ducem celor pe care îi iubiți, doamna mea?

- Da!, a răspuns Tanidela. Spune-le că Tyra și cu mine suntem bine și sănătoase! Spune-le că, deși acum trăiesc în această cușcă de aur, mintea și inima mea vor rămâne pentru totdeauna libere. Tyra va crește cu prieteni romani, într-o familie romană și va putea să aleagă să trăiască ca romană, dacă dorește acest lucru. În ceea ce mă privește, niciodată nu voi înceta să fiu cine sunt! Întotdeauna voi fi o femeie dacă!

Roma, 28 decembrie 102 d.Hr.

Oferirea unui *Triumf* și dreptul de a mărșălui prin Roma ca triumfător era cea mai mare onoare pe care o putea primi un roman. Mai de mult se oferea cel mai frecvent generalilor cuceritori, cu toate acestea, în vremurile mai recente oferirea acestuia a devenit mai restricționată, iar *Triumful* era acordat doar Cezarului.

Fiecare Triumf era un exercițiu de opulență excesivă și o mare sărbătoare a gloriei. Triumful debuta cu sacrificii religioase, urmate de un marș prin oraș, urmate de și mai multe sacrificii, apoi de o sărbătoare publică și culmina cu jocuri publice organizate pe parcursul mai multor zile la *Circus Maximus*.

Împăratul Traian a început încă de dimineață pregătirile pentru Triumfului său, având fața vopsită în roșu, culoarea lui Jupiter. Vopseaua era aceeași vopsea sacră care a fost folosită pentru a picta statuia lui Jupiter de pe Colina Capitoliului. Pentru această zi, și doar pentru această zi, Caesar va prelua toate calitățile lui Jupiter, zeul suprem. Astăzi, Traian avea să devină Zeu.

Împăratul a fost mai apoi îmbrăcat într-o tunică albă, brodată cu frunze verzi de palmier, care erau un simbol al victoriilor sale. Peste această tunică purta o togă purpurie. Violetul era culoarea imperialității și putea fi purtată doar de Caesar. Mai apoi Traian avea să acceptat un sceptru de aur, pe care avea să-l poarte cu el toată ziua. Sceptrul de aur era simbolul triumfătorului.

Evenimentele zilei au debutat în vastul *Câmp al lui Marte* din afara orașului. Traian a urcat treptele unei scene uriașe de lemn pentru a ajunge în fața tuturor. El a oferit un discurs patriotic emoționant în fața Senatului Romei, reunit, a preoților lui Jupiter, a soldaților ordonați în legiunile lor și a unei mari mulțimi de spectatori. Entuziasmul fierbea în mulțime și cei mai mulți ignorau frigul.

Trompetele au sunat și doi boi imaculați de albi au fost conduși în fața scenei lui Traian. Fiecare vită era condusă de un om care ținea o frânghie în față și era urmat de un alt om și mai solid care purta pe umeri un topor foarte bine ascuțit. Boii erau anesteziați pentru a-i face somnoroși și docili. La semnalul lui Traian, călăii au decapitat boi dintr-o singură lovitură de topor, retezând gâtul animalelor dinspre coloana vertebrală în jos. Animalele sacrificate s-au prăvălit cu putere la pământ, iar sângele lor țâșnind a înroșit pământul.

Împăratul și-a luat apoi locul într-o cvadrigă aurită, carul rezervat triumfătorului. Cvadriga era trasă de patru armăsari albi până la perfecțiune, înhămați în față. Un sclav stătea lângă Cezar ținându-i o coroană de aur deasupra capului. El va face acest lucru pe tot parcursul ceremoniei.

În spatele carului ce-l purta pe Caesar erau aliniate în rând alte care și vagoane, unele transportând oameni, iar altele purtând picturi mari care prezentau evenimente cheie din Războiul Dacic. Carul aflat imediat în spatele împăratului îi transporta pe generalii săi de vârf, incluzându-i pe Maximus, Pompeius, Quietus și, de asemenea, Hadrian. Carul din spatele generalilor, aflat și el într-o poziție onorantă, transporta delegația dacică compusă din Tanidela, Sorin, Bicilis și Mircea. Ei erau considerați un simbol proeminent al victoriei lui Traian.

Consulul Licinius Sura alături de alți magistrați și senatori erau aliniați ca antemergători în fața cvadrigei lui Caesar. Urmau să conducă parada prin porțile orașului și pe străzile Romei. Au început defilarea într-un ritm lejer. Aveau suficient timp la dispoziţie şi o astfel de ocazie sacră nu putea fi niciodată zorită.

Procesiunea a defilat pe lângă *Circus Flaminius*, apoi şi-a croit drum pe lângă *Porta Triumphalis*. A ocolit *Circus Maximus* apoi a luat-o pe *Via Sacra* pentru a se îndrepta spre *Forumul Roman*.

Dacii şi-au strâns hainele pe ei pentru a se proteja împotriva frigului în timp ce admirau spectacolul. Mulţimi mari şi entuziaste s-au aliniat pe traseul paradei, aclamându-l pe Caesar, dar şi pe ceilalţi participanţi la paradă. Spre surprinderea ei plăcută, Tanidela a constatat că unii din mulţime o aclamau şi pe ea.

- Tanidela! Priveşte aici!
- Căsătoreşte-te cu mine, Tanidela!, strigă un bărbat râzând.
- Se pare că sunteţi o celebritate la Roma, doamna mea!, a spus Sorin zâmbind amuzat.
- Se pare că da!, a răspuns calm Tanidela. Nu că aş fi făcut ceva pentru a fi răsplătită sau pentru a merita asta.
- Ei vă admiră frumuseţea şi graţia dumneavoastră, doamnă!, a spus Bicilis. Acest lucru nu necesită vreun efort din partea dum-neavoastră!

Tanidela clătină din cap.

- Oferi complimente multe prea uşor, Bicilis!

Sorin privea înainte spre cvadriga Cezarului.

- Ce tot spune acel sclav care-i ţine coroana lui Traian? Pare să nu se oprească niciodată.
- Acesta este un obicei roman!, a răspuns Tanidela. În Ziua Tri-umfului, triumfătorul este considerat a fi un zeu. Ca să nu devină arogant, sclavul care-i ţine coroana deasupra capului îi şopteşte mereu la ureche să-i amintească.
- Îi şopteşte ce?
- El şopteşte: adu-ţi aminte că eşti doar un muritor!

Bicilis chicoti.

- Şi Traian îl crede, ce ziceţi?

- Asta nu vom ști niciodată cu siguranță, Bicilis!, i-a spus Tanidela. Cu toate acestea, ar trebui să fim binevoitori față de gazda noastră în ziua triumfului său.
- Da, doamnă!, a răspuns Bicilis. În această zi, Traian este liber să creadă orice dorește, presupun.

Mircea a salutat mulțimea care striga ovații și laude pentru Caesar.

- Când atât de mulți oameni te adoră, ba chiar te venerează, s-ar putea să nu-ți fie prea greu să te gândești la tine ca la un zeu pentru o zi!

Sorin ridică o sprânceană.

- Pare a fi un gând surprinzător venit de la un preot din Zamolxis!
- Zamolxis a fost un om care mai târziu a devenit zeu, a explicat Mircea. El este un dumnezeu adevărat. Nu-mi pasă de statuile lui Jupiter sau de oricare dintre ceilalți zei romani. Ei nu sunt altceva decât lut și vopsea.
- Ai grijă ce scoți pe gură, Mircea!, l-a mustrat Tanidela. La Roma, astfel de vorbe sunt o blasfemie. Te pot duce la răstignire!

Mircea aprobă din cap, părând ușor jenat.

- Înțeleg, doamnă Tanidela! Am vorbit prea aspru.

Parada a ajuns la final aproape de Templul lui Jupiter. Mulțimea s-a adunat din nou pentru a urmări sacrificarea mai multor boi pentru Jupiter. Animalele sacrificiale mureau fără chinuri, iar Jupiter era mulțumit. Caesar a fost invitat să intre în templul unde urma să aibă loc banchetul. Generalii, senatorii, magistrații și alți oaspeți l-au urmat.

Templul avea un spațiu limitat pentru servit masa, dar era adecvat pentru a se potrivi distinșilor oaspeți ai Cezarului. Tanidela s-a alăturat mesei unde stătea Marciana și Salonia, poftindu-i alături de ea, la aceeași masă, și pe ceilalți daci. Împăratul Traian și Împărăteasa Plotina au terminat de vorbit cu grupul de generali, apoi s-au oprit să vorbească cu membrii familiei aflați la masa Marcianei.

- Un Triumf magnific, Caesar!, i-a spus Marciana fratelui ei. Toată Roma te-a venerat astăzi!

- Şi pe bună dreptate!, a spus Traian. Astăzi, dintre toate zilele, merit să fiu adorat, draga mea! Astăzi sunt Jupiter reînviat la viaţă!
- Atât de divin, a spus Plotina zâmbind, şi totuşi atât de umil!
- Ai observat? o întrebă Traian pe Tanidela, cu un zâmbet amuzat pe faţă.
- Nu am nevoie de niciun sclav care să-mi şoptească la ureche pentru a-mi aminti că sunt muritor. Familia mea îmi aminteşte asta în fiecare zi!
- Oh, potoleşte-te!, l-a tachinat Plotina pe soţul ei. Te tratăm ca pe un zeu în fiecare zi şi tu ştii asta.

Salonia s-a îndreptat către daci.

- Vă veţi alătura mâine Jocurilor de la Circus Maximus?

Sorin îşi plimba privirea între Bicilis şi Mircea. Bicilis părea îndoielnic, dar Mircea părea nerăbdător.

- Ca să fim sinceri, nu am plănuit să rămânem la Roma dincolo de această zi, doamnă!

Traian şterse din mână comentariul.

- Asta nu contează, veţi mai sta câteva zile. Am mărit *Circus Maximus* special pentru a sărbători acest Triumf, aşa că va fi un spectacol care merită să fie văzut. Veţi participa mâine ca oaspeţi ai Cezarului!
- Desigur, Caesar!, a recunoscut Sorin cu o mică plecăciune. Vom fi onoraţi să participăm la jocuri!
- M-aş bucura!, i-a spus Tanidela zâmbind. S-ar putea să mai treacă ceva timp până când voi avea din nou compania dacilor mei.
- Este plăcerea noastră să fim în compania dumneavoastră, doamnă!, a spus Mircea.
- Compania dacilor nu ar trebui să fie atât de rară, Tanidela!, a spus Traian, îndreptându-şi privirea spre delegaţia dacă.
- Când vă întoarceţi în Dacia, transmiteţi-i Regelui Decebal că Roma nu doreşte alte conflicte cu Dacia, atâta timp cât Dacia

onorează termenii tratatului nostru! Spuneți-i că sora lui este tratată în modul cel mai bun și mai onorabil la Roma! Spuneți-i că Cezar dorește ca Roma și Dacia să aibă astfel de relații una cu cealaltă!

- Da, Caesar!, a răspuns Sorin dând din cap respectuos.

Și astfel Împăratul Traian și-a făcut cunoscută dorința ca Roma și Dacia să fie în pace. Ca împărat al Romei avea alte planuri de făcut și alte lucruri de rezolvat. Dacă Decebal îi va permite sau nu să se ocupe de aceste planuri, doar timpul va spune. Nici măcar Jupiter nu putea prevedea acțiunile regelui dac.

> Capitolul 19

Nunta de iarnă

Sarmizegetusa, luna decembrie, anul 102 d.Hr.

P rințesa Zia a Daciei își planifica nunta. O nuntă regală devenea întotdeauna un eveniment de o importanță majoră, care trecea dincolo de familia regală în sine. Regina Andrada, Zia, Adila și Zelma coordonau organizarea acestei nunți. Tinerele domnișoare Ana și Lia erau foarte interesate să fie implicate, dar nu aveau experiență și, prin urmare, primeau doar sarcini simple pe care le puteau gestiona.

Tarbus era mirele, dar știa suficient de multe pentru a se ține deoparte. La fel făceau și bărbații care conduceau familiile, Regele Decebal și Buri. Planificarea unei nunți era în mod tradițional munca femeilor. Pentru această nuntă singurele excepții făcute în a implica bărbați au fost pentru Vezina și Dadas. Sute de demnitari străini erau invitați la nuntă, inclusiv regi, șefi și nobili ai tuturor aliaților Daciei. Vezina era însărcinat cu trimiterea invitațiilor, iar Dadas era necesar pentru a conduce numeroșii cercetași de cavalerie care urmau să servească drept mesageri pentru livrarea acestora.

- Oamenii nu prea doresc să călătorească departe pe vreme de iarnă, mamă!, s-a îngrijorat Zia în timp ce se uitau peste lista invitaților. Nunta este la o săptămână distanță și avem doar două sute de confirmări!

Andrada nu vedea motive pentru îngrijorare.

- Vor sosi, Zia! Unele răspunsuri vor veni mai târziu, iar unii oaspeți vor sosi chiar și atunci când nu primim un răspuns de confirmare.
- Așa este, calmează-te! Nu te grăbi cu concluziile ca fata mare la măritat!, a tachinat-o Adila.

Zia nu a găsit tachinarea surorii ei amuzantă.

- Nu mă grăbesc ca o mireasă tipică! Sunt îngrijorată de vremea rea care îi va împiedica pe oaspeții mei să ajungă la timp.

Zelma îi zâmbi.

- Și eu am fost mireasă odată. Și ca să știi, și eu eram îngrijorată de același lucru înainte de nunta mea.
- Au ajuns oaspeții la timp, mamă?, întrebă Lia.
- Da, draga mea, au sosit! Toți opt!, răspunse Zelma râzând. Dar o nuntă regală este diferită! Zia nu așteaptă doar opt oaspeți, așteaptă opt sute.
- Ei, nici chiar așa de mulți!, a spus Zia. Șase sute ar fi suficienți.
- Zia, vom avea cinci sau șase sute de oaspeți doar din partea localnicilor!, a spus Andrada. Vom avea cel puțin două sute de oaspeți străini dacă nu chiar, cel mai probabil, mai aproape de trei sute!

S-a oprit și a oftat.

- Eu nu sunt îngrijorat de faptul că oaspeții nu sosesc, sunt mult mai preocupată să-i hrănesc pe toți, atunci când sosesc!, a spus Andrada.
- Ai dreptate!, a admis Zia. Să verificăm încă o dată meniul și proviziile de alimente. Avem foarte multe cereale și brânză. Nu avem suficiente păsări de curte sau vânat.
- Păsările de curte nu sunt o problemă!, a spus Zelma. Putem obține mai multe păsări din ogrăzile oamenilor, găsim o mulțime în jurul orașului.
- Bine, dar cum rezolvăm cu vânatul?, spuse Zia întorcându-se zâmbind spre sora ei. Vânat?!

Adila lăsă să se vadă un zâmbet larg.

- Bine, bine! Voi aranja cu Dorin și Toma, alături de câțiva arcași. Vom organiza o partidă de vânătoare la cerbi!
- Mulțumesc, surioară!, a spus Zia. Oare crezi că poți să-l iei și pe Tarbus cu voi? Cred că se plictisește de moarte stând în jurul palatului!
- Desigur! Tarbus trebuie să-și facă treaba în hrănirea oaspeților săi!
- Pot merge și eu?, întrebă Ana.
- Și eu vreau!, completă rapid Lia.

Adila privi spre Regină. Andrada clătină ușor din cap. O vânătoare de cerbi în pădure nu era un loc pentru fetele tinere.

- Nu, nu ești destul de mare pentru a merge la vânătoare de cerbi!, a spus Adila, ridicându-se să plece. Totuși, există ceva foarte important pe care voi două puteți să vânați!
- Ce?!, întrebă Ana, părând îndoielnică.
- Pui!, răspunse Adila zâmbind, în timp ce se îndrepta spre ușă.
- Ce idee grozavă!, spuse Zia. Să mergem să găsim câțiva slujitori care să poată ieși în oraș pentru a strânge mai multe găini. Voi, fetelor, îi puteți ajuta, amândouă! Vreți să faceți asta pentru mine?

Ana și Lia erau nerăbdătoare să spună da. Ele doreau foarte mult să fie de ajutor și nimeni nu a spus vreodată nu unei mirese care se pregătea pentru nunta ei.

Cu o zi înainte de nuntă, Regele Decebal a convocat o consfătuire la vârf cu cei mai apropiați aliați ai Daciei. Nunțile regale erau întotdeauna un bun prilej pentru astfel de întâlniri, având atât de mulți lideri adunați în același loc. Aliații s-au adunat în Sala Tronului.

Alături de Davi din tribul roxolanilor, Fynn de la bastarni și Ailen de la celți, regele i-a primit și pe tânărul Prinț Oskel al sciților și pe Șeful Attalu al triburilor germane de marcomani. Oskel era fiul cel mic al Reginei Orica, fiind dornic să se dovedească războinic. Această caracteristică îl făcea să fie un aliat puternic în luptă. Șeful Attalu se reîntoarse de ceva vreme într-o poziție de conducere în tribul său. Deși înainta în vârstă, apropiindu-se acum de cincizeci de ani, germanul era încă o forță ca războinic și conducător.

Dacii erau reprezentați de Regele Decebal, Marele Preot Vezina, Generalul Drilgisa, Generalul Diegis, Generalul Sinna și Buri. De-a lungul timpului, Buri și-a asumat un rol mai proeminent de consilier și confident al regelui, servind în același timp și ca gardă de corp.

- Bine ați venit, prieteni!, i-a salutat Regele Decebal. Mă bucur să vă văd pe toți adunați în jurul mesei mele. Războiul cu Roma s-a încheiat, așa că haideți să privim spre viitor acum!

Șeful Attalu a luat cuvântul primul după rege.

- Nu este ca și cum Traian s-ar retrage dintr-o luptă înainte de a obține victoria completă. Povestește-ne despre tratatul tău cu Roma, Rege Decebal! Ce primești și ce primește Roma?

- Ai dreptate, Șef Attalu! Traian a dat înapoi înainte de a obține victoria militară completă. Ar fi putut distruge Sarmizegetusa cu timpul, dar cu ce preț? Și-ar fi pierdut o mare parte din armata sa făcând acest lucru. Atât el, cât și noi, am suferit deja pierderi grele în bătăliile noastre de la Tapae și din Moesia.

- Așadar, lupta ta cu Traian a fost o remiză?, întrebă Prințul Oskel.

- Nu, nu a fost o remiză!, a răspuns Decebal cu voce fermă. Roma a primit concesii majore din partea Daciei, unele dintre acestea fiind chiar reticent să le accept. Traian consideră că este o victorie și nu-i reproșez asta!

Decebal s-a oprit pentru a vedea reacțiile aliaților săi din jurul mesei. Cei prezenți erau oameni aspri, oameni duri, și așteptau adevărul de la el. El nu le-ar fi dat niciodată ceva mai puțin decât adevărul.

Decebal a continuat.

- Traian a obținut ceea ce și-a dorit și nu a trebuit să distrugă Dacia sau propria armata făcând acest lucru. Am salvat Dacia de la distrugere împotriva unui inamic mult superior și ne-am oferit timp pentru a construi din nou. Dacia este liberă, nu este ocupată de Roma, iar Dacia va rămâne liberă! În cele din urmă, amândoi am obținut o parte din ceea ce ne-am dorit.

Șeful Fynn dădu din cap, cu fața posomorâtă.

- Este un tratat bun, Decebal! După măcelul făcut împotriva lor și masacrul făcut împotriva noastră, a fost înțelept să pui capăt războiului!

- Sunt de acord, Fynn!, a spus Prințul Davi. Am fost acolo cu tine în mijlocul luptei. Ar fi fost o nebunie să continuăm lupta.

- Am observat că există trupe romane campate afară, în mijlocul Sarmizegetusei, a spus Ailen cu oarecare surprindere. Sincer să fiu, nu mă așteptam niciodată să văd asta! Ce-i cu aceste trupe aici?

- Împăratul Traian a cerut să-i posteze aici ca observatori, a răspuns Vezina. Sunt mai puțin de două sute de soldați și nu reprezintă o amenințare. Doar stau acolo, fără nimic de făcut!

- Ha!Ha!Ha!, râse Ailen. Traian nu are încredere în tine, așa că lasă un câine de pază, nu-i așa?

Regele a fost de acord cu un mic semn din cap.

- Încrederea dintre Dacia și Roma stă pe o gheață subțire în aceste zile, Șef Ailen!

- Treaba acestor oameni, spuse întrebător prințul scit, este să vă spioneze?

- Nu!, a spus Drilgisa cu un mormăit. Treaba acestor oameni este să stea pe aici până li se va tăia gâtul!

Șeful Attalu începu și el să râdă.

- Dacă faci asta, Drilgisa, cu siguranță vei reaprinde războiul cu Roma!

Drilgisa clatină din cap.

- Nu doresc să încep un nou război! Dar dacă vine războiul, acele sărmane suflete vor fi primele care vor muri.

- Suntem în pace acum!, a spus Decebal pe un ton egal. Nu li se va tăia gâtul!

- Ceea ce mă întreb, Rege Decebal, este care dintre aceste loialități sunt mai puternice?, a întrebat Șeful Ailen. Tratatul dumneavoastră cu Roma? Sau loialitatea ta față de noi? Dacă unul dintre noi ajunge într-un război cu Roma, de care parte va alege Dacia să fie?

- Mă bucur că ați pus această întrebare, Șef Ailen!, a răspuns Decebal. Vreau ca toți cei de aici să audă răspunsul meu și să nu aibă îndoieli cu privire la loialitatea mea. Alianțele dintre noi, toți cei de la această masă, au fost trecute prin foc și sânge de-a lungul mai multor ani. Alianțele au fost strânse și întărite în vremuri bune și rele, după victorie și înfrângere. Dacia nu va trăda niciodată, așa cum nu voi trăda niciodată, alianțele pe care le avem între noi!

- Și cum rămâne cu Roma?, întrebă Attalu.

- Tratatul meu cu Roma este un tratat de conveniență.

Decebal a făcut o pauză pentru a lăsa mesajul să fie înțeles.

- Există un lucru pe care îl știu sigur! Roma va onora acest tratat atâta timp cât este în interesul Romei să-l onoreze. Iar Dacia va onora tratatul atâta timp cât va fi în interesul Dacia să facă acest lucru. Aceasta este situația, domnilor! Dincolo de asta, nu există promisiuni și nimic nu este garantat!

- Un răspuns foarte clar, Rege Decebal, și sincer!, a răspuns Ailen. Dar dacă Roma ne atacă pe vreunul dintre noi?

- Dacă Roma atacă pe vreunul dintre voi, Dacia vă va veni în ajutor, așa cum am făcut-o întotdeauna!, a spus Regele. Nimic nu s-a schimbat!

Bărbații au rămas în tăcere pentru o clipă. Apoi, Șeful Ailen și-a împreunat mâinile și a început să aplaude. Davi i s-a alăturat, apoi Fynn, Attalu și Oskel. Vezina s-a alăturat și el, apoi Diegis, Drilgisa, Sinna și Buri. Ei îl aplaudau pe Regele Decebal și angajamentul său față de ei, dar se aplaudau și pe ei înșiși. Toți știau cine era adevăratul dușman. Toți știau că trebuie să rămână împreună!

Titus Lucullus analiza o grămadă de rapoarte de cheltuieli atunci când santinela sa l-a alertat că vizitatori se apropie. Se încruntă la gândul că era întrerupt. Chiar și aici, într-un avanpost uitat de toți zeii, așezat într-un cort în mijlocul Sarmizegetusei, el trebuia să înainteze Romei un raport cu fiecare dinar cheltuit, cu fiecare cizmă de soldat care era ruptă și înlocuită, cu fiecare armă lipsă, ruptă sau furată. Nici o națiune nu ținea înregistrări la fel de detaliate așa cum țineau romanii.

Titus blestema aceste sarcini de păstrare a înregistrărilor care ar fi trebuit să fie realizate de un funcționar. Dacă ar fi fost cu adevărat un *legat*, aflat la comanda unei legiuni, ar fi avut funcționari cărora să le atribuie aceste sarcini de funcționar. Din păcate, Titus nu avea bogăția necesară pentru a se ridica la rang senatorial, ceea ce făcea imposibil ca el să fie numit vreodată legat sau să comande o legiune. Singura sa șansă era să-l impresioneze suficient de mult pe Împăratul Traian pentru a fi promovat în ranguri superioare. Caesar putea numi pe oricine în orice grad militar alegea.

- Cam multe pete de cerneală pentru degetele tale, Titus?!, spuse glumind Diegis atunci când intră în cort alături de Buri.
- Este o muncă mizerabilă, dar care trebuie făcută!, a spus Titus în timp ce se ridica să-i salute.

Se întoarse spre Buri și îi zâmbi.

- Trebuie să te felicit, Buri, pentru nunta fiului tău! Nu se întâmplă prea des ca un copil să intre prin căsătorie în familia regală, nu-i așa?

Buri ridică din umeri.

- Nu am niciun merit în asta! Copiii au făcut-o în întregime de capul lor.
- La Roma, tu ai fi fost cel care aranjează căsătoria, prietene. Aceasta este responsabilitatea unui *pater familias*!, a spus Lucullus. Dar de ce ești aici, acum? Mâine este o zi mare pentru tine!
- Tocmai de asta suntem aici!, a spus Diegis. Ai fost vreodată la o nuntă dacică?

- Nu, nu am avut această onoare!

- Sunt aici să te invit, Titus!, a spus Buri. Vino ca oaspete la nunta fiului meu!

- Aș fi onorat să particip, Buri!, a spus Lucullus cu o apreciere sinceră. Cu adevărat, mă onorezi foarte mult!

- Este o nuntă foarte mare, a spus Diegis, dar este loc și pentru un roman! Traian nu este aici, așa că te-am ales pe tine!

Titus începu să râdă.

- Am auzit că Cezar se bucură de o nuntă bună, atâta timp cât vinul curge liber și este de bună calitate!

- Este scandalos ceea ce spui!, se plânse Diegis, râzând și el. Dar, ce să zic, nunțile dacice nu sunt cunoscute pentru vinul care curge ca un pârâu de pe munte. Bem cu moderație, dar vom găsi vin care să fie pus la dispoziția celor care îl doresc!

- Voi găsi o sticlă, două!, a spus Buri zâmbind. Nunta ține o zi întreagă, Titus! Poți găsi pe altcineva care să se ocupe de..., de această cetate și să ni te alături mâine dimineață?

Titus a făcut grimase.

- Nu adăugați o insultă la o rană deschisă, vă rog! Această numire nu a fost ideea mea, sunt pur și simplu omul care o pune în aplicare! Dar da, mâine îmi voi delega îndatoririle mele unui asistent!

- Perfect!, a spus Diegis. Ia-ți tunica și sandalele, iar eu îți voi împrumuta o mantie dacică bună! Lasă-ți armura și gladiusul acasă, ca să nu sperii femeile și copiii!

- Desigur!, spuse Titus. Cu toate acestea, știu deja ce fac femeile dacice cu bețele și sulițele ascuțite prizonierilor romani. Dar, voi încerca să-mi țin teama sub control.

- E de bine, atunci, a spus Buri, este un lucru bun că noi nu suntem dușmani, iar tu nu ești prizonierul nostru!

- E bine, într-adevăr, Buri! Aștept cu nerăbdare să ne vedem mâine pentru a sărbători nunta fiului tău! Și, de asemenea, nunta nepoatei tale, Diegis!

- Să ai odihnă bună!, a spus Diegis. Mâine va fi o zi lungă!

Ceremoniile religioase au început dimineața. Era o zi însorită, dar rece, iar ceremoniile trebuiau ținute în aer liber pentru a permite mulțimi foarte mari adunate să le urmărească. Demnitari, localnici dar și alți oaspeți s-au adunat pe terasa înierbată din fața Templului lui Zamolxis. Cele opt coloane mari ale templului, acoperite de sus până jos cu foiță de aur, reflectau soarele dimineții strălucind cu putere în ochii celor care priveau.

Marele Preot Vezina conducea festivitățile, asigurându-se astfel că Zamolxis va binecuvânta nunta. Puternica lui voce se auzea clar până în spate, purtată de briza proaspătă a dimineții. Zia și Tarbus purtau fiecare straie de nuntă dacice brodate bogat, realizate din fire într-o varietate de culori cusute pe pânză albă de lână. Peste aceste veșminte ceremoniale fiecare purta o mantie groasă de lână.

Perechea de miri a îngenuncheat în fața templului pe o pătură groasă întinsă peste pământul înghețat. După scurtă vreme, Vezina a observat că obrajii Ziei se înroșeau. Gândindu-se la mireasă și la mulțimea de oameni care stăteau în frig, Marele Preot a trecut prin ritul ceremonial puțin mai rapid decât de o făcea de obicei. Aceasta era o ceremonie tradițională pe care a săvârșit-o de sute de ori de-a lungul anilor și care îi venea atât de natural precum respirația.

Vezina desăvârși incantația finală, aplecându-se ușor spre cuplul îngenuncheat.

- Puteți să vă ridicați, dragii mei! Este timpul pentru ritualul pâinii!

Tarbus a cuprins brațul Ziei. Mireasa, cu ochii strălucind, i-a oferit un zâmbet cald de apreciere. Era foarte emoționată de moment și abia că simțea frigul.

- Nu grăbi ceremonia pâinii, hai să o facem pe îndelete și cu eleganță!, i-a spus ea. Întotdeauna este cel mai romantic așa!

- Dorința ta îmi este poruncă!, a răspuns preotul. De asemenea, aveți propuneri încântătoare, așa că sunt fericit să le fac exact așa cum vă doriți!

Un cor de copii intona armonios un cântec tradițional de nuntă în timp ce se îndreptau spre masa lungă pe care se afla pâinea de nuntă. Era o pâine bine crescută și lungă, coaptă special pentru nuntă, înmiresmată cu mirodenii și miez de nuci. În timp ce copiii continuau să cânte, Zia și Tarbus au rupt fiecare câte un colțișor de pâine. Se imitau unul pe altul când duceau pâinea la gură, ca și cum s-ar fi legănat într-un dans, apoi mestecau bucata de pâine. Savurau pe îndelete, atât gustul delicios, cât și semnificația simbolică a ritualului.

Ceremonialul pâinii asigura prosperitatea familiei și fertilitatea căsătoriei. Când ritualul lor s-a încheiat, cuplul mirilor s-a retras un pas mai în spate, făcând un semn discret către cei patru slujitori care stăteau alături, având pregătite în mâini cuțitele de pâine. Slujitorii au început să taie pâinea de nuntă în mici felii. Acestea urmau să fie împărțite cu oamenii din mulțime care doreau să împărtășească fericirea cuplului. Chiar în primul rând, a remarcat fericită Zia, se afla sora ei, Adila, ținându-le de mână pe Ana și Lia.

După ceremonialul pâinii, petrecerea de nuntă și mulțimea care participa s-au mutat într-un spațiu larg deschis în fața palatului regal, unde ardea un foc mare de tabără. Acum era timpul pentru cântece și dansuri, la care aproape toată lumea s-a alăturat. Dansurile pline de viață și bucurie alungau frigul. Pe vreme bună, tot aici se ținea și ospățul de nuntă. În timpul iernii, ospățul era întins în interior.

Cea mai mare sală de petreceri era sala de recepție a Palatului Regal. Mesele mirilor și a familiei regale erau așezate pe o platformă ușor înălțată lângă un perete. Zia și Tarbus ocupau masa principală centrală, de unde-i puteau saluta cel mai ușor pe binevoitorii nuntași. Un lung șir de invitați se îndrepta spre masa lor, cu toții pentru a le ura fericire, iar alții pentru a le oferi și daruri. Mai târziu în cursul zilei urma să aibă loc o ceremonie a cadourilor, dar unii dintre invitații la nuntă preferau să-și ofere darurile mai devreme pentru a evita cozile de mai târziu.

Regele Decebal și Regina Andrada, părinții miresei, împărțeau masa cu Buri, tatăl mirelui. Soția lui Buri, mama lui Tarbus, a murit când Tarbus era un copil mic. Buri nu și-a dorit niciodată să se căsătorească din nou și l-a crescut singur pe Tarbus. Spre marea lui surprindere, băiatul orfan de mamă, Tarbus, devenea acum parte a familiei regale a Daciei. Nu-i păsa de statul pe care-l obținea, de altfel nici lui Tarbus, dar căsătoria îl făcea fericit pe Tarbus și asta îl făcea fericit pe Buri.

Zia și Tarbus s-au oprit la masa părinților. Tarbus nu era obișnuit cu atât de multă atenție, atenție ce începea deja să-l obosească. Zia a crescut având atenția oamenilor încă de când era copil și gestiona cu calm chiar și acest nivel de atenție într-o manieră echilibrată.

- Oare te simți la fel de fericită precum arăți?, și-a întrebat zâmbind fiica Regina Andrada.

Oricum ai fi privit-o pe Zia, mireasa radia de fericire.

- Da, mamă, da!, a răspuns Zia și s-a aplecat pentru a-i oferi mamei sale un sărut pe obraz. Totul merge atât de bine, am vrut să vă mulțumesc!
- Să fie într-un ceas bun, fata mea!, a răspuns Andrada. Sunt mulți oameni cărora trebuie să le mulțumești, dar vei avea timp pentru asta mai târziu. Astăzi este momentul să vă bucurați pur și simplu de nunta voastră!
- Ne bucurăm foarte mult!, a răspuns Tarbus. Dar sunt atât de mulți oameni, dar cum poți să-ți amintești toate numele lor?

Regina clătină ușor din cap.

- Nu se așteaptă nimeni de la tine să-ți amintești toate numele lor. Fii doar prietenos și politicos, iar oamenii îți vor răspunde cu amabilitate!
- Își vor aminti ei!, a fost de acord Zia. Haide, bărbate, avem foarte mulți oaspeți de salutat!

Buri îi privea îndepărtându-se.

- Zia îl va învăța să se comporte în societate în feluri în care nici nu m-am gândit. Ceea ce este bine pentru el, presupun!
- Tarbus întotdeauna va fi, înainte de toate, un războinic!, a spus Decebal. Cu timpul va trebui să arate și diplomație, așa că harul socializării are să fie util!
- Ah, uite că vine Diegis cu oaspetele meu roman!, a spus Buri.

Diegis și Titus s-au apropiat de masa regală. Lucullus era îmbrăcat lejer în mantia sa dacică împrumutată de la Diegis. Cu toate acestea, fața sa bărbierită și tunsoarea foarte scurtă îl dădeau de gol că este roman.

Titus a făcut o mică plecăciune politicoasă cuplului regal și a dat prietenos din cap în demn de salut pentru Buri. Amabilitatea lui a fost întâmpinată cu o politețe prietenoasă.

- Titus Lucullus, ai onoarea de a fi primul roman invitat la o nuntă regală dacică!, i-a spus Decebal. Adică, fără îndoială primul de după vremea împăratului vostru Augustus care a fost prieten cu unii dintre regii noștri daci!
- Nu credeam că a trecut atât de mult timp, Rege Decebal!, a spus Titus. Sunt cu adevărat onorat!
- Oamenii garnizoanei tale se simt confortabil în această cazarmare din orașul nostru?, întrebă politicos Andrada, dar în mod clar nemulțumită de situație.

Lucullus a luat întrebarea în pași mai mici. Nu se putea aștepta ca Regina Daciei, și mai ales această regină, să fie mulțumită că trupele romane sunt așezate în mijlocul Sarmizegetusei.

- Nu, Regină Andrada, nu suntem!, a răspuns Titus sincer. Corturile armatei sunt reci și ne trage curentul. Soldații suportă pentru că asta trebuie să facă soldații.
- S-ar simți mai confortabil în tabăra din Moesia sau chiar la Roma!, a spus regina, oprindu-se pentru a-i zâmbi politicos lui Titus. Totuși nu vreau să par morocănoasă! Sunteți oaspetele nostru, așa că haideți să lăsăm politica deoparte! Sper să te bucuri de nuntă, Titus!

- Mulțumesc, Regină Andrada!, a spus Titus.
- Este o decizie înțeleaptă!, i-a spus Diegis Andradei. Există un timp când trebuie să lăsăm politica deoparte, altfel stricăm ocazia!
- Politica întotdeauna strică cele mai fericite ocazii!, a spus Vezina zâmbind în timp ce lua loc la masa regală.

Marele preot din Zamolxis avea o invitație continuă de a se alătura regelui și reginei la masa lor.

- Da, Vezina!, a spus Andrada. Așa că haideți să vorbim despre lucruri mai frumoase!
- Haide cu mine, Titus!, a spus Diegis. Ne vom alătura generalilor. Le place să bea pe la nunți și să vorbească doar despre trecutul lor glorios!
- Desigur!, a spus Lucullus, oferind o plecăciune cuplului regal și urmându-l pe Diegis spre noua masă.
- Am auzit parțial conversația avută, Regina mea, a spus Vezina. Nici mie nu-mi place să văd soldați romani în Sarmizegetusa, dar comportamentul lui Titus pare să fie onorabil!
- L-am cunoscut când eram la Roma, a adăugat Buri. Este un tip respectabil, chiar dacă este roman!
- Înțeleg!, a spus Andrada. Poate că am fost nepoliticoasă, aceasta este nunta fiicei mele, la urma urmei.
- Nici Lucullus nu dorește să fie aici, dar nu are de ales!, a spus Decebal. De asemenea, știe că se află într-o poziție periculoasă!
- Haideți, să terminăm cu politica!, se plânse râzând Andrada. Să ne bucurăm de nuntă, nu-i așa? Unde este Dorin? Nu-l văd!
- L-am văzut pe afară, se juca cu câinele său, Toma!, a spus Vezina.
- Ah, lăsați-l să fie cum vrea el, dați-i ceva timp și lui!, a spus Decebal. Băiatul ăsta ar dormi pe afară cu câinele ăla, dacă l-am lăsa!

- Cu siguranţă ar face-o!, a spus Andrada, apoi căzu în gânduri pentru o clipă. Totuşi, mă întristează oarecum faptul că el nu este aici. Nunta asta pare cumva mai mică!

- Se simte mai mică pentru că este mai mică!, a fost de acord Decebal. Ne lipseşte Cotiso! Şi Dochia!

- Şi Tanidela, captivă la Roma!, a spus Andrada cu tristeţe. Atât de multe pierderi dureroase în ultimul an!

- Cel puţin Tanidela este tratată bine!, a spus regele.

- Putem fi siguri de asta?, întrebă Andrada.

- Da, Regina-mea, mi se spune asta negreşit!, a asigurat-o Vezina. Dacă există vreun lucru pe care romanii să îl preţuiesc foarte mult, acest lucru este regalitatea! De asemenea, Tanidela este admirată de oamenii obişnuiţi de acolo pentru frumuseţea şi graţia ei. Este tratată ca o persoană faimoasă, se pare!

- Sora mea mai mică pare să fie talentată în a-i fermeca pe oameni!, a spus Decebal zâmbind.

- Într-adevăr, Majestate!, a fost de acord Vezina.

- Totuşi este probabil să nu o mai vedem niciodată!, a spus cu nostalgie Andrada. Nu o voi mai vedea niciodată pe micuţa Tyra!

Adila a trecut pe lângă ea, însoţită de Ana şi Lia. Fetiţele aveau o dispoziţie foarte fericită.

- Ce-i cu această privire tristă, mamă?, întrebă Adila.

- Of, mă gândeam la cei care nu mai sunt aici cu noi! La Cotiso, la Dochia, la Tanidela...

Chipul Adilei s-a schimbat.

- Da, şi eu gândesc la fel, ceea ce mă face să mă întreb, a spus ea, indicând din cap spre masa unde stăteau Titus şi Diegis, ce caută romanul acesta aici?!

- Este un invitat!, a răspuns Buri.

- Un invitat?, întrebă Adila. Dochia și Cotiso ar fi încă în viață dacă nu ar fi fost romanii! Tanidela și Tyra ar fi aici acum, stând la masă cu Davi! Eu nu i-aș invita pe romani ca oaspeți!

Decebal o privi cu răbdare.

- Furia ta față de romani este justificată, Adila! Cu toate acestea, te rog, de asemenea, să respecți dorința lui Buri de a-l invita pe acest om la nunta fiului său!

Adila oftă, apoi se întoarse spre Buri cu o privire apologetică.

- Iertați-mi cuvintele de furie, nu am vrut să par nerespectuoasă, domnule!

- Nu este cu supărare, Adila!, a răspuns Buri. Acum trăim vremuri de pace și, atâta timp cât durează pacea, uneori facem îngăduințe pentru anumite persoane! Astăzi, Titus Lucullus este prietenul meu. Mâine s-ar putea să fie dușmanul meu, dar dacă va veni acel moment, atunci, mă voi ocupa eu personal de el, când va veni momentul! Înțelegi, Adila?

Ea înclină capul respectuos.

- Da, domnule! Înțeleg!

- Mătușă, unde este Dorin?, a întrebat-o Ana pe regină. L-am căutat peste tot, dar nu l-am văzut!

- Ah, știu eu unde îl poți găsi!, a spus Andrada. Ați vrea, fetelor, să faceți ceva pentru mine?

- Da!, au răspuns în cor Ana și Lia.

- Merge-ți la bucătărie și cereți-i unuia dintre bucatari un os de oaie, mare și suculent, pentru Toma! Apoi ieșiți afară și acolo îi veți găsi atât pe Toma, cât și pe Dorin!

- Desigur!, a spus Ana. Oare de ce nu ne-am gândit la asta?

- Da, ar fi trebuit să știm!, a fost de acord Lia.

Andrada a continuat.

- Dați-i osul de oaie lui Toma și rugați-l pe Dorin să intre și să ni se alăture! Spune-i că așa am spus!

- Da, mătușă!, a răspuns Ana, apoi s-a grăbit spre bucătărie însoțită de Lia.

Regele Decebal i-a atras atenția Adilei, făcând un semn spre unul dintre scaunele aflate în apropierea lui. Fata s-a așezat.

- Știu că furia te arde adânc la interior, fata mea!, i-a spus el. Este o furie cumplită născută din durere!
- Da, așa este!, a fost ea de acord. Sunt furioasă!
- Ascultă-mă cu atenție, Adila! Nu trebuie să lași această furie să te mistuie. Există o vreme pentru furie și există un timp pentru a lăsa furia deoparte! Înțelegi?

S-a gândit o clipă.

- Da, cred că da!
- Nu-i urî pe toți romanii!, a spus Decebal. Dacă redevenim dușmani, atunci urăște-i pe cei care devin dușmanii noștri! Atunci îți poți dezlănțui furia asupra lor!
- Da, tată!, spuse Adila pe un ton serios. Acum înțeleg!
- Prea bine!, a spus Andrada. Aceasta este o nuntă minunată și priviți-o pe Zia! Arată atât de fericită!
- Cred că voi merge la ea și îi voi spune asta chiar acum!, a spus Adila.
- Da, te rog, fă asta!, a spus Andrada.

A privit-o pe Adila plecând, apoi s-a întors spre Decebal.

- Sper ca niciodată să nu vină ziua în care va trebui să-și dezlănțuie furia asupra soldaților romani!
- Nu este nici dorința mea!, a răspuns Decebal. Totuși, în viață nu obținem întotdeauna ceea ce ne dorim!
- Nu, nu obținem!, a fost de acord Buri, făcând un semn către cuplul de miri. Dar, totuși, privește-i încă o dată! Uneori dorințele devin realitate!

Andrada zâmbi în mod vizibil.

- Da, așa este Buri, uneori se întâmplă!

Vezina s-a alăturat discuției.

- Buri este un filosof aflat cu picioarele mereu pe pământ! Probabil a prins rădăcini îngrijind livezile de meri și peri! Așa-i, Buri?

- Bineînțeles că este așa!, spuse Buri țâfnos. Un fermier întotdeauna înțelege anotimpurile. Când cineva înțelege anotimpurile, înțelege viața. Primăvara urmează iernii, iar recoltele de vară și toamnă urmează după primăvară. O recoltă slabă este cel mai adesea urmată de o recoltă bună. Suntem sortiți să avem inundații, secete și plăgi de lăcuste. Orice s-ar întâmpla, îndurăm și mergem mai departe!

- Ai spus foarte bine, prietene!, remarcă Vezina.

- Și în ce anotimp este Dacia acum?, se întrebă Andrada.

- Suntem în plin sezon de iarnă întunecată!, a spus Buri după un scurt moment de cugetare. Dar, știu că va urma primăvara!

- Primăvara va urma, într-adevăr!, a spus Regele Decebal. Apoi vor veni recoltele de vară și cele de toamnă! S-ar putea să ne ia doi sau poate trei ani, dar vă promit acest lucru! Vom munci din greu și vom face tot ce este necesar! Prin grația lui Zamolxis, Dacia va fi din nou puternică!!

Dis-de-dimineață, a doua zi după nunta regală, în timp ce oaspeții încă dormeau, Prințesa Adila se plimba prin pădurea aflată la poalele Sarmizegetusei. Cerul era senin și luminos, iar vântul rece și vioi îi limpezea gândurile. Purta împotriva frigului pantaloni groși de lână, cămașă de lână și o pelerină verde de iarnă. Cizmele-i erau căptușite cu blană, iar pe mâini avea mănuși din piele moale.

Arcul de soldat al Adilei, un cadou de la Cotiso, era legat la spate. Un arc lucrat frumos, făcut din lemnul unui arbore de tisa pentru a fi ușor, suplu și puternic. O tolbă din piele, plină cu săgeți, era prinsă peste umărul ei. Purta și o a doua tolbă plină, în mâna dreaptă. Niciodată să nu fie prinsă nepregătită. Niciodată să nu mai fie neînarmată.

Adila nu a venit în pădure pentru a vâna, ci pentru a exersa. Imprecizia tremurătoare a mâinilor era de mult trecută, mișcările ei fiind acum sigure și precise. Cu mâna stângă și-a luat arcul prins cu o cingătoare de spate. Cu dreapta a smuls o săgeată din tolba aflată pe umăr, a ochit spre un tânăr arțar subțire aflat la treizeci de pași distanță, a pus săgeata în coardă, a tras coarda arcului înapoi și a slăbit strânsoarea. Săgeata a lovit zgomotos copacul, împânzind aerul din jurul crengilor cu o aversă de zăpadă care se odihnea pe ramurile subțiri. Întreg procesul de tragere a durat mai puțin de patru bătăi de inimă.

Și-a fixat privirea pe o ramură joasă aflată la douăzeci de pași distanță, a pus săgeata în sfoară, a tras coarda înapoi spre ureche și a slăbit strânsoarea. Săgeata goni direct spre țintă și a declanșat o altă avalanșă de zăpadă din ramurile copacului. Și-a fixat privirea spre o altă creangă din apropiere, a pus săgeata în sfoară, a încordat, a slăbit și a obținut același rezultat. Trei bătăi de inimă, totuși Cotiso reușea să facă asta în două.

„Armează din nou. Totul într-o singură mișcare lină. Nu ținti privind spre vârful săgeții, țintește cu mintea! Privește ținta, iar mintea și brațele tale vor ghida săgeata acolo! Nu cumpăni la pașii pe care îi faci, lasă mișcarea să te poarte! Aceeași mișcare lină, de fiecare dată! Armează, țintește, trage, eliberează! Armează din nou!"

Jurase să devină arcaș. Devenea arcaș, dar trebuia să devină mai puternică, mai rapidă, mai precisă. Fii mai bun decât dușmanul, altfel dușmanul te va ucide! Nu era o competiție sportivă, era o luptă pe viață și pe moarte.

Adila se simțea acasă în pădure. Iubea mirosul pinilor de pe versanții munților, poienile însorite unde creștea iarbă și flori, apa cristalină din pâraie. Aici era casa ei și o va apăra cu orice preț. Și-ar apăra țara și poporul cu propria ei viață.

Adila nu avea înțelepciunea lui Vezina, nici experiența lui Buri, nici autoritatea regală a părinților ei. Încă mai avea multe de învățat despre viață. Erau doar două lucruri pe care le știa cu siguranță.

Romanii aveau să se întoarcă. Iar ea va fi pregătită!

Notă istorică

Decebal și Traian este un roman. Chiar și așa, autorul se străduiește să prezinte evenimente și figuri istorice din acea epocă antică cât mai fidel și mai corect posibil. Au fost consultate surse antice, precum și recenzii istorice moderne.

Relatările istorice din acea epocă sunt puține, fragmentate și uneori contradictorii. Când istoricii au fapte limitate cu care să lucreze, adesea speculează pentru a completa spațiile libere. Ei fac presupuneri documentate. Romancierii istorici fac același lucru, deși adaugă mult mai multă culoare și imaginație și cu mai multă toleranță pentru limbajul poetic.

În istoria dacică Decebal, Diegis, Vezina și Bicilis sunt figuri istorice cunoscute. Cele mai multe personaje romane importante sunt figuri istorice cunoscute. Diversitatea colorată de personaje secundare și minore din roman sunt invenția autorului. Descrierea lor este portretizată cât mai fidel posibil pentru a descrie oamenii și evenimentele din acel timp antic.

Se cunosc foarte puține lucruri despre familia sau despre viața personală a lui Decebal. Știm că a avut copii. Istoria romană consemnează că fratele său Diegis a călătorit la Roma pentru a se întâlni cu Împăratul Domițian în 89 d.Hr. Istoria consemnează, de asemenea, că sora lui Decebal a fost capturată de Generalul Maximus în războiul din 101-102, că a fost intervievată de Împăratul Traian și că a fost dusă la Roma, unde a fost tratată ca o celebritate, precum "un trandafir frumos, dar cu spini".

Numele Andrada a fost asociat într-o varietate de surse cu soția lui Decebal, fiica și sora acestuia. Nu există înregistrări istorice obiective care să stabilească vreuna dintre aceste conexiuni ca fapt. În sensul acestui roman, ea este Regina Andrada, soția lui Decebal.

Marea furtună cu fulgere care a fost luată ca un semn teribil de la Zamolxis în bătălia de la Tapae este un fapt istoric, la fel ca și armata dacică care a părăsit bătălia în urma furtunii. Se spunea că singurul lucru de care se temeau războinicii daci era nemulțumirea zeilor, iar acest incident pare să susțină această credință.

Povestea Împăratului Traian care a renunțat la pelerina sa pentru a fi folosită în teatrul de luptă de chirurgii romani pentru bandajarea soldaților răniți este un fapt istoric. Deși evenimentul este relatat de Cassius Dio și descris chiar și pe Columna lui Traian, nu se știe exact care dintre bătăliile cu Dacia a necesitat transformarea garderobei lui Cezar în bandaje. Bătăliile de la Tapae și de lângă Adamclisi au fost ambele bătălii brutale, cu pierderi grele de ambele părți, și sunt luptele cele mai probabile pentru a le asocia cu acea acțiune care a devenit parte a legendei romane.

Războiul din 101-102 este adesea menționat ca Primul Război Dacic al lui Traian. Cu siguranță nu a fost primul război romano-dac, așa cum este descris în primul roman din această serie, *Decebal Triumfător*.

Povestea lui Decebal, Traian, Dacia și Roma continuă până la finalul ei memorabil povestit în cea de-a treia carte din această serie, intitulată *Decebal Sfidător: Asediu la Sarmizegetusa*.

DESPRE AUTOR

Dr. Peter Jaksa este un autor care trăiește în Chicago, Illinois, Statele Unite ale Americii. Este student de o viață al istoriei europene din era Imperiului Roman. În particular este student al istoriei și culturii Daciei antice.

Cărți scrise de Peter Jaksa
Seria: „Războaiele Romei cu Dacia"

Decebal Triumfător (85 – 99 A.D.)
Decebal și Traian (100 – 102 A.D.)
Decebal Sfidător: Asediu la Sarmizegetusa (103 – 107 A.D.)
Dacia în rebeliune (117 – 118 A.D.)